LES BATTEMENTS
DU CŒUR

DU MÊME AUTEUR
CHEZ POCKET

BARBARA WOOD

Née en Grande-Bretagne, Barbara Wood a fait ses études en Californie où elle est devenue infirmière. À l'âge de seize ans, elle écrit son premier roman, et, voyageuse infatigable, elle sillonne l'Alaska, l'Égypte, l'Afrique orientale et l'Union soviétique. Traduits en plus de trente langues, ses romans publiés aux Presses de la Cité – dont *L'étoile de Babylone* (2005), *La dernière chamane* (2007), *La femme aux mille secrets* (2009), *Les battements du cœur* (2010), *La femme du bout du monde* (2011) et *La fille du loup* (2012) – sont tous des best-sellers.

Retrouvez l'actualité de l'auteur sur
www.barbarawood.com

BARBARA WOOD

LES BATTEMENTS DU CŒUR

Roman

Traduit de l'anglais (États-Unis)
par Françoise Bonnet-Huet

PRESSES DE LA CITÉ

Titre original :
VITAL SIGNS

Pocket, une marque d'Univers Poche,
est un éditeur qui s'engage pour la préservation
de son environnement et qui utilise du papier fabriqué
à partirde bois provenant de forêts
gérées de manière responsable.

© Barbara Wood, 1985
© Belfond, 1988 pour la traduction française

place
des
éditeurs

© Presses de la Cité, un département de éditeurs , 2010
pour la présente édition
ISBN 978-2-266-21441-4

Je dédie ce livre à Kate Medina, mon directeur littéraire, et à Harvey Klinger, mon agent.

J'exprime ma gratitude la plus profonde à trois femmes qui m'ont fait partager leur vie et leur expérience : les Drs Barbara Kadell-Wootton, Marjorie Fine et Janet Salomonson.

Je tiens également à remercier les Drs Norman Rubaum et Muriel H. Svec pour leur aide.

Pour le Kenya, un asante sana à Allen Gicheru de Nairobi, et à Tim et Rainie Samuels pour leur généreuse hospitalité à River Lodge, Samburu, Kenya.

PREMIÈRE PARTIE

1968-1969

Chapitre Premier

Précautionneusement, comme si le sol pouvait se dérober sous leurs pas, ils pénétrèrent un à un dans l'auditorium et, avec de timides bonjours et des sourires crispés, se faufilèrent entre les rangées de sièges. Ils étaient quatre-vingt-dix – cinq filles et quatre-vingt-cinq garçons – et beaucoup vivaient là l'un des moments les plus angoissants de leur existence. Penser qu'ils s'y préparaient depuis des années, et qu'enfin l'heure était venue ! Ils avaient bien du mal à y croire...

En ce jour de rentrée universitaire, les cinq filles ne se connaissaient pas encore, mais, d'instinct, comme pour se défendre contre l'écrasante majorité masculine, elles s'étaient regroupées dans un coin de l'amphithéâtre, sur le dernier gradin, et bavardaient en attendant le début du Programme d'accueil et d'orientation.

Ces étudiants de la promotion 1968 avaient été les plus brillants de leurs collèges, et sélectionnés parmi trois mille candidats pour faire leurs études de médecine au Castillo Medical College, faculté pilote située sur les falaises de Palos Verdes, au bord du Pacifique. À l'exception des cinq filles, d'un Noir et de deux Mexicains, ils semblaient avoir été coulés dans le même moule : jeunes gens de race blanche, issus de la moyenne et de la haute bourgeoisie américaine.

Dans un bruissement de papier, chacun feuilletait maintenant les imprimés qui avaient été distribués à l'entrée de la salle : un historique de l'école – Castillo était autrefois une grande hacienda, propriété d'un vieil hidalgo de Californie ; une lettre de bienvenue présentant les divers services et leur personnel ; le règlement de l'école (pour les hommes, pas de barbe, cheveux courts, veste et cravate ; pour les femmes, pas de pantalons, pas de sandales, jupe arrivant au genou). Soudain, les lumières baissèrent dans l'auditorium et un projecteur éclaira un pupitre solitaire sur l'estrade. La salle fit silence, et tous les yeux se tournaient vers le rond lumineux lorsqu'une silhouette sortit de l'ombre et prit place derrière le pupitre. Grâce à la photographie reproduite sur l'imprimé concernant le personnel administratif, tous reconnurent le doyen Hoskins.

Immobile, les deux mains posées sur le pupitre, le nouveau venu parcourut lentement les gradins du regard, comme pour graver dans sa mémoire et pour jauger chacun de ces nouveaux visages tendus vers lui. Enfin, alors que ce silence prolongé se faisait insoutenable, provoquant un léger remous dans la salle, le doyen se pencha vers le micro.

« Je jure, dit-il doucement, laissant chaque mot résonner sous le plafond voûté de l'amphithéâtre, par Apollon, médecin, par Esculape, par Hygié et Panacée… (Il prit une profonde inspiration et sa voix s'éleva, solennelle :) … et par tous les dieux et toutes les déesses, les prenant à témoin, que je remplirai, suivant mes forces et ma capacité, le serment et l'engagement suivants… »

Quatre-vingt-dix paires d'yeux le fixaient intensément. Avec l'habileté d'un maître orateur, le doyen laissait rouler sa voix, jouant de ses intonations et inflexions, tantôt impérieuses, tantôt charmeuses, pour créer en chacun de ses auditeurs captivés l'illusion qu'il ne s'adressait qu'à lui, et à nul autre présent.

« Je mettrai mon maître de médecine au même rang que les auteurs de mes jours. Je partagerai avec lui mon avoir… (Il s'arrêta puis, martelant chaque mot pour lui donner l'impact voulu :) Je dirigerai le traitement des malades à leur avantage… suivant mes forces et mon jugement, et je m'abstiendrai de tout mal et de toute injustice… »

C'était de la magie. L'atmosphère de l'amphithéâtre était maintenant électrisée par l'énergie et la volonté de quatre-vingt-dix futurs médecins. Les incertitudes, les craintes et les doutes qui assombrissaient tout à l'heure leurs esprits, voilà que le doyen Hoskins les dissipait par le serment sacré.

« J'exercerai mon art dans l'innocence et la pureté. Dans quelque maison que j'aille, j'entrerai pour l'utilité des malades… me préservant de tout méfait volontaire et corrupteur, et surtout de la séduction des femmes et des garçons, libres ou esclaves… »

Ils lui appartenaient, ils étaient siens, ces quatre-vingt-dix esprits encore informes, semblables aujourd'hui à de l'argile tendre, mais qui, dans quatre ans, seraient d'acier trempé. Le doyen leur montrait l'avenir, et surtout il leur montrait que c'était *le leur*.

« Quoi que je voie ou entende, pendant l'exercice de ma profession… (Une pause encore, puis la voix s'enfla avec force, appuyant chaque mot.) … Je tairai ce qui n'a jamais besoin d'être divulgué, regardant la discrétion comme un devoir en pareil cas. Si je remplis ce serment sans l'enfreindre, qu'il me soit donné de jouir heureusement de la vie et de ma profession, honoré à jamais parmi les hommes ! »

Ils frissonnèrent, retenant leur souffle. Il avait raison : ils étaient vraiment des êtres à part, choisis, et le futur leur appartenait.

Le doyen Hoskins s'écarta du micro, se redressa et, d'une voix retentissante, déclara :

« Mesdames et Messieurs, bienvenue au Castillo Medical College ! »

Chapitre 2

Sondra Mallone n'avait pas vraiment besoin d'aide pour porter ses bagages, mais c'était une manière agréable de lier connaissance avec un nouveau voisin. Ce dernier s'était approché alors qu'elle déchargeait ses affaires de la petite Mustang rouge cerise, sur le parking devant le dortoir, et il avait insisté pour prendre les quatre valises. Il s'appelait Shawn, était en première année comme Sondra, et pensait à tort qu'elle était trop fragile pour se débrouiller seule avec tous ces bagages.

C'était d'ailleurs une erreur que la plupart des hommes commettaient en voyant la jeune fille. Mais aussi, comment soupçonner la vigueur de ces longs bras minces, vigueur acquise à nager pendant des années sous le soleil de l'Arizona ? À dire vrai, bien des choses étaient trompeuses chez Sondra. Brune et typée comme elle l'était, elle n'avait rien d'une Mallone.

C'est qu'elle n'était pas réellement une Mallone.

Le jour où, à douze ans, elle avait par hasard découvert les papiers d'adoption, Sondra avait soudain compris. Elle savait désormais d'où venait cette zone d'ombre tout au fond d'elle-même, cette vague

17

mais perpétuelle sensation d'être incomplète. Ces papiers lui avaient révélé que, en effet, une partie d'elle-même l'attendait quelque part, ailleurs…

Les deux jeunes gens gravirent l'escalier menant au deuxième étage du Hall Tesoro. Intarissable, Shawn ne cessait de parler, tout en couvant Sondra du regard. Personne ne lui avait dit que ce bâtiment serait mixte. Là d'où il venait, c'était inconcevable. Et à cette agréable surprise s'ajoutait maintenant une non moins agréable découverte : l'un des résidents était une ravissante jeune femme, telle qu'il en voyait dans ses plus beaux rêves…

La jeune femme en question n'était pas très loquace mais souriait beaucoup, ce qui creusait des fossettes sur ses joues. Shawn lui demanda d'où elle venait. « Phoenix, dans l'Arizona », répondit-elle. Phoenix, tout simplement ? Comment y croire, devant ce teint mat et ces yeux en amande ? De son côté, Sondra trouvait le jeune homme très sympathique. Elle tâcherait de s'en faire un ami. Mais sans aller au-delà… Elle veillerait à ce qu'il en soit ainsi.

« Avez-vous une vie amoureuse très active ? » lui avait demandé l'un des examinateurs, l'année précédente. C'était au cours de son entretien final, ce face-à-face qui déciderait en dernier ressort de l'admission ou non du candidat à l'école. Sondra savait que l'on ne posait jamais cette question aux garçons. Seule une fille pouvait créer des problèmes. Elle risquait d'avoir un enfant, de ne plus assister aux cours, et de gaspiller le temps et l'argent de l'institution.

Honnêtement, la jeune fille avait répondu : « Non. »

Mais à la question : « Utilisez-vous une méthode contraceptive ? », elle avait dû réfléchir un peu. Elle n'en utilisait pas, car elle n'en avait pas besoin. Mais, comme il fallait convaincre ses examinateurs qu'elle maîtrisait parfaitement la vie de son corps, elle avait tout de même répondu : « Oui. » Ce qui était la vérité, après tout, l'abstinence étant la meilleure forme de contraception.

— Qu'as-tu pensé du Programme d'accueil de ce matin ? s'enquit Shawn comme ils atteignaient le deuxième étage.

Sondra plongea la main dans son sac Chanel et en tira la clé de sa chambre. Elle aurait dû s'installer la veille, mais une fête imprévue organisée par des amis lui avait fait retarder son départ pour Los Angeles. Aussi n'était-elle arrivée que ce matin, juste à temps pour la conférence d'accueil.

— J'ai été assez étonnée d'apprendre que l'école exige une certaine tenue vestimentaire, affirma-t-elle en ouvrant la porte et en s'effaçant pour laisser passer Shawn. Je n'ai pas eu à me préoccuper de ce genre de choses depuis le lycée.

Le jeune homme déposa les trois grosses valises par terre et plaça le vanity-case sur le lit. Tous les bagages de Sondra étaient blancs et frappés à ses initiales en lettres d'or.

— Oh ! s'exclama la jeune fille, et elle alla vers la fenêtre située au-dessus du bureau.

C'était exactement ce qu'elle espérait : là-bas, entre les palmiers et les pins, scintillait une mince bande d'océan bleu.

Les vingt-deux années de son existence, Sondra Mallone les avait entièrement passées en Arizona, au milieu des terres. Aussi avait-elle posé sa candidature dans les facultés de médecine d'où elle pourrait voir de l'eau. De grandes étendues d'eau – un océan, ou une rivière serpentant à perte de vue, qui lui rappellerait sans cesse qu'au-delà il y avait un autre pays, un pays inconnu, peuplé d'étrangers avec leurs coutumes propres, un ailleurs qui, depuis toujours, l'attirait. Et un jour, bientôt, lorsqu'elle aurait terminé toutes ces études et obtenu ce diplôme de médecine, elle partirait et irait là-bas...

« Pourquoi voulez-vous devenir médecin ? » lui avaient encore demandé ses examinateurs.

Elle s'attendait à cette question. Son conseiller de l'université d'Arizona l'avait préparée à l'entretien et lui avait indiqué les réponses souhaitées par les examinateurs. « Ne leur dites pas que vous voulez être médecin pour aider les gens, avait-il conseillé. Ils ont horreur de ça. D'une part, ça sonne faux ; d'autre part, ça manque d'originalité. Et enfin, ils savent bien que seule une poignée d'étudiants font médecine pour des motifs altruistes. Ils veulent donc une réponse honnête, sortie droit des cellules grises ou du portefeuille. Alors, expliquez-leur que vous recherchez la sécurité de l'emploi, ou encore que vous désirez apporter votre contribution scientifique à la lutte contre les maladies. Mais surtout ne leur déclarez pas que vous voulez aider les gens ! »

Sondra avait répondu calmement et fermement : « Parce que je veux aider les gens. » Et ses six juges avaient vu qu'elle était sincère : une grande part de sa force résidait dans ses yeux, qu'elle avait grands et légèrement bridés, au-dessus de hautes pommettes – deux gouttes d'ambre au regard ferme et fier.

C'était en réalité plus compliqué que cela, mais la jeune fille n'avait pas à entrer dans ce genre de détails. Qu'importait à ces six étrangers ce désir qu'elle ressentait d'aider les gens qui lui avaient donné naissance – quels qu'ils fussent ? Il suffisait qu'elle-même en eût conscience, et que ce feu couvant en elle lui donnât une solide assurance et un but dans la vie.

Sondra ne savait ni qui étaient ses parents ni pourquoi ils l'avaient abandonnée ; mais son teint bistré, ses longs cheveux noirs et soyeux pendant librement dans son dos, ses membres fins et ses robustes épaules ne laissaient guère de doute sur ses origines. Et, devant les papiers d'adoption, quand elle avait su qu'elle n'était pas la fille d'un riche homme d'affaires de Phoenix, mais le fruit de quelque drame obscur, elle avait entendu le lointain appel. « Je ne veux pas travailler dans un petit hôpital tranquille, avait-elle déclaré à son père et à sa mère. Je leur dois, à *eux,* d'aller où on a besoin de moi. »

— Tu as de la chance d'avoir une voiture, dit Shawn derrière elle.

Souriante, elle se tourna vers lui. Les mains dans les poches de son jean, il était appuyé contre le chambranle.

— Je savais que Los Angeles était étendu, poursuivit-il, mais je ne m'attendais pas à ça. Je suis arrivé depuis quatre jours, et je ne comprends toujours pas comment les gens se débrouillent !

Le sourire de Sondra s'élargit.

— Tu peux m'emprunter ma voiture quand tu veux.

Shawn la regarda fixement, les yeux ronds.

— Merci, murmura-t-il.

21

En Levi's blanc et col roulé noir, Léa Shapiro courait sur le sentier dallé menant au bâtiment administratif. Cette première journée était vraiment trop courte pour remplir toutes les formalités, et la jeune fille était certaine de trouver une longue file d'attente devant le bureau du trésorier.

Avec ses petites jambes et sa tendance à l'embonpoint, Léa devait réellement jeter toutes ses forces dans sa course, et sa hâte, son désir d'arriver à temps ravivèrent un lointain souvenir.

Elle avait alors dix ans, petite fille boulotte et brune qui haletait sur la piste boueuse autour de l'école de Seattle, son petit corps pataud désespérément tendu vers la victoire, pour papa. Il lui fallait gagner ce prix : elle l'apporterait à papa, pour lui prouver qu'il se trompait, qu'elle était vraiment capable de réussir en quelque chose. Et son cœur de gamine de dix ans avait battu et palpité ; et ses petites jambes trapues avaient peiné tour après tour, dans le crachin et devant les rares spectateurs qui avaient fait l'effort de venir. Enfin, Léa avait franchi la ligne d'arrivée – non pas première, ni deuxième, mais troisième, ce qui n'avait pas d'importance puisque là aussi il y avait un prix à la clé : une magnifique boîte d'aquarelles que Léa avait précieusement serrée sur son cœur, sous son imperméable, jusqu'à la maison. Quand son père était rentré de l'hôpital, elle l'avait timidement déposée sur ses genoux, comme une offrande. Et pour la première fois, la toute première fois de sa vie, l'enfant avait vu que son père était fier d'elle.

Ce n'était pas une mince victoire, celle-là, que de gagner l'admiration et l'approbation d'un homme qui lui en voulait depuis dix ans d'être née fille. Le

Dr Mike Shapiro avait placé la boîte sur la cheminée familiale, à côté des trophées et des photographies des trois frères de Léa, et il n'avait pas manqué, les jours suivants, de la montrer aux visiteurs en s'exclamant : « Le croiriez-vous ? Notre grosse petite Léa a gagné ça dans une course ! »

Six jours durant, six jours enivrants, Léa avait vécu, béate, dans la fierté de son père, convaincue que désormais tout irait bien, qu'il n'y aurait plus de critiques, plus de regards désappointés... jusqu'à ce repas fatidique, où il lui avait négligemment demandé : « Au fait, Léa, vous étiez combien dans cette course ? » C'est alors que la bulle de bonheur éphémère avait irrémédiablement éclaté. « Trois », avait-elle répondu d'une toute petite voix. Son père était parti d'un rire homérique, le plus grand rire qu'il eût jamais eu, et l'anecdote avait rejoint l'arsenal des plaisanteries familiales, provoquant toujours, à chaque évocation, la même hilarité chez le Dr Shapiro.

« Aïe ! » s'écria soudain Léa en sautillant sur un pied. Elle se laissa tomber sur l'herbe : un gravillon venait d'entrer dans sa sandale et de blesser douloureusement son talon.

Il était venu à l'aéroport, hier. Quelle émotion pour Léa ! Elle pensait être seule avec sa mère : un baiser, une embrassade, de simples adieux pour un an, et c'eût été tout... Mais voilà qu'il s'était mis au volant, et elle avait cru, quelques brefs instants d'espérance anxieuse, que ce serait enfin la réconciliation tant attendue. Quelle erreur, une fois de plus !... Il avait fait enregistrer ses bagages, l'avait accompagnée jusqu'à la porte d'embarquement, puis, retenant un moment sa main dans la sienne, avait dit : « Je te donne jusqu'à Noël, Léa. Tu verras alors que j'avais raison. »

Noël… Dans quatre mois… Quinze semaines pour voir si la lugubre prédiction du Dr Mike Shapiro se réaliserait. « Médecine ! s'était-il exclamé l'année dernière. Toi ? Tu veux faire médecine ? Hé, Léa, tu rêves ! Sois raisonnable, fais ce dont tu es capable, voyons ! Les gens qui demandent la lune ont bien des occasions de se casser le nez, et tu sais à quel point les échecs t'affectent. Tu n'as jamais été bonne joueuse, Léa. Tu crois que faire médecine est une partie de plaisir ? Oh ! et puis, non, n'écoute pas ce que je dis. Après tout, je ne suis qu'un docteur, et qu'est-ce que j'en sais ? Vas-y donc, et tente ta chance. Simplement, n'oublie pas que cela n'a rien de facile. »

Ce n'était pas juste. Il ne parlait jamais comme ça à Joshua, ni à Max ; il n'essayait jamais de les décourager, eux. Et même Judith, la petite dernière, il la poussait bien à viser le plus haut possible. « Pourquoi moi, seulement moi ? pensait Léa. Pourquoi ne veux-tu pas m'aimer ? »

Le temps que Léa se relève et rassemble tout le fatras qui avait glissé de sa gibecière de cuir, et l'horloge de l'école sonna midi. La jeune fille jura tout bas : le bureau du trésorier serait maintenant fermé jusqu'à deux heures.

Vicky Long franchit les portes vitrées du Hall Manzanitas et s'arrêta un instant dans l'air embaumé de cet après-midi de septembre. Elle jeta un coup d'œil circulaire, puis étudia de nouveau le plan de l'école pour s'orienter.

Depuis qu'elle avait quitté l'amphithéâtre, ce

matin, le Hall Manzanitas était le cinquième bâtiment qu'elle explorait, et jusqu'ici sa quête s'était révélée infructueuse. Le campus n'était pas grand et il ne restait guère de bâtiments à visiter. Si ce qu'elle soupçonnait à présent se vérifiait, Vicky Long serait prise d'un véritable désespoir. Aussi, en empruntant l'un des sentiers dallés vers le Hall Encinitas, cette longue et basse construction à l'espagnole affectée aux loisirs et aux activités culturelles des étudiants, la jeune fille sentait la panique monter en elle.

Passant en hâte près du campanile, Vicky s'aperçut soudain du caractère étrange, tout à fait inhabituel pour elle, de ce campus. Où étaient donc les tables de jeu, et les affiches invitant à adhérer à tel ou tel mouvement ou syndicat ? Où étaient les tracts, les harangueurs, les agitateurs ? Et les stands sur le Viêt-nam, le Black Power et la liberté d'expression ? Vicky se croyait revenue dans le passé, dans ces indolentes années 50 où les étudiants étaient de vrais étudiants, et où l'on appelait encore les professeurs « Monsieur ». Castillo était un magnifique campus, propre, élégant, débordant de couleurs avec ses plates-bandes et ses pelouses d'émeraude soigneusement entretenues, ses sentiers dallés, ses fontaines espagnoles carrelées, ses bâtiments blancs ornés de stuc à la manière des haciendas, ses arcades maures et ses toits de tuile rouge. Bref, une vieille école à l'atmosphère surannée, une école riche empestant manifestement le conservatisme.

C'était exactement ce qui inquiétait maintenant Vicky Long : ce campus était bien trop tranquille.

Quelle différence avec celui d'où elle venait, celui

25

de Santa Barbara, en Californie, où ils avaient mis le feu à la Banque d'Amérique ! Comment diable pourrait-elle se fondre dans le décor ici ? Où étaient sa protection, ces foules, ces cyclistes, ces couples agréablement étendus dans l'herbe ? Où étaient les joueurs de guitare, les mendiants, les groupes de discussion installés sous les arbres ? En un mot, où était le camouflage qui lui permettrait de se dissoudre, de devenir invisible ? Quelle déception pour la jeune fille !… Lorsqu'elle avait posé sa candidature pour Castillo, elle ne se doutait guère de cette tranquillité, de cet ordre et de cette propreté. C'est qu'on allait la remarquer ! Les gens la *verraient* !

« N'ai-je pas eu tort de venir ici ? » pensa-t-elle avec inquiétude.

Enfin, elle trouva ce qu'elle cherchait : des toilettes pour dames. Elle se précipita vers le lavabo.

Pour elle, les premiers jours dans un nouvel endroit étaient toujours un supplice. Tant que ses nouveaux compagnons ne s'étaient pas habitués à son visage, il lui fallait supporter les regards étonnés, puis la franche curiosité, puis l'éclair de pitié, et enfin l'embarras et l'air faussement dégagé de ceux qu'elle surprenait à l'observer. C'est pourquoi elle s'habillait toujours « terne », s'efforçant de disparaître derrière des gris, des bruns, des couleurs passe-partout. Et les foules représentaient sa meilleure défense.

Elle releva le soyeux rideau de cheveux blonds qui lui couvrait la moitié du visage, déboucha un tube de fond de teint et procéda à l'opération rituelle. Après quoi, ayant ramené ses cheveux sur ses joues, elle se mit une légère touche de rouge à lèvres orangé. Elle aimait bien se maquiller et regrettait de ne pouvoir le faire comme les autres filles, sans crainte d'attirer l'attention par des couleurs lumineuses. Mais pour rien au monde Vicky ne voulait, justement, attirer l'attention sur son visage.

Elle sortit du Hall Encinitas et consulta encore son plan. Il devait bien y avoir d'autres toilettes pour dames dans cette école ! Décidant de sauter le déjeuner au réfectoire et d'en profiter pour repérer sur son plan toutes les toilettes qu'elle trouverait, Vicky partit vers l'océan, au bord duquel se dressait le Hall Rodriguez, perché sur les falaises escarpées de Palos Verdes.

Sondra bavardait toujours en riant avec Shawn, sur le seuil de sa chambre, quand elle vit venir dans le couloir une autre des cinq étudiantes. La nouvelle venue portait une robe brun souris et serrait contre elle, comme un bouclier, un grand sac de paille. Le peu que l'on pouvait voir de son visage, derrière le voile de ses cheveux dorés, était d'un rouge écarlate.

— Salut, dit Sondra à l'adresse de l'arrivante.

Elle vit alors que la rougeur était bizarrement localisée d'un seul côté du visage.

— Je m'appelle Sondra Mallone, poursuivit-elle en tendant la main.

— Bonjour, répondit Vicky, moi, c'est Vicky Long.

Elle glissa une main incertaine dans les doigts fermes de Sondra.

— Et voici Shawn. Il loge un peu plus loin dans le couloir.

Une curieuse lueur dans les yeux, Shawn examina un instant Vicky, puis il se détourna, légèrement embarrassé.

D'un geste gracieux des deux mains, Sondra rejeta en arrière ses longs cheveux noirs.

— Je suis probablement la dernière à emménager, plaisanta-t-elle. Shawn a eu la gentillesse de m'aider à porter mes bagages. Vu leur poids, on aurait pu croire que j'avais emporté même l'évier de la cuisine !

Hésitante, Vicky restait plantée là, portant de temps à autre la main à sa joue pour s'assurer que la tache de naissance était bien dissimulée. Il y eut un silence pénible, meublé par le bruit de voix assourdies derrière les autres portes du couloir.

— Bon, reprit finalement Sondra. Il faudrait peut-être qu'on se prépare pour le thé, hein, Vicky ?

Cette dernière acquiesça avec soulagement, tourna les talons et se hâta vers sa chambre. Dès que le battant se fut refermé, Shawn murmura : « Pauvre gosse... Je croyais pourtant que ce genre de trucs se soignait bien aujourd'hui. »

Il changea de sujet, parla de l'école et des rumeurs courant sur Castillo, mais Sondra ne l'écoutait plus. Elle pensait à Vicky Long. Quelle drôle de fille... bien timide pour vouloir devenir médecin. Et comment pouvait-elle supporter tous ces cheveux dans la figure ?

Sondra posa une main sur le bras de Shawn.

— Toutes les filles ont été invitées à un thé offert par la femme du doyen, déclara-t-elle. Il faut que je me prépare...

Il la regarda, l'air de dire « Te préparer ? Je te

trouve formidable comme tu es... », et se redressa en sortant les mains de ses poches.

— Il y a une soirée au réfectoire, après le dîner, annonça-t-il. Tu y seras ?

Sondra secoua la tête en riant.

— J'ai conduit presque toute la nuit pour venir de Phoenix. Je serai au lit à huit heures !

Immobile, il la contempla un moment.

— Si tu as besoin de quoi que ce soit, si je peux t'être utile, je suis au numéro 203.

Elle le regarda s'éloigner dans le couloir – il était vraiment plaisant, avec son air net et son léger accent des montagnes –, puis elle se tourna vers la chambre de Vicky. Après une seconde de réflexion, elle s'avança et frappa.

Le battant s'entrouvrit et deux timides yeux verts apparurent.

— Ce n'est que moi, dit Sondra d'une voix enjouée. Je me demandais comment tu allais t'habiller pour le thé de Mme Hoskins. Moi, je ne sais absolument pas quoi mettre.

Vicky ouvrit toute grande sa porte.

— Tu plaisantes, répliqua-t-elle, incrédule, tu peux parfaitement rester comme tu es...

Sondra baissa les yeux vers la tenue qu'elle portait depuis le matin : une minirobe de voile crème à minuscules pois blancs, sans manches, et d'élégants escarpins Salomé blancs. L'ensemble était des plus simples, mais peu de femmes pouvaient se permettre un tel style. Sondra, avec ses longues jambes minces et sa peau bronzée, en rendait l'effet saisissant.

— Je n'ai rien de bien élégant, poursuivit Vicky, et sa main voleta vers ses cheveux.

Sondra voyait bien qu'avec cette coiffure et cet

horrible emplâtre de maquillage, elle s'efforçait de dissimuler sa tache de naissance. Mais ça ne marchait pas. Et même, pensa Sondra, tout ce qu'elle réussit à faire, c'est à attirer l'attention des gens sur sa joue.

Contemplant les fins cheveux couleur de blé mûr et les yeux verts de Vicky, Sondra se dit soudain que certains bleus pourraient réellement la mettre en valeur, à l'inverse de cette robe droite, marron et terne.

— Montre-moi ce que tu as, demanda-t-elle.

Vicky ne possédait qu'une seule valise, vieille et abîmée. À l'intérieur, des piles bien nettes de pulls et de jupes beiges et marron reposaient sur des robes toutes simples. Tout venait de chez Sears et J.C. Penney. Et tout était démodé, sans tenue, fade.

— J'ai une idée, s'écria Sondra. Je vais te prêter quelque chose.

— Oh ! Je ne crois pas que…

— Mais si ! Allez, viens.

Saisissant Vicky par le poignet, Sondra l'entraîna dans sa propre chambre. Elle jeta une de ses énormes valises sur le lit et l'ouvrit.

Les yeux de Vicky s'agrandirent devant l'abondance et l'incroyable variété de chemisiers, de jupes, de soieries, de cotonnades et de lainages qui se présentèrent à elle. Sans ménagement, Sondra fouilla dans cet amoncellement, écartant ceci, retenant cela, et le plaçant devant Vicky pour en étudier l'effet d'un œil critique.

— Vraiment, j'aimerais mieux pas… murmura Vicky.

Sondra secoua une robe à carreaux bleus et blancs

et à manches blanches, et la maintint sous le menton de Vicky.

— Elle ne m'ira pas ! Rien de tout ça ne m'ira. Je suis plus grande que toi.

Sondra médita cet argument et acquiesça.

— Après tout, il n'y a pas que les habits qui comptent, pas vrai ? concéda-t-elle en laissant tomber la robe sur le lit. Je suis réellement trop gâtée sur ce plan-là. C'est vraiment écœurant de voir ce fatras, tu ne trouves pas ?

Elle tenta vainement de tout remettre dans la valise et y renonça en secouant la tête.

— Quelquefois, ça m'encombre, ces affaires…

Elle se tut et son visage devint grave.

— J'ai toujours eu ce que je voulais, reprit-elle d'une voix tranquille. Jamais je n'ai…

Elle fut interrompue par une explosion de rire masculin dans le couloir. Les deux jeunes filles regardèrent vers la porte ouverte.

— Je ne savais pas que l'étage serait mixte, commenta Vicky avec une pointe de détresse.

— Et moi, je ne savais pas que les chambres allaient être aussi petites ! Où vais-je bien pouvoir mettre toutes mes affaires ?

Et Sondra décrivit sa maison de Phoenix, ce grand « rancho » à deux niveaux où elle avait une immense chambre, une salle de bains particulière et un boudoir à peu près aussi grand que la pièce d'ici. C'était la première fois qu'elle quittait la maison familiale. Pendant ses quatre années préparatoires, à l'Université, elle avait habité chez ses parents : comme elle n'avait pas une vie sociale très active, elle n'avait jamais ressenti le besoin de disposer d'un pied-à-terre où recevoir ses amies ou des hommes. Sondra n'avait qu'un but dans la vie, et c'est pourquoi elle était venue à Castillo. Le reste – vie sociale et vie amoureuse – était secondaire.

Vicky et Sondra entendirent soudain un grand bruit dans le couloir, suivi d'un « zut ! » étouffé. En sortant, elles virent une jeune fille en pantalon blanc et col roulé noir accroupie devant un tas de livres sur le sol. L'inconnue passa ses mains dans ses courts cheveux bruns et déclara en riant : « Maladroite je suis née, maladroite je resterai ! »

Comme Sondra et Vicky s'étaient approchées pour l'aider à ramasser livres et sac, les jeunes filles firent connaissance et échangèrent des plaisanteries sur cette première journée à l'école.

— J'ai l'impression d'être une gamine, expliqua Léa Shapiro qui avait enfin réussi à ouvrir la porte de sa chambre, où toutes trois pénétrèrent. Ma vie semble n'être qu'une succession de rentrées scolaires. Tous les quatre ans, réglé comme du papier à musique !

— Il paraît que cette fois-ci est la dernière ! dit Sondra.

Elle remarqua que Léa, comme Vicky et elle-même, ne s'était pas encore vraiment installée : son sac de voyage était toujours fermé, et il n'y avait qu'une trousse de toilette en plastique ouverte sur le bureau nu.

Léa se débarrassa de son sac et passa de nouveau la main dans ses cheveux courts. Sur sa poitrine épanouie, un large pendentif frappé du signe de la Balance scintilla dans les rayons du soleil de cette fin d'après-midi.

— Il me semble que je vais faire des études toute ma vie, soupira-t-elle.

— Tu as déjà tes livres ? constata Sondra en jetant un coup d'œil au dos des volumes qu'elle allait poser. Comment as-tu trouvé le temps de te les procurer ?

— Je me suis débrouillée, répondit Léa. Et j'ai l'intention de m'y attaquer dès ce soir. Asseyez-vous donc, et bavardons un peu.

Elle ôta ses sandales d'un coup de pied et se massa le talon blessé tout à l'heure par le gravillon.

— Il va probablement falloir que je me procure de vraies chaussures si je veux respecter le règlement de l'école, reprit-elle. Et que je téléphone à ma mère de m'expédier quelques jupes !

Sondra s'assit sur le bord du lit.

— Et moi, je vais devoir rallonger tous mes ourlets...

— Bon, dit Léa en attrapant son sac. Vous venez toutes les deux de Californie ?

— Je suis de Phoenix, répliqua Sondra.

Elles regardèrent Vicky qui était restée debout.

— Moi, je viens de par là-bas, finit-elle par admettre de l'air d'un suspect avouant tous ses crimes. De la Vallée...

— J'en ai entendu parler, affirma Sondra pour l'encourager.

Vicky avait manifestement de grandes difficultés à se faire des amis.

— Tu as laissé quelqu'un là-bas ? demanda Léa en examinant la tache de vin sans chercher le moins du monde à être discrète.

— Laissé quelqu'un ?

— Eh bien, un petit ami... ?

Pour un peu, Vicky aurait éclaté de rire. Comme si les hommes se pressaient au portillon pour sortir avec une fille comme elle ! Mais après tout, peu importait. Elle s'était résignée depuis longtemps à ce qu'il en fût ainsi.

— Non, répondit-elle, juste ma mère.

— Où habite-t-elle ? questionna Sondra.

— À Chatsworth. Elle est dans une maison de santé à l'autre bout de la Vallée.

— Et ton père ?

Vicky observa la bougainvillée violet et mauve qui encadrait la fenêtre de Léa.

— Mon père est mort quand j'étais encore un bébé. Je ne l'ai jamais connu.

Elle mentait. Son père était en fait parti avec une autre femme en abandonnant Vicky et sa mère.

— Je compatis, dit Sondra. Je ne connais pas mon vrai père, moi non plus. Ni ma vraie mère. J'ai été adoptée.

— Tu sais, intervint Léa en sortant un paquet de cigarettes de son sac, quand je t'ai vue à la conférence, ce matin, j'ai cru que tu étais polynésienne. Maintenant, je trouve que tu as davantage le type méditerranéen.

Sondra rit et lissa sa jupe sur ses cuisses.

— Si tu savais ce que les gens peuvent imaginer à mon sujet ! Il y a même quelqu'un qui voulait absolument que je sois indienne. Une Indienne des Indes.

— Tu n'as aucune idée de l'identité de tes parents ?

— Non, mais je me doute de ce à quoi ils ressemblent. Au lycée, il y avait une fille du même genre que moi. Les gens nous prenaient parfois pour des sœurs. Elle venait de Chicago. Mais sa mère était noire et son père blanc.

— Oh ! je vois…

— Ne t'en fais pas, j'ai accepté mon type. Mais pour ma mère, les choses n'ont pas été faciles. Pour ma mère adoptive, je veux dire… Tu vois, je n'étais qu'un bébé lorsqu'ils m'ont adoptée, et on pouvait croire que je ressemblerais à mon père, qui est très brun. Mais il n'en a rien été. Plus le temps passait, et moins j'avais de points communs avec mes parents. Ça a commencé à embarrasser ma mère. Elle appartient à toutes sortes de clubs et fréquente les meilleurs milieux. Je sais qu'à une époque tout cela la tracassait beaucoup. Surtout quand papa a décidé de se lancer dans la politique. Et puis, heureusement pour moi, il y a eu cette loi sur les droits civiques : tout à coup, il était non seulement toléré, mais à la mode d'aider les Noirs. Ma mère n'avait enfin plus besoin de s'inventer je ne sais quel ancêtre italien pour justifier le type que j'avais !

Abasourdies, Léa et Vicky contemplaient Sondra : comment son physique pouvait-il constituer un quelconque handicap ? Pour l'une, qui avait toujours eu à lutter contre l'embonpoint, comme pour l'autre, qui se voyait fermer tant de portes à cause de son visage, la beauté exotique et la grâce pleine d'aisance de Sondra Mallone ne pouvaient qu'être enviées !

— Tu es fille unique ? demanda Léa.

— Ma mère l'a voulu ainsi, dit gravement Sondra. Mais j'ai longtemps rêvé d'avoir des frères et sœurs.

Léa alluma une cigarette et souffla pour rejeter la fumée.

— Moi, j'ai trois frères et une sœur. Et je rêvais d'être fille unique !

— Ce doit être bien d'avoir des frères et sœurs, ajouta doucement Vicky en se décidant finalement à s'asseoir par terre, le dos contre la porte du placard.

Léa étudia l'extrémité de sa cigarette et ses yeux se durcirent. C'était peut-être bien d'avoir des frères et sœurs, mais à condition d'avoir aussi assez d'amour paternel à se partager…

— Toc, toc, dit une voix.

Les trois filles se tournèrent vers la porte ouverte : sur le seuil se tenait une jeune femme, une bouteille de sangria et quatre verres dans les mains.

— Salut, déclara-t-elle, je suis le Dr Selma Stone, quatrième année. C'est moi, votre comité d'accueil au Castillo College.

Avec sa jupe de tweed, son chemisier de soie et son collier de perles, Selma Stone avait un air conservateur d'un autre âge, comme l'école.

Elle attira la chaise placée devant le bureau de Léa et s'y assit en croisant les jambes.

— Tu as dit que tu étais en quatrième année ? demanda Léa en acceptant un verre de vin rouge. Alors, comment se fait-il que tu t'appelles *docteur* Stone ?

Selma rit.

— Oh ! c'est qu'en troisième année on commence son internat à l'hôpital – à Sainte-Catherine, de l'autre côté de l'autoroute – et il faut se présenter aux malades comme étant docteur. Comme ça, ils ne savent pas qu'ils ont affaire à de simples étudiants en médecine, et ça leur donne confiance. Moi, je le fais depuis un an, et c'est devenu une habitude. En réalité, je ne serai vraiment médecin que dans neuf mois.

Léa contempla le liquide rubis dans son verre et médita sur ce manque d'honnêteté envers les malades ainsi que sur ce privilège d'user d'un titre que l'on n'avait pas encore mérité.

— Je me suis proposée pour vous accueillir à l'école avant le thé de cet après-midi. Depuis qu'ils admettent des filles à Castillo, c'est une tradition. Il y a trois ans, j'étais la seule fille de ma classe, et je n'en menais pas large ! J'ai vraiment apprécié qu'une ancienne vienne me voir.

Les yeux ambrés de Sondra se posèrent sur Selma Stone. Quelle impression cela faisait-il d'être la seule fille d'une classe de quatre-vingt-dix étudiants ?

— Vous avez sûrement des questions, poursuivit Selma. Il y en a toujours.

Ses yeux gris évaluèrent tour à tour les trois visages tournés vers elle. La petite brune aux cheveux courts, là, n'aurait aucun problème à Castillo : son regard avait quelque chose d'implacable et de résolu ; elle s'en sortirait toujours. La beauté au type exotique, elle, pouvait soit s'attirer d'énormes difficultés à cause des hommes, soit être très à son avantage : cela dépendrait de sa force de caractère... Quant à la troisième, la blonde qui se cachait derrière ses cheveux, elle avait un regard traqué qui troubla Selma Stone : celle-là avait peu de chances de tenir le coup...

Ce fut précisément Vicky qui prit la parole.

— J'ai une question : combien y a-t-il de toilettes pour femmes et où sont-elles situées ?

— On peut les compter sur un seul doigt de la main : celles du Hall Encinitas.

— C'est tout ? Mais pourquoi ?

— Problème de logistique. À Castillo, il n'y a jamais eu plus de huit pour cent de femmes dans une classe. En réalité, tout à fait au début, dans les années 40, le quota était limité à deux par classe. Et comme il n'y avait pas de personnel féminin, ce qui est toujours le cas, l'école ne pouvait pas se permettre de démolir tous les bâtiments pour procéder à de nouvelles installations de plomberie.

— Mais alors, comment…

— Eh bien, on apprend à se passer de thé ou de café le matin, et, quand on a ses règles, on prévoit quelque chose pour toute la journée parce qu'on n'a pas le temps entre deux cours de traverser le campus jusqu'au Hall Encinitas.

La gorge de Vicky se noua. Être si loin de la salle de bains !

— Comment sont traitées les filles, ici ? demanda Sondra.

— À ce que j'ai compris, le fait d'admettre des femmes à Castillo était très mal accepté, il y a quelques années. On pensait que cela dévaloriserait le diplôme décerné par l'école. D'ailleurs, on sent encore une réticence chez les professeurs les plus anciens. Vous verrez que certains hommes vous mettent continuellement à l'épreuve. Quelques membres du personnel prennent toujours plaisir à trouver le point faible des étudiantes. Faites bien attention à retenir vos larmes : si vous pleurez, on vous reprochera votre féminité.

Tout en portant son verre à ses lèvres, Léa balaya mentalement les sombres prédictions de cette Cassandre. Rien ni personne ne l'empêcherait, elle, de franchir cette ligne d'arrivée…

— Mais vous vous en tirerez, ajouta Selma Stone. Montrez toujours que vous prenez au sérieux ce que vous faites. N'oubliez jamais que Castillo n'a rien à voir avec les campus ouverts et libéraux que vous venez certainement de quitter. L'école a des principes rigides, et tous les aspects conservateurs d'un club masculin. Ici, nous sommes des intruses.

— Et les étudiants ? demanda Sondra. Comment nous considèrent-ils ?

— La plupart nous traitent en égales, mais il y en a encore qui nous considèrent comme des menaces. Ceux-là tâcheront de vous rabaisser, et prendront des airs supérieurs, à moins qu'ils ne soient intrigués et essaient de vous coller une étiquette. Je pense que quelques-uns ont même peur de nous. Mais si vous gardez une certaine réserve dans vos relations avec eux et si vous vous concentrez sur la principale raison de votre présence ici – étudier la médecine –, vous n'aurez pas de problèmes.

Sur la longue table couverte de damas, une assiette à son nom et un petit bouquet attendaient chaque convive. Regroupées près de l'énorme cheminée de pierre située à une extrémité de l'immense salle de détente, les jeunes femmes et leur hôtesse commencèrent par savourer du vin blanc tout en faisant connaissance et en parlant de Castillo et de ses coutumes. Gantée de blanc, la femme du doyen se révéla charmante : elle appelait ses invitées « les filles », et les assura qu'elles feraient plus tard la fierté de leurs maris.

En silence, dans le crépuscule parfumé, Sondra,

Léa et Vicky revinrent dans le dortoir, l'oreille attentive au lointain fracas des vagues au pied des falaises de Castillo. Sur leur gauche, tels de lugubres symboles des quatre années à venir, les masses sombres et imposantes des Halls Mariposa, Manzanitas et Rodriguez se découpaient sur les palmiers et le ciel lavande. Mais sur leur droite, au-delà de l'autoroute de la côte Pacifique, se dressait, scintillant comme une lumière au bout d'un tunnel noir, le monolithe doré de Sainte-Catherine-de-la-Mer, l'hôpital où elles apprendraient leur métier… Le cœur lourd d'appréhension, les trois jeunes filles suivaient lentement le chemin de dalles centenaires.

Lorsqu'elles atteignirent l'entrée du Hall Tesoro, elles s'immobilisèrent dans un flot de lumière, de musique rock et de rires masculins.

— Comment voulez-vous qu'on travaille dans cette ambiance ? s'exclama Léa. Écoutez, j'ai une idée. Qu'est-ce que vous pensez de ce dortoir ?

— Comment ça ? s'enquit Sondra.

— Eh bien, on paie une fortune pour habiter là. Et écoutez un peu comme c'est bruyant ! Je me demandais ce que vous diriez de prendre un appartement à trois…

— Un appartement ?

— Oui, hors du campus. J'ai remarqué quelques offres de location dans les environs. Je suis sûre que, partagé en trois, le loyer ne serait rien du tout en comparaison de ce que Castillo nous fait payer – sans parler du manque d'intimité et de calme pour travailler.

Léa écouta avec une grimace la musique et les rires.

— En plus, reprit-elle, on nous fait payer une

femme de ménage et la blanchisserie. Nous sommes bien assez grandes pour entretenir nous-mêmes notre appartement et laver notre linge. Et puis… il y a la nourriture. Comment avez-vous trouvé le déjeuner de ce matin, au réfectoire ?

Ses compagnes firent un effort de mémoire. On leur avait servi quelque chose de brun…

— Je suis assez bonne cuisinière, poursuivit Léa. Et je ne fais pas trois repas par jour, alors qu'ici on paie le petit déjeuner, le déjeuner et le dîner, même si on ne les prend pas. Imaginez un peu les économies qu'on pourrait réaliser…

Elle marqua une nouvelle pause.

— Enfin, et surtout, il y a l'intimité : dans un appartement, pas de types sans arrêt devant nos portes…

Les yeux de Vicky s'allumèrent. Être seule, loin des hommes…

— Je trouve que c'est une bonne idée, approuva-t-elle.

Sondra pensait à sa minuscule chambre et à ces jeunes gens trop complaisants, comme Shawn – gentils, certes, mais envahissants.

— J'apprécierais d'avoir plus d'espace vital, reconnut-elle, mais je ne veux pas habiter loin de l'océan.

Il fut décidé que Léa se chargerait des recherches. Les cours eux-mêmes ne débuteraient pas avant deux jours, c'est-à-dire le jeudi. C'était suffisant pour trouver un appartement, y emménager, et convaincre le trésorier de leur rembourser le prix de la pension à l'école.

D'une poignée de main, les trois filles scellèrent leur accord.

Chapitre 3

En Californie du Sud, septembre est le mois le plus chaud de l'été. Ce mercredi après-midi-là, de surcroît, pas la moindre brise marine pour agiter l'air brûlant. C'est par une chaleur impitoyable que les trois amies s'installèrent dans la Mustang de Sondra et descendirent l'avenue Oriante.

Quelques minutes plus tard, dans l'escalier menant aux logements du deuxième étage, Léa sortit un calepin de son sac et le tendit à Sondra.

— Tous les chiffres sont là-dedans, expliqua-t-elle. La propriétaire voulait une caution, mais je l'ai convaincue que nous saurions entretenir l'appartement. Le loyer est de cent quinze dollars par mois, et il paraît que les charges sont inférieures à dix dollars. Ajoutons cent cinquante dollars pour la nourriture... Ça nous fait en tout un peu moins de cent dollars par mois et par personne. Comme ils nous prennent huit cents dollars chacune par semestre pour vivre à l'école, ça nous fera une économie de trois cents dollars par personne !

Extirpant une clef de la poche de son Levi's, elle ouvrit la porte et s'exclama :

— Et voilà ! Après vous !...

L'appartement était petit, mais joliment meublé, et le sol entièrement recouvert de moquette. Les murs blanc cassé étaient nus, tout comme les étagères et le dessus des meubles, mais les trois filles virent immédiatement le parti qu'elles pourraient en tirer. Sondra imaginait déjà coussins et affiches, Léa disposait ici et là plantes et gravures... Et Vicky appréciait d'avance l'intimité de ce havre loin du monde.

— Alors ? demanda Léa. Qu'en pensez-vous ?

— Ça me plaît ! répondit Sondra. J'ai de superbes affiches. Je les mettrai aux murs et, de quelque côté que nous nous tournions, nous aurons devant les yeux des châteaux, des rivières et des couchers de soleil. Quelques coussins couleur brique donneront du caractère à ce divan...

Elle se plaça au milieu du salon et regarda autour d'elle en souriant.

— ... Et pourquoi n'y aurait-il pas un tapis oriental ? poursuivit-elle.

— Halte-là ! dit Léa en riant. Je ne peux pas m'offrir des trucs comme ça ! Je finance moi-même mes études, et le moindre centime comptera !

— Ne t'inquiète pas, rétorqua vivement Sondra. Moi, j'ai de l'argent, et je serai la décoratrice d'intérieur.

Léa observa Vicky qui s'approchait avec précaution du corridor, comme si quelque animal menaçant y était tapi.

— Et toi, Vicky, qu'en penses-tu ?

Vicky frissonna d'excitation. Oh oui ! ce serait parfait ! On pouvait rendre cet appartement confortable, intime, et on y serait tellement tranquille... Et puis, elle était sûre à présent de pouvoir joindre les deux bouts : avec sa bourse, le prêt qu'elle avait obtenu et l'argent gagné à travailler pendant l'été, elle aurait de quoi payer ses études ainsi que la pension de sa mère dans cette maison de repos où elle était si heureuse.

— On va tirer les chambres à la courte paille, proposa Léa en se dirigeant vers la cuisine pour prendre le balai.

Mais Vicky, l'arrêtant dans son élan, se déclara prête à occuper la seule pièce sans fenêtres : vitres et miroirs étaient sa hantise…

Les trois amies retournèrent à l'école, chargèrent leurs affaires dans la Mustang, puis, dans un éblouissant soleil couchant, revinrent vers l'appartement.

Sondra ouvrit toutes les fenêtres pour laisser entrer la brise vivifiante qui s'était enfin levée, tandis que Léa déballait ses achats du matin : une casserole, du café instantané, du fromage, des crackers, du papier hygiénique, et une boîte de bougies longue durée.

— La propriétaire m'a assuré que l'électricité serait rebranchée demain, annonça-t-elle en plaçant une bougie dans chaque pièce. Et ce week-end, nous pourrons aller acheter de quoi équiper la cuisine et la salle de bains.

Le soleil avait déjà disparu dans le Pacifique et les ombres s'allongeaient dans le crépuscule, mais Sondra prit néanmoins son temps pour arranger sa chambre. Le poster de Janice Nakamura, avec ses félins, trouva sa place au-dessus du lit, où la jeune fille pourrait le voir dès son réveil ; l'ensemble de bureau en cuir – cadeau reçu pour l'obtention de son diplôme – et une photographie de ses parents, prise au Grand Canyon, vinrent orner la table devant la fenêtre. Sondra accrocha ses robes dans la partie droite du placard, rangea jupes et chemisiers à gauche, et aligna ses chaussures comme de petits soldats sur le sol. Puis elle lissa les couvertures prêtées par la propriétaire – le temps de s'en procurer elle-même –, tapota l'oreiller, et recula pour apprécier le résultat de son travail.

Le premier pas…, songea-t-elle avec une intense satisfaction. C'était le premier pas vers le but du voyage…

Avant de rejoindre Léa et Vicky, elle s'attarda un moment devant sa fenêtre. Léa l'avait avertie : elle ne pouvait voir l'océan. Il était là, cependant, juste derrière les palmiers, au-delà des toits, et la jeune fille le sentait battre et palpiter sans fin. En fermant les yeux et en prêtant bien l'oreille, elle entendait le ressac, la grande pulsation chargée de tant de promesses – l'appel du vaste monde, l'appel de sa race. Cette sensation l'emplissait maintenant d'excitation, tout comme l'avait fait le serment d'Hippocrate déclamé par le doyen Hoskins mardi matin. Oui, sa longue quête se terminerait un jour.

Dans la cuisine, à la lumière d'une bougie, Léa étalait du fromage sur des crackers. Elle était seule, car Vicky se tenait encore dans la salle de bains.

Avec stupéfaction, la jeune fille constatait la fermeté de ses mains et la sûreté de ses gestes : Dieu sait pourtant qu'elle tremblait intérieurement ! C'est que les dés étaient jetés… « Et en dépit de mon père, se dit Léa. Je n'échouerai pas. Même si cela doit me tuer, j'irai jusqu'au bout, et je terminerai première. »

Onze mois à peine après la naissance de Léa – si

mal acceptée par le Dr Shapiro, l'un des médecins généralistes les plus renommés de l'État de Washington –, un garçon, Joshua, était né au foyer et le célèbre praticien avait tout pardonné. Il y avait eu ensuite Max, puis David. Lorsque vint le dernier enfant, et donc le plus chéri d'entre tous, c'était une fille. C'est alors que Mike Shapiro, sans paraître se souvenir qu'il en avait déjà une, s'était laissé attendrir par la petite Judith et avait fait d'elle la princesse que Léa estimait, de droit, devoir être.

Par certains côtés, pourtant, Léa comprenait son père. Elle avait été une enfant boulotte, gauche et décevante, l'enfant qui renversait toujours son lait ou se promenait le menton barbouillé de gâteau à la crème. Aujourd'hui, elle était en compétition avec ses frères : Joshua était à West Point, et sa photo ornait la cheminée familiale ; Max préparait médecine et deviendrait l'associé de son père ; et David, lui, faisait déjà preuve de grandes facultés dans le domaine juridique. « Toi, Léa, tu n'y arriveras jamais, avait déclaré son père. Trouve-toi plutôt un gentil garçon, marie-toi, aie des enfants… » Le problème était justement là : Léa n'avait jamais échoué, mais ne s'était pas non plus montrée très brillante. Certes, lorsqu'elle était enfant, puis adolescente, elle avait fait partie de cette race honnie des « moyens », des « médiocres », mais jamais elle n'était descendue plus bas. Elle n'était pas douée, voilà tout, et ce n'était pas sa faute si la seule course où elle eût jamais obtenu une place n'avait attiré personne, à cause de la pluie, et si le prix, indépendamment du temps réalisé, devait forcément lui revenir… Cette triste expérience avait tout de même eu du bon : Léa avait brièvement goûté l'admiration de son père. Et désormais, elle aspirait à la goûter encore davantage.

« Cette fois-ci, songeait-elle en disposant les crackers sur une assiette en carton, je ne serai pas troisième. Je serai première. Première sur quatre-vingt-dix. »

Si Vicky s'attardait vraiment dans la salle de bains, ce n'était pas pour se mettre du fond de teint, ou pour coiffer ses longs cheveux blonds sur sa joue : elle regardait fixement le visage reflété par le miroir. Un visage qui la narguait.

À sa naissance, la tache de vin n'était guère plus grosse qu'une tête d'épingle – un baiser de fée, affirmait sa mère –, mais elle avait lentement grossi, jusqu'à couvrir entièrement un côté du visage de la fillette, de l'oreille au nez et de la mâchoire à la racine des cheveux. À l'école, certains enfants se montraient cruels : « Hé, Vicky, s'écriaient-ils, tu as de la confiture sur la figure ! » ; ou encore, ils décrétaient que sa peau était empoisonnée et qu'il ne fallait pas s'approcher d'elle. Ils faisaient le pari d'oser courir jusqu'à elle et de toucher sa joue en passant. Et Stanley Furmanski avait déclaré que, selon son père, les taches de vin grossissaient, grossissaient, puis finissaient par éclater, et que le cerveau sortait alors par la blessure. Les enseignants, eux, sermonnaient leurs élèves et leur expliquaient qu'ils devaient être gentils avec les gens malheureux. Dans ces moments-là, Vicky voulait mourir. Elle rentrait en pleurant à la maison où sa mère, toujours présente, la consolait tendrement.

Au lycée, ce ne fut pas mieux. Les filles ne sympathisaient avec elle que pour lui poser des questions indiscrètes sur son visage ; des professeurs pleins de bonne volonté l'humiliaient sans même s'en apercevoir ; et les garçons lui faisaient la cour par bravade, pariant cinq dollars avec leurs amis qu'ils oseraient l'embrasser sur cette joue-là.

Durant toutes ces années, la mère de Vicky avait consulté des médecins. La plupart d'entre eux déclaraient que la tache était d'origine vasculaire et se disaient impuissants à la traiter. Quelques-uns firent des expériences à coups de bistouri, d'hydrogène liquide et de neige carbonique, ne réussissant qu'à enlaidir et à abîmer davantage le visage de la jeune fille.

Au bout du compte, ce n'était pas sur le visage de Vicky que les dégâts étaient le plus visibles. Elle avait fait ses études secondaires avec une rapidité fulgurante et passé trois ans au collège, au lieu de quatre, ce qui faisait d'elle la plus jeune de la nouvelle promotion de Castillo. Aujourd'hui, Vicky était définitivement convaincue de son infériorité physique, convaincue que le travail était sa seule voie dans la vie.

Au début, elle avait trouvé bizarre que les six examinateurs ne lui aient pas demandé pourquoi elle voulait devenir médecin, comme ils ne manquaient certainement pas de le faire avec chaque candidat. Et puis, à la réflexion, sans doute avaient-ils compris en voyant son visage. Ils étaient eux-mêmes médecins, ils ne devaient pas être idiots. N'importe qui, dans le métier, pouvait deviner le nombre de spécialistes qu'elle avait dû voir en dix-huit ans. Tant de mains froides sur sa joue, tant de hochements de tête pleins de gravité… Vicky avait subi trop d'interventions, entendu trop souvent le terrible verdict « sans espoir ». Comment ne pas se douter au premier coup d'œil qu'elle avait, un jour, choisi de se consacrer aux gens comme elle, pour combattre cette affection humiliante – même si, dans son cas, il était trop tard ?...

Un grattement à la porte la fit sursauter. Ouvrant le battant, elle se trouva nez à nez avec une Sondra souriante et radieuse dans la lueur de la bougie qu'elle tenait à la main.

— Désolée d'avoir été si longue, dit Vicky. Je promets de ne pas monopoliser sans arrêt la salle de bains.

— Ce n'est rien, je venais seulement t'avertir que le banquet était prêt.

Léa avait disposé le fromage et les crackers sur la table, et versait du Coca-Cola dans les gobelets en carton.

— Il va falloir que je surveille ma consommation de ce truc, déclara-t-elle tandis que ses amies s'installaient dans la lumière palpitante de la bougie. Je dois faire sans cesse attention à mon poids. Quand j'étais petite, chaque fois que mon père me surprenait à boire du Coca ou à manger des bonbons, il retirait une pièce de mon argent de poche. Et quand j'étais en première, il m'a offert dix dollars si je perdais cinq kilos.

— Nous irons faire des courses ce week-end, affirma Sondra en dévorant un cracker. On achètera des produits de régime et du soda basses calories. Nous devrions faire la cuisine à tour de rôle, une semaine chacune, par exemple. Qu'en pensez-vous ?

Toutes deux se tournèrent vers Vicky, l'air interrogateur, mais la jeune fille garda le silence.

— Tu sais, Vicky, dit Léa en chassant des miettes sur son T-shirt, il faudra que tu sois moins renfermée si tu veux être médecin. Comment espères-tu communiquer avec tes patients, sinon ?

Vicky toussota et baissa la tête.

— Je ne veux pas ouvrir de cabinet, murmura-t-elle. Je vais faire de la recherche.

Léa acquiesça d'un air entendu. Dans un laboratoire, peu importent la personnalité et le physique ; seuls comptent l'intelligence et le travail.

— Et toi, Léa, demanda Sondra, quelle spécialité vas-tu choisir ?

— Je serai généraliste. On appelle ça aussi médecin de famille. Et j'aurai un cabinet à Seattle. Et toi ?

— Je partirai dans le vaste monde. C'est difficile à expliquer, mais j'ai eu ce désir toute ma vie. Depuis toujours, j'ai envie de voir ce qu'il y a là-bas, de l'autre côté…

Ses yeux d'ambre scintillaient à la lueur de la bougie et ses cheveux noirs et soyeux, enveloppant ses épaules, descendaient jusque sur sa poitrine.

— Je ne sais pas pourquoi ma vraie mère m'a abandonnée, reprit-elle. Peut-être est-elle morte à ma naissance, ou ne pouvait-elle tout simplement pas me garder. Cette pensée me hante parfois. Quand je suis née, en 1946, les relations interraciales étaient mal vues. Je me demande ce qui s'est passé. A-t-elle été rejetée par sa famille, après avoir rencontré mon père ? Ce dernier l'a-t-il ensuite quittée ? Était-ce lui, ou elle, qui était noir ? J'aimerais aller en Afrique, après mon internat. J'aimerais renouer avec l'autre moitié de moi-même…

Derrière les rideaux tirés, le vent de l'océan s'était maintenant levé.

Léa se racla la gorge et leva son gobelet.

— Eh bien, s'exclama-t-elle, à nous ! Buvons à la santé de trois futurs médecins !

Chapitre 4

« *MORTUI VIVOS DOCENT* »… Depuis six semaines, les élèves étaient passés bien des fois sous ces mots gravés dans la pierre au-dessus des doubles portes du Hall Mariposa. Mais aujourd'hui, premier jour de dissection, ils en saisissaient enfin toute la signification : les morts enseignent aux vivants…

Comme à l'accoutumée, Léa prit place sur le dernier gradin de l'amphithéâtre. Elle était en avance, aussi sortit-elle de son fourre-tout en toile la *Physiologie humaine* de Guyton et l'ouvrit-elle au chapitre « Contrôle génétique de la fonction cellulaire ». Dès le premier jour de la rentrée, elle s'était mise au travail avec méthode et détermination, tirant profit de chaque minute de liberté pour potasser ses cours. Et, en ce matin d'octobre, tandis que ses camarades emplissaient peu à peu les gradins et tripotaient les instruments de dissection posés sur leurs genoux, Léa s'efforçait de mémoriser les combinaisons ARN des vingt acides aminés communs présents dans les molécules de protéines.

— Salut.

Léa leva les yeux. Une jolie jeune femme rousse

s'installait à côté d'elle. C'était Adrienne, mariée à un étudiant de quatrième année.

— Je suis nerveuse, confia la nouvelle venue. Mon mari a eu beau essayer de me préparer à cette fameuse dissection, je l'appréhende quand même. Je n'ai jamais vu un cadavre de ma vie !

— Tout ira bien, dit Léa avec son pragmatisme habituel. Du moment que tu acceptes d'en passer par là.

Adrienne se rapprocha d'elle.

— Écoute un peu, ajouta-t-elle en baissant la voix. Mon mari assure que l'un des professeurs d'anatomie s'en prend vraiment aux femmes, qu'il a horreur d'en avoir dans sa classe. Il s'appelle Moreno, et malheur à celle qui tombe sur lui.

— Comment ça ?

— C'est la même chose chaque année. Après le cours, on va dans la salle de dissection, et il manque invariablement un cadavre sur l'une des tables. C'est toujours une table attribuée à une femme. Moreno commence alors son numéro : il choisit quelqu'un apparemment au hasard pour descendre au sous-sol et remonter le corps. Mais ce quelqu'un est *toujours* une femme.

Incrédule, Léa la regarda avec des yeux ronds.

— Oh ! je n'arrive pas à croire…

— C'est vrai, je t'assure. Mon mari m'a raconté que, lors de son premier cours d'anatomie, une fille est descendue comme ça au sous-sol et qu'elle n'est pas revenue.

— Que lui est-il arrivé ?

— Quand elle a vu le bassin où l'on conserve les cadavres, elle s'est effondrée. Elle est repartie au dortoir en pleurant.

— Et après ? Elle est revenue aux cours ?

— Oh oui ! elle est même en quatrième année maintenant. Tu la connais, d'ailleurs : c'est Selma Stone.

Léa se détourna et médita ces renseignements. « Que Moreno essaie seulement de me faire le coup… » se dit-elle. Elle vit alors que l'on faisait circuler une planchette entre les gradins et que chaque étudiant y écrivait.

— Qu'est-ce que c'est ? demanda-t-elle.

— Une sorte de feuille de présence.

— Je croyais qu'il n'y avait pas ce genre de contrôle ici.

— Il n'y en a pas. En fait, ce n'est pas vraiment une feuille de présence, c'est pour constituer les groupes de dissection.

Lorsque la planchette lui parvint, Léa l'étudia avec étonnement. Sur la feuille, tous les étudiants avaient apposé leur signature, suivie d'un chiffre. Une mention précisait qu'il fallait indiquer son nom et sa taille, rien de plus. Léa signa et ajouta : 1,65 m.

Adrienne l'imita et passa la planchette à Vicky. Celle-ci venait d'arriver, juste avant la fermeture des portes, et s'était glissée au fond. Elle avait failli être en retard, une fois de plus, à cause de son détour par les toilettes du Hall Encinitas. Elle signa rapidement et inscrivit 1,75 m.

La dernière à recevoir la feuille fut Sondra, tout occupée à bavarder avec un jeune homme. Distraite, elle signa et marqua son poids, 55 kg.

Le Dr Morphy apparut sur l'estrade, déplia dans un sifflement une baguette articulée et, sans préambule aucun, commença son cours d'anatomie. Après une heure de croquis rapides au tableau et un survol non moins rapide de termes généraux, il envoya la classe en salles de dissection.

Les étudiants furent conduits le long d'un couloir glacé, et on leur montra où se trouvaient les blouses nécessaires. Tout se fit dans un silence étrange, chargé d'appréhension. À l'exception de Vicky, les filles eurent quelque difficulté à trouver des blouses à leur taille et elles finirent par en rouler les manches. Dans les grandes poches, chacun plaça un carnet de notes et des instruments de dissection.

Tenant en main la planchette qui avait circulé un peu plus tôt, un assistant de laboratoire énuméra rapidement, d'une voix forte, des noms et des numéros de tables. Le mystère de la feuille à signer était enfin résolu : les tables étaient tout simplement réglées à des hauteurs différentes, et les étudiants y étaient affectés selon leur taille. C'est ainsi que Vicky se retrouva seule avec trois garçons, tandis que Sondra et Léa partageaient la même table avec les deux autres filles de la classe.

Par un hasard malheureux, toutes les filles étaient réunies dans le laboratoire de M. Moreno.

Ce dernier était petit, et c'est d'un air pompeux qu'il pénétra dans le laboratoire. Mal à l'aise, les étudiants s'agitaient près des tables dont le macabre fardeau était recouvert d'une toile.

— Au XIVᵉ SIÈCLE, déclama Moreno, les étudiants de l'école de Salerne devaient, avant de procéder à une dissection, célébrer une messe pour le salut de l'âme du défunt. Si nous n'allons pas jusque-là à Castillo, nous insistons cependant sur le respect dû à nos cadavres. Il ne sera fait aucun – je dis bien, messieurs, AUCUN – mauvais usage de ces corps. Pas question de se glisser ici au milieu de la nuit et de les remplir de haricots en gelée ; pas de saucisses placées dans les vagins, pas de sexes manquants… J'enseigne l'anatomie depuis vingt ans, et *j'ai tout vu*. Il n'y a pas de farce imbécile de carabins que je ne connaisse. Aucune n'est inédite, sympathique ou drôle. Toute profanation, messieurs, je dis bien TOUTE PROFANATION de cadavre sera sanctionnée par un renvoi immédiat de cette école !

Moreno abaissa sa baguette et regarda avec condescendance les visages vifs et terrifiés tournés vers lui. Il savait parfaitement qu'il y aurait quand même des farces : il y en avait toujours…

— Bien, poursuivit-il d'une voix radoucie. Chaque cadavre porte une fiche de renseignements avec ses caractéristiques médicales et la cause du décès. Il s'agit, pour la plupart de ces défunts, de cas sociaux, de gens pauvres, sans famille, sans personne pour payer les frais de leurs obsèques. Pour calmer vos consciences, messieurs, sachez que l'école assurera dignement l'enterrement de leurs dépouilles à la fin de ce cours.

Il circula entre les tables surmontées de formes grotesquement soulignées par le drap vert qui les recouvrait.

— Il y a une méthode de dissection à chaque table, ainsi que des gants jetables…

Il s'arrêta devant la dernière table et fronça les sourcils. Un silence de mort régnait dans la salle où les étudiants s'efforçaient de ne pas respirer les relents écœurants de formol qui alourdissaient l'atmosphère.

— Eh bien ! s'exclama Moreno avec une feinte surprise, il manque un cadavre ici. L'un d'entre

vous va devoir descendre au sous-sol et en remonter un.

Il revint vers son établi et y prit la planchette
avec sa liste.

— Voyons, voyons, ajouta-t-il avec un haussement de sourcils, l'air faussement dégagé, qui est à
la table douze ? Ah ! nous y voilà. Je prendrai un
nom au hasard. Mallone, où êtes-vous ?

Sondra leva la main.

— Très bien, Mallone. Allez chercher un cadavre.
Prenez cet ascenseur, là-bas, et descendez au sous-
sol. Vous direz au responsable de nous choisir un
corps, et vous le remonterez.

L'ascenseur grinçait, et le couloir souterrain
était empli d'odeurs irrespirables. Les ampoules
nues jetaient une lumière blafarde sans parvenir à
dissiper tout à fait des ombres menaçantes. Sondra
sentait son cœur battre sourdement au rythme de ses
pas. Elle passa devant plusieurs portes fermées et
anonymes, et elle se demandait si elle ne s'était pas
perdue lorsqu'une des ombres bougea et s'avança
vers elle. Elle retint à grand-peine un hurlement.

— Bonjour, dit un vieil homme en salopette et
chemise à carreaux. Je vous attendais…

Sondra dissimula sa frayeur.

— Vous m'attendiez ?

— Premier jour de dissection, pas vrai ? Vous
êtes avec Moreno, pas vrai ? Par ici, suivez-moi,
mademoiselle.

En boitillant, il franchit une porte ouverte et
conduisit Sondra dans une grande pièce, semblable
à un réservoir. L'air y était tellement surchargé de
vapeurs de formol que des larmes montèrent aux
yeux de la jeune fille.

— Je vais vous en choisir un tout mignon, déclara le vieil homme.

Il saisit une longue gaffe terminée par un crochet.

— Les mignons sont moins effrayants…

À travers ses larmes, Sondra aperçut soudain le reste du décor. Un bassin était creusé dans le sol de béton, une piscine semblable à celle de n'importe quel gymnase ou club de santé. Simplement, elle ne contenait pas de l'eau, mais un liquide de conservation, et, au lieu de nager, les corps bruns et momifiés y tanguaient doucement.

Sondra regarda le vieil homme lancer son crochet, ramener un cadavre au bord du bassin et le hisser au-dehors.

Le visage était caché, entièrement entouré de gaze blanche, et les mains, comme en un geste de prière, avaient été liées sur la poitrine. C'était le corps d'une jeune femme.

— Je vous fais une faveur en vous en donnant un aussi joli. C'est pas souvent qu'on en a de si jeunes. Elle s'appelle Jane Doe. L'hôpital municipal a passé un marché avec l'école. Non seulement la municipalité économise les frais d'enterrement, mais en plus l'école paie pour avoir le corps.

Il fit rouler le cadavre sur un chariot pliant.

— Il fait ça chaque année, Moreno. C'est un vice, chez lui. Tous ces cadavres, là-haut, vieux et moches, y vont pas en tirer grand-chose. Mais vous, mademoiselle, puisque Moreno vous a fait ça, eh bien…

Il mit le chariot en position haute et le bloqua.

— … eh bien, je vous donne le meilleur que

nous avons. Vous et vos camarades ferez l'envie de... Hé là, hé là !

D'un geste vif, il saisit le bras de la jeune fille.

— Vous allez tourner de l'œil ?...

Sondra passa la main sur son front en sueur.

— Non, murmura-t-elle.

— Je vais vous le remonter. Je mettrai le corps dans l'ascenseur, et vous, vous prendrez l'escalier.

— Vous avez dit... souffla Sondra, vous avez dit qu'il faisait ça chaque année ?

— Seulement aux filles. Il n'aime pas avoir de femmes dans son école de médecine, alors il prend plaisir à les embêter.

— Je vois.

Elle avait du mal à respirer et se sentait proche de l'évanouissement.

— Je me débrouillerai toute seule, merci, assura-t-elle.

— Écoutez, mademoiselle, ça ne me fait rien de vous le remonter.

— Non, ça ira très bien. Est-ce que je reprends le même chemin ? Heu... pourriez-vous le... *la* couvrir ? Merci.

Lorsque l'ascenseur atteignit le troisième étage, Sondra était appuyée à la paroi, les oreilles sifflantes et bourdonnantes. Deux fois, durant le trajet, elle avait cru s'évanouir, mais la colère lui avait donné des forces. À l'ouverture des portes, elle découvrit vingt visages qui la regardaient fixement, dans un silence de mort.

M. Moreno vint à elle et la contempla d'un air morne.

— Vous m'impressionnez, Mallone, dit-il. Je n'aurais pas cru que vous y arriveriez toute seule, étant donné que vous n'êtes même pas capable de faire la différence entre votre taille et votre poids !

Elle était morte d'hémorragie après s'être elle-même blessée à l'utérus. Elle avait environ dix-sept ans, pas de passé, pas de famille connue.

Jane Doe.

Sondra n'avait guère profité de son après-midi de dissection. Ses yeux d'ambre avaient regardé sans voir, et ses pensées s'étaient entrechoquées sans fin. *Pas de passé et pas de famille connue.*

En rentrant à l'appartement, dans l'air lourd, elle ne prêta aucune attention aux gros nuages gris qui s'assemblaient au-dessus de l'océan, à sa gauche. *Dix-sept ans. Pas de famille connue.*

Quelle était l'histoire de cette fille ? Pourquoi avait-elle fait ça ? Quelles circonstances avaient poussé la malheureuse à ce geste dramatique ?

« Ne vous attachez pas à vos cadavres, avait dit Moreno. Cela arrive à certains étudiants, et ils prennent trop à cœur la dissection. C'est pourquoi le visage des cadavres est caché. Vous travaillez sur un simple *corps*. N'oubliez pas ça. »

Mais Sondra ne pouvait pas.

Lorsqu'elle arriva à l'appartement, ce fut pour trouver une Vicky déprimée, un côté du visage blanc comme craie et l'autre écarlate. Elle était assise à la table de la cuisine, tandis que Léa ouvrait en silence des boîtes de *chili con carne*.

— Quelle journée ! s'exclama Sondra. Je n'étais vraiment pas préparée à ça !

— Moreno est un pauvre type, marmonna Léa.

Sondra jeta un coup d'œil aux éléments du dîner

étalés sur le plan de travail – *chili con carne,* tranches de pain blanc.

— Dites, proposa-t-elle, si on allait manger dehors, ce soir ?

Vicky leva la tête et son visage s'éclaira, mais une lueur d'inquiétude assombrit tout aussitôt son regard.

— Chez Gilhooley ? murmura-t-elle.

Elle n'y était allée qu'une seule fois : c'était le rendez-vous des étudiants en médecine, l'endroit où ils oubliaient tensions et frustrations au son du juke-box, attablés devant une bière. Dans l'agitation et le bruit de la foule, Vicky s'était sentie plus mal à l'aise encore qu'à l'accoutumée. Ce soir, cependant, la perspective d'aller chez Gilhooley semblait séduisante – juste pour sortir, pour faire quelque chose de différent…

— Je ne sais pas trop… répondit lentement Léa.

Il y avait ce tableau des osmoles à apprendre par cœur et ces cinquantes pages du Farnsworth à lire d'ici à lundi…

— C'est moi qui invite, insista Sondra. Allez, venez, il est grand temps que nous nous changions les idées !

Chapitre 5

Juste en face de l'hôpital Sainte-Catherine, de l'autre côté de l'autoroute de la côte Pacifique, un petit centre commercial répondait aux besoins de la communauté médicale : il comportait un cinéma, La Lanterne magique, où l'on projetait des films sous-titrés, une pharmacie, un Lavomatic ouvert vingt-quatre heures sur vingt-quatre, une pâtisserie, un bazar-épicerie, une petite librairie, un magasin de vêtements médicaux, et enfin Gilhooley.

Dès qu'elles franchirent le seuil, leurs pulls étoilés par les premières gouttes de pluie, Sondra, Léa et Vicky se félicitèrent d'être venues. Des flots de musique chassaient avec bonheur les idées noires et, de tous côtés, garçons et filles bavardaient et riaient dans un joyeux brouhaha. Le tableau était chaleureux, gai et plein d'animation. Et soudain il y eut Steve.

— Oh, salut ! s'écria Léa dont le visage s'éclaira sur-le-champ.

Elle avait rencontré Steve Schonfeld lors d'une soirée dans le Hall Encinitas, deux semaines plus tôt, et ils étaient allés voir ensemble *Les Fraises sauvages,* le week-end dernier. Grand et séduisant, il était en quatrième année.

— Il nous fait signe de le rejoindre, dit Léa.

— N'y allons pas, pria Vicky en détournant la tête et en regardant fixement le sol.

Il y avait trois autres garçons à la même table que Steve, et tous portaient des vestes d'hôpital blanches, ce qui signifiait qu'ils étaient de service.

— Vicky a raison, approuva Sondra. Trouvons-nous une table et invitons-le, *lui,* à se joindre à *nous.*

Trouver une table libre chez Gilhooley n'était pas chose facile. Léa en repéra une, cependant, et elle se fraya un chemin entre les buveurs qui se pressaient devant le comptoir. Posant son sac sur la table de style ranch entourée de cinq chaises à accoudoirs, elle poussa dans un coin assiettes sales et serviettes froissées. À peine Sondra et Vicky s'étaient-elles assises à leur tour que Steve Schonfeld était là, souriant.

— Hé, Léa, s'exclama-t-il, que fais-tu loin de tes bouquins ?

C'était déjà une plaisanterie entre eux. Depuis leur première rencontre, Léa avait décliné quatre invitations, arguant chaque fois de ses études. Même les deux heures passées à tâcher de comprendre le film de Bergman, à La Lanterne magique, avaient dû être partagées avec une photocopie de formules enzymatiques que Léa s'obstinait à consulter de temps à autre.

Les présentations faites, Steve s'assit.

— Je suis de service, expliqua-t-il, et je ne peux pas vous garantir longtemps le privilège incommensurable de ma compagnie... Et vous ? ajouta-t-il en croisant les bras. Qu'est-ce qui nous vaut l'honneur de votre présence ? L'anniversaire de quelqu'un ?

— Premier jour de dissection…, répondit Léa avec une grimace.

— Ah, voilà qui explique cette foule ! Il n'y a jamais autant de monde, normalement, le mercredi soir, et je me demandais ce qui se passait. Tiens, je me rappelle mon premier cadavre. J'ai été déprimé pendant des semaines !

Une vague d'envie submergea Léa. Stéthoscope en poche et badge à leur nom épinglé sur leur veste blanche, Steve et ses camarades de quatrième année s'occupaient déjà des patients de l'hôpital. Ainsi le voulait le nouveau système : deux années d'études théoriques, avec des professeurs qui, pour la plupart, étaient docteurs en philosophie et non en médecine ; et puis, la troisième année, les étudiants approchaient enfin la maladie et la médecine sur le terrain. Léa attendait ce moment avec impatience.

Un des amis de Steve passa en hâte près de la table et dit :

— Faut que j'y aille. Deux perfusions à remettre en route.

Steve secoua la tête et rit.

— C'est la septième fois, cette semaine, qu'on l'appelle pour redémarrer des perfusions. Il ne va pas tarder à comprendre le coup. Moi, ça m'est venu vraiment rapidement.

— De quoi veux-tu parler ? demanda Sandra en cherchant un serveur du regard.

— Sainte-Catherine est un hôpital-école, alors on laisse le plus de corvées possible aux étudiants pour qu'ils se fassent la main. Mettre une perfusion en route fait partie de ces corvées. Les infirmières de garde ne surveillent pas le niveau des perfusions et, par conséquent, les bouteilles sont constamment vides. Or, quand une perfusion s'arrête, il faut tout recommencer depuis le début. Le printemps dernier, on m'a réveillé quatre fois dans la même nuit pour ces histoires, alors j'ai eu une idée. J'ai montré au patient la bouteille accrochée au-dessus de son lit et je lui ai dit : « Vous voyez ce liquide ? Vous voyez ce tube ? Faites bien attention à ne pas laisser la bouteille se vider, sinon il y aura de l'air qui entrera dans votre veine, et vous mourrez. »

— Ce n'est pas vrai ! s'exclama Sondra.

— Si, et jusqu'à présent, sur mille perfusions, ça n'a pas raté une seule fois. Dès que le niveau du liquide est bas, le patient sonne, et l'infirmière vient placer une bouteille pleine. Et depuis six mois, je n'ai pas eu à remettre une seule perfusion en place.

— Mais cela oblige le patient à rester éveillé toute la nuit, objecta Sondra.

— Il vaut mieux que ce soit lui que moi.

Devant l'air désapprobateur de Sondra, Steve se pencha en avant.

— Écoute, reprit-il. Quand tu seras de garde, tu comprendras que le sommeil t'est plus précieux que tout au monde. Si tu passes la nuit à régler des problèmes de perfusion, tu seras hors d'état, le lendemain, de faire face au *vrai* travail dans les services.

Sondra lui jeta un regard dubitatif. Quand elle serait en quatrième année, elle, elle ne se laisserait pas tomber si bas...

— On n'a pas l'air de vouloir s'occuper de nous, remarqua Léa en essayant d'attirer l'attention d'une serveuse.

— Ce n'est pas volontaire, expliqua Steve.
M. Gilhooley ne s'attendait pas à un monde pareil
ce soir, et son personnel n'est pas au complet. Mais
il aurait pu remarquer ce phénomène du premier
jour de dissection et s'y préparer : ça fait plus de
vingt ans qu'il tient cette taverne près de l'école !

— Je meurs de soif, gémit Léa.

— Je serais heureux d'aller chercher quelque
chose au bar pour ces dames. Qu'est-ce que vous
prendrez ?

— N'importe quelle limonade de régime pour
moi, répondit Léa.

— Moi, j'aimerais du vin blanc, ajouta Sondra.

Ils se tournèrent vers Vicky, qui regardait fixement au loin.

Ils s'apprêtaient à la tirer de sa rêverie, lorsqu'un
autre camarade de Steve arriva.

— Cette fois, on nous appelle tous les deux. Un
accident grave aux urgences.

— Désolé, mesdames, dit Steve en sautant sur
ses pieds et en repoussant sa chaise sous la table.
Une autre fois, peut-être ? Léa, tu vas au bal d'Hal-
loween, samedi ?

— Bien sûr, affirma-t-elle avec un sourire. Je te
retrouverai là-bas.

Un garçon de salle, écarlate et suant, débarrassa
hâtivement les assiettes sales et passa un chiffon
mouillé sur la table des trois filles. Mais toujours
pas de serveuses à l'horizon.

— Bon, je vais chercher à boire, déclara Sondra
en se levant. Tâchez quand même d'appeler une
serveuse. Vicky ? Un Coca pour toi ?

— Pardon ?… Ah oui ! un Coca, s'il te plaît.

À l'une des extrémités du long comptoir, un jeune

homme volubile racontait bruyamment force anec-
dotes d'hôpital à un groupe d'amis. M. Gilhooley
lui-même, personnage robuste et rubicond, au rire
tonitruant, s'était accoudé près du conteur et l'écoutait. Sondra se dirigea donc vers l'autre bout du
bar et regarda autour d'elle. Un jeune homme far-
fouillait parmi des pots d'olives et de petits oignons
derrière le comptoir.

Jetant un coup d'œil derrière elle, Sondra constata
que ses amies avaient finalement obtenu des menus
et qu'elles les consultaient.

— Excusez-moi, dit-elle à l'intention du jeune
homme derrière le comptoir.

Il leva les yeux, sourit et se replongea dans ses
recherches.

Sondra s'éclaircit la gorge.

— Je voudrais être servie, s'il vous plaît, reprit-
elle plus fort.

L'homme releva la tête, cligna les yeux, puis
se redressa.

— Bien sûr, que voulez-vous ?

— Un Coca normal, un Coca de régime, et un
verre de vin blanc.

— Est-ce que je peux voir votre carte d'identité,
s'il vous plaît ?

Sondra le regarda : on ne lui avait encore jamais
réclamé sa carte.

— Mais j'ai plus de vingt et un ans, assura-t-elle.

— Désolé. Le règlement, c'est le règlement.

Haussant les épaules, Sondra posa son sac sur le
comptoir et chercha son porte-cartes qu'elle ouvrit
d'un coup sec et tendit à son interlocuteur.

Ce dernier l'étudia, passant de la petite photo au

visage de la jeune fille, et vice versa. Son examen durait plus longtemps que nécessaire.

— Mes papiers sont en règle, affirma Sondra.

— Ne faites-vous vraiment que 1,67 m ? demanda-t-il.

Elle le regarda fixement, les yeux ronds. Il était séduisant, pas trop grand, et, à chacun de ses sourires, des fossettes se creusaient dans ses joues.

— Cette carte a été établie en Arizona, poursuivit-il. Pas valable en Californie.

— Quoi !

— Bon, bon, concéda-t-il en riant. Je ne dirai rien cette fois-ci. Mais c'est bien parce que n'ai jamais su refuser quelque chose à un joli minois. Et un Coca, un Coca de régime, et un chablis !

Sondra le regarda sortir des verres et les remplir.

— Ça fera un dollar cinquante, annonça-t-il en poussant les trois verres sur le comptoir.

La jeune fille tira de son porte-monnaie un billet et trois pièces.

— Gardez la monnaie.

— Merci mille fois !

Il fit voltiger une des pièces en l'air et l'empocha.

Sondra vit tout de suite qu'elle aurait du mal à transporter les boissons. Le verre à pied contenant le vin l'empêchait de tout porter entre ses deux mains. Que faire ? Deux voyages, ou appeler une de ses amies à la rescousse ? C'est alors que M. Gilhooley s'approcha. Il s'essuyait les mains à un torchon, et dans le brouhaha ambiant Sondra crut l'entendre demander au jeune homme : « Vous cherchez quelque chose, Doc ? »

— Je voudrais une rondelle de citron, Gil. Où diable les rangez-vous ?

Gilhooley émit un grognement, saisit un bol vide et, marmonnant quelque chose comme « si on n'est pas sans cesse après eux… », se dirigea vers ce qui devait être la porte de la cuisine.

Sondra n'avait pas bougé, les mains toujours autour des trois verres, la bouche légèrement entrouverte. Le jeune homme la regarda d'un air vaguement contrit.

— Désolé.

— Vous n'êtes pas serveur de bar…

— Non.

— Et je vous ai donné un pourboire !

— Croyez-moi, je saurai en faire bon usage. Vous savez ce qu'on dit à propos des internes qui n'ont pas deux sous en poche… Maintenant, ce qu'il me faut, c'est une autre pièce…

— Vous êtes médecin ?

— Rick Parsons, répondit-il en tendant une main par-dessus le comptoir. Et vous, vous êtes Sondra Mallone, 1,67 m.

Lorsque Gilhooley revint avec un bol plein de rondelles de citron et le posa sur le bar, Rick Parsons n'y prêta aucune attention. Les citrons ne l'intéressaient plus du tout.

— Alors, disait-il, vous êtes infirmière ?

— Je suis en médecine. Première année.

De plus en plus passionné, le Dr Parsons s'appuya au bar.

— Sérieusement ?

De leur table, Léa voyait Sondra plongée dans ce qui semblait être une conversation amicale avec un séduisant inconnu. Elle observa le couple un moment – l'intérêt manifeste du garçon pour Sondra, et l'aisance pleine de grâce de cette dernière, comme si elle le connaissait depuis des années. Dès les débuts de leur cohabitation, Léa s'était attendue, chez Sondra, à un énorme succès auprès des garçons et à une avalanche de rendez-vous galants. Or, il n'en était rien : Sondra avait du succès, certes, et ne passait jamais inaperçue, mais elle savait garder ses distances et éviter tout engagement. Ce pouvoir qu'elle avait d'attirer les hommes tout en parvenant à les éconduire en douceur emplissait Léa d'admiration. Comment faisait-elle donc ? Et surtout, pourquoi ? « Après tout, songea Léa en revenant à son menu, la réponse est peut-être justement là : séduire les hommes est trop facile pour Sondra, et cela n'a rien d'excitant. »

Léa reposa son menu et se tourna vers Vicky.

— Ça va ?

— Oui, ça va. Mais je ne peux m'empêcher de penser à cette dissection…

— Moi non plus. Quand j'étais gosse, mon père nous racontait toujours ses vieilles histoires d'étudiant en médecine. Certaines étaient particulièrement horribles.

Elle disposa sa fourchette, son couteau et sa cuiller en trois lignes parfaitement parallèles sur sa serviette.

— Mon père, reprit-elle, est sorti premier de sa promotion, premier sur plus de cent élèves.

Vicky acquiesça vaguement de la tête et parut peu désireuse de soutenir la conversation. Aussi Léa se replongea-t-elle dans son observation de la salle.

La plupart des visages lui étaient familiers. Dans leur majorité, les jeunes gens appartenaient à l'école, et ils avaient pour l'occasion troqué les costumes et cravates de rigueur sur le campus pour des jeans, des tee-shirts, des treillis militaires ou d'élégants pantalons pattes d'éléphant. Les filles qui accompagnaient bon nombre d'entre eux portaient en général l'uniforme des infirmières, mais on devinait aussi parmi elles les traditionnelles admiratrices gravitant autour de l'école de médecine – des filles d'El Segundo et de Santa Monica, en robe décolletée et bottines, désireuses de se faire offrir à dîner et de dénicher un petit ami médecin. L'ensemble constituait une foule gaie et animée où perçaient ici et là des éclats de rire et des exclamations. Mais de son siège, et avec du recul, Léa voyait bien que, dans la majorité des cas, cette gaieté n'était qu'un vernis destiné à masquer la peur qui s'était insinuée dans la nouvelle promotion de Castillo.

Sur chaque table, une bougie palpitante éclairait des visages nerveux, des yeux incertains, des regards traqués. La bière descendait trop vite dans les verres, les mégots de cigarettes s'entassaient trop vite dans les cendriers ; les rires étaient un rien trop aigus, et les mots hachés... Il fallait être aveugle pour ne pas le voir : l'angoisse s'était installée.

Pour Léa, rien là que de très familier. La jeune fille avait beau étudier, avaler fiche sur fiche, apprendre par cœur, lire, faire croquis et tableaux, noter chaque mot des professeurs, il lui semblait toujours ne pas en faire assez. Ses amies trouvaient le temps de se consacrer à d'autres activités – Vicky allait voir sa mère le week-end, et Sondra passait de longues heures solitaires sur la plage –, mais elle-même ne pensait pas pouvoir s'offrir ce luxe. À vrai dire, la motivation n'était pas la même. Vicky n'avait-elle pas déclaré qu'elle se satisferait d'un classement dans le tiers supérieur de la classe ?

Était-ce de l'ambition, cela ? Comment ne pas viser la première place ?

La concurrence était effrayante. Sur les quatre-vingt-sept élèves de la promotion (trois avaient déjà abandonné), pas un qui n'eût la même détermination que Léa : réussir, pour ne pas décevoir ses parents ou tromper l'attente de sa famille.

Après son exaltante déclamation du serment, le doyen Hoskins avait brutalement ramené ses auditeurs sur terre : « Travaillez dur, et vous réussirez. Ceux qui pensent pouvoir travailler en dilettantes se trompent. Évidemment, nous aimerions bien avoir cent pour cent de succès, mais la loi des moyennes est une loi impitoyable. Ceux qui sont devant moi aujourd'hui n'auront pas tous leur diplôme. »

Chacun dans l'amphithéâtre avait aussitôt coulé des regards en coin vers ses voisins, espérant découvrir un signe sur le front de ceux voués à l'échec, qui n'auraient plus alors qu'à se retirer de la lice. Léa, elle, était restée de pierre : le sombre tableau n'avait fait que renforcer sa résolution.

À ce souvenir, elle prit soudain conscience du temps précieux qu'elle perdait. Abandonnant brusquement sa pose nonchalante, elle se redressa sur sa chaise, attira son sac, et en extirpa un paquet de fiches. Elle roula l'élastique autour de son poignet et lut silencieusement la première : « Nommer les attributs spécifiques du système lymphocytaire B. »

Là-bas, au bar, le Dr Parsons demandait : « Pourquoi l'Afrique ? », et Sondra regardait dans le grand miroir derrière lui le reflet de ses deux amies. Vicky semblait en transe, tandis que Léa étudiait ses fiches, et Sondra sut qu'il était temps de les rejoindre. D'ailleurs, la glace fondait dans leurs verres.

— Accepteriez-vous de vous joindre à mes amies et moi-même, docteur Parsons ? proposa-t-elle.

— Appelez-moi Rick, s'il vous plaît. Oui, bien sûr, j'en serais très heureux. Juste une seconde, je vais chercher ma veste.

Il se fraya un chemin à travers la salle, jusqu'à une table dans un coin entourée de trois hommes et d'une femme, tous en veste blanche, dans un nuage de fumée. Comme Rick leur parlait, ils se tournèrent vers Sondra, et acquiescèrent d'un signe de tête. Une veste en daim négligemment jetée sur l'épaule, le jeune homme revint vers Sondra, qui ne put s'empêcher de le trouver très séduisant.

— Cela surprend, n'est-ce pas ? questionna Rick Parsons quelques minutes plus tard, après avoir aidé Sondra à porter ses verres et fait la connaissance de Léa et de Vicky. On s'aperçoit qu'une heure à l'école de médecine équivaut à une semaine de collège, et c'est un rude coup pour l'amour-propre !

Léa sourit poliment et jeta un coup d'œil à la fiche suivante. Elle s'en récita mentalement le contenu, tandis que le Dr Parsons décrivait ses propres angoisses de nouvel élève, quelques années plus tôt.

— Tous ces types, là, dit Rick en agitant un poignet où scintilla une Rolex en or, étaient des cracks dans leurs collèges. Ils arrivent ici, confiants, sûrs d'eux… le réveil est brutal !

Sondra rit.

— À partir de la deuxième semaine, confirma-t-elle, j'ai eu l'impression d'être la reine d'*Alice au pays des merveilles,* celle qui devait courir sans arrêt pour rester en place !

— C'est tout à fait ça, approuva Rick en observant Léa et ses fiches. Vous devez savoir maintenant qu'on ne peut jamais rattraper un cours que l'on a raté. Une heure de perdue, à l'école, c'est une heure de perdue pour toujours.

Léa passa à une autre fiche : « Le mécanisme intrinsèque de la coagulation. » Elle ferma les yeux et pensa : « Activation du Facteur XII et production de phospholipides des plaquettes… »

— Votre amie est tout le temps comme ça ? demanda Rick à Sondra. Il faut pourtant se détendre de temps à autre…

— Léa ne se repose jamais. C'est une vraie Superwoman !

Parsons jeta un coup d'œil désinvolte à Vicky, et lui trouva de beaux yeux verts. Si seulement elle ne les cachait pas derrière ses cheveux…

Consciente de cet examen, Vicky s'agita nerveusement sur sa chaise. Elle avait eu tort de venir ici : tous ces gens, cette promiscuité… Elle se sentait étrangère à cette foule. Tout ce qu'elle voulait, c'était être tranquille, seule avec ses pensées et ses soucis. En réalité, la séance de dissection avait touché un point sensible chez la jeune fille, la submergeant de chagrin et de douleur.

Le corps sur lequel elle avait travaillé était celui d'une femme d'une soixantaine d'années, extérieurement bien conservée et en bonne forme physique. Elle était morte de « complications secondaires à une pneumonie à pneumocoques » – plus précisément d'une infection à pneumocoques greffée sur l'endocarde. Une simple infection des voies respiratoires supérieures qui avait évolué et entraîné la mort.

Or, la mère de Vicky souffrait précisément d'une pneumonie.

Lors d'une chute, l'année dernière, Mme Long s'était fracturé la hanche droite et il avait fallu lui poser une broche. C'est alors qu'elle était entrée en clinique. La fracture s'était bien consolidée, et Mme Long avait appris à se déplacer à l'aide d'un déambulateur – elle faisait partie des résidents les plus actifs et les plus vivants de l'établissement – lorsqu'une pneumonie aussi violente qu'imprévue, il y avait quatre semaines de cela, l'avait contrainte à reprendre le lit. Elle qui était déjà si frêle avait perdu neuf kilos et, le dimanche précédent, quand Vicky lui avait apporté des fleurs et des magazines, elle avait été épouvantée par la faiblesse et l'abattement de sa mère, d'ordinaire si pleine d'entrain.

Par ailleurs, la note de la clinique s'était dramatiquement alourdie. Il fallait maintenant à Mme Long des soins intensifs, des médicaments, de l'oxygène, des examens en laboratoire, et de fréquentes visites du médecin. Tout ce que l'assurance sociale ne couvrait pas, c'était à la famille du malade de le prendre en charge, et Vicky devait trouver le moyen de payer toutes ces factures. Dans le cas contraire, Mme Long serait transférée dans un hôpital public, loin de ses amis et du jardin ensoleillé de cet établissement privé qu'elle aimait tant. Vicky ne pouvait accepter cette éventualité : elle ferait les sacrifices nécessaires, mais sa mère serait heureuse. Pendant des années, Mme Long avait travaillé dur pour subvenir à ses besoins et à ceux de sa fille, faisant souvent des heures supplémentaires afin de payer les soins requis par le visage de Vicky. Comment celle-ci pourrait-elle l'abandonner aujourd'hui ?

Il était hors de question qu'elle travaille pendant l'année scolaire – c'était interdit par l'école. Et, d'ailleurs, comment aurait-elle eu le temps de le faire ? Sans être aussi acharnée aux études que Léa, Vicky consacrait plus de trente heures par semaine à ses livres. Où se procurer l'argent nécessaire ?

— Neurochirurgie, répondait Rick Parsons à une question que lui posait Sondra. Je fais ma dernière année de résidence.

— Pourquoi la neurochirurgie ? s'informa Sondra en portant son verre à ses lèvres.

Léa abandonna un instant ses fiches pour observer l'échange qui se déroulait devant elle. Rick Parsons s'intéressait manifestement à Sondra, qui le traitait avec sa désinvolture et son aisance coutumières. Léa pensa à Steve Schonfeld et à l'excitation que lui procurait sa compagnie. Après le film de Bergman, il l'avait embrassée avec passion, et elle se demandait depuis où elle trouverait, dans son emploi du temps si chargé, les instants à consacrer à une aventure sentimentale. Mais elle se débrouillerait car, à l'inverse de Sondra, elle avait besoin d'un homme.

— Vous ne m'avez pas encore expliqué pourquoi vous vouliez aller en Afrique, dit Rick Parsons en remuant doucement son verre.

Un coude sur la table, l'autre passé autour du dossier de sa chaise, il était assis de côté et ses genoux frôlaient ceux de Sondra.

Ils parlèrent longtemps, ne s'interrompant que pour commander des hamburgers et un autre verre de vin : elle lui parlait de son espoir d'aller en

Afrique ; et, lui, lui révélait les mystères de la salle d'opération.

— Vous n'avez jamais assisté à une intervention ? Je vous garantis qu'après y avoir goûté vous oublierez l'Afrique. Écoutez, demain matin, je dois procéder à une craniotomie. Faites l'école buissonnière et venez ! Au quatrième étage, demandez Mlle Timmons, elle vous fera entrer.

Et tandis que Vicky griffonnait des chiffres sur sa serviette en papier – les économies réalisées en sautant des repas, et l'argent gagné en donnant son sang – et que Léa se remémorait le rôlc de la vitamine D dans la teneur en calcium du plasma, Sondra Mallone acceptait de retrouver Rick Parsons le lendemain matin, au bloc opératoire de l'hôpital Sainte-Catherine.

Chapitre 6

— Je n'y comprends rien, dit l'infirmière en secouant la tête. Là-dedans, normalement, tout le monde a l'air d'un sac à patates, et vous, on vous croirait habillée par un grand couturier. C'est écœurant !

Deux agrafes manquaient dans le dos de la blouse de Sondra, et Mlle Timmons dut fermer l'ouverture avec un gros morceau de sparadrap. Toutes les infirmières en salle d'opération portaient des tenues plus ou moins rafistolées, quand par extraordinaire elles avaient la chance d'en avoir une à leur taille. Il était en effet impossible de trouver une blouse en bon état, et, de surcroît, le linge rapporté de la blanchisserie était rangé au hasard dans les armoires, sans souci des tailles. Sondra, en revanche, avait hérité ce matin-là d'une des rares tenues correctes : le vert n'en était pas trop délavé, mais plaisamment lumineux, et les poches ne bâillaient pas d'un air lamentable. L'horrible coiffe en papier elle-même mettait en valeur le visage de la jeune fille, faisant ressortir son teint mat, ses pommettes hautes et ses yeux en amande.

Mlle Timmons eut encore un petit rire.

— Prenez garde au méchant loup !

Quelle drôle d'impression d'être dans un bloc opératoire pour la première fois ! Cela devait bien arriver un jour, mais Sondra n'aurait pas cru faire cette expérience si tôt – en tout cas, pas avant sa troisième année d'études. Pourtant, elle était bien là aujourd'hui, dans le saint des saints, et ce, six semaines à peine après son arrivée à l'école, alors qu'elle n'avait aucune expérience ni de la médecine ni des hôpitaux !

L'endroit rappelait bizarrement une salle de bains, avec ses carrelages, sa fraîcheur, sa résonance, et tous ces éléments en chrome étincelant, en verre et en plastique transparent. L'éclairage, violent et cru, blessait les yeux. Il n'y avait pas de fenêtres dans cet univers clos et hermétique, rien qui rappelât le monde extérieur avec ses saisons et son rythme. Un labyrinthe de petites salles carrelées de vert répercutait des bruits de voix, d'eau courante, de bouteilles entrechoquées. L'air climatisé, frais et sec sur la peau nue, sentait le savon et le désinfectant. Mais surtout, il y avait cette animation, une animation telle qu'elle intimidait, effrayait presque la nouvelle venue.

Mlle Timmons attira Sondra à l'écart, sortit d'une boîte un masque en papier fleuri et montra à la jeune fille comment le mettre.

— Pincez le nez comme ceci. Très bien. Ceux qui portent des lunettes ont un problème de buée…

Son masque en place, Sandra comprit pourquoi les infirmières du bloc opératoire se maquillaient tant les yeux : c'était la seule partie visible de leur visage !

Malgré l'agitation de cette matinée surchargée

de travail, la surveillante générale prenait le temps, à la demande du Dr Parsons, de s'occuper de la nouvelle étudiante en médecine.

— Il y aura juste quelques consignes à observer, déclara-t-elle. Ne touchez à rien. Ne bougez même pas. Dans la salle d'opération, je vous placerai quelque part et vous devrez y rester, comme si vous aviez pris racine. Si vous devez absolument vous déplacer, parlez-en d'abord à l'infirmière panseuse. C'est la seule qui ne sera pas en tenue stérile. Il va y avoir du monde, là-dedans, puisque c'est une opération du cerveau.

— Est-ce que je dois me laver et me désinfecter les bras ?

— Vous désinfecter ? Vous serez à trois mètres de la table ! Non, on ne laisse pas les non-initiés approcher du champ stérile. Désolée : pas de blouse ni de gants chirurgicaux pour vous !

La surveillante s'éloigna en toute hâte, abandonnant Sondra près d'un alignement d'éviers.

Devant la jeune fille défilaient des chariots amenant des malades allongés ; poussés sur leurs roulettes, des appareils d'anesthésie rouges allaient d'une pièce à l'autre ; des ordres retentissaient. Quelqu'un passa en courant, une expression de panique sur le visage ; deux hommes en vêtements verts, les bras croisés, se reposaient contre un mur ; et des infirmières se hâtaient avec des plateaux chargés d'instruments fumants.

Masque en place et tête couverte, un homme s'approcha des éviers, saisit une éponge dans une boîte et entreprit de se mouiller les avant-bras. Ce faisant, il examina Sondra de la tête aux pieds.

— Salut, dit-il en souriant. Nouvelle ?

— Juste de passage.

L'inconnu haussa les sourcils.

— Je suis étudiante en médecine, précisa Sondra.

Elle vit tout intérêt s'évanouir immédiatement dans son regard.

La jeune fille s'écarta lorsque deux autres hommes vinrent également aux éviers. Ils prirent à leur tour une éponge et firent couler de l'eau sur leurs mains et leurs bras, en discutant de pression veineuse centrale. L'un d'eux avisa soudain Sondra et se redressa.

— Bonjour, vous ! s'exclama-t-il. Mais où donc vous cachiez-vous ?

Sondra rit doucement derrière son masque.

L'autre chirurgien se retourna et la contempla un instant.

— Il faut excuser mon camarade, dit-il, il n'est pas sortable. Vous êtes une des nouvelles infirmières, n'est-ce pas ?

— Ne faites pas attention à lui, intervint le premier sans laisser à Sondra le temps de répondre. Il est un peu diminué du cerveau : il se drogue à l'éther.

Son compagnon jeta son éponge et s'approcha de Sondra.

— Écoutez, reprit-il, une lueur malicieuse dans le regard, la vie est trop courte pour qu'on perde du temps comme ça. Quel est votre numéro de téléphone, et à quelle heure êtes-vous libre ?

À cet instant, une infirmière se dirigea vers lui.

— Docteur Billings, annonça-t-elle, le laboratoire vient d'appeler. Il paraît qu'il n'y a pas de sang pour votre malade.

— Quoi !

Attrapant une serviette en papier, il s'éloigna, l'infirmière sur les talons.

En se lavant les mains, l'autre chirurgien examinait toujours Sondra.

— Et comment se fait-il, demanda-t-il au bout de quelques minutes, que vous soyez la seule à ne pas courir comme un canard auquel on vient de couper la tête ? C'est votre prise de contact, ou quoi ?

— Je ne travaille pas ici, répliqua Sondra. Je suis juste en visite.

— Ah !…

Il se savonna l'autre bras.

— Voilà qui explique tout. Timmons ne laisse jamais ses infirmières à ne rien faire. Et qui venez-vous donc voir ?

— Le Dr Parsons.

— Ah ! d'accord. J'ai vu ça au tableau. Une craniotomie. Vous avez déjà assisté à une opération du cerveau ?

— Non.

— Je vous fais une proposition : si vous tenez le coup jusqu'à la fin, je vous invite à dîner. Qu'en dites-vous ?

Il avait de beaux yeux bruns, avec des cils noirs et fournis. Mais c'était tout ce que Sondra pouvait voir de sa personne ! Comme tous les autres, il avait les cheveux entièrement couverts, le visage dissimulé, et, avec cette sorte de pyjama vert qu'il portait, il était difficile de juger de son physique. Ou même de son âge…

— Je ne crois pas, répondit-elle en souriant.

— Vous ne croyez pas quoi ? Que vous irez jusqu'au bout de la craniotomie ?

— Oh non ! je sais parfaitement que je supporterai ça.

Il laissa tomber l'éponge dans un seau, puis se rinça chaque bras, du bout des doigts jusqu'au coude, en prenant bien soin de le laisser parfaitement s'égoutter. Les mains en l'air, il s'écarta ensuite des éviers.

— Oubliez donc Parsons. Moi, je vais faire quelque chose de vraiment intéressant. Vous avez déjà vu une ablation d'oignon ?

Sondra rit et vit avec soulagement Rick Parsons venir vers eux.

— Sanford, vieille canaille, dit Rick en donnant une claque dans le dos du chirurgien. Tu t'y connais pour faire du charme aux dames, pas vrai ?

— Qui est-ce, Rick ? Une de tes infirmières ?

— Sondra Mallone, je vous présente Sanford Jones, chirurgien orthopédiste. Sanford, voici Sondra. *Étudiante en médecine.*

Le front un peu rouge, le Dr Jones regarda Sondra en clignant les yeux puis se hâta vers sa salle d'opération.

Rick se croisa les bras et s'appuya contre un évier.

— Certains de ces types prennent les infirmières d'assaut, expliqua-t-il. Ils les considèrent comme du gibier. Mais les femmes médecins les pétrifient.

Il marqua une pause.

— Je vois que vous vous êtes débrouillée pour venir, reprit-il.

— Il fallait vraiment que le motif soit important pour que je manque le cours de physiologie. Avec les examens de la semaine prochaine ! Mais je ne voulais pas rater ça.

— Qui avez-vous en physiologie ? Art Rhinelander ? Bon, si je me rappelle bien, vous n'avez qu'à travailler l'ADN et les nucléotides, et le tour sera joué !

Comme il attrapait un masque et en nouait les attaches autour de son cou, Sondra ne put s'empêcher de remarquer combien il était séduisant dans ce « pyjama » informe. Et, lorsque le masque fut bien en place, elle trouva pour la première fois que Rick Parsons avait vraiment de très beaux yeux gris.

Le jeune homme abaissa son masque et le laissa pendre sur sa poitrine.

— Timmons tient absolument à ce que tout le monde mette son masque dans le bloc, dit-il, mais j'insiste pour que l'on fasse quelques exceptions.

Il tira un gant chirurgical de la poche de sa veste, l'étira plusieurs fois en tous sens, puis le porta à ses lèvres et souffla dedans.

— Je vais vous décrire un peu notre cas, poursuivit-il entre deux expirations. Les symptômes de notre malade ont été lents à se développer : ataxie du côté gauche – c'est-à-dire perte progressive de coordination motrice ; nystagmus, c'est-à-dire tremblement par augmentation de la pression intracrânienne ; tête penchée sur un côté. La radiographie met en évidence un élargissement des sutures crâniennes, la ventriculographie révèle une hydrocéphalie, et les angiographies montrent la présence d'une masse avasculaire dans la région du cervelet. Diagnostic : tumeur kystique du cerveau.

Gonflé, le gant ressemblait maintenant à un melon affublé d'une crête de coq. Rick fit un nœud au poignet, sortit un feutre de sa poche et entreprit de dessiner une tête de clown sur le grossier ballon.

— Nous allons donc ouvrir le crâne du malade, poursuivit-il, pour voir de quoi il retourne. Vous voulez toujours y assister ?

— Oui.

— Bon. Abaissez maintenant votre masque, je veux vous présenter notre patient.

Sondra fut bouleversée. Dans un coin, non loin des éviers, un enfant de six ou sept ans à peine était allongé sur un brancard dix fois trop grand pour lui. L'immense bonnet chirurgical qui encapuchonnait son visage pâle et somnolent avait glissé, laissant apparaître son crâne fraîchement rasé.

— Bonjour, Tommy, dit Rick en posant une main sur le bras du garçon. Je suis le Dr Parsons, tu te souviens de moi ?

Deux grands yeux bleus le fixèrent un moment, puis l'enfant répondit lentement :

— Oui, je me souviens…

Rick se tourna vers Sondra.

— La lenteur de l'activité cérébrale est due à l'augmentation de la pression intracrânienne, expliqua-t-il doucement. Le gosse souffrait également de diplopie et de troubles de la vision… Tommy, reprit-il, je t'ai apporté un cadeau.

À la vue du clown que Rick dissimulait jusqu'alors derrière son dos, Tommy resta un instant sans réaction, puis le ravissement éclaira peu à peu son visage.

Les larmes aux yeux, Sondra se détourna.

— Venez, dit Rick en lui prenant le bras. Je vais devoir vous abandonner quelques instants. Remettez votre masque, sinon Timmons va nous jeter dehors tous les deux. Je ne l'enlève que pour les enfants, pour qu'ils puissent me reconnaître et avoir moins peur…

— Rick, quelles sont ses…

— … chances ?

Le Dr Parsons conduisit Sondra dans la salle d'opération et l'installa dans un coin, à l'écart du matériel et des tables stériles.

— Nous ne le saurons pas avant d'avoir ouvert, répondit-il. Si c'est une tumeur, ses chances de s'en sortir ne sont pas très bonnes. En cas de kyste, elles sont meilleures. Et si nous pouvons trouver le nodule et l'extraire, alors elles sont excellentes. Si vous voulez dire une prière, ce ne sera pas du luxe !

Il faudrait des années à Sondra pour assimiler parfaitement la scène qui se déroula ensuite sous ses yeux. Elle en garderait longtemps une vision de chrome et de vert : trop de monde, trop d'appareils et d'instruments ; des bruits bizarres, de longs câbles, et des flacons qui s'emplissaient et se vidaient sans cesse ; des lumières crues, des instruments qui étincelaient et que l'on reposait rougis de sang ; des ordres brefs, des examens, des observations à voix haute, et de longs intervalles durant lesquels Rick et son assistant penchaient leurs lampes frontales de mineurs sur ce paysage de monts et de vallées, mauves et humides, qu'était le cerveau de Tommy. Ce dernier était assis, la tête inclinée vers l'avant, et les chirurgiens avaient pratiqué une incision verticale à la base du crâne, dénudant la première vertèbre cervicale et le trou occipital. Après avoir ponctionné un liquide jaunâtre et visqueux, Rick se tourna vers la panseuse :

— Appelez la Pathologie, s'il vous plaît. Nous sommes prêts à donner des échantillons.

Il s'adressa ensuite aux autres personnes – l'anesthésiste, les deux infirmières et Sondra.

— La masse est à soixante-dix pour cent kystique. Nous allons faire procéder à une biopsie de la paroi du kyste, puis nous chercherons le nodule mural qui sécrète cette matière.

Le pathologiste, le Dr Williams, vint chercher les échantillons et les emporta au laboratoire pour les étudier au microscope.

En attendant son retour, Rick s'appuya d'une main à la table et se balança d'une jambe sur l'autre pour délasser ses muscles fatigués ; son assistant prit un tabouret, et l'instrumentiste elle-même alla s'asseoir, les mains enveloppées d'une serviette stérile.

Son masque humide de sueur et le devant de sa blouse maculée de sang, Rick se tourna vers Sondra et lui fit signe.

— Vous pouvez approcher un peu, dit-il. Voilà, très bien. Maintenant, penchez-vous et regardez.

Du bout d'un instrument longiligne, Rick indiqua délicatement le cervelet de Tommy au milieu des chairs tendres maintenues ouvertes par un écarteur.

— Le kyste se trouve dans la région cérébelleuse, et non au niveau du bulbe, expliqua-t-il. Remarquez bien comment la partie inférieure du cervelet se plisse lorsque je la touche. On voit que l'aqueduc est distendu et que le quatrième ventricule est bouché, ce qui provoque l'hydrocéphalie. J'ai inséré un cathéter dans le ventricule pour le décongestionner, puis j'ai piqué le kyste pour en sortir le liquide et décongestionner également les lobes. Je penche pour un astrocytome, assez courant parmi les affections du cerveau dont peuvent souffrir les enfants. Si je ne me trompe pas et si nous parvenons à extraire tout le nodule, Tommy aura toutes les chances de s'en tirer.

Le Dr Williams revint quelques minutes plus tard et rendit les échantillons à la panseuse, qui les mit dans des bocaux de formol.

— Ça m'a tout l'air d'un astrocytome juvénile, Rick, annonça le pathologiste. La paroi du kyste est très manifestement gliale.

L'équipe se remit au travail et passa l'heure suivante à exciser délicatement et précautionneusement le nodule du kyste, prenant bien soin de tout retirer afin d'éviter une rechute. Enfin, Rick s'écarta de la table pour permettre à la panseuse d'éponger son front en sueur.

— Je vais refermer, maintenant, déclara-t-il à l'intention de Sondra. Mais d'abord je vais insérer un cathéter sous le cuir chevelu, dans la grande citerne, afin de détourner le liquide céphalo-rachidien.

Il se tourna vers l'instrumentiste.

— Beaucoup d'irrigation, à présent, s'il vous plaît. Pinces bipolaires.

La tension se relâcha, et l'anesthésiste alluma même la radio, qui diffusait un air à la mode. Le crâne de Tommy fut refermé avec du fil métallique, son cuir chevelu recousu, et un énorme bandage blanc vint entourer sa tête. Les infirmières prirent alors le relais. Elles lavèrent le garçon avec des éponges, le séchèrent et l'emmenèrent en réanimation, tandis que les deux chirurgiens ôtaient leur blouse de papier, laissant apparaître, à la surprise de Sondra, des vêtements trempés de sueur.

Rick prit le dossier de Tommy, marmonna quelques mots sur la nécessité de parler à ses parents, et se dirigea vers la porte. Là, il se retourna et abaissa son masque.

— Accordez-moi une vingtaine de minutes, dit-il à Sondra, et je vous offre un café.

C'était une impression bizarre, indéfinissable. Installée à la table de la cafétéria de l'hôpital – la salle était décorée de jaune et d'orange criards –, la jeune fille sirotait son café et regardait autour d'elle. Il y avait peu de monde à cette heure-ci de l'après-midi – quelques visiteurs, des infirmières venant prendre leur service, des vendeuses de confiseries discutant avec des rires étouffés – et Sondra en était heureuse, car elle avait une migraine épouvantable.

Elle jeta un coup d'œil à Rick, qui n'avait pas encore changé de tenue, et le vit agiter un bras tout en parlant au téléphone. Était-il en colère ? De sa place, Sondra ne pouvait en juger.

La jeune fille reporta toute son attention sur son café. Mais d'où venait cette sensation curieuse qui la tourmentait ?

L'opération avait duré cinq heures et, dans l'ascenseur, Rick avait déclaré que Tommy s'en remettrait bien.

— Le kyste reviendra-t-il ? avait demandé Sondra.

— Je ne pense pas. Je crois que nous avons retiré tout le nodule qui produisait le liquide. La pression est redevenue normale dans le crâne de Tommy, et il devrait donc retrouver une certaine coordination d'ici à deux semaines.

— Lui fera-t-on des rayons ?

— Non, pas pour un astrocytome juvénile. Tommy a beaucoup de chance.

Oui, Tommy avait beaucoup de chance. Son cas était difficile, inquiétant, mais tout s'était bien terminé. Alors, pourquoi Sondra en gardait-elle une impression si... étrange ?

Levant les yeux vers l'énorme horloge accrochée au mur, la jeune fille prit soudain conscience du temps précieux qu'elle laissait passer. Le cours d'anatomie était fini depuis une demi-heure ; Vicky et Léa se trouvaient certainement à l'appartement, la première préparant le dîner, la seconde penchée sur ses livres. « Voilà ce que je devrais être en train de faire, songea Sondra. La semaine prochaine, examens ! »

Elle regarda de nouveau Rick Parsons. Vraiment, c'était un homme très séduisant... Fallait-il y voir l'origine de ce vague malaise qui la tourmentait ? Était-ce la crainte de s'engager dans une aventure qui viendrait tout compliquer ? Ces études de médecine réclamaient manifestement une attention soutenue, exigeaient que l'on y consacrât tout son temps. Joanne, la quatrième étudiante célibataire de la promotion, en était la preuve vivante : elle avait rencontré quelqu'un au cours de la première semaine, était tombée amoureuse, et avait quitté l'école pour se marier et vivre dans le Maine. On pouvait bien lui opposer le cas de Léa. Cette dernière, Sondra le savait bien, avait eu plusieurs petits amis par le passé – un « régulier » au lycée, et puis plusieurs « rencontres », comme elle les qualifiait elle-même. Aujourd'hui, elle sortait avec Steve Schonfeld, se déclarait prête à coucher avec lui, mais parvenait cependant, miraculeusement, à éviter les complications liées à une nouvelle aventure sentimentale.

Sondra enviait le détachement confortable de Léa.

Elle-même s'en sentait absolument incapable : elle aimait intensément ou pas du tout. Contrairement à Léa, il lui était impossible d'avoir des rapports physiques avec un homme sans engager également son cœur. Pour cette raison, elle n'avait jamais réellement eu de petit ami, et préférait l'amitié des garçons à des liaisons amoureuses : elle voulait être libre de se consacrer à sa carrière. Être vierge à vingt-deux ans n'était pas un crime (même si certains de ses amis à Phoenix en jugeaient autrement) ; elle aurait bien le temps, une fois médecin, de trouver l'homme idéal et de licr son existence à la sienne.

— Désolé de vous avoir fait attendre, dit Rick en se laissant tomber sur une chaise. Un appel urgent de mon agent de change !

Sondra s'efforça de lui rendre son sourire. Sa migraine s'estompait, mais il y avait toujours cette impression…

Rick resta silencieux un moment. Plongé dans ses pensées, il remuait son café d'un air absent. Il leva finalement les yeux :

— Ça vous a retournée, pas vrai ?

Elle cligna des paupières.

— Je vous demande pardon ?…

— La chirurgie. C'est ça qui vous a bouleversée. Je le vois bien sur votre visage.

Sondra considéra son interlocuteur, et commença à comprendre. Pour la première fois, un inconnu résumait en quelques mots ce qu'elle-même n'avait pas réussi à cerner.

La chirurgie l'avait bouleversée… C'était ça, exactement ça. Rien à voir avec la crainte d'une liaison amoureuse, ni avec Rick Parsons : les racines de son malaise plongeaient bien plus profond. C'était une sorte de peur ancestrale, une interrogation latente au fin fond de l'âme de Sondra à laquelle Rick Parsons venait d'apporter enfin une réponse lumineuse.

— J'ai vécu la même chose, reprit Rick. Mais, à l'époque, je n'étais pas en faculté de médecine. J'étais au lycée, et mon père, qui est chirurgien, m'avait fait assister à l'une de ses interventions. Il s'agissait d'une simple opération de la vésicule biliaire, mais le résultat a été le même. La lumière s'est faite en moi, pour ainsi dire.

Une exaltation étrange envahissait Sondra, dissipant les dernières traces de sa migraine. Elle maîtrisa une envie folle de crier « Oui, oui ! », et se pencha en avant, les deux coudes sur la table.

— Savez-vous, demanda-t-elle, que je me prenais jusqu'à présent pour l'étudiante en médecine la plus convaincue de toute la Terre ? Je croyais vraiment avoir entendu l'Appel. C'était vrai, dans un sens, mais rien de comparable à *cela.*

Elle se redressa et étendit les mains.

— Comme vous le dites, j'ai été *retournée.*

— Le premier contact avec la chirurgie a généralement deux effets : ou l'on est complètement dégoûté – et cela arrive souvent, je peux vous l'assurer –, ou l'on est tout feu tout flamme, conquis sur-le-champ et à jamais. Voilà pourquoi je vous ai invitée à venir. Rien n'est plus parlant qu'une première expérience.

Comme Rick avait raison !... Cette première expérience avait en effet éveillé en elle une compréhension bouleversante *de la vie et de la mort.* Prendre un garçon comme Tommy, apparemment condamné sans espoir, et le ramener à la vie et à sa famille... Tel était le sens de ce chaos de chrome et de vert, de cette agitation, de ce semblant de mépris pour la dignité humaine : *préserver la vie*.

— C'est en chirurgie qu'on s'en aperçoit réellement, poursuivit Rick, comme s'il lisait dans ses pensées. Bien sûr, on voit des choses impressionnantes aux urgences, et c'est en obstétrique que l'on voit surgir la vie. Mais pour moi, c'est en chirurgie que l'on sauve réellement des existences. Des corps malades, des corps brisés, et même des corps laids que les chirurgiens plasticiens nous amènent : nous les réparons et les renvoyons transformés, remis à neuf. C'est le sommet de l'échelle, Sondra, et c'est ce que vous devriez viser, vous aussi.

Elle secoua la tête en signe de dénégation. Rick avait su définir le sentiment qui l'habitait depuis l'opération – oui, il était bouleversant de voir la vie et la mort littéralement au travail –, mais il se trompait lorsqu'il voyait sa vocation dans la chirurgie. Son expérience en salle d'opération n'avait pas éveillé en Sondra l'ambition de devenir chirurgien : cette spécialité en tant que telle ne l'intéressait pas. En revanche, elle avait réussi à renforcer ce désir de partir, d'aller mettre ses compétences au service de ceux qui en avaient besoin. Tommy avait de la chance, l'hôpital Sainte-Catherine et le Dr Parsons étaient là. Mais que dire des autres, de ces millions de gens privés d'hôpitaux modernes et de médecins capables de soulager leurs souffrances ? Qui s'occupait de gens comme les vrais parents de Sondra, des pauvres, des désespérés, des abandonnés ?

Si Sondra avait entendu l'appel de la médecine depuis bien des années, cet appel n'était rien auprès de la trompette impérieuse qui résonnait maintenant au plus profond d'elle-même et l'emplissait d'une impression jusque-là diffuse. Ces heures passées en compagnie de Rick Parsons lui montraient enfin avec clarté sa place et la route à suivre.

Désormais elle savait, désormais elle était certaine de son destin.

Chapitre 7

La dernière chose dont Vicky avait envie ce soir, c'était bien de sortir.

— Ça te fera du bien, affirma Sondra en regardant sa camarade couvrir sa joue de fond de teint. Tu vis comme une carmélite, Vicky. Léa et moi sommes tes seules amies.

— Je n'ai besoin de personne d'autre.

— Tu sais bien ce que je veux dire...

Oui, Vicky le savait. Elle devrait rencontrer des gens, faire des connaissances, échanger des idées. Évidemment, pas de problème pour Sondra, avec son physique et sa personnalité ouverte ; ni pour Léa, si sûre d'elle, qui s'entendait avec tout le monde et sortait avec Steve Schonfeld. Toutes deux n'avaient aucune idée de ce que cela représentait d'avoir la marque du diable sur son visage. Et la seule perspective de cette soirée du Nouvel An glaçait Vicky : il lui faudrait affronter la foule et tous ces regards curieux et indiscrets...

Seulement voilà : Sondra tenait absolument à sa venue, et elle, Vicky, se sentait profondément redevable envers sa camarade.

Quatre semaines auparavant, juste après les

examens du premier trimestre, Vicky s'était éva-
nouie dans la cuisine. Léa était sortie avec Steve,
ce soir-là, et Sondra avait été le seul témoin de
l'incident. Ce n'était qu'un étourdissement, rien de
grave, mais les deux jeunes filles en avaient été
effrayées. Vicky avait avoué qu'elle vendait son
sang à l'hôpital et qu'elle sautait les déjeuners pour
économiser de l'argent. Apprenant cela, Sondra lui
avait vivement reproché son manque de confiance
envers ses deux amies. Pourquoi donc ne leur avait-
elle pas demandé de l'aide ? Elles lui donneraient
un coup de main, bien sûr, pour payer les soins
de sa mère !

C'était un geste magnifique, et Vicky s'était
sentie tout de suite beaucoup mieux. Elle avait
renoncé à vendre son sang, s'était remise à manger
raisonnablement et avait pu, de nouveau, apporter
ses fleurs favorites à sa mère. Mais, bien plus que
cela, Sondra et Léa l'avaient sauvée du désespoir :
pour la première fois de sa vie, Vicky se découvrait
de vraies amies, sur lesquelles elle pouvait compter.

— Est-ce que Léa y va aussi ? demanda-t-elle en
examinant son maquillage dans le miroir.

Sondra mit les poings sur les hanches et secoua
la tête. Ces deux-là, décidément ! L'une avait peur
de vivre, et l'autre était mariée à ses livres ! C'était
le Nouvel An, et que faisait Léa ? Elle étudiait ! Et
qui plus est, pour un cours qui n'avait pas encore
commencé !

— Je la travaille depuis ce matin, et je l'aurai
à l'usure, tu verras !

Sondra tenait à la présence de ses deux amies
lors de cette soirée ; elle voulait qu'elles s'amusent.

Elle-même souhaitait y aller, car Rick Parsons

y serait. Depuis l'opération de Tommy, ils avaient partagé un dîner et un déjeuner malheureusement interrompu. Le dîner avait eu lieu le jour même : sur une impulsion, Rick avait entraîné Sondra dans un restaurant italien, où il s'était efforcé de la convaincre de renoncer à l'Afrique pour embrasser la neurochirurgie. Ayant échoué ce soir-là, il était revenu à la charge quinze jours plus tard, à l'occasion d'un déjeuner sur le pouce à l'hôpital, mais sa plaidoirie avait été interrompue par une urgence. Devant son insistance et l'ascendant qu'il exerçait, Sondra avait d'ailleurs fini par s'interroger. N'avait-il pas raison : pourquoi l'Afrique, quand il y avait tant à faire ici même ?

Si Rick Parsons exerçait sur elle un ascendant, c'était aussi à d'autres titres : pour la première fois, Sondra voyait un homme dont elle pourrait tomber amoureuse. Et elle se demandait, tout en se préparant pour la soirée, si elle ne s'y laisserait pas entraîner ce soir.

Assise sur son lit, le dos appuyé au mur, Léa écoutait les préparatifs de ses camarades. Ce que Sondra ignorait, c'est que Léa était déchirée entre deux désirs : elle voulait à la fois aller à cette soirée et ne pas y aller.

Sondra pouvait bien en rire : Léa ne voyait rien de bizarre à travailler pour un cours qui n'avait pas encore commencé. Après tout, si elle avait obtenu de tels résultats aux derniers examens, c'était précisément parce qu'elle travaillait quand tous les autres s'amusaient. Elle était actuellement douzième sur quatre-vingt-quatre, tandis que ses amies étaient dix-neuvième et vingt-sixième et se déclaraient satisfaites de ce classement. Elle, en revanche, ne voulait pas en rester là. Aussi, alors que les autres étudiants célébraient leurs notes ou noyaient leur chagrin chez Gilhooley, elle était retournée à l'appartement pour se plonger de nouveau dans des livres.

Elle avait failli téléphoner chez elle pour annoncer la bonne nouvelle, mais elle n'avait pu composer tout le numéro. Il lui semblait déjà entendre son père : « Quoi ? Douzième ? Combien êtes-vous, dans ta classe, Léa ? Douze ? » Elle le savait bien, il ne se laissait impressionner que par la perfection absolue, une perfection semblable à celle atteinte par Joshua à West Point et par Max à l'université de Northwestern. C'était dur à égaler, mais elle y parviendrait.

Sondra frappa à la porte et entra sans attendre de réponse.

— Allez, Léa ! Le SAP ne commence pas avant un mois !

Cette abréviation, invention de Sondra, signifiait en réalité Student As Physician : l'étudiant-médecin. Il s'agissait d'un programme expérimental que Castillo venait tout juste de lancer. Normalement, les étudiants en médecine ne mettaient pas les pieds dans le monde hospitalier avant leur troisième année d'études, c'est-à-dire au bout de deux ans de théorie. Ceux qui se découvraient alors une aversion pour l'hôpital et ses expériences se trouvaient dans une impasse : il était trop tard pour renoncer à leurs études. L'administration de Castillo avait donc conçu un nouveau système, et la promotion actuelle servirait de cobaye : dès leur première année, les étudiants effectueraient un stage de six semaines à Sainte-Catherine. En veste blanche et stéthoscope en poche, ils accompagneraient de vrais médecins dans leurs visites et verraient de vrais malades. Ils ne feraient rien du tout, se contenteraient de regarder, mais cela suffirait à dégoûter dès le début ceux dont la médecine n'était pas la vraie vocation.

Léa se préparait déjà à ce stage. Elle s'était procuré un stéthoscope et potassait d'arrache-pied son *Guide de l'examen physique*. Elle s'attachait surtout aux fonctions vitales – température, pouls, respiration – sur lesquelles reposait toute la médecine moderne.

— Léa Shapiro, dit Sondra, je vais retenir ma respiration tant que tu ne seras pas habillée !

Léa considéra sa camarade. Cette dernière était si excitée que son visage resplendissait, tel un masque de bronze poli. Comment l'en blâmer ? Rick Parsons était aimable, séduisant. Tandis que Steve Schonfeld, lui, s'était montré sous son vrai jour.

— Est-ce que Steve ne t'attend pas là-bas ? demandait justement Sondra.

Léa n'avait pas raconté à ses amies la scène affreuse qu'elle avait eue avec Steve. Elle préférait enterrer l'incident, faire comme si elle n'avait jamais rencontré ce garçon. Comment avait-il pu se montrer aussi indélicat, aussi incompréhensif ?

Elle demeura songeuse un moment, puis se dit qu'il y aurait probablement trop de bruit, cette nuit-là, pour pouvoir travailler.

— O.K. ! dit-elle en repoussant son livre. Tu as gagné. Je vous accompagne.

Elle mit sa plus belle tenue – un pantalon tube bleu marine et un chemisier blanc agrémenté de dentelle aux poignets et au col – juste pour prouver à Steve, si par hasard il était là, que leur rupture lui importait peu. Vicky avait choisi une robe couleur thé et un ample chandail jaune pâle. Quant à Sondra, elle avait revêtu un ensemble tout simple en jersey bouton d'or et noué sur ses cheveux noirs un foulard assorti : l'effet, sur elle, était absolument sensationnel.

Elles trouvèrent plus simple de se rendre à pied à la soirée, et rencontrèrent bientôt d'autres étudiants qui se dirigeaient, comme elles, dans le froid mordant de décembre, vers les lumières et la musique du Hall Encinitas.

Jamais le Hall n'avait été aussi bondé. Un feu crépitait dans l'immense cheminée de grès ; des bougies palpitaient dans les appliques murales en fer forgé, et les tables étaient surchargées de mets et de boissons. Tout le monde semblait être là, ce soir, et parlait en même temps, tandis que l'on entendait, en arrière-fond, les rythmes de la nouvelle comédie musicale *Hair*. Les trois amies se tenaient sur le bord d'un océan de culture et de contreculture : des étudiants en costume et cravate accompagnés de filles en minijupe et collants, des professeurs en costume trois-pièces avec leurs femmes coiffées d'élégantes toques de fourrure ; une odeur étrange flottait dans l'air, qui n'était manifestement pas celle de l'encens ; des spots de couleur s'allumaient et s'éteignaient au rythme de la musique ; et par-ci, par-là, quelques mots se détachaient dans le brouhaha – transplantation cardiaque, pacemaker, Onassis, Viêt-nam.

Léa maîtrisa une furieuse envie de tourner les talons et de rentrer à l'appartement.

— Je crois que je vais prendre une bière, dit-elle en se lançant dans la foule.

Derrière elle, Vicky partit en direction des toilettes, et Sondra chercha Rick Parsons.

Comme Léa approchait de la table où l'on servait en hâte bière et vin, elle se heurta à Adrienne qui tenait deux bières à la main et regardait autour d'elle.

— Tu n'as pas vu mon mari ? lui demanda la jeune femme. Il est de service. J'espère qu'il n'a pas été appelé, en m'abandonnant toute seule, comme ça !

Son rire sonnait faux.

— A-t-il des nouvelles de son internat ? demanda Léa.

— Non, mais il le fera à Sainte-Catherine ou à l'université de Californie à Los Angeles. Nous sommes certains de ça.

— S'il doit aller à Los Angeles, où habiterez-vous ? Car j'imagine que c'est un peu trop loin pour qu'il fasse le trajet en voiture, non ?

— Oh ! tu n'es pas au courant ? Je suis enceinte ! Sans rire ! Tu te rends compte, il y a huit pour cent d'échecs chez les femmes qui portent un diaphragme ! Il a fallu que je sois dans les huit pour cent ! Mais nous sommes très heureux d'avoir notre premier enfant.

— Et comment vas-tu faire, avec l'école et tout le reste ?

— Eh bien, je vais prendre un congé. Le bébé naîtra cet été, et comme nous n'avons pas les moyens de nous payer une nourrice, j'interromprai mes études l'année prochaine. Quand Jim sera résident, nous aurons un peu plus d'argent et nous pourrons prendre quelqu'un pour veiller sur l'enfant. De plus, Jim aura aussi plus de temps à lui consacrer. Et moi, je reviendrai à Castillo.

Léa la dévisagea, étonnée.

— Le doyen Hoskins a déjà donné son accord, poursuivit Adrienne. Je reviendrai et je terminerai l'école. Tu comprends, pour l'instant, c'est la carrière de Jim qui passe avant tout. S'il repousse son internat à plus tard pour s'occuper du bébé pendant que je reste ici, à Castillo, il pourrait bien ne pas retrouver une aussi bonne occasion. Alors nous avons décidé qu'il terminerait d'abord ses études, qu'il s'installerait, et que je reviendrais ensuite ici. Tu comprends ?

— Oui, je comprends. Bonne chance, Adrienne. Tu vas nous manquer.

Reprenant sa difficile progression vers le bar, Léa ne put s'empêcher de penser : « Nous ne sommes plus que trois filles, maintenant... »

C'est alors qu'elle le vit. Elle espérait pourtant ne pas se heurter à lui au cours de la soirée, mais il venait juste de se retourner, deux verres de vin blanc dans les mains...

— Salut, Léa, dit Steve en rougissant légèrement.

— Salut, répondit-elle doucement. Comment vas-tu ?

Il jeta des coups d'œil à droite et à gauche.

— Bien, très bien... Et toi ?

— Ça va. Tu as des nouvelles, pour ton internat ?

Il évita encore son regard.

— Pas encore... Je fais des prières pour avoir Boston, ajouta-t-il avec un petit rire nerveux.

— J'espère que ça marchera.

— Merci...

Le moment était bien choisi, pour Léa, de lui

dire ce qu'elle pensait, à savoir que, lui-même étudiant en médecine, il aurait dû comprendre son impatience de connaître les résultats des derniers examens. Car c'était bien là l'unique raison de leur rupture !

Léa se rappelait l'incident. Cela s'était passé trois semaines plus tôt, par une soirée brumeuse. Elle venait d'apprendre l'affichage des résultats et, courant à travers le campus pour aller les consulter, elle s'était heurtée à Steve, lequel avait insisté pour lui parler. Elle lui avait expliqué pourquoi elle était si pressée. Était-ce si difficile à saisir ? Il était à l'école depuis trois ans et demi, et il devait bien savoir ce que cela représentait, non, de connaître ses notes ? Elle lui avait donc dit qu'elle le verrait plus tard et était repartie comme une flèche vers le Hall Encinitas.

Quelques jours plus tard, elle lui avait téléphoné. D'une voix glaciale, il avait déclaré qu'il jugeait préférable de ne plus la revoir.

— Je ne peux pas lutter contre des livres, Léa, avait-il précisé. Tu es trop ambitieuse pour moi. Il te faut un type qui veuille bien te servir de paillasson.

Et ce soir, elle lisait sur le visage de Steve ce qu'elle avait décelé dans sa voix, au téléphone : une sorte de tristesse, une sorte d'étonnement déconcerté et, même, un certain ressentiment. Peut-être devrait-elle vider son sac maintenant, devant tous ces étrangers ?... Elle pourrait par exemple lui demander combien de filles il avait lui-même piétinées pour réussir – il était cinquième de sa promotion – et, aussi, s'il se sentait mieux de lui avoir jeté à la figure qu'elle était incapable d'avoir des relations normales avec un homme, du moins tant qu'elle chercherait à tout prix à être numéro un, ou crack des cracks – c'était le cliché imbécile qu'il avait utilisé…

Elle décida pourtant de ne pas gaspiller son énergie. Après tout, s'il était incapable de la comprendre, c'est qu'il ne valait pas grand-chose. Mais pourquoi les hommes semblaient-ils tous penser qu'elle devrait se contenter d'une seconde place ?

— Bon, dit Steve en s'écartant, faut que j'y aille. À un de ces quatre…

— C'est ça, à un de ces quatre…

Sondra repéra Rick Parsons près de la cheminée et se tourna vers Vicky.

— Viens, lui proposa-t-elle, allons rejoindre Rick.

La jeune fille secoua la tête.

— Non, vas-y toute seule. Moi, je vais tâcher de trouver un siège.

Tandis que sa camarade allait chercher refuge près des palmiers en pot, Sondra se fraya un chemin vers le groupe au milieu duquel se tenait Rick Parsons, très élégant dans un col roulé et une veste de tweed.

Lorsqu'il l'aperçut, le jeune homme eut un large sourire et lui fit signe de la main.

— Salut. Je suis content de vous voir, j'ai une grande nouvelle pour vous.

Sondra décida sur-le-champ de ne plus tergiverser : cette fois-ci, elle tomberait amoureuse…

— Quelle nouvelle ?

— Vous vous souvenez de Tommy ? L'astrocytome kystique ?

Comment l'aurait-elle oublié ?

— Eh bien, sa guérison est un succès.

Le visage de Sondra devint radieux.

— Je ne pense pas que vous connaissiez tout le monde ici, poursuivit Rick.

Et il fit les présentations. Des noms précédés du mot « docteur ». Ils étaient nouveaux pour Sondra – elle était encore loin de connaître tout le personnel médical de Castillo –, mais cela ne l'empêchait pas de sourire et de saluer fort aimablement. Depuis quand ne s'était-elle pas sentie aussi gaie, aussi heureuse ?

— Et voici ma femme, Patricia, annonça enfin Rick.

Sondra dévisagea stupidement la jeune femme qui se tenait à son côté. Une très jolie femme, habillée de façon classique, et dont le sourire était plein d'aménité.

— Je suis heureuse de faire votre connaissance, dit une voix chaleureuse. Rick m'a raconté qu'il essayait de vous recruter en neurochirurgie. Allez-vous capituler ?

Sondra continuait à la regarder fixement. La femme de Rick ? En avait-il jamais parlé ? Elle se remémora rapidement ses conversations avec le jeune homme : malgré cette sorte d'intimité qui s'était établie entre eux, il ne lui avait jamais vraiment parlé de lui-même, elle devait bien en convenir…

— Non, finit-elle par répondre dans un rire qu'elle espéra convaincant. Je n'ai pas l'intention de me laisser entraîner par lui. J'ai depuis très long-temps la ferme intention d'aller en Afrique.

— On pourrait croire qu'il touche une commission à chaque nouvelle recrue en service neurologique, intervint de sa voix de baryton un homme à la crinière rousse. Rien qu'en ce moment, trois de nos résidents font cette spécialité grâce aux talents de persuasion de Rick !

— C'est peut-être parce que la misère a besoin de compagnie, ajouta quelqu'un.

Le groupe éclata de rire. Sondra, elle, aurait voulu que la terre l'engloutît. Comment une fille aussi prudente qu'elle avait-elle pu commettre une telle erreur ? « Il ne m'a rien laissé croire, songeait-elle, c'est moi qui me suis raconté des histoires ! »

— Vous n'avez rien à boire, Sondra, remarqua Rick. Venez, je vous accompagne au bar.

— Non, merci, répondit-elle vivement en reculant. Je me débrouillerai. À vrai dire, je suis venue avec des amis. À bientôt…

Sous son regard stupéfait, elle se sentit devenir cramoisie. Manifestement, il ne s'était douté de rien !

— Heureuse d'avoir fait votre connaissance, lança-t-elle à l'intention du groupe, et je suis contente que Tommy aille bien.

Sur ces mots, elle tourna les talons et s'enfonça dans la foule.

Une bière dans une main et une branche de céleri dans l'autre, Léa faisait le tour de la salle, observant les groupes qui se formaient çà et là dans la foule. Elle reconnaissait de nombreux étudiants de sa classe, quelques professeurs, quelques notables de la ville et certains membres du personnel de Sainte-Catherine, habitués de Gilhooley. Tous avaient l'air tellement décontractés, tellement insouciants, tellement « arrivés »… comme si la compétition qui se déroulait chaque jour dans les autres Halls – Mariposa, Manzanitas, Balboa – n'existait pas.

Léa fit halte derrière un palmier en pot, sous un portrait de la fière Juanita Hernandez en robe espagnole et mantille. Elle termina son brin de céleri et regretta de ne pas avoir pris des notes de cours avec elle.

Non loin de là, un petit groupe de personnes buvait les paroles d'un orateur que Léa ne connaissait pas. L'homme exposait quelque théorie médicale, et il sembla à la jeune fille qu'il parlait trop fort et gesticulait avec trop d'ostentation.

— Excusez-moi, dit une voix tranquille. Ceci est-il un havre de paix et de raison ?

Léa se retourna et découvrit deux remarquables yeux bruns, pleins de douceur, et un sourire timide.

— Je vous en prie, entrez-y, déclara-t-elle en faisant un peu de place au nouveau venu. On dirait effectivement que tous ces gens sont bons pour l'asile !

Il n'était pas très grand, juste quelques centimètres de plus que Léa, et n'avait rien d'extraordinaire à première vue. Mais un examen attentif de son visage révélait des traits aimables, attachants, une bouche qui semblait sourire aisément, et des yeux empreints d'une patience infinie.

— Je ne me sens pas à ma place, confia-t-il en riant doucement. Je n'ai rien à voir avec la médecine, ce qui, apparemment, n'est pas le cas de tous les autres membres de cette aimable assistance.

L'orateur, qui s'efforçait d'attirer l'attention de toute la salle, poursuivait ses brillants exposés.

— Nous ne sommes pas tous comme ce type, expliqua-t-elle. Il fait partie des exceptions pénibles.

Écoutez-le un peu ! Il est d'un pompeux ! À le voir tellement gonflé de son importance, on se demande bien comment il ne s'envole pas au plafond !

L'inconnu rougit légèrement et eut encore le même rire doux.

— Je crains qu'il ne soit précisément la raison de ma présence ici.

— Oh non ! C'est un de vos amis ?

— Pis. C'est mon frère. Le Dr Norman Roth. Et moi, ajouta-t-il en tendant la main, je suis Arnie Roth.

Léa le considéra fixement, puis émit un grognement.

— Et maintenant, Léa Shapiro n'a plus qu'à disparaître sous terre… Vraiment, je suis désolée.

Il continuait de sourire gentiment, la main toujours tendue.

— Ce n'est pas grave, assura-t-il. Norman sait ce qu'il vaut, et il le montre. À part ça, c'est quelqu'un de très bien. Vous êtes-vous égarée dans cette foule, vous aussi ?

Léa lui serra enfin la main avec un petit rire.

— Il se trouve que je fais partie de cette foule honnie, répondit-elle.

— Vous êtes infirmière ?

— Étudiante en médecine. Première année. Et vous, vous ne marchez pas sur les traces de votre frère ?

— Seigneur non ! Grâce à Dieu, Norman a satisfait à cette obligation familiale. Je n'ai jamais pu supporter ni la médecine ni les malades.

— Que faites-vous, alors ?

— Je suis comptable. Expert-comptable. J'ai un

bureau à Encino, agréable et propre, loin du sang et de la mort.

— La médecine n'est pas que ça, monsieur Roth. Il y a aussi l'endroit de la médaille : la vie.

Il hocha la tête sans conviction, puis ses grands yeux bruns, limpides et pensifs, se posèrent sur Léa.

— Ainsi, vous étudiez la médecine... Est-ce aussi dur qu'on le dit ?

— Multipliez par cent ce qu'on vous a dit !

— Oui, je sais que cela représente beaucoup de travail. Et vous avez le temps de sortir, de rencontrer des gens ?

Léa étudia son sourire plein de douceur et songea à regret : « Tu ne saurais avoir de liaison avec moi, je suis incapable de relations normales avec un homme... »

— Je suis malheureusement le genre d'étudiants qui prend rarement l'air, répondit-elle. Vous comprenez, j'ai l'intention d'être la meilleure, le major de ma promotion, et il ne me reste pas beaucoup de temps pour tout le reste.

— C'est tout à fait admirable.

Les yeux de Léa s'agrandirent.

— Vous parlez sérieusement ?

— Mais oui. J'admire les gens qui savent ce qu'ils veulent et sont prêts à tous les sacrifices pour y arriver.

— Certains de mes amis ne pensent pas comme vous.

— Alors, ce ne sont pas réellement vos amis, n'est-ce pas ?

Elle secoua lentement la tête tandis qu'une bienfaisante détente l'envahissait peu à peu. Et soudain, elle fut heureuse d'avoir laissé Sondra l'entraîner ici.

— Que diriez-vous d'essayer ce buffet ? proposa Arnie Roth en s'effaçant pour la laisser passer.

Elle lui adressa son plus beau sourire et son regard le plus encourageant.

« Steve Schonfeld, pensa-t-elle, tu peux bien aller au diable… »

De sa cachette dans le coin, Vicky observait la fête. Comme elle enviait Léa, là-bas, occupée à partager une assiette anglaise avec un inconnu souriant !… Elle la voyait rire en secouant ses courts cheveux bruns et admirait son aisance, sa confiance en elle-même…

Elle chercha Sondra des yeux, et vit soudain l'homme qui se tenait à l'entrée de la salle.

Et qui la regardait fixement.

Elle sentit son cœur bondir et chercha instinctivement un refuge, un moyen de s'échapper. Il venait d'arriver un groupe de personnes et, pas de doute, c'était bien *elle* qu'il regardait !

Vicky sentit monter en elle la panique si familière. Elle regarda à droite et à gauche puis jeta un nouveau coup d'œil vers la porte. Seigneur, voilà qu'il se dirigeait vers elle !

La jeune fille se glissa le long du mur, se blottit derrière une énorme plante verte et, à son immense soulagement, découvrit le couloir menant aux lavabos. Le *salut*. Prise d'une panique aveugle, elle s'y précipita et s'engouffra dans les toilettes pour dames.

Grâce à Dieu, il n'y avait personne dans la pièce. Elle alla droit au miroir pour examiner son visage.

Pourquoi cet inconnu la dévisageait-il ? Relevant ses cheveux blonds, elle sortit de son sac son flacon de fond de teint et se mit en devoir de rafraîchir son camouflage. Cela fait, elle ramena soigneusement ses cheveux vers son nez, de la façon la plus naturelle possible, puis, satisfaite, elle sortit dans le couloir.

Il l'attendait.

— Salut, dit-il en souriant. Je m'appelle Chris Novack.

Vicky observa la main tendue sans la prendre. Le petit couloir était soudain étouffant et lourd de menaces, et la porte fermée, là-bas, à travers laquelle filtraient les bruits assourdis de la fête, semblait bien loin...

— Vous êtes étudiante à Castillo ?

Elle s'efforçait de ne pas lui faire face et lui présentait, comme d'habitude, son profil gauche. Pour ne rien arranger, un bref examen lui permit de constater que l'inconnu était très séduisant. Grand et mince, il devait avoir près de la cinquantaine.

— Vous parlez anglais, n'est-ce pas ? demanda-t-il en élargissant son sourire.

— Oui...

— J'ai vu que vous étiez toute seule, et j'ai trouvé que c'était dommage en cette dernière nuit de 1968. Voulez-vous boire ou manger quelque chose ?

— Non, dit-elle vivement. Merci.

— Je suis nouveau à Los Angeles, et je ne connais pas grand monde.

Il marqua une pause.

— Alors, reprit-il, êtes-vous étudiante ici, ou infirmière, ou... ?

— Étudiante.

— Ah ! En quelle année ?

Vicky baissa les yeux vers la poignée de son sac que ses doigts trituraient.

— Je suis désolé, poursuivit-il doucement. Je n'avais pas l'intention de vous aborder aussi cavalièrement, mais je voulais vraiment faire votre connaissance. J'ai pensé que le mieux était d'être direct.

Elle leva la tête et vit qu'il souriait d'un air sincèrement contrit.

— C'est ma faute, dit-elle enfin d'une toute petite voix. Je n'ai pas l'habitude que l'on vienne vers moi comme ça.

— Je ne peux pas y croire. Une fille aussi belle que vous...

Elle détourna les yeux.

— Bon, puis-je vous offrir quelque chose, maintenant ?

— Oui, je prendrais volontiers un Coca-Cola. J'ai essayé d'approcher le bar, tout à l'heure, mais sans succès.

Il rit.

— C'est une vraie jungle, là-dedans. Comment vous appelez-vous ?

Ils se dirigèrent ensemble vers la porte.

— Vicky.

— Et qu'est-ce qui vous a poussée à choisir la médecine, Vicky ?

Il avait posé une main sur la poignée de la porte et, de l'autre, il saisit légèrement le coude de Vicky. Celle-ci répondit par un mensonge.

— C'est à cause de mon père. Il est mort d'une maladie incurable quand j'étais petite. Ma mère et moi l'avons veillé pendant des heures. Je suppose que c'est ce qui m'a donné envie d'essayer de sauver des vies.

Dire la vérité et parler de ses innombrables visites chez des médecins aurait attiré l'attention sur son visage…

— Vous avez déjà choisi un domaine particulier ?

— La recherche. J'aime les laboratoires.

Ils plongèrent dans la foule et se dirigèrent tant bien que mal vers le bar. Chris Novack avait resserré son étreinte sur le bras de Vicky et la maintenait tout près de lui. Lorsqu'ils eurent enfin réussi à saisir deux bouteilles glissantes, le séduisant chevalier servant de Vicky regarda autour de lui et fronça les sourcils.

— Il y a un monde fou, ici, remarqua-t-il. Si on allait dehors ?

Ils se frayèrent de nouveau un chemin à travers la salle et se retrouvèrent enfin à l'extérieur. L'air vif et la brume rafraîchissante de la nuit caressaient leurs visages. Ils n'étaient pas seuls dans le patio, mais ils réussirent à trouver un banc sur lequel ils s'assirent.

— Vous pourriez bien changer d'idée dans les deux années à venir, commenta Chris Novack après une longue gorgée de Coca-Cola. Quand vous passerez de service en service à l'hôpital, en troisième année, vous changerez sans cesse d'avis. En Pédiatrie, vous déciderez d'être pédiatre. En Pathologie, vous déciderez d'être pathologiste… C'est toujours comme ça.

Vicky contemplait son profil – son profil droit, car elle s'était arrangée, après une feinte hésitation, pour s'asseoir à sa droite. C'était un stratagème qu'elle avait mis au point au fil des ans...

Assis sous le vénérable chêne blanc de Californie, ils restèrent silencieux un moment, à écouter les rires, les bribes de musique et de conversation. Puis Chris Novack avala une autre gorgée de Coca-Cola.

— Puis-je vous parler de votre visage ? demanda-t-il alors.

Vicky sentit sa bouteille glisser entre ses doigts. Dans un grand bruit de verre brisé, un jet de liquide ambré vint éclabousser ses jambes.

— Oh ! s'exclama Chris en se levant. Mon Dieu, je suis désolé !

La jeune fille se mit péniblement debout.

— Je ne pensais pas..., commença-t-elle en portant une main tremblante à sa joue.

— Je suis désolé, répéta Chris Novack.

Et lorsque Vicky tourna les talons pour s'enfuir, il posa vivement une main sur son bras.

— Attendez, je vous en prie, et écoutez-moi. Je sais que c'est difficile pour vous d'en parler, mais...

— Je dois m'en aller.

Au moment même où Chris Novack resserrait sa prise pour retenir Vicky, la grande horloge du campus commença à égrener dans le brouillard les douze coups de minuit. Dans le vacarme de hurlements, de cris et de klaxons qui saluait la nouvelle année, Chris Novack obligea la jeune fille à lui faire face et déclara d'une voix forte :

— Je suis médecin, Vicky. Chirurgien. C'est ce que je voulais vous dire, car je crois que je peux arranger votre visage.

Chapitre 8

Léa n'était en service Obstétrique que depuis une heure, mais elle comptait déjà les minutes. Elle avait horreur de cet endroit.

On était en février, au cours de la deuxième semaine du stage SAP. Les premiers jours, tout s'était bien passé. Les étudiants, excités par la nouveauté, avaient fait le tour des divers services, s'étaient familiarisés avec la structure hospitalière, et avaient eu un véritable cours pratique sur l'emploi des stéthoscopes, des sphygmomanomètres, des opthalmoscopes et des marteaux à réflexes. Munis chacun de matériel d'auscultation, ils s'étaient entraînés les uns sur les autres, apprenant à reconnaître la diastole de la systole, à identifier les bruits cardiaques, à étudier pouls, tension et autres fonctions vitales. Puis, par petits groupes, ils s'étaient répartis dans les différents services, où ils devaient rester quatre jours. À la fin du stage, ils subiraient un examen pratique et écrit qui permettrait en particulier de juger de l'intérêt du nouveau système.

La veille, le groupe de Léa était allé en Gynécologie. Le Dr Mandell avait rassemblé les étudiants autour d'un lit où, sans aucune gêne apparente, une charmante femme avait répondu à des questions très personnelles en se laissant examiner par douze paires d'yeux étrangers. Elle était restée très coopérative jusqu'à la fin, même lorsque Mandell avait entrepris de montrer comment l'on procédait à un examen pelvien.

— Ce n'est pas une vraie patiente, avait expliqué Mandell avant la visite. C'est une prostituée payée par l'hôpital pour jouer ce rôle pendant une matinée. C'est la seule manière de pouvoir montrer en quoi consiste un examen pelvien. Une vraie patiente serait trop tendue et crispée, et l'on n'apprendrait rien.

Léa avait retiré un grand profit de ces visites en Gynécologie. Mais, aujourd'hui, elle devait passer en salles de travail et d'accouchement...

Les étudiants ne pouvaient se présenter à plus de deux à la fois dans le service (la visite durait trois jours, et, pendant ce temps-là, les autres poursuivaient leur tour d'hôpital), aussi Léa était-elle venue ce matin en compagnie de Mark Wheeler. Le Dr Mandell leur avait montré où se changer, puis ils s'étaient retrouvés dans le local des infirmières.

Après de brèves présentations avec Mme Caputo, une austère surveillante générale qui leur demanda de rester à leur place et de ne pas poser de questions, ils firent le tour des deux salles de travail, des quatre salles d'accouchement, de deux salles aseptiques et d'une salle de repos aussi froides et impersonnelles les unes que les autres. Et quel bruit il y avait !

Personne ne faisait attention au Dr Mandell et à ses deux protégés, car c'était une matinée éprouvante pour le personnel. Un accouchement se dérou-

116

lait avec difficulté dans une des salles, et un coup d'œil à travers la petite fenêtre pratiquée dans la porte révéla à Léa une masse verte sur la table d'opération, autour de laquelle s'affairaient trois hommes et deux femmes masqués. Dans la pièce voisine, une infirmière, seule, préparait en hâte une césarienne d'urgence. Les trois visiteurs s'arrêtèrent un instant sur le seuil de la salle de repos où une infirmière veillait une femme pâle et somnolente, puis ils terminèrent leur petit tour de reconnaissance devant l'une des deux salles de travail.

Léa se serait tout à fait cru en bloc opératoire, ce qui ne laissait pas de la surprendre, car elle n'avait jamais assimilé la naissance d'un enfant à un acte chirurgical. Et puis, il y avait ce bruit incroyable. À travers la porte épaisse parvenaient les cris de la parturiente et les encouragements de ceux qui l'assistaient : « Poussez ! », « Ne poussez pas ! » Plusieurs monitorings cardiaques égrenaient leurs bip-bip irréguliers. Deux autoclaves à vapeur sifflaient et cliquetaient, tandis qu'un téléphone sonnait désespérément dans le vide. Deux hommes se disputaient dans une salle aseptique, et, soudain, un cri aigu déchira l'air et fit sursauter les deux stagiaires.

— Voilà à quoi on reconnaît une salle de travail, dit le Dr Mandell. Au bruit !

Léa l'accompagna dans la pièce, tandis que Mark Wheeler, le visage aussi pâle que ses cheveux blonds délavés par le soleil, restait en arrière. Un seul des quatre lits était occupé, et une immense stupéfaction emplit Léa lorsqu'elle approcha de la forme allongée.

Ce n'était qu'une enfant !

— Bien, dit le Dr Mandell, examinons son dossier.

Celui-ci était jaune : la jeune fille était donc sans ressources, de celles sur lesquelles tous les étudiants, internes et résidents se faisaient la main. Les dossiers roses étaient réservés aux patients privés, qui payaient leurs soins et avaient leur propre médecin.

Léa adressa un faible sourire à l'adolescente mais n'obtint aucune réponse. Deux immenses yeux noisette dévoraient un visage livide et mince entouré de longues mèches blondes trempées de sueur. Les lèvres étaient grisâtres, et la chemise d'hôpital, mouillée elle aussi par la transpiration, collait par endroits au corps de l'enfant. Cette dernière dévisageait les deux visiteurs avec méfiance, mais sans curiosité : c'est qu'elle avait dû en voir, des gens en blouse blanche ou en tenue verte de chirurgie, dont bon nombre n'avaient certainement même pas jugé bon de se présenter…

Léa se força à regarder encore le dossier.

— Lenore, que vous voyez là, disait le Dr Mandell, en est à cinq centimètres de dilatation. Étant donné que le col doit atteindre dix centimètres de dilatation totale, on peut en conclure qu'elle a fait la moitié du travail. (Il referma le dossier et l'accrocha au pied du lit.) Bon, pas la peine de perdre notre temps ici, conclut-il. Allons plutôt voir cette césarienne.

Sur le pas de la porte, Léa se retourna et rencontra deux grands yeux de bête traquée qui la suivaient.

Ils n'étaient pas plus tôt arrivés dans le couloir qu'un cri sortit de la chambre qu'ils venaient de quitter.

— Eh bien, constata le Dr Mandell avec un sourire, nous sommes partis juste à temps !

Il discuta un instant avec Mme Caputo, qui venait de réprimander une infirmière aux joues en feu, et Léa vit la surveillante générale secouer la tête et lever un doigt.

— Désolé, déclara le Dr Mandell en rejoignant les étudiants, un seul à la fois dans la salle. Venez, monsieur Wheeler, vous serez le premier.

Léa les regarda pénétrer dans la salle d'accouchement encore vide et entendit une voix féminine déclarer : « Bon, d'accord, mais il a intérêt à ne pas tourner de l'œil. » Elle chercha alors à voir ce qui se passait dans la salle attenante.

De sa position, derrière la petite fenêtre, Léa pouvait voir par-dessus les épaules du médecin. L'accouchement n'était toujours pas terminé et, pour une raison ou une autre, il ne se déroulait pas bien. La jeune fille vit une petite tête apparaître puis, comme si le moment n'était pas venu, disparaître. À chaque apparition, la mère poussait un cri perçant. Le médecin s'exclama :

— Pour l'amour du ciel, poussez son épidurale !

La femme sembla protester, mais elle cessa bientôt de gémir, tandis que la petite tête cessait également de se montrer.

— Poussez ! cria l'obstétricien dont le dos voûté était trempé de sueur. Allez, poussez !

La femme faisait manifestement de son mieux, mais sans grand résultat. L'anesthésie avait endormi ses muscles.

Le médecin saisit des forceps, et le bébé sortit enfin, entre les mains de l'assistant.

Léa s'écarta de la porte et regarda le carrelage froid du mur en face d'elle.

Une forme passa en hâte devant ses yeux. Une infirmière ouvrit précipitamment un placard, y saisit un paquet vert, repassa en courant devant la jeune fille et disparut dans la salle d'accouchement. Par la porte restée brièvement entrouverte, une vague de bruits submergea Léa : le bip-bip du monitoring, des pleurs de nourrisson, les soufflements du masque à oxygène, les bruits de succion d'un aspirateur, et un tonitruant « Mais qu'est-ce que c'est que ça ! ».

Léa longea le couloir d'un pas lent. « Coûte que coûte, je tiendrai le coup », se disait-elle lorsque, soudain, deux hommes en uniforme blanc poussant un brancard ouvrirent à toute volée les doubles portes de la salle où se trouvaient le Dr Mandell et Mark Wheeler. Une équipe vêtue de vert apparut aussitôt, chassant les hommes en blanc, tandis que fusaient les ordres, que l'on découvrait une femme au ventre énorme, allongée sur le brancard, que l'on maudissait l'incompétence de l'équipe des urgences et que l'on pestait contre l'insuffisance du dossier de la patiente, le tout ponctué d'une exclamation furieuse : « Pour l'amour du ciel, allons-y, il faut sortir cet enfant de là ! »

Comme la porte se refermait, Léa aperçut un Mark Wheeler au teint de cendre, adossé au mur, mais pas trace du Dr Mandell. Ce dernier avait dû rejoindre les autres stagiaires en Pathologie ; Sondra et Vicky se trouvaient là-bas, elles aussi, et Léa aurait donné n'importe quoi pour y être également.

Un cri pathétique attira son attention vers la porte ouverte de la première salle de travail. Elle se dirigea vers le seuil et entra. Lenore tourna d'immenses yeux effrayés vers elle.

— Aidez-moi, murmura-t-elle.

Léa s'approcha. Aînée de cinq enfants, elle avait l'habitude de voir une femme presque à terme – sa propre mère, qui grossissait, grossissait, puis, le moment venu, partait tranquillement pour la clinique et en revenait une semaine plus tard avec un bébé tout propre et rose. Mais elle n'avait jamais assisté à une naissance, et tout cela lui était absolument étranger.

Ses mains maigres posées d'un air protecteur sur son ventre gonflé, une couverture sur les jambes, Lenore était appuyée contre des oreillers trempés. Sous la grossière chemise d'hôpital, des fils reliaient son abdomen à une machine installée près du lit, qui émettait des bip-bip menaçants et crachait une bande de papier millimétré. Sur l'un de ses bras était fixée une planchette, et un tuyau de perfusion, branché à un flacon suspendu au-dessus du lit, était relié à son poignet. Le coussinet d'un sphygmoma-nomètre entourait son autre bras. Sur la table de chevet reposaient deux stéthoscopes, une boîte de gants stériles en caoutchouc, une lampe chirurgicale, un bassin et un thermomètre.

Léa jeta un coup d'œil circulaire à la pièce, qui se voulait manifestement « accueillante » : une tapis-serie jaune pâle avec des marguerites, des rideaux de lit imprimés de citrons et d'ananas et, scotchée au dos de la porte, une affiche représentant des enfants courant après des papillons. En dépit de ce décor, l'ambiance hôpital dominait : la lumière crue, les chromes brillants, les draps amidonnés, le linoléum luisant et, par-dessus tout, cette atmosphère impersonnelle. Et Léa se prit à penser : « Je ne mettrai jamais *mes* enfants au monde dans un endroit comme ça. »

Baissant les yeux vers Lenore, elle lut sur son visage malheureux une requête silencieuse, et comprit que l'adolescente voulait savoir qui elle était, sans oser le demander. « Présentez-vous toujours comme docteur, avait recommandé le Dr Mandell, cela donnera confiance au patient. »

— Bonjour, je suis le Dr Shapiro.

Devant le soulagement qui détendit visiblement les traits de Lenore, le remords pinça Léa. « S'il te plaît, pria-t-elle en silence, ne place pas ta confiance en moi : je n'ai pas la moindre idée de ce qui t'arrive… »

— J'ai peur, docteur, souffla l'enfant.

— C'est normal, assura Léa en lui tapotant l'épaule. Tout à fait normal. Je suppose que c'est ton premier ?

Question imbécile !

— Oui.

Lenore baissa les yeux sur le monticule que recouvraient ses mains et parut chercher ses mots, comme pour ajouter quelque chose.

— Tu es toute seule ? demanda gentiment Léa.

L'adolescente releva la tête.

— Oui ! Je n'ai personne. Mon copain, quand je lui ai appris que j'attendais un bébé, il est parti. Je crois qu'il est à San Francisco maintenant. On habitait avec un groupe de jeunes, vous comprenez, mais moi et Frank on faisait un couple. J'étais sa copine, et je ne couchais avec personne d'autre, ni rien de tout ça. Quand il est parti, le groupe s'est séparé.

— Où habites-tu, maintenant ?

— Oh ! par-ci, par-là.

— Et où est ta famille ?

— Dans l'Est. J'ai fait du stop pour venir ici, l'année dernière. C'était un long voyage. Et puis j'ai rencontré Frank et j'ai décidé de m'installer avec lui. Finalement, c'était un pauvre type…

— Je regrette, murmura Léa. Mais au moins, à présent, tu vas avoir ton bébé.

— Oui…

Deux voix masculines les interrompirent et Léa, se retournant, vit entrer deux hommes vêtus de vert. L'un d'eux était le médecin qui avait utilisé des forceps tout à l'heure, et le devant de sa blouse était taché de sang.

— Moi, je leur donne à toutes de la scopolamine, déclarait-il. Elles peuvent bien se tordre, hurler, et se comporter comme des folles pendant le travail et l'accouchement, elles ne se souviennent de rien après coup. Et elles m'en remercient. Pas de douleur, pas de souvenir de la naissance… Bon, on a là un cas de détresse. Primipare, cinq centimètres. Arrivée aux Urgences. Dans les cas comme celui-là, toujours faire un dépistage de maladies vénériennes.

Léa s'écarta lorsqu'ils approchèrent du lit. L'obstétricien consulta silencieusement le dossier puis le tendit à son assistant. Après un regard à la bande de papier sortant du monitoring fœtal, il enfila une paire de gants.

Lorsqu'il descendit le drap, Lenore serra instinctivement les jambes.

— Il est un peu tard pour ne pas les ouvrir, tu ne crois pas ? dit-il. Allez, poupée, on n'a pas que ça à faire.

Les deux médecins examinèrent l'adolescente sans lui accorder un seul regard, et conclurent : « Huit centimètres, tête encore dans le col. Allons prendre un café. »

Ils se redressèrent et retirèrent leurs gants.

— Mon bébé est très bas, articula Lenore dans un brusque sursaut de courage. Je le sens.

— Mais non, poupée. Il faut que tu attendes encore.

— S'il vous plaît, pouvez-vous me donner quelque chose contre la douleur ?

— On ne peut pas, poupée, répondit le premier médecin en lui tapotant la main. Cela ralentirait ou pourrait même stopper le travail. Cesse donc de te comporter comme un bébé, ce que tu ressens est tout à fait normal.

À cet instant, Mme Caputo se précipita dans la pièce.

— Docteur Turner, les Urgences viennent juste d'appeler. Il y a eu un accident sur la route du bord de mer. L'un des blessés est une femme enceinte et le travail vient de commencer. Il pourrait y avoir détresse fœtale. Ils sont en train de monter la blessée.

— Seigneur ! Venez, Jack, vous me donnerez un coup de main. Caputo, appelez mon bureau et dites-leur d'annuler ma réservation au Scandia.

Léa revint près de Lenore juste à temps pour voir deux grosses larmes couler sur ses joues. Soudain, le visage de l'adolescente se crispa et tout son corps s'arqua douloureusement. Elle poussa un cri et retomba sur ses oreillers, le souffle court.

— J'ai tellement mal ! Ça me tue ! Je vais mourir !

— Mais non. (Léa lui prit la main.) Le docteur avait raison, c'est tout à fait normal.

— Oui, mais il se trompait à propos de la tête de mon bébé. Elle n'est pas en haut, elle est là, en bas. Je l'ai sentie descendre.

Léa la dévisagea en silence.

— Tu es sûre ? demanda-t-elle enfin.

Elle regretta aussitôt sa question : le médecin en sait toujours plus que le malade…

Lenore n'eut pas le loisir de répondre. Son visage se tordit de nouveau, des veines se gonflèrent à ses tempes et sur son cou ; elle cria encore, puis retomba en arrière en haletant. Léa la contempla d'un air alarmé : les contractions étaient terriblement rapprochées…

— Oh ! Dieu, gémit Lenore, je saigne !

— Non, rétorqua Léa le plus calmement possible.

Elle jeta un coup d'œil par-dessus son épaule – mais où étaient-ils donc tous passés ? –, puis abaissa vivement la couverture de l'adolescente. Un liquide clair coulait entre ses jambes.

— Ce n'est rien, assura-t-elle avec un calme qu'elle était loin de ressentir. Ce n'est pas du sang. Tu viens de perdre les eaux, c'est tout.

— En voilà une autre… haleta Lenore, qui se tendit sous l'effet d'une nouvelle contraction et broya si fort la main de Léa que celle-ci faillit crier elle aussi. Aidez-moi, docteur ! Il vient ! Oh ! Seigneur, j'ai peur !

Léa libéra ses doigts.

— Je vais chercher quelqu'un. Ne t'inquiète pas, tout ira bien.

Elle se trompait. Dans le couloir, c'était la panique. On amenait la victime de l'accident de voiture, entourée de six personnes : l'une coupait ses vêtements ensanglantés, une autre s'efforçait de maintenir un masque à oxygène sur son visage, une troisième poussait un défibrillateur cardiaque d'urgence tandis qu'une quatrième posait du gel sur les électrodes de l'appareil. Bref, tous ceux qui ne participaient pas à la césarienne en cours dans la salle voisine luttaient pour la vie de cette femme et de son bébé. C'était un chaos indescriptible, et Léa contemplait le tableau les yeux ronds.

Apercevant soudain Mme Caputo, elle se précipita vers elle.

— La fille en salle de travail va avoir son... commença-t-elle.

La surveillante générale la repoussa brutalement, les bras chargés d'un trousseau chirurgical d'urgence.

— Ôtez-vous de mon chemin ! cria-t-elle. Cette fille est une patiente du Dr Turner, c'est lui qui s'occupe d'elle. Si vous intervenez encore, je vous fais jeter dehors !

Sans se rendre compte qu'elle considérait désormais Lenore comme sa propre patiente, Léa retourna en hâte auprès de l'adolescente et la trouva en proie à une autre contraction. Le monitoring fœtal lançait des bip-bip désordonnés, le flacon de perfusion cliquetait contre son support, et l'abdomen de Lenore, découvert par la couverture qui avait glissé, se convulsait de façon alarmante.

« Mon Dieu, pensa Léa, la bouche sèche, le bébé arrive. »

Vive comme l'éclair, la main de Lenore agrippa le poignet de Léa.

— Aidez-moi, murmura l'adolescente d'une voix rauque. Je vous en prie, aidez-moi, docteur.

Léa tenta de se dégager et regarda désespérément vers la porte. Si elle appelait au secours, Lenore serait prise de panique. Il fallait donc au moins qu'elle ait l'air calme.

Une nouvelle contraction tordit Lenore, et Léa dut se rendre à cette évidence terrible : elle ne pouvait pas la quitter.

« Mon Dieu, mon Dieu, mon Dieu ! songeait-elle en tâtant le bord du lit, mais où est le bouton d'appel ? Pourquoi n'y a-t-il pas de sonnette d'alarme ? Pourquoi personne ne vient-il pas au moins jeter un coup d'œil ici ? »

La contraction suivante confirma ses craintes les plus vives : le crâne du bébé apparaissait.

Tremblante, Léa enfila une paire de gants, comme elle l'avait vu faire au Dr Turner, et se plaça résolument entre les jambes de Lenore. Lorsque la petite tête apparut de nouveau, elle tendit les mains, prête à attraper un ballon glissant, comme elle l'avait lu dans certains livres. Le bébé, lui, ne respectait pas cette description : la tête recula, et Lenore se détendit.

« Je vais aller chercher quelqu'un, maintenant... »

Mais la tête refaisait son apparition et quelque chose entourait le crâne du bébé. Une sueur glacée baigna soudain la jeune fille, et elle crut qu'elle allait tourner de l'œil. Il n'y avait qu'une seule explication : c'était le cordon ombilical qui faisait une boucle par-dessus la tête du bébé.

— Attends, dit-elle à Lenore, ne pousse pas, la prochaine fois.

— Mais il faut que je pousse ! Je ne peux pas m'en empêcher !

— Non, ne pousse pas.

Une autre contraction, une autre apparition, et l'horreur de Léa s'accrut. Le cordon violacé qui précédait le crâne tendre restait bloqué dans l'ouverture, et devenait blanc chaque fois que le bébé appuyait contre lui, cherchant à se frayer un chemin. En un éclair, Léa comprit ce qui se passait : à chaque pression, l'enfant coupait le sang et l'oxygène qui lui venait de sa mère. S'il continuait, il se tuerait avant même de naître.

Léa s'était mise à pleurer. À travers le brouillard de ses larmes, elle voyait ses mains, animées de vie propre, se glisser instinctivement dans le vagin de Lenore. Ses doigts trouvèrent la petite tête ronde et tendre, sentirent le cordon palpitant et, lors de la contraction suivante, l'écartèrent du crâne. Malheureusement, elle le sentit revenir ensuite à la même place et comprit qu'il allait de nouveau se coincer.

Sans réfléchir, elle se précipita au pied du lit et tourna la poignée qui s'y trouvait. Peu à peu, le pied du lit s'éleva et Lenore se retrouva inclinée vers l'arrière. Léa regagna sa place et surveilla l'apparition de la tête. Cette fois-ci, le cordon était en position moins dangereuse, mais il restait tout de même pincé. La jeune fille glissa une main et soutint le petit crâne.

Léa jura par la suite qu'elles étaient restées ainsi une éternité toutes les deux, Lenore criant et souffrant, elle dirigeant la tête du bébé et l'écartant du cordon. Et puis, elle s'était mise à appeler au secours – elle ne savait plus quand ni combien de fois. Lorsque quelqu'un était enfin entré en courant dans la pièce et s'était exclamé « Seigneur ! », ses larmes avaient redoublé. Puis elles s'étaient transformées en violents sanglots quand une infirmière l'avait remplacée, glissant à son tour une main gantée entre les jambes de Lenore. Un bras ferme entoura alors les épaules de Léa et l'entraîna vers une chaise dans un coin de la pièce ; des pas pressés se firent entendre, le lit fut roulé dehors, et puis... le silence.

Quelques minutes plus tard, une infirmière à l'expression bizarre apporta une tasse de café à la jeune fille et la débarrassa de ses gants ensanglantés. Et puis, encore un peu plus tard, un homme en tenue verte mouillée de sueur entra, contempla Léa d'un air bizarre, lui aussi, et se présenta comme étant le Dr Scott.

— Je ne pense pas vous connaître, dit-il en tirant une autre chaise et en cherchant un nom sur la blouse de Léa. Vous êtes infirmière ?

Léa avala péniblement sa salive. Elle se sentait mieux, mais tremblait encore un peu.

— Non, répondit-elle. Je suis étudiante en médecine.

— Oh ! je vois. Troisième année ? Quatrième ?

— Première.

Il haussa les sourcils, stupéfait.

— Une étudiante de *première* année ? Mais que faites-vous ici ?

Elle lui expliqua le principe du stage et la raison de sa présence en Obstétrique.

— Ainsi, vous avez un avant-goût de ce qu'est la médecine, commenta-t-il avec un doux sourire. Vous avez de la chance. De mon temps, il fallait attendre d'être en troisième année, et je vous assure que cela représentait un choc ! Je me suis évanoui en voyant ma première ponction lombaire ! Ce stage est vraiment une bonne idée…

Il garda quelques instants le silence et examina la jeune fille.

— Cette expérience vous a-t-elle dégoûtée ? demanda-t-il enfin.

— Non.

Son sourire s'élargit.

— Mais vous avez sans doute une certaine pratique, déjà, poursuivit-il. Aide-infirmière ? Profession paramédicale ?

Léa secoua la tête.

— Rien ? s'étonna le médecin. Absolument rien ? Vous voulez dire que c'est la première fois que vous assistez à un accouchement ?

— Je n'ai même jamais vu de chatte mettre bas.

Il se renversa sur sa chaise, les bras croisés, et une expression indéfinissable se peignit sur son visage.

— C'est incroyable ! s'écria-t-il d'un ton éloquent. Vous avez fait exactement ce qu'il fallait. Vous ne vous êtes pas affolée, et vous êtes restée près d'elle !

— Je me suis mise à pleurer.

— Nous le faisons tous à un moment ou à un autre, rétorqua-t-il avec un haussement d'épaules.

Il la contempla encore un moment, l'air pensif.

— Avez-vous l'intention de faire de l'obstétrique ? demanda-t-il.

— De la médecine générale.

— Vous devriez penser à vous spécialiser. Votre place est ici.

Les yeux de Léa s'agrandirent. Elle regarda la

pièce, le papier à fleurs, les citrons, les ananas, l'endroit où se trouvait tout à l'heure le lit de Lenore. « Ici ? » pensa-t-elle.

— Comment va Lenore ? questionna-t-elle.

— Très bien. Elle a eu un beau garçon. Un Apgar à huit, grâce à vous. Voulez-vous le voir ?

— Oui, je veux bien.

Le Dr Scott se leva en même temps que Léa, posa une main sur son bras et la conduisit hors de la salle de travail.

Chapitre 9

— Est-ce que ça fera mal ?

— Seulement les injections locales. Et puis après, quand l'effet de la Xylocaïne se dissipera.

Tandis que le Dr Novack préparait son plateau d'instruments, Vicky détourna la tête et regarda par la fenêtre. Le cabinet du médecin se trouvait au septième étage, et l'on voyait au loin l'océan Pacifique rouler et tourbillonner sous la pluie de février.

— Avez-vous peur, Vicky ?

— Oui.

— Voulez-vous un calmant ?

— Non.

Elle lui répondait sans le regarder, sans voir ce que faisaient ses mains avec les terrifiants instruments disposés sur le plateau, et essuyait continuellement ses paumes moites avec un mouchoir froissé.

Depuis qu'elle avait accepté de laisser le médecin la soigner, c'est-à-dire depuis une semaine, Vicky avait essayé de se préparer à cette séance, mais ses bonnes résolutions et son courage semblaient maintenant se dissoudre dans la pluie grisâtre. C'est qu'elle allait, après tout, servir de cobaye :

la méthode employée était tout à fait expérimentale, et il n'y avait aucune garantie de succès...

Lors de la soirée du Jour de l'An sur le campus, Vicky n'avait pu qu'écouter les explications du Dr Novack après sa surprenante déclaration. Au lieu de s'enfuir, elle s'était donc rassise sur le banc et l'avait laissé parler.

— J'ai une bourse de recherche à Sainte-Catherine. Je suis chirurgien plasticien, et j'étudie diverses méthodes susceptibles de faire disparaître les angiomes. C'est pourquoi je vous dévisageais si grossièrement. Je cherchais quelqu'un qui pût servir de support à ma thèse. J'ai déjà appliqué plusieurs fois ma méthode avec succès, mais c'était sur de petites taches. Il me fallait un cas spectaculaire, et vous voilà !

Vicky n'avait rien répliqué. Elle avait terriblement peur, non de Chris Novack, mais de la déception. Elle lui avait demandé à plusieurs reprises si cela marcherait sur elle, et la réponse avait toujours été : « Sans garanties. »

— Votre tache de vin est très étendue. Elle se trouve bien dans une zone délicate, et mon procédé est tout aussi délicat. Je ferai d'abord un essai sur votre dos, où cela ne se verra pas, pour savoir si vous aurez une réaction.

— Que devrai-je faire ?

— Rien. Venir simplement à mon cabinet un samedi sur trois. Les séances dureront une heure, et je pense qu'il en faudra six ou sept. Vous me laisserez prendre des photos de vous avant et après, et j'aurai besoin de votre autorisation écrite pour utiliser votre nom et ces photos dans mes articles et mes conférences.

— Et s'il y a un retour de flamme ?

— Vous voulez dire : est-ce que le résultat sera pire qu'avant ? Non.

La gorge sèche, Vicky avait péniblement avalé sa salive et décidé de se jeter à l'eau, quand le Dr Novack avait ajouté :

— Autre chose : pas de maquillage pendant toute la durée des soins. Nous ne pouvons courir le risque d'une infection.

Ce qui avait stoppé net Vicky dans son élan. Le médecin ne traiterait qu'une petite surface à chaque séance, et le reste de la tache de vin demeurerait donc exposé : ne pas le camoufler avec du fond de teint reviendrait à se promener toute nue dans le campus. Vicky s'y refusait, et c'est ce qu'elle annonça au Dr Novack.

C'était sans compter avec une force irrésistible, ses deux amies, qui s'attaquèrent à elle, l'encourageant, la cajolant, la menaçant, bref, ne lui laissant aucun répit.

« J'ai été déçue trop souvent », avait-elle dit en pleurant, et Léa et Sondra avaient répliqué en chœur : « Les déceptions n'ont jamais tué personne ! » Peu à peu, leur optimisme et leur enthousiasme avaient eu raison de sa résistance et de ses protestations.

Sondra avait eu cette dernière audace : pendant que Vicky dormait, elle avait vidé tous ses tubes de fond de teint dans les w.c. Et aujourd'hui, un livre sur les genoux, les deux complices attendaient dans la salle d'attente que leur amie sortît de sa première séance chez le Dr Novack.

— On a tout essayé, disait précisément ce dernier à Vicky pétrifiée dans son fauteuil de dentiste.

Depuis des années, les médecins expérimentent toutes sortes de traitements contre les angiomes, toujours avec de piètres résultats. Cette cicatrice devant votre oreille est le témoin d'une tentative de greffe de peau. Ne vous inquiétez pas, Vicky, je peux vous enlever ça.

La jeune fille ne connaissait que trop les méthodes dont il parlait – on l'avait brûlée, on l'avait tailladée – et, la plupart du temps, elle avait incroyablement souffert...

— Vous avez énormément de chance d'avoir un angiome capillaire, Vicky. S'il avait été du type caverneux, il aurait fallu d'abord qu'un neurochirurgien vous opère pour couper le principal apport sanguin.

Au contact de ses doigts sur ses cheveux, Vicky se recroquevilla. La première fois qu'il avait soulevé ses mèches blondes, elle avait cru mourir de honte. Sentir l'air sur ce côté de son visage, sentir ce regard examinateur, ces doigts qui la tâtaient, comme s'ils exploraient la part la plus intime et la plus secrète de son être : jamais elle ne s'y habituerait, jamais.

— Je vais commencer tout près de l'oreille, Vicky. Comme ça, si quelque chose ne va pas, cela ne se verra pas.

Il parlait avec calme et douceur, tout en travaillant. Les cheveux de Vicky furent fixés en arrière avec des épingles, puis enveloppés d'une serviette. Ce matin-là, la jeune fille avait suivi les conseils du médecin, et soigneusement nettoyé son visage avec du Phisohex. Le Dr Novack attacha une autre serviette sous son menton, et procéda à un nouveau nettoyage de sa joue droite, toujours avec du Phisohex. Elle l'entendit poser quelque chose, prendre un instrument, et sentit qu'il approchait.

— Bien, Vicky. Quelques piqûres d'épingle, maintenant. C'est la Xylocaïne.

Une brusque douleur, puis la joue de Vicky sembla se détacher de son visage et flotter, insensible, devant les mains du Dr Novack.

— J'ai pris bien soin de respecter la pigmentation de votre peau, Vicky. Vous avez une très belle peau, et les femmes vous l'envieraient, si seulement vous la laissiez voir. Et puis, vous êtes très jolie, Vicky, mais comment le savoir, si tout ce que l'on voit de vous, c'est votre nez ?

Elle sentit qu'il lui massait la joue.

— Maintenant, j'applique le pigment.

Et puis il y eut le clic affreux d'un interrupteur et le bourdonnement d'un moteur. Vicky maîtrisa une folle envie de sauter de son siège et de s'enfuir en courant. Elle ferma les yeux et imagina ce que le médecin tenait à la main : une sorte de stylo à encre, avec une pointe constituée de minuscules fils qui vibraient d'avant en arrière et feraient pénétrer le pigment dans sa peau – l'aiguille à tatouage.

Lorsqu'elle sortit une heure plus tard, un peu tremblante, très pâle, mais un sourire de soulagement infini aux lèvres, Léa et Sondra sautèrent sur leurs pieds.

— Gardez votre pansement le plus longtemps possible, dit le Dr Novack, un bras autour des épaules de la jeune fille. Si quelque chose ne va pas, téléphonez-moi tout de suite. Revenez me voir mercredi après-midi pour que je jette un coup d'œil, et n'oubliez pas de retenir vos cheveux en arrière pendant la cicatrisation. Et bonne chance...

Sondra s'élança et serra son amie dans ses bras. Léa, elle, les mains sur les hanches, contemplait le bandage et la peau écarlate qu'il ne couvrait pas totalement.

— Seigneur, Vicky Long, on dirait la fiancée de Frankenstein !

Et puis, ce fut le mois de mai, peu avant les examens de fin d'année.

Un voile sembla descendre sur Castillo, tandis que les étudiants s'enfermaient pour travailler avec fièvre. C'était le moment critique, celui qui déciderait de leur carrière de médecins. Si l'on passait le cap de la première année, disait la rumeur, le reste serait du gâteau. Les soirées se firent plus rares, avant de disparaître totalement ; le Hall Encinitas se vida peu à peu et, les samedis, on n'y trouvait plus que quelques étudiants de troisième et de quatrième années, en veste blanche, se reposant entre deux tours de garde. La plage était désertée, le téléphone sonnait dans le vide, le courrier demeurait sans réponse, et les lumières brillaient toute la nuit dans les chambres du dortoir.

Les trois occupantes de l'appartement de l'avenue Oriante connaissaient les mêmes affres, mais des préoccupations particulières venaient ajouter à la tension du microcosme dans lequel elles vivaient.

Pour Léa, il s'agissait de gravir un autre échelon dans la classe. De douzième en novembre, elle était passée à neuvième en janvier, puis à huitième aux derniers examens. Elle ne pouvait se permettre de reculer d'une seule place, et refusait de se contenter de la huitième.

Sondra, elle, vivait dans l'attente de l'été chaud qu'elle passerait avec ses parents, les derniers instants d'intimité qu'elle partagerait certainement avec eux avant longtemps.

Quant à Vicky, sa dernière séance avec le Dr Novack approchait...

Finalement, personne n'avait fait attention à elle. Oh ! au début, quelques têtes s'étaient tournées vers elle en salle de cours, et il y avait bien eu quelques regards légèrement étonnés au hasard des allées et venues sur le campus – avait-elle eu un accident ? – mais tout s'était dissous dans l'indifférence à laquelle elle était totalement habituée. Elle en était venue à attendre ses visites chez le Dr Novack avec une excitation indicible, au point d'arriver généralement très en avance. Toutefois, elle évitait soigneusement le miroir. Elle se lavait, se coiffait, se brossait les dents en aveugle, craignant son reflet, refusant une déception trop prompte, et prolongeant ce « dévoilement » d'elle-même. Lorsque Léa et Sondra la regardaient, elles ne voyaient rien d'extraordinaire : le visage de Vicky était généralement gonflé, marbré de noir et de bleu, et couvert de pansements. Et puis, devant l'imminence des examens, elles s'étaient en quelque sorte désintéressées de la chose, et Vicky était restée seule avec ses préoccupations.

Ce fut lors du week-end précédant le terrible examen de Statistiques que le Dr Novack demanda à Vicky s'il pourrait la montrer au séminaire annuel de Chirurgie plastique.

Il enlevait les minuscules points de suture en

nylon devant son oreille, là où il avait excisé la vieille cicatrice. Il n'y aurait pas de tatouage aujourd'hui, la dernière séance avait eu lieu le samedi précédent.

— Seriez-vous d'accord, Vicky ? Ce séminaire se tiendra dans deux semaines, juste avant la fermeture annuelle de l'école. Il a lieu chaque année, et près de soixante chirurgiens plasticiens venant d'un peu partout y assisteront. On y présente les nouvelles thèses et les recherches. Croyez-vous que vous pourrez venir ?

Elle était assise comme à l'accoutumée, le visage tourné vers le mur et les mains sur les cuisses.

— Que devrai-je faire ?

— Pas grand-chose. Je passerai mes diapositives et ferai un bref exposé. Après quoi, j'aimerais que vous vous montriez et que vous les laissiez vous regarder.

— Je ne pourrai pas, murmura-t-elle.

Le dernier point venait d'être enlevé. Le Dr Novack roula la petite bande de gaze et la laissa tomber dans la poubelle. Il déplaça ensuite son tabouret de manière à faire face à la jeune fille.

— Je pense que si, déclara-t-il doucement.

— Non.

— Évidemment, je ne peux pas vous y forcer. Mais songez un peu à ce que cela représente. Bon nombre de ces médecins viendront pour en savoir plus sur ma nouvelle méthode. Ils vous regarderont, verront qu'elle marche, et retourneront dans leur ville pour aider des gens se trouvant dans la situation qui était autrefois la vôtre.

Elle tourna vers lui un regard de bête traquée.

— La situation qui était *autrefois* la mienne ?

— Vous n'avez pas regardé votre visage, n'est-ce pas, Vicky ? Tenez.

Il saisit un petit miroir et le tint devant elle. Instinctivement, Vicky ferma les yeux.

— Allons, regardez. Je dirai que nous avons réussi de façon remarquable.

Elle ouvrit les yeux, et regarda fixement. Le côté droit de son visage était horrible à voir : des cicatrices roses, des chairs rouges et gonflées...

Mais pas de tache de vin.

— Tout cela disparaîtra avec le temps, affirma le Dr Novack en touchant divers points du bout des doigts. En fait, dans six mois, si vous suivez mes conseils et si vous vous protégez du soleil, personne ne saura comment c'était avant.

Elle continuait à se contempler, puis se tourna enfin vers Chris Novack.

— D'accord, dit-elle avec un sourire tremblant, je viendrai au séminaire.

— La voilà, annonça Sondra en laissant tomber le rideau de la fenêtre.

Léa se précipita dans la cuisine, imitée par Sondra, et toutes deux attendirent dans le noir en retenant leur respiration. Lorsque la clé tourna dans la serrure, elles retinrent à grand-peine une envie de pouffer de rire. La porte s'ouvrit, et la silhouette de Vicky se découpa sur le ciel mauve.

— Hé, s'exclama-t-elle devant l'appartement plongé dans l'obscurité, il y a quelqu'un ? Elles doivent être sorties, marmonna-t-elle ensuite.

Sondra abaissa brusquement l'interrupteur et Léa hurla : « Surprise ! » Vicky sursauta, lâcha sac et papiers et porta la main à sa poitrine.

— Qu'est-ce…

— Surprise, surprise, chantonnaient ses camarades en lui saisissant chacune un poignet. Viens, on fête quelque chose.

— Mais que se passe-t-il ?

Elle se laissa entraîner vers les chambres.

— Les résultats ont été affichés ?

— Pas encore. Allez, viens.

Sondra s'effaça, et Léa poussa Vicky dans sa chambre. Elles s'immobilisèrent toutes trois, Sondra et Léa souriantes, Vicky regardant bouche bée.

— Qu'est-ce que c'est que ça ? demanda-t-elle enfin.

— On fête ta seconde naissance, Vicky Long, répondit Léa en la poussant légèrement dans le dos. Allez, vas-y. Désormais, voici la nouvelle Vicky…

Vicky approcha lentement du lit, comme si les objets qui s'y trouvaient risquaient de la mordre : une superbe robe de soie bleu ciel, sans manches ; d'élégants escarpins assortis ; un petit écrin où scintillaient deux boucles d'oreilles en or ; une trousse de maquillage aux couleurs variées ; un nécessaire de mise en plis et un séchoir à cheveux ; un foulard signé ; et, enroulés savamment autour de l'un des montants du lit, de ravissants rubans bleus, verts, lumineux, avec une petite étiquette qui disait : « Utilisez-moi pour attacher vos cheveux. »

— Je ne comprends pas…

— C'est de la part de Léa et de la mienne. Notre cadeau de bienvenue.

— Non, je ne peux pas accepter…

— Écoute, Vicky Long, intervint Léa, les mains sur les hanches. Cette panoplie est autant pour nous que pour toi. Crois-tu que cela nous plairait de voir notre Vicky Long aller à ce dîner chic, demain soir, et paraître devant tous ces chirurgiens habillée comme un épouvantail ? C'est notre réputation qui est en jeu !

Vicky se mit à pleurer. Sondra aussi. Léa secoua la tête et saisit une brosse sur la coiffeuse.

— Et la première chose à faire, déclara-t-elle en saisissant une poignée des cheveux blonds et raides de Vicky, c'est de changer ça !

Chris Novack avait dit qu'il passerait la prendre à sept heures. Le dîner avait lieu dans la grande salle de conférences de Sainte-Catherine, et donc non loin de l'appartement, mais le médecin avait insisté pour emmener Vicky en voiture. Lorsqu'il arriva, Sondra lui ouvrit et Léa le salua de la main depuis la cuisine.

— Nous avons eu un mal de chien à la convaincre ! Elle est dans sa chambre en ce moment, en train de décider de ce qu'elle va mettre.

Le médecin rit et hocha la tête. Il était bien certain – pour en avoir souvent été témoin – que Vicky s'habituerait à sa nouvelle apparence et qu'elle accepterait de changer. Pour certaines personnes, le processus était simplement un peu plus long…

— Bonsoir, docteur Novack.

Il se retourna et son sourire s'effaça.

— Vicky ? murmura-t-il.

Elle entrait d'un pas mal assuré dans le salon, comme si elle portait des chaussures pour la première fois, et tenait la tête inclinée car ses cheveux, tirés en arrière, étaient retenus sur sa nuque par un foulard éclatant. Arrivée près de lui, elle leva enfin son visage et lui offrit un frêle sourire. Une touche de rose avivait ses lèvres, un soupçon de *blush* soulignait ses pommettes, et une ombre verte approfondissait son regard. Mais ce n'était pas simplement qu'elle était maquillée : la transformation était plus profonde, comme si ses traits même avaient été remodelés. Une âme nouvelle habitait Vicky tout entière et la transfigurait.

Le Dr Novack restait sans voix.

— Amusez-vous bien, dit Léa en se détournant d'un air faussement affairé. Nous attendrons ton retour, Vicky.

C'était leur dernière promenade sur la plage. Les valises étaient bouclées et les billets d'avion rangés dans les sacs à main. Seules Sondra et Léa partaient ; Vicky, elle, avait obtenu pour l'été un emploi d'aide-infirmière à Sainte-Catherine, ce qui permettrait de garder l'appartement.

Elles plongeaient leurs pieds nus dans le sable chaud, emplissaient leurs poumons d'air marin ; leurs cheveux soulevés par le vent fouettaient leurs joues. C'était une journée idéale pour la plage, avec ce ciel d'un bleu profond où couraient des nuages blancs et ces cris de mouettes ponctuant le fracas des rouleaux. Les trois amies avaient le sentiment de se tenir sur un nouveau seuil, cependant qu'une impression de plénitude les envahissait.

Léa retournait à Seattle avec une sixième place en poche, et la certitude de retrouver Arnie Roth lorsqu'elle reviendrait à l'automne. Sondra, elle, avait été acceptée comme aide-médicale bénévole dans une réserve indienne. Quant à Vicky, elle vivait désormais avec son nouveau visage, qu'un immense chapeau de paille protégeait en ce moment du soleil.

Il y avait tant de choses derrière elles, déjà, et tant de choses encore qui les attendaient !... Et septembre semblait si loin !

DEUXIÈME PARTIE

1971-1972

Chapitre 10

Vicky courait dans le couloir lorsqu'elle se heurta au jeune homme à la caméra.

Tant de choses la préoccupaient : son internat à Hawaii, le séminaire de chirurgie du week-end prochain, l'enfant de la chambre six qui avait avalé une épingle de sûreté ouverte… Son service n'avait commencé que depuis deux heures, et déjà elle était en retard !

Quelques instants plus tôt, elle était passée devant la salle de repos des infirmières, et une délicieuse odeur de café frais avait agressé son estomac. Hier, elle était restée jusqu'à plus de minuit aux Urgences. Sans rentrer chez elle, elle avait vaguement dormi dans la salle d'examen, s'était levée à l'aube, avait pris une douche au vestiaire des infirmières et s'était précipitée aux Urgences pour un nouveau service de dix-huit heures. Son dernier repas – du gâteau à l'ananas avalé en hâte – remontait à midi, la veille. Quand donc aurait-elle le temps de manger de nouveau un morceau ? C'est ce qu'elle se demandait en consultant sa montre, lorsque la collision se produisit.

Sous la violence du choc, l'inconnu recula de deux pas.

— Oh ! s'exclama Vicky, le souffle coupé. Je suis désolée !

— C'est entièrement ma faute, assura le jeune homme en rajustant la caméra sur son épaule. Je ne regardais pas où j'allais.

— Vous ne vous êtes pas fait mal ?

— Je survivrai, répondit-il en riant. Ce sont les risques du métier.

Vicky remarqua qu'il portait une grosse boîte noire en bandoulière.

— Puis-je vous aider en quoi que ce soit ? interrogea-t-elle.

— Oh non ! tout va bien, merci. Ne vous occupez pas de nous.

Il était huit heures du matin, et le calme régnait encore – pour l'instant... – en salle des Urgences. Aussi Vicky prit-elle le temps de demander :

— Vous êtes reporter ?

L'homme à la caméra l'observa quelques instants.

— Oh ! dit-il enfin, vous ne savez pas qui nous sommes... Désolé, mais je croyais que tout le monde avait été mis au courant. Je suis Jonathan Archer, et voici Sam, mon assistant.

Perplexe, Vicky serra la main qu'il lui tendait, et salua de la tête son assistant.

— Je ne comprends pas. Qui êtes-vous, et que faites-vous ici ?

— Jonathan Archer, répéta-t-il comme si ce nom eût dû suffire à tout expliquer. Nous tournons un film.

— Quoi ?

— Je pensais vraiment que tout le monde avait été informé, reprit-il en jetant un coup d'œil à la veste blanche de Vicky, à son stéthoscope et au dossier qu'elle tenait sous le bras. Vous faites partie du personnel de l'hôpital ?

— D'une certaine manière.

Vicky luttait contre l'envie de poursuivre son chemin. Une année de stage en hôpital l'avait conditionnée à être constamment sur le qui-vive et à faire plusieurs choses à la fois. Ses horaires ne lui permettaient guère de prendre le temps d'une tasse de café, et encore moins de bavarder avec un inconnu. Cependant, la curiosité l'emporta.

— Quelle sorte de film ? demanda-t-elle.

Le sourire de Jonathn Archer s'élargit.

— Un documentaire. Sam et moi tournerons dans tout l'hôpital au cours des semaines à venir, et saisirons les événements comme ils se présenteront. Du pur cinéma vérité.

Vicky l'examina avec un intérêt non dissimulé. On aurait dit un ouvrier quelconque s'apprêtant à faire une réparation en salle des Urgences : ses blue-jeans étaient propres, mais abondamment reprisés : son tee-shirt fané, sur lequel on lisait « *I live in the Reel World* »[1], contenait à grand-peine ses larges épaules et sa poitrine musclée ; et ses cheveux châtains descendaient jusque sur ses épaules. À un ou deux ans près, il devait avoir la trentaine.

Lui, de son côté, la dévisageait d'un regard bleu acéré, stupéfié de découvrir une telle beauté dans un hôpital. Ce long cou, ces cheveux platine, ces pommettes hautes et ce nez étroit… On eût dit une danseuse étoile à la beauté classique.

---

1. Jeu de mots, *reel* étant homonyme de *real* qui signifie « réel ». Mot à mot : « Je vis dans le monde de la pellicule. »

— Et par qui ai-je donc eu l'honneur d'être renversé ? interrogea-t-il.

— Je suis le Dr Long.

— Ah ! vous êtes médecin.

— À vrai dire, non. Je suis en quatrième année de médecine, mais comme nous devons nous présenter ainsi à nos patients, c'est devenu une habitude chez moi. Ai-je gâché quelque chose, une prise de vues ? ajouta-t-elle avec un sourire d'excuse.

— Non, nous n'avons pas encore commencé à tourner. Pour l'instant, nous étudions le décor, l'éclairage, les angles, ce genre de trucs…

— Vous êtes cadreur ?

— Je suis producteur, metteur en scène, cadreur, script-girl et jeune premier !

Elle rit.

— Je croyais que, pour les films, il y avait toujours des projecteurs, des réflecteurs, des fauteuils de toile pliants, et un tas de gens autour…

Il rit à son tour, et Vicky remarqua que les coins de ses yeux se plissaient. De magnifiques yeux bleus, dans un beau visage bronzé.

— Tout dépend du genre de film, expliqua-t-il. En l'occurrence, le cinéma vérité n'a rien à voir avec *Ben Hur*. Sam et moi sommes le personnel, l'hôpital constitue le décor, et vous, vous êtes les acteurs.

— Quelle est l'histoire ?

— L'hôpital raconte sa propre histoire.

Comme c'était bizarre… Trois minutes plus tôt, Vicky était en pleine course contre la montre, préoccupée par un milliard de choses, et voilà qu'à présent elle discutait de cinéma avec un inconnu !

— Puis-je vous offrir un café ?

C'était bien la dernière proposition qu'il aurait dû faire, car Vicky aurait précisément donné n'importe quoi pour l'accepter. Malheureusement, il y avait la dure réalité : des dizaines de malades à voir, des plaies à suturer, des plâtres à faire, des perfusions à installer, des ponctions lombaires, des mères hystériques à calmer, des médecins exaspérés à satisfaire... La liste serait sans fin. Sans compter qu'elle devrait se débrouiller pour déjeuner sur le pouce, se passerait sans doute de dîner, courrait chez elle changer de vêtements et, avec un peu de chance, trouverait peut-être le moyen de faire un petit somme...

— Je suis désolée, répondit-elle en s'écartant. Je ne peux vraiment pas. Bonne chance pour votre film.

— Nous nous retrouverons, docteur Long.

Vicky hésita, ouvrit la bouche, se ravisa et s'éloigna en hâte.

Pour avoir pris trop vite et aveuglément un virage, elle se heurta de nouveau à lui, et tous deux rirent de cette coïncidence. Jonathan Archer l'invita à déjeuner, mais une fois de plus elle déclina son offre. Lorsqu'elle le rencontra une troisième fois, elle se rendait aux archives afin d'y chercher un dossier égaré. Jonathan et Sam venaient de filmer en service Psychiatrie. Ils ne purent échanger que quelques mots, car Vicky battit en retraite avec des excuses, refusant le café et les gâteaux qu'il lui proposait.

La quatrième fois, la jeune fille était tellement absorbée par la perspective d'aller à Hawaii dans huit mois, si le Grand Hôpital Victoria acceptait sa candidature, que Jonathan Archer dut lui saisir le bras pour attirer son attention. Cette fois, ils se trouvaient dans l'endroit rêvé, la cafétéria de l'hôpital, et au moment idoine, c'est-à-dire midi. Pouvait-il se joindre à elle pour le déjeuner ? Mais la jeune fille avait des préparatifs à faire et elle fut contrainte de s'en aller. Jonathan Archer commençait à se demander si elle ne cherchait pas à l'éviter, et comme par hasard Vicky se posait la même question.

Elle se sentait nerveuse. Plantée devant l'évier non loin de la salle d'opération, Vicky se remémorait ce qu'elle avait appris lors de son premier véritable stage en chirurgie, le semestre dernier : d'abord, se laver soigneusement les mains et les bras, puis les frotter avec une brosse à Bétadine en comptant les coups – vingt sur les ongles, dix sur chaque doigt et main, six autour du poignet, et six sur le reste du bras jusqu'au-dessus du coude. Rincer en commençant par le bout des doigts et en faisant couler l'eau vers le coude. Puis répéter l'opération sur l'autre bras.

Comme tous les étudiants, Vicky frottait trop vigoureusement et grimaçait donc de douleur. Avec le temps, elle saurait doser son effort et se débarrasser des bactéries sans s'arracher la peau. Tout comme elle avait appris à se maintenir éloignée de l'évier et à mettre son masque avant d'entamer son brossage.

Vicky leva les yeux vers l'horloge murale. Un brossage correct devait durer exactement dix minutes, et elle tenait à faire bien les choses, car elle allait assister le Dr Hill lors d'une intervention chirurgicale. Ce Dr Hill était le chirurgien en chef, et la rumeur voulait qu'il croquât des étudiants en médecine pour son petit déjeuner...

Le plus difficile restait à faire, maintenant : traverser le couloir, franchir la porte fermée, se sécher, se glisser dans la blouse et mettre les gants stériles sans rien toucher de sale. Le semestre dernier, une infirmière avait renvoyé Vicky trois fois de suite aux éviers avant de se déclarer satisfaite... Les mains en l'air devant elle, Vicky recula jusqu'à la porte, la poussa du postérieur, et fut heureuse de constater que l'instrumentiste l'attendait serviette à la main, car elle avait froid aux bras et sa peau lui piquait. Sous le regard critique de la panseuse, elle s'essuya un bras, puis l'autre, sans laisser la serviette toucher sa robe ; puis, prenant la serviette entre le pouce et l'index, elle la fit tomber dans le panier. Elle se glissa ensuite dans la blouse que lui présentait l'instrumentiste et réussit à introduire ses mains dans les gants sans déchirer ces derniers – ce qui n'était pas une mince affaire – tandis que l'autre infirmière fermait la blouse dans le dos.

L'opération n'avait pas encore débuté, et déjà Vicky était en nage.

— Vous allez assister Hill ? cria une voix derrière l'écran d'anesthésie.

Comme le malade était endormi et préparé, et que l'instrumentiste avait placé les champs stériles, l'anesthésiste était caché derrière une sorte de barrière verte et Vicky ne pouvait le voir.

— Oui, répondit-elle.

— Bonne chance.

C'était la sixième fois qu'on lui souhaitait bonne chance ce matin ! Le Dr Hill n'était tout de même pas si féroce !

« Il se comporte comme un véritable ours en salle d'opération », avait dit Mlle Timmons. « Il se prend pour Dieu le Père, ou je ne sais quoi, et aime bien voir les étudiants filer la queue entre les jambes. Et attention, il tape sur les doigts. » Cela, Vicky l'avait entendu raconter par plusieurs de ses camarades de classe : à la moindre erreur, Hill vous assenait un coup d'instrument sur la main.

— Bon, allons-y ! dit une voix tonnante.

La porte venait de s'ouvrir, un homme grand et imposant présenta ses avant-bras dégoulinants à l'instrumentiste. Après un rapide séchage, il se laissa ficeler dans sa blouse tout en soupesant sa nouvelle assistante d'un œil glacial.

— Vous êtes l'étudiante de quatrième année qui doit m'aider à cette opération ?

— Oui, docteur.

— Quel est votre nom ?

— Dr Long.

— Erreur, vous n'êtes pas encore docteur. Vous avez déjà aidé à une appendicectomie, mademoiselle Long ?

— Non, docteur, mais j'ai lu à ce sujet…

— Mettez-vous de ce côté, l'interrompit-il en s'approchant en trois grandes enjambées de la table d'opération.

Avalant sa salive, Vicky obéit et se plaça en face du Dr Hill, les mains posées légèrement sur les champs de tissu vert. Sous ses doigts, elle sentit la faible chaleur émanant du malade et le mouvement tranquille de sa respiration.

— Si vous vous sentez mal pendant l'intervention, mademoiselle Long, écartez-vous de la table. Et maintenant, mesdames, sommes-nous prêtes ?

Les deux infirmières firent oui de la tête.

— Chuck, tu es réveillé, là derrière ?

— Prêt, fut la réponse laconique de l'anesthésiste.

Le Dr Hill se planta carrément au-dessus de la portion d'abdomen laissée nue entre les champs et jeta un long regard calculateur à Vicky.

— Nous commençons toujours par le bistouri, dit-il enfin. Je suppose que vous avez déjà entendu parler d'un bistouri, mademoiselle Long ? Quand vous en voulez un, ne tendez pas votre main à plat comme vous le feriez pour d'autres instruments, sinon vous y laisserez un doigt. Votre main doit se trouver dans la position dans laquelle elle sera en utilisant la lame. Comme ceci.

Il tendit le bras au-dessus du champ opératoire, poignet cassé et pouce touchant les autres doigts – une main en forme de mante religieuse –, et l'instrumentiste glissa le manche du bistouri entre ses doigts.

— Normalement, poursuivit-il, vous ne devriez jamais avoir à demander quoi que ce soit. Un simple geste doit suffire. Et si votre instrumentiste connaît bien son affaire, l'instrument suivant sera prêt avant même que vous n'en ayez besoin. Nous allons inciser, maintenant, mademoiselle Long. Ayez toujours une compresse dans la main. C'est ce qu'on entend par « assistant » : vous êtes là pour m'assister, est-ce bien clair ?

— Oui, docteur.

Vicky tendit la main vers la table à instruments de Mayo, saisit une compresse de gaze et entraîna dans son geste trois pinces hémostatiques et une aiguille à suture.

Le Dr Hill posa calmement son bistouri et leva des yeux gris et froids vers la jeune fille.

— Voilà, mademoiselle Long, qui est à éviter. Voyez-vous ces compresses, là, que notre instrumentiste a pensé à disposer pour nous ? Voilà pourquoi elle est ici, mademoiselle Long. Pour nous aider. *Nous,* nous travaillons dans la zone d'incision, et *elle,* elle travaille à la table de Mayo. Ne prenez jamais rien sur cette table.

Cramoisie, Vicky s'efforça de dégager de la gaze l'aiguille à suture courbe mais ne réussit qu'à aggraver la situation. Le Dr Hill gardait le silence. Son regard de glace plongeait dans celui de la jeune fille tandis qu'elle se débattait avec sa gaze. Finalement, l'instrumentiste se pencha et dit doucement :

— Laissez, je vais m'en occuper.

— Désolée, marmonna Vicky en prenant un des tampons préparés.

Le Dr Hill saisit son bistouri.

— Bien, dit-il. Lorsque le corps humain est incisé, il saigne. Il convient d'éponger ce sang tandis que le chirurgien travaille. C'est la raison pour laquelle Dieu vous a mise sur cette terre, mademoiselle Long, afin d'éponger pour moi. Si jamais je vous surprends sans compresse à la main, j'en conclurai que vous ne savez pas pourquoi vous vous trouvez dans une salle d'opération et je vous prierai d'en sortir.

D'un geste net et précis, il sectionna peau et graisse à la fois, et Vicky introduisit immédiatement une compresse dans l'ouverture. Quand la gaze fut trempée de sang, elle la retira et la remplaça aussitôt. Le Dr Hill ne disait rien, les mains immobiles. Les tempes battantes, Vicky épongea, jeta la gaze, saisit une nouvelle compresse, épongea encore, jeta la compresse… Elle s'apprêtait à introduire un autre morceau de gaze dans la plaie lorsque le chirurgien intervint.

— Je suppose que vous avez l'intention de continuer jusqu'à ce que le patient soit saigné à blanc ? demanda-t-il sèchement. Épongez le sang, mademoiselle Long, et ensuite, ôtez-vous de là pour que je puisse cautériser !

Il s'empara d'un instrument semblable à un stylo à bille terminé d'un côté par une aiguille, et relié de l'autre à un fil électrique. Appliquant l'aiguille sur les divers points d'où suintait le sang, il laissa sur la blessure une succession de taches carbonisées. L'opération ne prit que quelques minutes, et Vicky ne tarda pas à en comprendre le principe : anticipant sur les gestes du Dr Hill, elle épongeait rapidement le sang juste devant l'aiguille pour qu'il pût repérer les points à cautériser ; et bientôt, les compresses restèrent propres et la blessure sèche et rose.

— Dorénavant, mademoiselle Long, vous devez avoir constamment une pince hémostatique en main. Si ma lame venait à entamer un gros vaisseau, il vous faudrait le clamper sur-le-champ. Tendez la main à plat, ainsi.

Vicky s'exécuta et, comme aimantée, une pince vint aussitôt claquer contre sa paume. Par réflexe, elle leva la main gauche pour tenir le clamp tout en glissant les doigts dans les anneaux de la poignée. Comme l'éclair, la main du Dr Hill jaillit et frappa durement les doigts de Vicky. Surprise, cette dernière redressa vivement la tête.

— On n'utilise jamais les deux mains, mademoiselle Long. En chirurgie, il n'y a pas de gestes superflus. Vous tendez la main, et l'infirmière y dépose l'instrument en position d'utilisation. Il ne doit pas y avoir d'hésitation, de tâtonnement, et une seule main intervient. Recommencez.

Ravalant sa colère, Vicky lâcha la pince et tendit de nouveau la main. Une fois de plus, l'infirmière fit claquer le clamp, et une fois de plus, la jeune fille leva instinctivement l'autre main. Alors, le Dr Hill employa la première pince pour assener un coup sec et douloureux sur ses phalanges.

— Encore, dit-il.

Furieuse, Vicky planta son regard dans le sien. Jetant le clamp, elle tendit la paume, sentit le contact ferme de l'instrument, et batailla pour glisser ses doigts dans les anneaux. Le clamp lui échappa, atterrit sur les champs stériles, glissa et alla tinter contre le sol.

— Encore, répéta Hill en soutenant froidement son regard.

Vicky laissa de nouveau tomber l'instrument, reçut un nouveau coup sur les phalanges... Enfin, elle réussit à glisser maladroitement ses doigts dans les anneaux de la sixième pince.

— Bravo ! s'exclama sardoniquement le Dr Hill. Ce ne sont pas les bons doigts.

Elle aurait voulu lui envoyer le clamp en pleine figure, le gifler, lui demander s'il était venu au monde avec le don inné de manier les instruments chirurgicaux, lui dire qu'il pouvait se mettre ces damnées pinces là où elle pensait... Au lieu de quoi, elle tendit la main, y reçut le clamp, glissa vivement pouce et majeur dans les anneaux, et abaissa la pointe de l'instrument vers la blessure.

Quelques minutes passèrent encore à éponger et à cautériser, puis le Dr Hill posa ses instruments.

— Le charme de l'incision McBurney, mademoiselle Long, tient à ce que l'on n'a pas à couper le muscle. On se contente d'en écarter les faisceaux.

Sur ces mots, il introduisit ses deux pouces et ses deux index dans l'entaille, leva les coudes, et élargit la fente.

— Et maintenant, mademoiselle Long, quels sont les symptômes cliniques d'une appendicite non perforée ?

Vicky réfléchit un instant, puis répondit :

— Légère douleur abdominale diffuse commençant dans l'épigastre, généralement associée à une perte d'appétit et à des vomissements, évoluant au bout de quelques heures en douleur localisée dans la fosse iliaque droite. Légère fièvre. On observe fréquemment une contracture musculaire dans la partie inférieure droite de l'abdomen, une augmentation du taux de leucocytes, et la vitesse de sédimentation peut être...

— Je ne tiens pas compte de la vitesse de sédimentation pour mes appendicites, mademoiselle Long, dit le Dr Hill, car cela ne fait pas partie du diagnostic. Infirmière, donnez un Goulet à mon assistante.

Ses doigts plongèrent dans l'abdomen du patient à la recherche de l'appendice.

— Il faut toujours manipuler l'appendice avec précaution, poursuivit-il. Une trop grande friabilité entraînerait sa rupture en cas de flexion. En cas de fragilité, on préfère sectionner la base de l'appendice au ras du caecum. Autrement, on peut se contenter de couper à proximité de cet organe. Babcock, s'il vous plaît, infirmière.

Une fois le vermicule rosâtre enlevé, le Dr Hill enfouit le moignon appendiculaire ligaturé par une suture en cordon de bourse.

— Il y a diverses manières de faire cela, mademoiselle Long. Pouvez-vous m'expliquer pourquoi j'ai choisi cette méthode ?

— J'imagine, docteur, que si un abcès se formait au niveau du moignon, il aurait ainsi plus de chances de crever dans le caecum que dans la cavité péritonéale.

— Très bien, mademoiselle Long, répondit-il lentement. Vous êtes plus maligne que beaucoup d'autres. Je vais fermer maintenant, Chuck, ajouta-t-il en se tournant vers l'écran d'anesthésie.

Une tête coiffée de vert apparut.

— Fonctions vitales stables, Jim, déclara-t-elle.

— Fil de chrome zéro, lança le Dr Hill à l'instrumentiste. Et donnez les ciseaux de Mayo à Mlle Long. Si j'attends qu'elle les demande, nous y serons encore l'année prochaine.

L'anesthésiste retira le stéthoscope de ses oreilles et regarda Hill refermer les différents plans de la paroi abdominale.

— Alors, Jim, demanda-t-il, que penses-tu de ce cinéaste ? Il a mis tout l'hôpital sens dessus dessous.

— Il ne me gêne pas, tant qu'il ne se met pas en travers de mon chemin.

— Vous avez vu son dernier film ? interrogea la panseuse depuis son tabouret dans un coin. J'ai pleuré pendant la moitié de la projection.

— Quel film ? s'informa l'instrumentiste en préparant une autre aiguille à suture.

— Tu n'en as pas entendu parler ? Il a fait un tabac. On dit que le ministère de la Justice a essayé d'empêcher sa sortie.

— Je l'ai vu, dit Chuck, et j'ai trouvé que c'était un tissu d'âneries.

— Mais quel film ? insista l'instrumentiste.

— *Nam*. C'est un documentaire sur la guerre, expliqua sa camarade. Très terre à terre, mais aussi très beau. Le cinéaste est allé là-bas, au milieu des combats, et il a tout filmé comme si sa caméra était le regard d'un G.I. Le film m'a fait faire des cauchemars, mais je l'ai aussi trouvé très émouvant.

— Bon sang, mademoiselle Long ! s'écria Hill. Vous coupez trop long ! Infirmière, remplacez-la, s'il vous plaît.

Il arracha les ciseaux de la main de Vicky et les jeta sur la table de Mayo.

— Dans le *Times* de Los Angeles, continuait la panseuse, on assure que Jonathan Archer est peut-être jeune et qu'il fait ses débuts dans le cinéma, mais que c'est certainement quelqu'un à suivre.

Les mains à plat sur les champs stériles, Vicky observait les points réguliers du Dr Hill et les coups de ciseaux de l'instrumentiste. La gorge sèche, elle fit un effort pour avaler sa salive et pour calmer sa respiration. Elle ne s'y laisserait pas prendre une seconde fois... Tout cela ne lui arriverait plus jamais.

Chapitre 11

C'était un jeudi après-midi. À l'extérieur, un vent froid et piquant poussait les vagues grises et coléreuses de l'océan à l'assaut des plages. À l'intérieur, la salle des Urgences était relativement calme.

Vicky venait de passer une heure à observer comment le résident principal retirait une pièce de monnaie de la gorge d'un enfant. Elle se lavait maintenant les mains, lorsque le Dr Harold, un vieux médecin affable, s'approcha de l'évier.

— Je me souviens, dit-il en croisant les bras et en s'appuyant au mur. Une nuit, j'étais ici, et on a amené un gosse qui avait avalé une pièce. On a appelé le spécialiste O.R.L., le Dr Peebles, et on lui a expliqué le cas. Il a répondu qu'il était au beau milieu de son dîner et qu'il n'avait pas l'intention de se déranger pour un centime dans la gorge d'un enfant. L'interne a alors précisé : « Ce n'est pas un centime, docteur, mais une pièce de dix. » « Dans ce cas, a déclaré Peebles, j'arrive tout de suite. »

Vicky sourit poliment. Elle avait entendu cette histoire bien souvent, et chaque fois avec une pièce et un nom différents.

— Mademoiselle Long ? demanda l'infirmière de

l'accueil en venant vers elle et en lui tendant un dossier. Il y a un homme en salle trois. Violentes douleurs abdominales.

— Merci, Judy.

Vicky ouvrit le dossier et le parcourut tout en se frottant les mains avec de la crème : un certain M. L.B. Mayer, soixantaine, nausées, douleurs dans la fosse iliaque gauche, non assuré.

Il n'entrait pas dans les fonctions des étudiants de quatrième année de faire des diagnostics définitifs, ni d'admettre des malades dans l'hôpital. Après Vicky, un interne examinerait cet homme, puis un médecin résident, peut-être un second, mais seul le patron prendrait la décision définitive. Toutefois, à son modeste niveau, la jeune fille s'efforçait toujours d'agir comme si elle était seule responsable, et procédait donc toujours à l'examen approfondi de chaque patient.

En l'occurrence, le dossier de M. Mayer contenait peu de renseignements, et remplir ces cinq pages vierges prendrait normalement une ou deux heures.

Elle frappa à la porte de la salle trois, puis ouvrit le battant en arborant un sourire professionnel.

— Bonjour, monsieur Mayer, je suis le Dr Long et je vais…

— Vu l'heure, vous pourriez presque dire bonsoir, docteur, lança Jonathan Archer avec un sourire malicieux.

Il sauta de la table d'auscultation, se précipita pour fermer la porte à clé et ôta le dossier des mains de Vicky.

— Que… ?

— L.B. Mayer, c'est moi ! Asseyez-vous, docteur, je vous en prie. Regardez un peu ce que j'ai apporté.

Il attrapa un panier près de l'évier et souleva le tissu à carreaux qui le recouvrait.

— Des biscuits, du fromage, et... du café jamaïcain !

— Monsieur Archer...

— Ne protestez pas, docteur, vous ne savez pas ce que j'ai enduré pour cela.

— Monsieur Archer, que faites-vous ?

Il secoua le tissu à carreaux et l'étala sur la table. Puis il entreprit de dévisser le bouchon de la Thermos de café.

— N'allez-vous pas vous asseoir ?

— Je veux que vous me disiez ce que...

Il se retourna vivement et la dévisagea d'un air sérieux.

— J'ai pensé que le seul moyen de vous voir était d'être un malade, déclara-t-il tranquillement.

— Mais vous n'en êtes pas un, monsieur Archer.

— Je peux le devenir.

Elle plongea son regard dans le bleu extraordinaire de ses yeux, et vit se former les petites rides malicieuses.

— Vous n'oseriez pas.

— On parie ?

Vicky commençait à se sentir ridicule. Et flattée.

— J'ai du travail, déclara-t-elle sans conviction.

— Docteur Long, tout ce que je demande, c'est de passer un moment avec vous et de vous connaître mieux. J'ai demandé à l'infirmière d'aller vous chercher quand vous n'auriez rien d'autre à faire. C'est un jour calme, aujourd'hui. Nous allons manger un morceau, bavarder un peu...

— Ici ?

— Pourquoi pas ? Si on a besoin de vous, l'infirmière saura où vous trouver. Qu'en dites-vous ?

Elle regarda le contenu du panier, huma l'arôme tentant du café et leva les yeux vers le sourire enjôleur de Jonathan.

— Je ne peux pas. Ce ne serait pas bien.

— Parfait, dit-il en se dirigeant vers la porte. Vous l'aurez cherché.

— Qu'allez-vous faire ?

— Je sais aussi être acteur, docteur Long. J'ai l'intention de me rouler par terre dans le couloir, en hurlant de douleur.

— Vous n'oseriez pas.

— Et puis je dirai que vous avez refusé de m'examiner. Et je crierai si fort au scandale...

Vicky éclata de rire.

— ... qu'une centaine d'infirmières se précipiteront et je montrerai tout ça dans mon film, et vous serez tellement traînée dans la boue que...

— D'accord.

— ... vous aurez de la veine si vous parvenez à exercer la médecine dans un petit bled de l'Arkansas.

— J'ai dit d'accord.

— Comment ça, d'accord ?

— Je reste. Mais uniquement parce que je meurs de faim et que je suis au pied du mur. Et seulement quelques minutes, ajouta-t-elle en levant une main.

— Vous aimez vraiment tout ça ? demanda-t-il cinq minutes plus tard en indiquant du geste la petite salle austère, le sphygmomanomètre, les petits ins-

165

truments baignant dans une solution rose, les boîtes de pansements et de fils de suture.

— Oui, j'aime vraiment tout ça.

Il lui versa un autre café et termina pensivement sa propre tasse, sans la quitter un seul instant de son regard bleu.

— Où est Sam ? s'enquit-elle.

— Au labo, en train de regarder les premières épreuves.

— Je dois avouer que je n'ai vu aucun de vos films. Je ne vais pas souvent au cinéma.

— Je n'en ai fait que deux, répliqua-t-il en riant, et le premier n'a jamais quitté sa boîte. Je ne croyais pas que *Nam* aurait un tel succès. Je voulais simplement ouvrir les yeux au public. Qui eût cru que ce serait tellement douloureux ?

— Où avez-vous eu votre diplôme de cinéaste ?

Jonathan prit un petit pain et le recouvrit généreusement de fromage.

— Je n'en ai pas, répondit-il. J'ai fait du droit. Stanford, 1968.

— Et vous filmez à vos moments perdus ?

— À plein temps. J'ai suivi ces études pour faire plaisir à mon père. Il rêvait de m'avoir à ses côtés dans sa société, à Beverly Hills. Je n'ai jamais eu cette ambition, car j'ai toujours été attiré par le cinéma. Je manquais des cours pour aller voir des films. J'ai quand même eu mon diplôme, je me suis inscrit au barreau comme le désirait mon père, et puis, ayant ainsi rempli en quelque sorte mon contrat, j'ai rangé mon costume trois-pièces et je me suis acheté une caméra.

Il mâchonna pensivement une bouchée de pain et but une gorgée de café.

— Depuis, mon père refuse de me parler, ajouta-t-il.

— Je suis désolée pour vous, déclara la jeune fille d'une voix douce.

— Il s'en remettra, c'est toujours comme ça. Mon frère aîné s'était rebellé, lui aussi, et avait décidé de faire carrière dans les assurances maritimes. Quand il a eu son premier fils, et donc le premier petit-fils de mon père, ce dernier a tout pardonné.

— C'est comme ça que vous avez l'intention de rentrer dans ses bonnes grâces ? En ayant un enfant ?

Jonathan sourit.

— Ce sera ça ou mon premier million, dit-il en priant silencieusement le ciel que le maudit interphone restât encore silencieux.

Vicky formulait précisément le même souhait intérieur, ce qui la surprit. Depuis qu'elle avait quitté Chris Novack, à la fin de l'été 1969, c'était la première fois qu'elle était intéressée par autre chose que la médecine...

— Allez-vous vous spécialiser ? interrogea Jonathan.

— Oui, en chirurgie plastique.

— Pourquoi ?

Elle lui parla sans hésitation de la tache de vin et de Chris Novack. Dire que deux ans et demi auparavant, elle aurait préféré mourir plutôt que d'aborder ce sujet ! Au beau milieu de son histoire, elle vit que Jonathan la contemplait en fronçant les sourcils.

— C'était de quel côté ?

— Devinez.

Il se leva et s'approcha de la table sur laquelle Vicky était assise, les jambes pendantes. Doucement, il lui prit le menton et lui fit tourner la tête à droite et à gauche, l'examinant d'abord avec le regard d'un homme placé derrière une caméra, puis avec celui d'un homme tout court.

— Je ne vous crois pas, dit-il enfin.

— C'est pourtant la vérité. Et la tache est toujours là, en fait. Le Dr Novack ne l'a pas enlevée, il l'a juste couverte. Je dois faire très attention au soleil, et lorsque je rougis il n'y a que la moitié de mon visage qui se colore.

— Montrez-moi ça.

— Je ne peux pas rougir sur commande !

Sans lâcher son menton, il s'approcha encore, jusqu'à toucher ses jambes avec les siennes.

— J'ai envie de vous faire l'amour, là, sur cette table d'auscultation, affirma-t-il doucement.

Elle respira un grand coup et sentit le sang affluer à son visage.

— Ah ! s'exclama-t-il en reculant. C'est vrai, seul le côté gauche rougit.

Sans mot dire, elle le regarda regagner sa chaise.

— Alors, vous voulez être chirurgien plasticien et débarrasser le monde de ses laideurs ?

— Les gens ne sont pas responsables de ce que la nature leur donne à la naissance. Ce n'est pas parce que vous, vous êtes né beau…

— Vous me trouvez beau ?

— Je voulais dire…

— Vous avez encore la moitié du visage rouge, docteur Long.

Vicky reposa sa tasse et se mit debout.

— Je ne me suis pas moquée de vous et de votre histoire, moi.

Il sauta sur ses pieds.

— Hé, je suis désolé ! Je vous taquinais, sans arrière-pensée. (Il lui saisit le bras.) Je vous demande pardon, sincèrement. Ne partez pas, je vous en prie...

Vicky leva les yeux vers lui.

— Je n'ai jamais été laide, Jonathan – rares sont ceux qui le sont vraiment. Mais dans ma tête je l'étais. Cette tache de naissance ressemblait à un coup de soleil, mais, comme j'étais convaincue d'avoir l'air grotesque, j'agissais en conséquence. Lorsque le Dr Novack a fait disparaître la tache, je suis devenue une autre femme. Une autre Vicky Long – la vraie – est apparue du jour au lendemain. Ce qui a vraiment changé, c'était l'image que j'avais de moi-même. Et c'est à cela que je veux consacrer ma vie : aider les gens qui ont des disgrâces physiques à avoir une meilleure image d'eux-mêmes et à vivre plus heureux.

Il la contemplait, fasciné par sa voix et par son visage. Soudain, il regretta son attitude badine de tout à l'heure.

— Vous êtes quelqu'un..., murmura-t-il.

Ils se dévisagèrent en silence. Vicky sentit que l'étreinte de Jonathan se resserrait sur son bras, et un profond trouble physique l'envahit – une impression qu'elle n'avait ressentie qu'une fois, deux étés plus tôt, dans les bras de Chris Novack.

— Je vous ai raconté l'histoire de ma vie, déclara doucement Jonathan. À vous, maintenant.

— Il n'y a rien à dire.

— Votre famille ?

— Je n'en ai pas. Mon père nous a abandonnées quand j'étais petite, et ma mère est morte il y a deux ans.

— Alors, vous êtes toute seule.

— Oui...

Ils ne bronchèrent ni l'un ni l'autre lorsque l'interphone grésilla. La voix de l'infirmière de garde se fit entendre : « Désolée, Vicky, une ponction lombaire pour vous... »

Ils ne bougeaient toujours pas, sans se quitter des yeux.

Jonathan remua enfin. Vicky jeta un coup d'œil à sa montre.

— J'arrive, Judy, dit-elle.

Sur le seuil, elle se retourna.

— Merci pour la collation. C'était très agréable.

— Si on dînait ensemble samedi soir ? proposa-t-il.

Elle secoua la tête.

— Impossible, je suis de service.

— Quand n'êtes-vous pas de service ?

— Quand je suis de garde.

— Et le reste du temps ?

— Je suis dans mon lit.

Jonathan soupira. Avec toute autre fille, la réponse eût été immédiate – du style : « Eh bien, je vous y rejoindrai. » Mais pas avec Vicky Long. Elle était différente...

— J'ai de longues journées de travail, Jonathan, reprit Vicky pour s'excuser. Trente-six heures de service suivies de dix-huit heures de repos. Là-dessus se greffent les cours à l'école et tout ce que je dois lire en plus.

— On dirait que nous sommes coincés...

— On le dirait.

— Ne pouvez-vous pas trouver du temps ? Un peu de temps ?

Elle le regarda une dernière fois avant d'ouvrir la porte.

— J'essaierai. J'essaierai…

Chapitre 12

Une fois de plus, Léa faisait la course. Mais cette fois, le prix n'en serait ni une boîte d'aquarelles, ni de bonnes notes, ni un classement scolaire.

Ce serait un bébé.

Installée dans un fauteuil en velours du Hall Encinitas, Léa profitait du soleil d'octobre que déversaient à flots les hautes fenêtres. Un calendrier, un carnet et un stylo sur les genoux, elle se livrait à de savants calculs lorsque des voix féminines lui firent lever la tête. Un groupe d'étudiantes de première année se rassemblait autour de la grande cheminée, et la jeune fille s'interrogea un instant sur l'origine de cette nouvelle race d'étudiantes en médecine.

Elles étaient environ une trentaine, qui s'asseyaient maintenant par terre en tailleur : des jeunes femmes aux longs cheveux raides coincés derrière les oreilles, toutes en pantalons, affublées de blouses paysannes, de grandes chemises d'homme, de grands pulls, et même, pour l'une d'entre elles, d'un tee-shirt portant cette inscription : « Une femme sans homme est comme un poisson sans bicyclette. » Une familiarité pleine de décontraction régnait entre elles, comme si elles se connaissaient depuis des années, et les rapports de ces quatre Noires et de ces deux Mexicaines avec leurs camarades blanches révélaient une aisance inimaginable quelques années plus tôt.

Ces nouvelles arrivées avaient déconcerté Léa, le jour de la rentrée. Elle s'était en effet portée volontaire pour un petit discours d'accueil, comme l'avait fait Selma Stone trois ans auparavant, mais ses conseils s'étaient révélés inutiles : elles savaient déjà… Comment cela avait-il pu se produire ? Quelles mystérieuses sources d'information avaient permis à ces trente étrangères, venues des quatre coins du pays, de se retrouver ici formant bloc, et toutes sur la même longueur d'onde ? En l'espace d'une semaine, elles avaient transformé les habitudes vestimentaires du campus. Moreno, après sa traditionnelle mise en scène en salle de dissection, avait été contraint de présenter des excuses officielles à la classe entière. Le Dr Morphy, lui, avait tranquillement renoncé à des qualificatifs tels que « mignonne » et « fillette » lors de ses cours. Et enfin, en ce moment même, des ouvriers transformaient un vieux débarras du Hall Mariposa en toilettes pour dames.

Pourquoi ces trente-là avaient-elles réussi là où leurs prédécesseurs avaient échoué ? Était-ce en raison de leur nombre, ou bien les femmes changeaient-elles vraiment, emplies d'une audace et d'une conscience d'elles-mêmes toutes nouvelles ?

Léa secoua la tête et les félicita mentalement, puis elle se replongea dans son projet.

Choisir la date idoine pour l'accouchement était une tâche très délicate, et Léa devait calculer le plus juste possible, en admettant que la nature ne vienne pas contrarier ces calculs… Si elle était en état de grossesse avancée au moment de commencer son internat, l'hôpital refuserait de la prendre et donnerait sa place à quelqu'un d'autre ; en revanche, si elle attendait trop longtemps pour concevoir son bébé, elle serait enceinte pendant la plus grande partie de son internat, et cela n'irait pas non plus. Par ailleurs, pour avoir travaillé là-bas trois étés de suite, Léa connaissait le personnel de l'hôpital de Seattle, où elle devait commencer son internat en juillet. Elle pouvait estimer qu'on l'accepterait si elle n'était pas trop loin de son terme, à condition qu'elle pût travailler à peu près normalement.

Elle décida donc que le mieux serait de commencer l'internat à sept mois de grossesse : elle aurait ainsi franchi le cap pénible des nausées et autres désagréments, serait assez ronde mais encore valide, et, en septembre, tout serait fini. On lui accorderait un congé d'une semaine ou deux, mais sans chercher à la remplacer car il serait trop tard pour cela.

Léa saisit son stylo et refit les comptes. En prenant la date de ses dernières règles, en ajoutant sept jours, puis en comptant trois mois en arrière, elle aurait la date de son accouchement. Heureusement pour elle, elle avait des cycles très réguliers. En partant du 5 novembre, date certaine de ses prochaines règles, elle fit le calcul et tomba sur la mi-août pour la date d'accouchement.

Trop tôt.

Le cycle suivant commencerait le 2 décembre. Cette fois, le compte donna le 9 septembre comme résultat.

Léa sourit, posa son stylo et se renfonça dans son fauteuil. Parfait. Juste la date qu'il fallait pour avoir le bébé... Il ne restait maintenant plus qu'à avoir des rapports sexuels au bon moment, c'est-à-dire entre le 12 et le 16 décembre.

Et surtout, il fallait la coopération d'Arnie.

Léa sortait avec Arnie Roth depuis ce fameux Jour de l'An 1969 où ils s'étaient rencontrés. En trois ans, ils avaient parlé sérieusement mariage à deux reprises, très exactement, et chaque fois à l'initiative d'Arnie. Léa, elle, s'était toujours refusée à franchir le pas et le garçon n'avait pu lutter contre ses arguments. Se posait d'une part le problème géographique : Arnie travaillait à Encino, et Léa à Palos Verdes ; où loger, donc, sans que cela gênât l'un ou l'autre dans ses activités ? D'autre part, à quoi bon se marier s'ils ne pouvaient se voir plus souvent que dans la situation présente ? Il avait de ce fait été décidé que le mariage aurait lieu en juin, juste après la remise des diplômes de Castillo. D'ici au 1er juillet, date à laquelle Léa devait commencer son internat, Arnie aurait le temps de régler ses affaires à Encino, de déménager à Seattle et de s'installer là-bas avec Léa.

Arnie ne verrait donc aucune raison de se marier maintenant, au mois d'octobre, et Léa le savait bien. « Nous avons attendu trois ans, dirait-il, nous pouvons patienter encore six mois. Je ne tiens pas à passer nos premiers mois de mariage loin de ma femme. »

Il fallait trouver un moyen de le convaincre.

Léa éprouvait une profonde affection pour Arnie. Sa douceur et sa gentillesse lui étaient un véritable baume, et il possédait en outre un calme et une assurance qui contrebalançaient les angoisses et les tensions dont elle était la proie, surtout en période d'examens. Elle lui avait une fois demandé, par une soirée pluvieuse, comment il pouvait supporter ses folies, ses hauts et ses bas, et cette prééminence qu'elle accordait à ses études. « Il faut ce qu'il faut, avait-il tranquillement expliqué. Personne ne peut être premier de sa promotion sans y mettre le prix. Un jour viendra, Léa, où tout cela ne sera qu'un souvenir, et où tu auras mérité une vie pleine de paix et de facilité. Et je suis prêt à investir maintenant pour ce futur-là. »

Ce qui les attendait semblait tellement parfait... D'abord le diplôme de Léa, puis la maison à Seattle, ensuite les trois années de résidence de Léa, l'ouverture de son propre cabinet d'obstétrique, et, enfin, lorsque leur situation financière à tous deux serait stable, des enfants. Arnie avait raison : cet avenir en valait la peine.

Seulement voilà, à présent tout avait changé.

En juin dernier, Léa était rentrée chez elle avec, en poche, un classement de quatrième. Quatrième sur une classe de soixante-dix-neuf. Son père devrait bien admettre, cette fois, qu'elle n'était pas aussi nulle qu'il le disait ! « Tu as réussi, Léa, et j'avoue être surpris, avait-il déclaré. Tu aurais pu y arriver de justesse, mais non, tu es quatrième de ta promotion. Je suis vraiment impressionné. Toutefois... »

Les yeux fixés sur le tronc gris et blanc du sycomore et sur les feuilles dorées, tourbillonnant devant le Hall Encinitas, Léa croyait entendre encore les paroles de son père. « Toutefois, avait-il solennellement ajouté, le visage assombri, les sacrifices consentis en valaient-ils la peine, Léa ? Quand tu auras tout terminé, et que tu pourras exercer, tu auras trente ans. C'est bien tard pour fonder une famille. Tu as sacrifié ta féminité au désir de devenir médecin. Tu ne seras pas une femme complète et épanouie. Tu t'es préparé une vie bien peu naturelle, Léa. »

La jeune fille avait quitté Seattle plus tôt que prévu, deux semaines avant la fin des vacances, et elle était venue s'installer chez Arnie pour apaiser son chagrin et son amertume.

À présent, la blessure s'était cicatrisée, et Léa faisait des plans pour démontrer à son père qu'il avait tort.

Les grandes portes à double battant s'ouvrirent à l'autre bout de la salle, et Sondra apparut. Elle fit un signe de la main, se dirigea vers le distributeur automatique pour acheter une barre de chocolat, puis vint rejoindre Léa.

— Alors, où en es-tu ? demanda-t-elle en jetant un coup d'œil au groupe près de la cheminée.

— J'ai trouvé la solution, répondit Léa en lui montrant ses calculs.

Sondra examina le carnet et approuva de la tête. Elle était persuadée que Léa commettait une erreur en voulant avoir un enfant maintenant ; mais, devant la détermination de sa camarade, elle avait renoncé à l'en dissuader.

— Je vais manger un steak chez Gilhooley, annonça-t-elle. Tu m'accompagnes ?

— Je ne peux pas. J'ai douze dossiers à revoir ce soir, plus quelques recherches à faire en bibliothèque.

Non contente de sa place de quatrième, Léa avait en effet redoublé de travail et s'était même lancée dans un projet particulier pour augmenter son palmarès. Elle-même douzième et heureuse de l'être

177

– Vicky était pour sa part quinzième – Sondra ne comprenait pas comment Arnie supportait cela. Elle l'admirait pourtant de rester avec Léa, de ne jamais insister pour la voir, d'attendre patiemment qu'elle fixât elle-même leurs rendez-vous. Et elle se demandait comment Léa allait le convaincre de se marier si vite et d'avoir un enfant.

— Demande à Vicky, suggéra Léa avec un coup d'œil à sa montre. Je crois qu'elle ne travaille pas ce soir.

— Tu ne savais pas ? Vicky sort ce soir. Avec Jonathan Archer.

Léa se détourna et rassembla ses affaires. Elle n'en avait parlé à personne, mais elle n'appréciait guère ce Jonathan Archer. Il avait mis l'hôpital sens dessus dessous. Du cinéma vérité ? Une descente au cœur d'un grand hôpital, avec sa vie à nu, ses drames quotidiens, tel que le public ne le voit jamais ? Balivernes… Toutes les infirmières se montraient en uniformes neufs, maquillées et coiffées comme pour aller à une soirée, toujours souriantes et efficaces, toujours sereines et dévouées. Et les hommes… Du jour au lendemain, plus de vestes blanches douteuses, plus de cigarettes accrochées à des bouches molles, plus de vocabulaire de charretiers. Tous des modèles de médecins… Où était la vérité, là-dedans ?

À Sainte-Catherine, on ne pouvait faire un pas sans rencontrer le jeune cinéaste. Et toujours avec cette caméra monstrueuse, cet assistant et ses maudits projecteurs, et ce micro qu'il vous mettait sous le nez dès que vous étiez au téléphone – alors que vous vouliez simplement voir si la cafétéria avait encore du corned-beef !

— Il lui a téléphoné tous les soirs de la semaine, expliqua Sondra en accompagnant Léa vers la porte. Et ce soir, enfin, elle est libre. Il l'emmène voir *Nam,* ce film antimilitariste qu'il a réalisé. Il a été primé au dernier Festival de Cannes, et, d'après Vicky, on parlerait même d'un oscar.

Malgré son antipathie pour Jonathan Archer, Léa souhaitait que cela marchât entre lui et Vicky. C'était leur premier rendez-vous...

— Tu seras toute seule ce soir, Léa, dit Sondra lorsqu'elles se retrouvèrent dehors. Je vais à une conférence sur la médecine tropicale au Hall Hernandez.

— Je laisserai une lampe allumée, lança Léa tandis que son amie s'éloignait.

Veinarde, ajouta-t-elle silencieusement.

L'avenir de Sondra était tracé avec tant de netteté, sans obstacles, sans complications personnelles... L'été dernier, à Phoenix, le révérend Ingels, qui s'occupait de la paroisse de ses parents, lui avait proposé de partir quelque temps comme volontaire dans une mission chrétienne du Kenya. Elle avait accepté. Lorsque l'école serait terminée, elle irait faire un an d'internat général en Arizona, puis s'envolerait pour l'Afrique, vers une vie sans nul doute pleine d'aventures, de découvertes et de satisfactions personnelles.

Resserrant son pull autour d'elle, Léa se dirigea vers la bibliothèque médicale où elle passerait les quelques heures à venir. Elle devait réfléchir à la façon dont elle procéderait avec Arnie... Et puis se consacrer à ce projet supplémentaire, qui avec un peu de chance lui ferait gagner des points.

Car Léa avait décidé de sortir major de sa promotion.

C'est avec un air contrit que Vicky lui ouvrit la porte.

— Je suis désolée, Jonathan. J'ai essayé en vain de te joindre. Finalement, je ne peux pas sortir ce soir...

Il restait sur le seuil, et la lumière de l'entrée faisait briller ses cheveux longs.

— Pourquoi ?

— Je suis de garde aux Urgences.

— Comme ça, tout d'un coup ? Cet après-midi encore, tu étais libre. On te l'a imposé, ou tu t'es portée volontaire ?

Elle détourna les yeux sous son regard pénétrant.

— Eh bien, on m'a demandé...

— Et tu n'as pas refusé. Puis-je au moins entrer et attendre avec toi que l'on t'appelle ?

— C'est que, tu comprends, je devrais aller à l'hôpital. Si une urgence arrive...

— Tu n'es pas loin. De plus, je peux t'y emmener en voiture.

Elle réfléchit un instant.

— Après tout, pourquoi pas ? conclut-elle. Mais le samedi soir est toujours très chargé...

Jonathan entra et enleva l'épais chandail qu'il portait. Il ressemblait à un bûcheron, ce soir, avec ses jeans et ses bottes...

— Pourquoi as-tu accepté ? questionna-t-il. On te paie ?

Vicky referma la porte et se dirigea vers la cuisine.

— Oh non ! ce n'est pas pour l'argent.

— Alors pourquoi ?

Elle ouvrit le réfrigérateur et annonça :

— Bière, vin ou limonade ?

— Bière, s'il te plaît. Tu n'as pas répondu à ma question.

Vicky revint dans le salon, tendit une canette de bière à Jonathan et se servit une limonade.

— Pour l'expérience, expliqua-t-elle. Je veux devenir chirurgien plasticien, et pour ça il faut être sacrément bon pour les sutures. Quand je suis en bloc opératoire, on me laisse tout juste tenir les écarteurs. Ce sont les internes et les résidents qui font les points.

Elle s'installa sur le divan, les jambes repliées sous elle. Jonathan, lui, prit le fauteuil qui lui faisait face.

— En revanche, les nuits où il y a beaucoup de travail, beaucoup de blessés, on nous laisse faire les sutures. De plus, pour mon internat, j'ai posé ma candidature dans un hôpital très demandé. La concurrence va être rude, et je tiens à avoir le meilleur dossier possible.

Jonathan goûta sa bière et regarda autour de lui.

— Tu es bien installée, ici, déclara-t-il.

— Nous l'avons arrangé petit à petit. Lorsque nous sommes arrivées, il y a trois ans, ça faisait vraiment vide.

— Nous ?

— Mes camarades et moi.

Elle lui raconta comment toutes trois étaient devenues amies, et bientôt, détendue et sereine, parla d'elle-même et de sa vie à Castillo.

Jonathan l'écoutait avec intérêt, sans la quitter des

yeux, cherchant le moyen de débrancher subrepticement le téléphone pour la garder près de lui...

— Désolée, dit-elle au bout d'un moment. Je parle, je parle... je dois être assommante, non ?

— Je pense que je n'ai jamais rencontré de plus belle fille que toi. Et je pèse mes mots, Vicky. Physiquement, tu es sensationnelle. Hier, j'ai jeté un coup d'œil aux premières épreuves où l'on te voit. C'est la séquence qui a été filmée mercredi dernier, aux Urgences. Tu es incroyablement photogénique, Vicky. Sam lui-même était sidéré. Je pense que tu te trompes de carrière : tu es faite pour le cinéma.

Vicky le regarda fixement puis éclata de rire.

— C'est comme ça que tu baratines les filles avec lesquelles tu sors ?

Mais il n'avait jamais été plus sérieux, et elle le savait.

— Tout metteur en scène rêve de rencontrer une beauté aussi naturelle que la tienne, expliqua-t-il. Et il ne s'agit pas seulement de ton aspect physique...

Il posa sa bière et se pencha en avant, les coudes sur les genoux et les mains jointes.

— C'est la façon dont tu bouges, dont tu te tiens... Tu es « fluide », Vicky.

Elle tournait et retournait son verre de limonade entre ses doigts.

— Eh bien, répondit-elle. Eh bien...

Il y eut un silence. Au loin se faisait entendre le bruit sourd du ressac.

— Et on m'appelait autrefois « l'épouvantail », murmura-t-elle enfin, en partie pour elle-même.

Il se leva et vint s'asseoir à côté d'elle.

— Laisse-moi faire un film sur toi, Vicky.

— Non.

— Pourquoi ? Ton histoire est belle, et les gens adoreront te regarder.

— Non, Jonathan. Je ne veux pas faire du cinéma, ni devenir un personnage public. Je veux être médecin, tout simplement. Je t'en prie, n'essaie pas de me convaincre. N'essaie pas de me changer, Jonathan.

Il lui saisit la main.

— Vicky, je ne te changerais pas pour tout l'or du monde.

L'instant d'après, il l'embrassait, et Vicky s'émerveilla que tout parût si facile. Autrefois, lorsqu'elle embrassait un homme, elle se sentait glacée par son propre visage, glacée par la proximité de l'autre : une certaine répulsion ne se mêlait-elle pas à l'attirance qu'il ressentait pour elle ? Jamais elle n'avait pu s'abandonner totalement...

Avec Jonathan, c'était la première fois.

Il l'attira vers lui, et son baiser se fit exigeant. Le pouls de Vicky s'accéléra...

Et le téléphone sonna.

Jonathan s'écarta et Vicky sauta sur ses pieds.

La conversation fut brève : « Judy ? Plaies de la face ? Tu veux rire ! Bien sûr. J'arrive tout de suite ! »

Jonathan la regarda se diriger vers sa chambre. Elle en ressortit bientôt avec un pull et un sac, une veste blanche soigneusement pliée sur le bras.

— Je suis désolée, Jonathan, affirma-t-elle avec douceur. Il faut vraiment que j'y aille.

Chapitre 13

L'autoradio diffusait une chanson de Mick Jagger, et Léa regardait par la vitre de sa portière.

Un immense tapis de velours noir s'étendait devant elle, piqueté de rubis, d'émeraudes et de diamants : les lumières de la vallée de San Fernando, déjà tout illuminée pour Noël. Mais ce que Léa voyait en réalité, c'était le vague reflet d'une jeune femme, pas vraiment belle, mais jolie avec ses courts cheveux sombres et son regard pensif. Avant la fin de cette soirée, elle devrait trouver le moment de parler à Arnie, et ce ne serait pas facile…

Elle sentit des doigts tièdes emprisonner sa main et la soulever pour un baiser. Elle tourna la tête vers Arnie.

— Tu prends bien des libertés avec moi, déclarat-elle en souriant.

Il négocia d'une seule main les virages délicats.

— Je ne me lasse pas de toi, répondit-il.

— Tu ferais mieux de me rendre ma main. J'en ai besoin demain.

— J'obtempère volontiers, belle dame, répliquat-il en s'exécutant, du moment que tu ne me dis pas pourquoi.

Léa avait toujours du mal à s'y faire : Arnie n'avait certes pas exagéré, la nuit de leur rencontre, en affirmant qu'il n'aimait pas entendre parler médecine !

— Arnie, pouvons-nous nous arrêter un instant ?

Il leva des sourcils étonnés.

— Maintenant ? Que veux-tu faire, chérie ?

— Te parler.

Il jeta un coup d'œil à la montre lumineuse du tableau de bord.

— Toute la famille nous attend, Léa. Et maman aura une attaque si nous sommes en retard.

Elle soupira en pensant à la famille d'Arnie : son père, tranquille et effacé, comptable comme lui ; ses deux frères, l'un épidémiologue, l'autre travaillant dans l'immobilier, mariés et comptant huit enfants à eux deux ; des cousins qui habitaient Northridge ; une vieille tante et un vieil oncle vivant dans une maison de retraite ; et enfin, présidant cette assemblée, l'extraordinaire et maternelle Mme Roth, dont le cœur était aussi généreux que son énorme poitrine. Bref, une famille non sans ressemblance, d'ailleurs, avec celle de Léa, à Seattle.

La jeune fille laissait rarement Arnie avoir le dernier mot ; mais, cette fois-ci, elle s'inclina.

— D'accord, Arnie, nous parlerons plus tard.

Comme d'habitude, il y avait sur la table de quoi nourrir un régiment, et Mme Roth exhortait chacun à avaler plus qu'il ne le pouvait. « Vous n'aimez pas ma cuisine ? » demandait-elle d'un ton accusateur, tandis que les enfants couraient de tous côtés et que les adultes parlaient en même temps. Mais

Léa adorait cela : elle se sentait vraiment comme à la maison…

Certaine d'avoir bien nourri son petit monde, Mme Roth donna enfin le signal de la fin du repas. Léa saisit aussitôt Arnie par le bras et lui lança un regard éloquent. Laissant derrière eux un vacarme épouvantable – deux télévisions et un tourne-disque hurlaient, et les cris aigus des enfants venaient ponctuer les conversations des adultes –, ils se retrouvèrent dans la fraîcheur et le calme bienfaisants de la nuit.

La piscine de moire verte était éclairée, et c'est vers elle que les jeunes gens dirigèrent leurs pas.

— Arnie, déclara Léa après quelques minutes de silence, marions-nous.

Il lui serra la main.

— Mais bien sûr… C'est prévu pour juin, tu le sais bien.

— Je veux dire, marions-nous maintenant. Tout de suite.

Il rit doucement.

— Quelle folle petite femme impétueuse tu fais !

— Je parle sérieusement, Arnie. Je ne peux pas attendre.

Il s'immobilisa et lui fit face.

— Comment ça, tu ne peux pas attendre ?

Elle avait pourtant préparé son discours… Au lieu de cela, elle lâcha tout pêle-mêle, par bribes de phrases, avec des mots confus et de grands gestes des deux mains : qu'il lui fallait absolument avoir le bébé très bientôt, qu'elle faisait la course avec son propre corps, qu'elle ne voulait pas avoir plus de trente ans pour cette première naissance, que le fait d'avoir ce bébé à présent lui importait tant qu'elle en devenait folle… Et Arnie, plein de per- plexité devant cette soudaine explosion, l'écoutait en silence. Ce qu'il découvrait surtout, derrière les paroles hachées de Léa, c'était ce désespoir dans ses yeux, cette prière dans sa voix, cette sorte de panique qui semblait la saisir tout entière.

Pourquoi ? se demandait-il. Aucun des arguments de Léa n'expliquait réellement ce soudain désir d'avoir un enfant. Et une fois de plus, il s'aperçut qu'il ne connaissait pas vraiment Léa Shapiro, qu'il y avait en elle des secrets et des courants souterrains auxquels il ne pouvait accéder.

— Si nous nous marions maintenant, dit-il, où habiterons-nous ? Mon appartement est trop loin pour toi, et à cette époque de l'année je doute que nous trouvions quelque chose de libre près de l'école…

Léa contempla l'herbe humide. L'instant était délicat. Que faire, si Arnie refusait ? Certes, elle voulait prouver à tout le monde qu'elle n'avait pas sacrifié sa féminité à la médecine, qu'elle pouvait tout faire en même temps si elle le désirait – mais jusqu'où aller ? Ce désir valait-il la peine de risquer de perdre l'amour d'Arnie ?

— Nous continuerions comme aujourd'hui, répondit-elle doucement. Ce ne serait que pour six mois.

— Es-tu sûre que l'hôpital te prendra comme interne si tu es enceinte ? demanda-t-il d'une voix indécise.

— Si je peux accoucher en septembre, répliqua vivement Léa, je ne serai enceinte que trois mois au plus pendant mon internat, ce qui me laissera encore neuf mois.

— Mais comment ferons-nous ? Moi avec mon nouveau travail, et toi comme interne ?

— Je suis certaine que ma mère nous donnera un coup de main. Et nous prendrons une étudiante qui s'occupera du bébé… Je sais que nous pouvons le faire, Arnie. Et c'est tellement important pour moi…

Les sourcils froncés, il lutta un instant entre le bon sens et l'air suppliant de Léa, puis son visage s'adoucit.

— Puisque c'est si important pour toi…, dit-il avec un haussement d'épaules.

Elle se blottit entre ses bras et enfouit son visage dans le creux de son épaule.

— Oh merci, Arnie ! Tout ira bien, tu verras. Tout ira très bien.

Chapitre 14

— Bonne et heureuse année, Vicky.

— Idiot, c'était il y a trois semaines !

— C'est encore la nouvelle année...

— Et puis, il est huit heures. Normalement, on attend minuit pour souhaiter des choses pareilles.

Jonathan s'écarta d'elle avec un air faussement réprobateur.

— Je ne savais pas que tu étais tellement attachée aux conventions.

Assis sur le tapis, ils partageaient une bouteille de Dom Pérignon dans l'appartement de Jonathan pour célébrer la fin du tournage de *Medical Center*. Un disque de Joan Baez jouait en sourdine.

Vicky baissa la tête et contempla les bulles dorées dans son verre. Elle aurait dû être gaie et heureuse : cela faisait plusieurs jours qu'ils essayaient de passer cette soirée ensemble. Mais maintenant qu'elle était là, dans le monde de Jonathan, pour partager son triomphe, elle se sentait étrangement glacée.

Une main vigoureuse lui prit le menton.

— Qu'est-ce qui ne va pas, Vicky ? questionna la voix qui ne manquait jamais de la troubler.

— Pourquoi poses-tu cette question ? rétorqua-t-elle en gardant les yeux obstinément baissés.

— Tu n'as rien dit de la soirée. Comme si ton esprit était ailleurs. Où, Vicky ?

Comment expliquer que cette nouvelle année avait apporté dans ses bagages une immense tristesse ? Quand minuit avait sonné au loin, à la cloche de l'école, et que le chirurgien avait levé la tête de son travail pour lancer à son équipe : « 1972, les enfants ! Bonne année ! », Vicky avait senti une main de glace lui étreindre le cœur. Et ce soir, alors même que Jonathan et elle s'étaient aimés, ce froid continuait de l'habiter.

C'est que sa vie allait bientôt prendre un nouveau tournant...

— Je pars pour Hawaii demain, murmura-t-elle enfin.

Les lourds rideaux tirés sur la nuit glaciale laissaient filtrer les bruits de l'avenue. Là, en bas, des gens se pressaient à l'entrée des grands cinémas, ou se hâtaient vers de petits restaurants intimes et accueillants. Si, dans l'appartement, la vie semblait avoir soudain retenu son souffle, le monde extérieur n'en continuait pas moins de tourner...

— C'est l'entrevue pour ton internat ? demanda Jonathan au bout d'un moment.

Elle leva la tête.

— J'ai reçu le télégramme la semaine dernière. Ils veulent me parler. Je serai absente deux jours.

Jonathan pinça les lèvres, contempla son champagne, puis reposa son verre.

— Alors, tu y vas ?

— Tu le sais bien, Jonathan. Je n'ai pas changé d'avis. Je t'ai déjà expliqué ce que Victoria représentait pour moi. C'est le meilleur hôpital du monde pour la chirurgie plastique, et je rêve depuis près de trois ans d'y aller. C'est pour ça que j'ai travaillé si dur, que je me suis portée volontaire pour tant de gardes…

Jonathan sauta aussitôt sur ses pieds. Il était bien placé pour savoir ce qu'il en était : ces maudites gardes les avaient assez souvent séparés, contraignant Vicky à annuler leurs rendez-vous au dernier moment, les forçant à quitter des restaurants en catastrophe… Le damné signal avait même résonné alors qu'ils se trouvaient au lit ensemble !

— Vicky, Great Victoria n'est pas le seul hôpital au monde. Tu pourrais venir à Los Angeles, ou rester à Sainte-Catherine…

— Je le pourrais, mais je ne le veux pas. D'une part, Great Victoria est le meilleur, et, d'autre part, on y considère l'année d'internat comme une première année de résidence. Partout ailleurs, il faudrait que je pose de nouveau ma candidature pour la résidence, et sans garantie d'obtenir ce que je souhaite.

— Mais tu n'es pas sûre d'être prise là-bas.

— Non. Il y a des centaines de candidats. Mais, forte des références obtenues à Sainte-Catherine, je ferai de mon mieux pour convaincre le jury que je suis celle qu'il leur faut.

— Si tu n'es pas prise, où iras-tu ?

— Je serai prise, Jonathan.

— Vicky, si tu n'es pas prise…

— Alors, je resterai probablement à Sainte-Catherine. Mais j'aurai cet internat, Jonathan.

Il lui effleura le visage du bout des doigts.

— À partir de juillet, un an à Hawaii ? interrogea-t-il.

— Six ans. Tu oublies les cinq années de résidence.

Il se détourna, pressant son poing contre sa paume.

— Je ne peux pas vivre six ans sans toi, Vicky.

— Eh bien, alors, accompagne-moi.

Il fit volte-face, l'air étonné.

— Tu sais bien que c'est impossible, répliqua-t-il. Tu sais ce que j'essaie de mettre sur pied ici. Tu n'imagines tout de même pas que je vais abandonner tout ça !

— Mais c'est exactement ce que tu me demandes, toi !

Jonathan eut une profonde inspiration.

— Allons faire un tour, Vicky, dit-il brusquement. Je me sens soudain claustrophobe.

À la surprise de Vicky, au lieu de se diriger vers l'océan, le jeune homme prit plein nord et obliqua ensuite vers l'ouest. Ils roulaient en silence, cherchant tous deux de nouveaux arguments à s'opposer, mais lorsque la voiture traversa Woodland Hills et poursuivit sa course vers la partie la moins peuplée de la vallée de San Fernando, l'étonnement de Vicky se mua en franche curiosité.

Jonathan allait à présent vers les collines noyées dans l'ombre, et bientôt la route ne fut plus qu'un simple chemin de terre. Tout était noir alentour. Soudain, les phares éclairèrent une clôture rouillée et un panneau pourri annonçant : « Défense d'entrer. » Jonathan arrêta la voiture et éteignit le moteur.

— Où sommes-nous ? demanda Vicky.

Il se tourna vers elle dans l'obscurité et lui caressa les cheveux.

— Je n'avais pas l'intention de te montrer ceci aussi tôt, expliqua-t-il. Je voulais faire une inauguration grandiose, mais je pense que le moment est venu. Viens.

Précédé du faisceau lumineux de sa lampe torche, il la guida par la main. Le gravier crissait sous leurs pas, l'air était glacé, et les ténèbres semblaient presque menaçantes. Jonathan s'immobilisa devant un portail fermé d'une chaîne et lâcha la main de Vicky. Un panneau délavé indiquait : « Propriété privée. »

— Qu'est-ce que tu fais ? murmura la jeune fille.

— Tu vas voir.

Il sortit une clé de sa poche, et le portail s'ouvrit bientôt devant eux. Reprenant la main de Vicky, Jonathan s'avança.

Ce fut d'abord une marche d'aveugle, dans un néant sans ciel ni terre, mais la torche de Jonathan perçait ici et là l'obscurité épaisse, et Vicky commença à voir : des bâtiments, des entrepôts massifs et trapus ; des devantures de magasins aux vitrines brisées, à la peinture écaillée ; des fragments de trottoirs ; un panneau de rue à demi renversé… Bref, une lugubre ville fantôme.

— Où sommes-nous ? murmura-t-elle de nouveau avec un frisson d'angoisse.

— Dans les vieux Studios Morgan. Fermés dans les années 30 et laissés à l'abandon.

— Un studio de cinéma ?…

Ils s'enfonçaient dans l'obscurité, frôlant d'étranges silhouettes, trébuchant sur d'invisibles obstacles, éveillant sous leurs pas des trottinements de pattes minuscules.

— Le vieil Alexander Morgan était tyrannique et fou, chuchota Jonathan comme s'il craignait de déranger quelque revenant endormi. Mais il a réalisé de grands films. C'était un génie. Hélas ! vers la fin de sa vie, lorsque le cinéma parlant est apparu, ses films sont devenus bizarres, malsains, et on lui a coupé les vivres.

Vicky fouillait la nuit du regard, et dans l'ombre prenaient corps, peu à peu, les fantômes oubliés de la grande épopée du cinéma.

— Pourquoi m'as-tu amenée ici, Jonathan ?

Il s'immobilisa et lui fit face, le regard brûlant.

— J'ai acheté ces studios, Vicky, et je vais les ramener à la vie.

— Mais... ce ne sont que des ruines !

— En grande partie, oui, cependant il y a beaucoup de choses récupérables. De plus, ce ne sont pas vraiment les bâtiments qui m'intéressent, mais surtout le décor. Si les premiers cinéastes sont venus en Californie, c'était à cause des paysages et de l'ensoleillement. De jour, tu verrais à quel point cet endroit se prête idéalement au cinéma !

Il se détourna et promena sa torche sur les façades aveugles.

— Si seulement tu voyais ce que je vois ! Je n'ai pas l'intention de rester cinéaste amateur toute ma vie, Vicky. Je veux faire de grandes choses. Tu te souviens, la première fois que nous nous sommes rencontrés, tu m'as dit que, pour toi, un film se tournait avec des projecteurs, des fauteuils en toile, et des tas de gens ? Eh bien, reviens ici dans six mois, Vicky, et c'est exactement ce que tu verras.

Une fois de plus, elle sentit son enthousiasme l'envelopper, transporter son imagination, et, l'espace d'un instant, elle partagea sa vision. Elle comprit alors pourquoi il l'avait entraînée ici : pour remplacer son rêve à elle par le sien.

— Épouse-moi, Vicky, dit-il doucement sans la regarder ni la toucher. Reste ici, deviens ma femme, et aide-moi à réaliser tout cela.

— Je ne peux pas.

— Tu ne peux pas, ou tu ne veux pas ?

— Je le voudrais bien, Jonathan, et tu le sais. J'aimerais beaucoup passer le reste de ma vie avec toi. J'y pense si souvent, je vois si clairement ce tableau magnifique : toi et moi, avec nos enfants, partageant…

Il la saisit par les épaules et pencha la tête vers elle.

— J'ai aussi cette vision, Vicky.

— Mais comment pourrait-elle devenir réalité ?

— Si nous le voulons. Tu demeurerais à Los Angeles, et nous travaillerions tous les deux à nos rêves. Reste auprès de moi, Vicky, je t'en supplie.

Elle sentit les larmes lui monter aux yeux, lorsqu'un bruit incongru vint troubler le silence de la nuit.

— Qu'est-ce que c'est que ça ? demanda Jonathan.

Vicky plongea la main dans son sac.

— Mon alarme.

Il la lâcha.

— Elle s'est déclenchée par accident ?

— Non.

Un silence. Puis Jonathan laissa éclater sa rage.

— Vicky ! hurla-t-il. Même la nuit qui nous

était réservée ? C'est pour rester sobre que tu n'as pas touché à ton champagne ? Et quand nous nous aimions, et que nous fêtions la sortie de mon film, tu le savais ? Tu savais que tu pouvais me quitter d'une minute à l'autre pour rejoindre ce maudit hôpital ?

Il lui avait arraché le boîtier des mains et soudain, d'un geste rageur, il l'envoya se perdre au loin dans la nuit.

— Es-tu tellement imbue de toi-même que tu ne puisses m'accorder une seule soirée ? gronda-t-il en la secouant brutalement. À quoi pensais-tu pendant que nous faisions l'amour ? À la chirurgie ? Au malade du service C ?…

Il la repoussa avec colère et se détourna. Vicky lui saisit le poignet.

— Jonathan ! Tu ne comprends donc pas ? Mon rêve est tout aussi important que le tien, et il n'est pas moins impérieux ! Être de garde en cas d'urgence fait partie de mon travail, comme tout ce qui touche au cinéma fait partie du tien. Si j'y renonce, cela revient à renoncer à une partie de moi-même.

Sa voix se fit plus douce.

— Oh ! Jonathan, je t'aime, mais ne vois-tu pas que cela ne peut pas marcher, entre nous ? Nous sommes trop semblables, et nous vivons dans deux mondes différents, chacun avec nos rêves inconciliables. Pour rester ensemble, l'un de nous devrait renoncer à ce qui fait son identité. Il faut que j'aille à Hawaii, et toi, tu dois demeurer ici, bâtir ton studio et réaliser tes films. Je ne veux pas que tu renonces à tout cela, je ne veux pas vivre avec un homme amoindri. Et toi, voudrais-tu d'une femme qui ne serait que l'ombre d'elle-même ?

Il la prit alors dans ses bras, enfouissant son visage dans ses cheveux, et elle pleura.

Quelle extraordinaire journée d'avril !... Sur les pelouses émeraude et devant les bâtiments blancs de Castillo, la nature se livrait à une féerique débauche de couleurs : les bougainvillées avaient déployé leurs fleurs lavande et écarlates ; les jaracandas croulaient sous une multitude de minuscules fleurs pourpres ; les roses dépliaient leurs pétales jaunes et orange, et les fleurs de cactus flamboyaient dans le soleil.

Tout au bord de la falaise escarpée, la haute et mince silhouette de Vicky ployait légèrement dans le vent. Là-bas, de l'autre côté de la mer, il y avait Hawaii... Et Vicky voyait déjà les hôtels, les grandes plages de sable, les lagons verts, et, tel un joyau dans son écrin, Great Victoria où elle espérait tant aller...

Comment pouvait-elle quitter Jonathan ?

Ce dernier lui téléphonait chaque jour, demandant à la voir, mais elle s'y refusait : les blessures sans cesse rouvertes ne cicatrisent jamais. Une rupture franche et nette valait mieux que tout, mais le jeune homme n'était pas de cet avis. Il espérait à l'évidence que Great Victoria refuserait la candidature de Vicky. Les dés seraient alors jetés, et il ne serait plus question de séparation.

Et elle-même, au fond, ne souhaitait-elle pas qu'il en fût ainsi ?

Elle jeta un coup d'œil à sa montre. Il était temps de rejoindre le Hall Hernandez. C'était aujourd'hui, en effet, que les futurs internes connaîtraient les suites données à leurs candidatures : le doyen

Hoskins tendrait en grande pompe une enveloppe à chacun des élèves de la promotion.

Lorsqu'elle s'installa entre Sondra et Léa, ces dernières ne manifestaient pas l'agitation des autres élèves. Léa était quasiment assurée de son internat en Maternité à l'hôpital de Seattle, puisqu'elle y avait travaillé trois étés de suite. Quant à Sondra, pour s'être adressée exclusivement à des établissements d'Arizona et du Nouveau-Mexique, elle était certaine de revoir ses parents avant de s'envoler pour l'Afrique.

Vicky, en revanche, contenait mal son inquiétude. Trois de ses camarades de classe briguaient également un poste à Great Victoria, et leurs candidatures étaient loin d'être dédaignables ! Et puis… il fallait aussi compter avec les candidats d'autres grandes écoles – Harvard, Berkeley, UCLA…

La distribution des enveloppes avait enfin commencé, ponctuée de cris de joie ou de déception, et la jeune fille vit l'un de ses concurrents serrer son voisin dans ses bras.

Son cœur se glaça, mais tout aussitôt cette pensée lui traversa l'esprit : « Je vais pouvoir rester avec Jonathan ! »

D'une main tremblante, elle ouvrit sa propre enveloppe.

Un petit cocktail était offert après la cérémonie, mais Vicky, Léa et Sondra décidèrent de rentrer à l'appartement. Le téléphone sonnait lorsqu'elles y arrivèrent.

C'était Jonathan.

— Vicky ! dit-il d'une voix pleine d'excitation.

Devine ! J'ai été proposé pour un oscar ! Je viens juste de recevoir le télégramme ! Mes copains ont organisé une petite fête ce soir, pour célébrer l'événement, et je veux que tu viennes. Tu entends ? Je te veux à mon côté ! Je passe te prendre, Vicky, il faut que tu fêtes ça avec moi !

— Great Victoria a accepté ma candidature, Jonathan.

Un silence.

— Vicky, je veux que tu sois avec moi quand on me donnera cet oscar. Je veux t'épouser. Je vais venir te chercher…

— Je ne peux pas, Jonathan.

Silence, de nouveau.

— Très bien, Vicky. C'est toi qui vas décider. À huit heures, ce soir, je serai devant le clocher du campus. J'attendrai dix minutes. Si tu veux m'épouser, si tu veux passer le reste de ta vie avec moi, si tu m'aimes, Vicky, tu viendras.

— Je ne viendrai pas, Jonathan.

— Si, tu viendras. Je sais que tu ne me laisseras pas tomber. Pas maintenant. À huit heures, devant le clocher.

Elle revint vers l'océan, vers son sable millénaire et son ressac inlassable. Là, à l'écart de la civilisation, au milieu des mouettes qui fouillaient la plage de leurs becs acérés, elle retrouvait un monde sauvage, pur et vierge, où son âme pouvait se débarrasser de ses chaînes.

Elle s'assit, le front appuyé sur ses genoux relevés. De quels paradoxes sa vie était-elle donc faite ? Pour avoir ce qu'elle aimait le plus, il lui fallait renoncer à ce qu'elle chérissait le plus ; pour réaliser un rêve, renoncer à un autre…

Pourtant, sa décision était prise. Lorsque Chris Novack lui avait donné une seconde chance dans la vie, en remodelant son visage, elle s'était juré de manifester sa gratitude : pour cela, elle marcherait sur ses traces, poursuivrait son œuvre, apportant à son tour espérance et salut à des gens malheureux. Devenir médecin était plus qu'un rêve pour elle : s'y ajoutaient devoir et recherche de la perfection.

Jonathan lui manquerait. Elle souffrirait, et l'aimerait toujours, mais elle savait trop bien ce qui lui était demandé...

Ce fut la soirée la plus affreuse de sa vie. De toutes ses forces, elle luttait contre une impulsion qui la déchirait. Et tandis que les aiguilles de l'horloge s'approchaient lentement de huit heures, son tourment se mua en véritable supplice.

Jonathan attendait là-bas, tout seul, au pied du clocher...

Cours vers lui. Laisse-toi aimer sincèrement, pour une fois.

Non, va à Hawaii. Vis la vie qui a été faite pour toi.

Huit cloches égrenèrent leur carillon au-dessus du campus et les vagues de l'océan en emportèrent l'écho jusqu'aux îlots de sable blanc visibles dans le lointain. Sans bouger, retenant son souffle, Vicky regardait fixement la porte d'entrée : il allait arriver et se précipiter pour la prendre dans ses bras...

Elle regarda, regarda, mais il ne vint pas.

Chapitre 15

Ce fut une belle cérémonie. Pour ne pas être en reste, la nature elle-même avait décidé d'honorer les soixante-quatorze nouveaux médecins de ses plus belles floraisons, d'un ciel tendre, et de douces brises marines que venaient ponctuer les cris de mouettes aventureuses. Il ne faisait ni trop chaud ni trop frais et, dans cette agréable ambiance estivale, la remise des diplômes s'était déroulée avec juste ce qu'il fallait de solennité et de décorum.

Revêtus de la toque et de la toge pourpres propres à Castillo College, et arborant fièrement leur étole doctorale de satin bleu pâle et blanc nacré, les diplômés faisaient les honneurs de leur campus à leurs parents et amis.

Telle une reine au cœur de sa ruche, Léa recevait les hommages de deux familles, chacun s'approchant pour poser une main attendrie sur son ventre arrondi. Les Roth et les Shapiro se rencontraient pour la première fois, et ce n'étaient qu'embrassades et congratulations. Le père de Léa lui-même semblait jouir pleinement de ces instants, et se félicitait d'avoir une fille major de sa promotion. « Ainsi, Léa, tu nous as bien eus ! déclara-t-il dans une embrassade enthousiaste. Tu es la meilleure. Bien, bien. J'espère que tu as maintenant l'intention de souffler un peu. Avec ce bébé, pas question de travailler tout de suite : ta place est à la maison. Cependant, qui sait ? Tu pourras peut-être utiliser ce diplôme, un jour... »

Quelques-uns des nouveaux diplômés se trouvaient seuls, sans visiteurs, et Vicky était au nombre de ceux-là. Elle se promenait en souriant dans la foule, serrant des mains et recevant les félicitations du personnel de l'école, acceptant ici et là de poser avec des camarades pour une photo souvenir. Tout en enviant l'attention dont tous étaient l'objet, elle se sentait étrangement heureuse d'être seule. « C'est ainsi que je serai, désormais : seule... » Sondra, elle le savait, chercherait celui qui partagerait sa vie ; Léa et Arnie vieilliraient ensemble. Mais elle, Vicky, poursuivrait sa route solitaire. C'était ainsi, et elle l'acceptait.

Elle pensa à Jonathan. La dernière fois qu'elle lui avait parlé, c'était au téléphone, lorsqu'il lui avait fixé rendez-vous au pied du clocher. Et puis, elle l'avait revu à la télévision, lors de la remise des oscars. Il lui avait paru si séduisant, si plein d'entrain ! Il n'avait plus besoin d'elle, maintenant, tout comme elle-même devait vivre sans contraintes. Pourtant, elle ne l'oublierait jamais, car il avait été son premier amour.

Elle se dirigea vers le groupe de ses amies et de leurs familles. Une immense exaltation l'emplissait : l'avenir, le vrai, s'étendait devant elles, avec ses mystères et ses aventures. Toutefois, une certaine tristesse venait tempérer ce bonheur : bientôt, très bientôt, les trois amies se sépareraient...

Tandis qu'on la présentait à chacun, Vicky remarqua le silence anormal d'Arnie. Elle en savait la raison : Léa avait fait établir son diplôme à son nom de jeune fille, et Arnie en était blessé.

Très élégants et radieux sous leur bronzage d'Arizona, les parents de Sondra saluèrent la jeune fille. « Vous ne pouvez pas vous imaginer à quel point nous sommes fiers de vous trois, affirma M. Mallone en lui serrant la main. Sondra nous a dit que vous alliez à Hawaii. Et notre petite fille part en Afrique, pour servir le Seigneur... »

Lorsque l'atmosphère eut retrouvé son calme, Vicky, Léa et Sondra reprirent le chemin de leur appartement, convaincues de fouler ensemble pour la dernière fois ces sentiers dallés de grès.

TROISIÈME PARTIE

1973-1974

Chapitre 16

La grosse valise était bourrée de médicaments et de matériel médical – les employés de l'hôpital avaient fait une collecte pour la mission –, tandis que la petite contenait les effets personnels de Sondra. Du coin de l'œil, la jeune fille regardait les porteurs noirs décharger leurs lourds chariots. Une franche pagaille régnait alentour : des touristes s'inquiétaient de leurs valises ; des hommes d'affaires, tout suants dans leurs costumes, craignaient de manquer leur correspondance ; des mères exaspérées s'efforçaient de calmer leurs enfants indisciplinés ; les membres d'une équipe de golf en provenance d'Angleterre, les traits tirés et les yeux rougis de fatigue après leur long voyage, bousculaient avec mauvaise humeur les autres passagers pour récupérer les sacs frappés à leurs initiales. Avec sa jeunesse, ses blue-jeans, ses bottines et son tee-shirt délavé, Sondra contrastait avec cette foule à l'écart de laquelle elle restait.

Elle jeta un coup d'œil à sa montre. Huit heures du soir à Phoenix… Là-bas, à l'hôpital, le dîner était fini, et les chariots vides devaient maintenant cliqueter dans les couloirs. Quant au Dr MacReady, il devait à présent terroriser un nouveau groupe d'internes. Le Dr MacReady… Elle avait toujours pensé que cette statue de granit vivante ne l'aimait guère, et puis, à sa surprise, il lui avait déclaré : « Vous êtes un bon médecin, Mallone. Nous avons besoin de gens comme vous. Ne partez pas pour l'Afrique : restez ici, et faites une spécialité. Je veillerai à ce que vous obteniez ce que vous demanderez. » Elle avait été flattée, et heureuse de se savoir appréciée d'un personnage aussi exigeant. Simplement, elle s'était déjà engagée, envers le révérend Ingels, envers la mission, envers l'Afrique, berceau de ses ancêtres.

La mission Uhuru, l'une des plus anciennes du Kenya, se trouvait en plein pays d'épineux, à mi-chemin entre Nairobi et Mombasa. Elle desservait une vaste région et répondait principalement aux besoins des tribus Taita et Masaï. Sondra, qui n'était pas croyante, avait bien objecté au révérend Ingels qu'elle serait incapable de prêcher, mais il avait rétorqué : « Nous ne manquons pas d'évangélisateurs bénévoles, Sondra. En revanche, nous avons désespérément besoin de médecins, en particulier de médecins comme vous, c'est-à-dire de généralistes. À l'hôpital de la mission, vous apprendrez aux indigènes les règles de base d'hygiène et de santé ; vous irez dans la brousse, pour soigner ceux qui n'auront pu venir jusqu'à la mission. Croyez-moi, Sondra, vous participerez tout de même à l'œuvre du Seigneur. »

Peu à peu, les passagers franchissaient les contrôles de Douane et d'Immigration, et la foule s'amenuisait autour de Sondra. Quelqu'un de la mission devait normalement venir l'accueillir, mais, quand elle eut enfin récupéré ses bagages, elle commença à s'inquiéter. Toujours personne… Finalement, elle vit un homme venir vers elle.

— Docteur Mallone ? dit-il avec brusquerie.

— Oui.

Elle le laissa prendre ses deux valises.

— Je suis le Dr Farrar, annonça-t-il sèchement en tournant aussitôt les talons. Suivez-moi.

Il n'eut pas un regard pour elle, pas même un sourire de bienvenue.

Une fois franchis les derniers contrôles, ils se retrouvèrent dans l'air frais et lumineux du matin et se dirigèrent vers une fourgonnette Volkswagen zébrée de noir. Sans mot dire, Derry Farrar pilota l'encombrant véhicule au milieu de la circulation dense de l'aéroport, et Sondra, mal à l'aise devant ce mutisme, ne put que garder le silence.

Derry Farrar était bel homme. Avec son short kaki, sa chemise également kaki aux manches retroussées, et sa peau brûlée par le soleil, il incarnait pour Sondra le légendaire explorateur blanc d'autrefois. Il se tenait droit, et ses larges épaules étaient celles d'un jeune homme – pourtant, il devait avoir au moins cinquante ans… Et quel contraste entre ses cheveux noirs, légèrement argentés aux tempes et soigneusement peignés vers l'arrière – comme un gentleman anglais –, la distinction raffinée qui perçait dans sa voix, et cet air d'aventurier que lui conférait son teint hâlé !…

Cependant, c'était surtout son visage qui intriguait la jeune fille : une expression à la fois ouverte et très renfermée. Ses épais sourcils noirs, perpétuellement froncés, lui donnaient l'air d'un homme qui a été trop souvent et trop longtemps en colère, et le regard de ses yeux bleu cobalt était sévère et insondable. Bizarrement, ce visage était tout à la fois attirant et rebutant.

La fourgonnette suivait maintenant une route à deux voies bordée de magnifiques pelouses et de cascades de bougainvillées éclatantes semblables à celles de Castillo College. Sur le bas-côté apparurent deux jambes surmontées d'un entrelacs de branchages, et Sondra découvrit qu'elles appartenaient à une femme courbée sous un énorme fagot et trottinant derrière un homme grand et plein de fierté qui, lui, ne portait rien.

La jeune fille avait du mal à maîtriser son excitation : se trouver enfin ici, après tant d'années de rêves et de dur labeur !

Soudain, elle aperçut une girafe grignotant le feuillage d'un acacia.

— Mon Dieu ! s'exclama-t-elle. Regardez !

— Ça, c'est le Parc national de Nairobi, dit Derry.

— Y a-t-il des animaux autour de la mission, docteur Farrar ?

— Appelez-moi Derry. Les prénoms sont la règle à la mission… Oui, il y a des animaux. Avez-vous commencé à prendre de la quinine ?

— Oui.

— Bien. Nous avons eu quelques cas de malaria. Continuez à en prendre pendant tout votre séjour.

— C'est bien mon intention, assura Sondra avec entrain. J'ai apporté des provisions pour un an !

Le Dr Farrar quitta un instant la route des yeux et lui jeta un regard qui signifiait : « Vous ne resterez certainement pas un an là-bas. » Sondra se détourna vivement et se replongea dans sa contemplation du paysage.

Un panneau annonçait « Wilson Airport », et la fourgonnette prit la direction indiquée. Lorsqu'elle s'arrêta devant un nouveau terminal aérien, Sondra fronça les sourcils.

— Nous n'allons pas à la mission par la route ?

— C'est à trois cents kilomètres d'ici, répliqua Derry. Ça nous prendrait toute la journée.

Dans le hall de l'aéroport, Derry acheta un journal, puis il entraîna Sondra vers les pistes. La jeune fille jeta un coup d'œil plein d'espoir vers les gros appareils d'East African Airways, mais son compagnon se dirigea vers un monomoteur cabossé et poussiéreux.

D'un bond, il sauta sur une aile, ouvrit la porte de l'appareil et tendit la main pour aider Sondra à grimper.

— Seigneur ! s'exclama-t-elle avec un petit rire. Vous croyez que ce truc tiendra le coup ?

— Vous n'avez pas peur de voler, j'espère ? C'est l'avion de la mission, et vous parcourrez tout le Kenya là-dedans. Allez, hop ! À bord !

Elle s'installa sur l'un des sièges.

— J'en ai juste pour une minute, dit le Dr Farrar en sautant à terre.

La minute en question se transforma en cinq, puis en dix. Il s'écoula en fait un quart d'heure, durant lequel Derry procéda à une inspection complète de l'avion et versa pour terminer le contenu d'un jerrican dans le réservoir.

Comme il passait de son côté pour contrôler quelque chose sous l'aile, il coula un regard vers la jeune fille, et cette dernière lut de nouveau sur son visage qu'il était, pour une raison ou une autre, vraiment mécontent de la voir là.

Cela ne la troubla guère. Elle n'allait tout de même pas laisser cette mauvaise humeur lui gâcher les instants qu'elle avait tant attendus !

Sur une impulsion, elle ouvrit son sac et en extirpa une enveloppe timbrée à Honolulu. Cette dernière lettre de Vicky avait été griffonnée en hâte, car la jeune fille entamait tout juste sa deuxième année à Great Victoria et ses moments de loisirs étaient véritablement comptés. Sondra avait glissé des souvenirs dans l'enveloppe : une photographie de Léa sur un divan, tenant Rachel, âgée de onze mois, dans ses bras ; et un Polaroid de Vicky sur la place de Waikiki, au coucher du soleil, saisie avec une expression de surprise sur le visage. Sondra sourit aux deux visages aimés et songea : « J'y suis enfin, Léa et Vicky. J'ai réussi. »

Derry grimpa sur le siège du pilote et bloqua la porte. Avant de mettre le contact, il se tourna vers sa passagère.

— Voulez-vous prier ?

— Pardon ?

— Voulez-vous prier avant le décollage ?

Elle le regarda en clignant les yeux.

— J'ai beau me sentir un peu nerveuse, rétorqua-t-elle, ce n'est pas une raison pour vous moquer de moi.

L'espace d'un instant, le visage de Derry s'adoucit. Ses sourcils noirs se haussèrent, et un vague sourire sembla flotter sur ses lèvres.

— Excusez-moi, mais je ne me moquais pas. Les gens de la mission disent toujours une prière avant de partir, même si c'est à pied.

— Oh ! murmura Sondra avec embarras. Je ne savais pas… Non, merci.

Elle se détourna, pleine de confusion.

Ils survolaient un tapis moutonnant de collines verdoyantes piquetées çà et là de taches de terre rouge. Sondra ne pouvait se rassasier de ce qu'elle voyait : les yeux écarquillés, penchée vers l'avant, elle ne perdait rien du paysage. La verdure fit bientôt place à une herbe jaunâtre parsemée d'arbres miniatures.

— Regardez là-bas, cria Derry pour couvrir le rugissement du moteur. Vous avez de la chance : d'habitude, il est caché par les nuages, et bien peu de gens réussissent à le voir.

Sondra contempla devant eux la montagne coiffée de neige.

— Le Kilimandjaro ? demanda-t-elle avec ravissement.

— En swahili, *kilima* veut dire « petite colline », et *Ndjaro* est son nom.

Émerveillée, Sondra admirait la terre d'Afrique, ses collines mauves, ses tapis de rouge, d'ocre et de fauve, ses vastes étendues aux arbres aplatis où couraient de loin en loin des troupeaux d'animaux sauvages. Et, surmontant le tout, la fière montagne aux neiges éternelles…

Une sorte d'ivresse paralysait la jeune fille, une exaltation quasi mystique qui la faisait trembler, tout comme elle avait tremblé cinq ans plus tôt, lorsque Rick Parsons avait opéré Tommy…

L'avion obliqua vers l'est, et Sondra découvrit le merveilleux spectacle d'un désert rouge et aride, d'un paysage primitif et sauvage qui lui rappela certaines régions du Sud-Ouest américain. Derry expliqua que cette immensité constituait le Parc national de Tsavo, l'une des plus grandes réserves zoologiques du monde.

— Qu'est-ce que c'est que ça ? cria soudain Sondra en indiquant un point sur le sol.

Derry saisit la paire de jumelles et chercha dans la direction indiquée.

— C'est un éléphant, dit-il en tendant les jumelles à sa compagne. Et il est en train de mourir. C'est pourquoi il est couché. Des braconniers ont dû le toucher. Ces salauds attendent les animaux près des points d'eau, ils leur lancent des flèches empoisonnées et les suivent ensuite à la trace. L'agonie des éléphants dure généralement plusieurs jours. Lorsque la bête est enfin morte, ils viennent prendre les défenses et laissent le reste pourrir sur place.

— Et on ne peut rien faire ?

— Ce parc s'étend sur plusieurs milliers de kilomètres carrés, et il n'y a qu'une poignée de gardes pour le surveiller. Tant qu'il y aura des acheteurs avides de se procurer de l'ivoire, des cornes de rhinocéros, des peaux de léopards, il y aura des braconniers. Je ferai un rapport quand nous serons à la mission, mais cela ne servira à rien. Les braconniers savent déjà que nous avons repéré l'animal : le temps qu'un garde arrive sur les lieux, ils auront décampé après avoir scié les défenses de ce pauvre éléphant sans même attendre qu'il soit mort !

L'avion perdait de l'altitude.

— Accrochez-vous ! cria Derry. Il faut que je nettoie la piste !

L'appareil amorça une brusque descente et remonta tout aussi brutalement.

— Satanées hyènes ! reprit Derry. Pas moyen d'en débarrasser le terrain !

Il effectua un autre passage acrobatique, et lorsque le petit monomoteur cahota enfin le long de la piste de terre, Sondra se sentait proche de la nausée.

— Vous vous y habituerez, dit Derry en l'aidant à débarquer.

Il déchargea les valises, un paquet de courrier et quelques sacs, et la jeune fille en profita pour regarder autour d'elle.

Derrière, ce n'était qu'herbes jaunes, arbres tordus et terre rougeâtre, à perte de vue d'une immensité plate. Mais devant, le paysage changeait : des monticules verdoyants se déroulaient jusqu'au pied de hautes falaises noyées de brume ; non loin de la piste d'atterrissage, des bâtiments se nichaient au milieu d'arbres et de haies soignées – la mission –, et, au-delà, des cases rondes et de petits lopins de terre cultivés parsemaient les collines et les vallons.

— C'est bizarre, murmura Derry juste derrière elle, personne n'est venu vous accueillir…

Elle se retourna et lut la surprise sur son visage. Soudain, une sorte de hurlement se fit entendre derrière le rideau d'arbres et de fleurs. Lâchant ce qu'il tenait, Derry se mit aussitôt à courir. Interloquée, Sondra se lança sur ses talons. Comme des flèches, ils franchirent les portes de l'enceinte de bois surmontées d'un panneau sculpté indiquant « Mission Uhuru ». Un attroupement s'était formé sur la petite place centrale : des Africains en tenues bariolées et des Blancs en kaki, dont les visages étaient empreints de colère ou d'effroi. Surgit soudain de cette foule un grand Africain en chemise et short kaki, un badge officiel épinglé sur la poitrine et un grand chapeau mou sur le crâne. Deux hommes à ses trousses, il commença par courir en zigzag, puis obliqua brusquement vers la gauche et se dirigea droit vers Sondra. Cette dernière s'arrêta net et le fugitif la heurta de plein fouet, la faisant tomber en arrière.

— Arrêtez-le ! s'exclama quelqu'un.

Sondra vit Derry passer en courant près d'elle, suivi d'un autre Blanc en chemise écossaise et jeans, un stéthoscope autour du cou.

Comme elle se relevait et époussetait ses vêtements, les cris redoublèrent et deux autres hommes se joignirent à la poursuite. Échappant aux mains qui se tendaient pour le saisir, le fugitif continuait sa course folle. Soudain, sans raison apparente, comme fauché par une balle, il tomba à terre et resta là à se tordre dans la poussière.

Derry et l'homme en jeans furent instantanément à son côté, rejoints bientôt par Sondra, tandis que le reste de la foule murmurait et restait gauchement à l'écart.

— Je m'apprêtais à l'examiner, et ne l'avais même pas touché, quand il s'est précipité hors de l'infirmerie, déclara l'inconnu avec un fort accent écossais, en secouant sa tête blonde.

Un genou en terre, Derry contemplait le visage noir et convulsé : les yeux de l'homme étaient totalement révulsés, et de la bave et du sang apparaissaient sur ses lèvres. Sondra se laissa tomber à genoux et posa immédiatement deux doigts sur la carotide.

— Il fait une attaque d'apoplexie, affirma-t-elle.

Elle leva les yeux vers le jeune homme blond,

dont le visage et les sourcils reflétaient la profonde perplexité.

— Que s'est-il passé ? demanda-t-elle.

— Je l'ignore ! Je ne sais même pas pourquoi il est venu à l'infirmerie !

— Moi, je le sais, décréta Derry en se relevant. Je connais cet homme. C'est un responsable du Département des travaux publics de Voi.

Sondra se pencha de nouveau sur le Noir inconscient. La crise s'atténuait.

— Il a dû être drogué… remarqua-t-elle. Je ne connais pas de maladie susceptible, au premier stade, de faire courir un homme comme ça…

Elle souleva les paupières de l'homme et constata avec un étonnement croissant que les pupilles étaient normales.

L'Écossais agenouillé en face d'elle la regardait fixement, comme s'il remarquait seulement sa présence.

— Nous allons le mettre au lit et le faire surveiller, dit-il. Tant que nous ne saurons pas l'origine de cette attaque, nous ne pourrons pas faire grand-chose.

Tournant la tête, il fit signe de la main à deux Africains à proximité.

— Kwenda, tafadhali, lança-t-il.

Les deux hommes ne bougèrent pas.

— Nous allons devoir le porter nous-mêmes, déclara Derry en saisissant les chevilles du malade. Ils refusent de le toucher.

Sondra se releva.

— Pourquoi ça ?

— Ils ont peur.

Elle accompagna les deux hommes et leur fardeau jusqu'à l'infirmerie.

— Vous devez être le Dr Mallone, dit l'Écossais chemin faisant. Nous attendions votre arrivée avec impatience. Je m'appelle Alec MacDonald. Bienvenue en Afrique !

Le malade fut allongé sur un lit, et Sondra aida Alec MacDonald à effectuer un examen neurologique de routine. Les symptômes ne correspondaient à aucune des maladies qu'ils connaissaient : si ses pupilles restaient normales et réagissaient correctement, lui-même demeurait inerte sous les stimuli les plus douloureux. Ne sachant à quel saint se vouer, les deux médecins mirent une perfusion en place et envoyèrent chercher une sonde minaire pour vérifier la fonction rénale. Sondra prit une fois encore la tension du malade et la trouva anormalement basse.

— Il est en état de choc, constata-t-elle. Il vaut mieux le mettre sous Dopamine pour soutenir la pression. Et puis faire des prélèvements sanguins et rechercher la présence éventuelle de toxiques...

— Ah oui ! s'écria une voix brusque derrière eux. Dopamine ! Recherche de toxiques ! Mais où vous croyez-vous ? À l'hôpital Nord de Londres ?!

Derry venait juste d'entrer et se tenait près du lit, les bras croisés.

— Que voulais-tu dire, Derry, quand tu as déclaré savoir pourquoi il était venu à l'infirmerie ? interrogea Alec MacDonald.

— Je connais cet homme, et je pense avoir trouvé ce qui ne va pas chez lui.

— Et de quoi s'agit-il, selon vous ? intervint Sondra.

— On lui a jeté un mauvais sort.

— Un sort !

Les yeux cobalt étincelèrent puis, dédaignant Sondra, Derry se tourna vers Alec MacDonald.

— Il a volé les chèvres d'un homme, expliqua-t-il. Comme il refusait de les rendre, le propriétaire a demandé à un sorcier local de lui jeter un sort.

Il contempla la tête endormie sur l'oreiller de coutil rayé.

— Nous ne pouvons rien faire pour lui, conclut-il.

— C'est donc pour ça qu'il est venu à l'infirmerie, ajouta tranquillement Alec MacDonald. Il espérait sans doute que la médecine de l'homme blanc l'aiderait, et puis, au dernier moment, il a été pris de panique et s'est enfui…

— Vous voulez dire que cette maladie est uniquement psychologique ? s'enquit Sondra.

— Non, docteur Mallone, rétorqua Derry en tournant les talons. Nous avons affaire à une malédiction taita, et donc à quelque chose de très réel.

Elle le regarda sortir avec un mélange d'irritation et de frustration, puis s'adressa à Alec qui la dévisageait maintenant avec un intérêt non dissimulé.

— Nous devons pourtant faire quelque chose, déclara-t-elle.

Alec haussa les épaules.

— Ce que dit Derry est vrai, répliqua-t-il. J'ai entendu parler de cas semblables : on ne peut rien pour ce pauvre type.

Il eut un sourire plein de chaleur.

— Je parie que vous prendriez volontiers une tasse de thé…

— Ce sont bien les premières paroles agréables que j'entends depuis ce matin, répondit Sondra avec un rire de soulagement.

— Juste le temps de remettre la main sur cette infirmière, et je vous conduis à notre élégante salle à manger.

Sur le pas de la porte, il décrocha un chapeau de paille suspendu à un clou et en coiffa ses cheveux blonds.

— Un enfant des Highlands tel que moi n'est pas fait pour vivre sous un soleil pareil ! dit-il. Vous, en revanche, vous ne devriez avoir aucun problème : d'ici à une semaine, vous serez brune comme une noix !

Sur la place écrasée de chaleur, chacun avait repris ses activités. Des visages amicaux se tournaient vers Sondra, souriants pour la plupart, mais certains marquant une franche curiosité. Les bras plongés dans le moteur d'une Land Rover, deux mécaniciens lancèrent quelques mots en swahili.

— Ils vous souhaitent bienvenue à la mission, docteur Mallone. Il faudra que vous appreniez le swahili le plus rapidement possible : c'est la *lingua franca* d'Afrique orientale.

— Vous-même semblez vous débrouiller très bien.

— Oh non ! Je ne suis ici que depuis un mois. J'ai appris l'indispensable. Vous avez tout intérêt à connaître certains mots de base. Et si vous dites *Kenya* et non *Kinya,* les gens du pays vous apprécieront d'autant plus.

— Pourquoi, qu'elle est la différence ?

— *Kinya* correspond à la prononciation britannique du temps de l'empire colonial. Depuis l'indépendance, elle blesse la fierté nationale des habitants. En swahili, on prononce *Kenya.*

Ils parvinrent devant un gros bâtiment de parpaings et de tôle ondulée. Sur la véranda ombragée de jaracandas et de manguiers en fleur, se trouvaient des chaises et des tables à la peinture écaillée.

— Notre salle à manger et salle de détente, dit Alec. Ce n'est pas le grand luxe, je dois le reconnaître.

À l'intérieur, lorsque ses yeux se furent accoutumés à l'obscurité, Sondra découvrit une salle toute simple : des murs de plâtre craquelé, pas de plafond sous le toit de tôle ondulée, un assortiment disparate de chaises en bois et un divan autour d'un foyer noirci, et à l'autre bout plusieurs longues tables avec des bancs.

— Une congrégation religieuse d'Iowa nous a fait don d'une télévision, ajouta Alec en guidant la jeune fille vers l'une des tables. Malheureusement, elle ne sert pas à grand-chose. Il n'y a qu'une chaîne, elle n'émet que le soir et, de plus, ce ne sont que des nouvelles locales. Asseyez-vous, je vous en prie. Njangu !

Sondra prit place sur un banc et Alec MacDonald s'installa en face d'elle. Il ôta son chapeau bosselé et le laissa tomber à terre.

— Docteur Mallone, s'exclama-t-il, vous ne pouvez pas savoir à quel point vous faites plaisir à voir !

— J'en dirai autant de vous, répliqua-t-elle sincèrement.

Alec MacDonald n'avait pas seulement un physique agréable, avec son teint clair et ses traits réguliers : ses manières chaleureuses et amicales plaisaient réellement à Sondra. Quel contraste avec le sombre et brutal Derry Farrar !

— Personne ne nous avait avertis de l'arrivée

d'une belle jeune femme, poursuivit Alec. Nous attendions tous un homme. Excusez-moi...

Il se retourna sur son banc.

— Njangu ! Du thé, s'il te plaît !

Derrière lui, un rideau de batik s'écarta et un homme apparut avec un plateau. Grand, très sombre de peau, le nouveau venu avait un regard féroce et inamical. Il portait des pantalons poussiéreux, une chemise à carreaux fanée et, sur la tête, une coiffure semblable à un crâne – Sondra apprit par la suite qu'elle était faite d'estomac de mouton. Njangu était un Kikuyu, de la plus grande tribu du Kenya. Le révérend Sanders, qui dirigeait la mission Uhuru, l'avait converti au christianisme quelques années auparavant, mais chacun savait que Njangu vénérait toujours le vieux Ngai, le dieu Kikuyu qui vivait sur les cimes du mont Kenya.

Njangu déposa son plateau sans cérémonie et tourna aussitôt les talons.

— Njangu, reprit Alec. Salue notre nouveau docteur.

Le Noir s'arrêta, murmura quelques mots en swahili et disparut derrière son rideau.

— Qu'a-t-il dit ? interrogea Sondra tandis qu'Alec servait le thé.

— Il ne faut pas faire attention à Njangu. Il est parfois un peu brusque. En kikuyu, son nom veut dire « rude et imprévisible », et je crois qu'il aime bien, de temps à autre, nous le rappeler.

— Mais qu'a-t-il dit ?

Une voix les fit sursauter.

— Il a dit : « Nourriture dans la bouche n'est pas encore dans l'estomac. »

Sondra se retourna : Derry Farrar venait vers eux.

— C'est un dicton kikuyu. L'équivalent de notre : « Il ne faut pas vendre la peau de l'ours avant de l'avoir tué. »

Sondra fronça légèrement les sourcils et regarda Alec, qui haussa les épaules.

— Je ne parle pas kikuyu, déclara-t-il.

— Njangu voulait simplement dire que votre présence ici ne prouvait pas que vous nous seriez d'une quelconque utilité, poursuivit Derry en disparaissant à son tour derrière le rideau.

— Ne prenez pas tout cela à cœur, dit Alec en plaçant une tasse de thé devant la jeune fille. Les gens d'ici sont si souvent déçus qu'ils ne se laissent plus aller à faire confiance.

— Comment cela, déçus ?

— Beaucoup de gens viennent ici avec plein de bonnes intentions, mais pour diverses raisons, ils ne tiennent pas le coup.

— Vous voulez dire qu'ils abandonnent ?

— Ils fichent le camp, oui ! lança la voix de Derry.

Il franchit de nouveau le rideau, une bouteille de bière à la main.

— Ils arrivent ici la tête bourrée de visions, brandissant leurs nobles intentions comme des bannières, et puis un mois plus tard ils font leurs valises en s'excusant de devoir rentrer pour l'enterrement de la tante Sophie, ou un truc dans le genre !

Une lueur de défi dansait dans ses yeux bleu sombre, et Sondra sentit qu'il calculait mentalement combien de temps elle-même resterait. Elle soutint fièrement son regard.

— Eh bien, moi, je n'ai pas de tante Sophie, docteur Farrar…

Derry parti, Sondra mordit pensivement dans un biscuit.

— Il ne faut pas lui en vouloir, dit Alec MacDonald. Il est un peu cynique, mais j'avoue qu'il y a de quoi. Il voit passer tant de gens ! Il se donne du mal pour les aider à s'acclimater, et puis, hop ! ils s'en vont. Le mal du pays, ou la désillusion… C'est le cas des femmes, et en particulier des évangélistes : elles s'imaginent que les indigènes accourront à la mission pour être sauvés, et s'aperçoivent que les choses ne sont pas tout à fait ainsi…

Ils dégustèrent leur thé en silence, et Sondra sentit soudain la fatigue l'envahir. Elle avait quitté Phoenix depuis vingt-quatre heures : le manque de sommeil, le dépaysement et le décalage horaire pesaient brutalement sur ses épaules.

— J'ai bien l'intention de rester un an, déclara-t-elle tranquillement.

— Bien sûr, et le Seigneur vous en donnera la force.

— Et vous, docteur MacDonald, combien de temps passerez-vous ici ?

— Je me suis moi aussi engagé pour un an. Appelez-moi donc Alec. Nous allons être bons amis, je le sens.

— Y a-t-il un personnel permanent, outre le directeur et sa femme ?

— Quelques personnes, qui considèrent la mission comme leur foyer. C'est le cas de Derry.

Sondra cassa un biscuit en deux.

— Pourquoi est-il si désagréable ? demanda-t-elle. Il a toujours l'air en colère. C'est étonnant chez un missionnaire chrétien.

— Oh ! Derry n'est pas missionnaire. Du moins,

224

pas comme vous l'entendez. Il est athée, et ne s'en cache pas. Je crois que le révérend Sanders a tenté pendant des années de le convertir. Mais les voies du Seigneur sont impénétrables. Derry est venu ici il y a des années de cela, après avoir épousé une des infirmières. Le révérend pense que c'est un signe, et que Dieu l'a amené ici en vue de son salut. Il a des manières très rudes, je vous l'accorde, mais au fond, il est bon. Et c'est un chirurgien de premier ordre !

En silence, ils écoutèrent les bruits du dehors. Sondra remarqua les mains d'Alec : de belles mains, longues et fines, qui savaient certainement se faire douces et caressantes, contrairement à celles de Derry Farrar, aussi brunes et calleuses qu'il était lui-même sombre et brutal...

— Vous devez être épuisée, dit enfin Alec. Il vous faudra plusieurs jours pour vous remettre du décalage horaire.

Elle leva les yeux et vit qu'il souriait timidement. En dépit de sa fatigue, sa curiosité s'éveilla.

— Je vis encore à l'heure de Phoenix, reconnut-elle.

— C'est donc de là-bas que vous venez ?

Elle sentit à sa voix qu'il lui portait tout autant d'intérêt, et regretta soudain qu'il ne fût pas venu l'accueillir à l'aéroport.

— Avez-vous déjà visité Phoenix, Alec ?

— Non. Je dois dire, à ma grande honte, que je ne suis jamais allé à l'ouest de la mer d'Irlande !

Son accent ravissait la jeune fille.

— Vous habitez l'Écosse ?

— Oui. Les îles Orcades. Des générations de

MacDonald ont vécu là-bas. Et vous ? Vous n'avez rien d'une Irlandaise.

— Irlandaise ? Oh ! je ne suis pas une vraie Mallone. C'est-à-dire…

Elle prit sa tasse, puis la reposa sur la soucoupe. Pourquoi était-elle donc gênée, tout à coup ?

— J'ai été adoptée par les Mallone quand j'étais bébé…

— Je suis désolé, je ne voulais pas être indiscret.

— Ce n'est pas grave. Cela ne m'ennuie pas d'en parler.

« Mis à part le fait que vous avez une terre ancestrale, tandis que moi, je n'ai pas de racines », songea-t-elle.

— Cela a ses avantages, ajouta-t-elle. Je peux être ce que je désire !

Alec la contemplait avec attention.

— Vous ne connaissez donc pas vos vrais parents ? demanda-t-il d'un ton caressant, presque complice.

Sondra secoua la tête.

Leurs regards se rencontrèrent, et le temps cessa d'exister.

— C'est bien de moi ! s'exclama enfin Alec. Vous tenez à peine debout et je vous fais la conversation ! J'imagine que vous aimeriez aller vous reposer un moment. De toute façon, vous ne pourrez pas voir le révérend maintenant, car il a été appelé à Voi à la dernière minute. C'est pourquoi je suis en quelque sorte le comité d'accueil officiel !

Sondra se leva avec raideur, les muscles engourdis.

— Je n'aurais pu en rêver de plus agréable, assura-t-elle.

— Je vous conduis à votre case, dit-il en souriant.

Chemin faisant, il lui parla de la mission.

— Elle se trouve sur la route Voi-Moshi. Au-delà de Moshi, c'est la Tanzanie. Dans l'autre direction, il y a Voi. C'est une petite ville, mais elle nous approvisionne – seulement quand nous avons de quoi payer ! Là-bas, ce sont les collines taitas. Les Taitas sont ceux que nous voyons le plus souvent à la mission. Nous nous occupons aussi des Masaïs, et ce sont eux que vous rencontrerez lors de vos tournées.

— Quand ça ?

— Lorsque Derry décidera que vous êtes prête. Il est responsable du personnel médical.

Ils passèrent sous un énorme figuier au milieu de la place. À son pied, Sondra remarqua des reliefs de nourriture et de petites sculptures en bois.

— Qu'est-ce que c'est ? demanda-t-elle.

— Une superstition. Beaucoup d'Africains vénèrent le figuier. Pour eux, c'est un arbre sacré. Njangu et d'autres ouvriers de la mission croient qu'un esprit tout-puissant habite cette écorce, aussi lui déposent-ils des offrandes. Et voici l'école…

Comme tous les autres bâtiments de la mission, elle était en parpaings et en tôle ondulée, et de ses fenêtres ouvertes s'échappait un chœur de voix enfantines.

— Il y a deux institutrices : une dame du Kent qui enseigne l'arithmétique et la géographie, et Mme Sanders qui se charge de l'instruction religieuse.

Ils longèrent un potager, un bouquet d'arbres fruitiers, quatre piliers et un toit de chaume qui abritaient l'atelier de mécanique, le logement du révérend et de Mme Sanders, et enfin une toute petite église. L'atmosphère était devenue oppressante : l'air quasi immobile était lourd de relents étranges, imprégné d'une odeur de poussière, d'animaux, de fumée et de fruits pourrissants, tout à la fois entêtante et répugnante.

Alec toucha légèrement le bras de Sondra.

— Et voici votre demeure…

Ils se trouvaient devant une rangée de petites cases trapues au toit rouillé. Alec poussa une porte sur un intérieur plongé dans l'obscurité.

— Ne buvez que l'eau contenue dans les pichets, conseilla-t-il en faisant entrer sa compagne. Njangu y met chaque jour du chlore. Et lorsque vous irez aux toilettes dans la cabane derrière, munissez-vous toujours d'un bâton pour chasser les chauves-souris qui y nichent !

Le mobilier comprenait un lit d'hôpital métallique, une table bancale sur laquelle étaient posées une lampe tempête et une cruche d'eau, et quelques cintres de métal accrochés à une ficelle tendue entre deux clous. Au centre de la pièce, sur le sol de béton, les valises de Sondra…

En dépit de l'obscurité, il faisait chaud et étouffant. Alec eut un sourire d'excuse, comme s'il se sentait responsable du décor, et il tendit une main.

— Je remercie le Seigneur de vous avoir envoyée ici, Sondra Mallone… dit-il tranquillement.

Sondra saisit les doigts offerts, et les serra. Le jeune homme retint sa main un peu plus que nécessaire, puis recula.

— … Et je vous souhaite un agréable sommeil.

Chapitre 17

Malgré son épuisement, cllc ne dormit pas longtemps.

Elle fut réveillée en sursaut par des bruits de
moteurs, des cris d'enfants et des éclats de voix
masculines. Immobile sur son lit, tout habillée,
elle s'étonna d'abord de ne ressentir aucun heurt :
l'avion volait bien silencieusement… Puis, se rappe-
lant tout à coup où elle se trouvait, elle se leva et
alla à la porte. Elle l'ouvrit et découvrit une place
cuivrée par la lumière de l'après-midi et débordante
d'animation.

— Hello ! lui cria de loin Alec MacDonald.

Il se tenait sous la véranda de l'infirmerie, où une
douzaine d'indigènes attendaient, assis à l'ombre.
Derry Farrar était là, lui aussi, et il examinait
l'oreille d'un enfant avec un otoscope.

Sondra répondit de la main au salut d'Alec, puis
rentra dans sa case. Sous la table, elle découvrit un
seau d'eau claire et une bassine à l'émail ébréché.
Après s'être rafraîchi les mains et le visage, elle se
changea et enfila une légère robe de coton dénudant
ses épaules et ses bras. Puis, toute ragaillardie, elle
sortit dans le soleil.

Alec vint à sa rencontre.

— Comment vous sentez-vous ? s'enquit-il.

— Mieux, mais je pourrais dormir encore une semaine !

Elle jeta un coup d'œil vers Derry qui s'affairait maintenant à bander le pied d'une femme.

— Avez-vous besoin d'aide ? demanda-t-elle.

Alec se retourna et secoua la tête.

— Non, nous avons presque terminé pour aujourd'hui. Mais ne vous inquiétez pas : vous aurez assez vite l'occasion de travailler. Venez, je vais vous présenter aux autres.

Tous les membres de la mission s'étaient rassemblés dans la salle commune pour se détendre et commenter le travail de la journée. Sondra fit la connaissance d'ouvriers kikuyus, de jeunes infirmières timides formées à Mombasa, d'un troisième médecin blanc de passage à la mission, comme Alec et elle-même, et de plusieurs pasteurs américains et anglais. Tous la saluèrent avec beaucoup d'amabilité et de grands sourires.

Toujours en compagnie d'Alec, elle se joignit à un groupe installé à l'une des tables pour y prendre le thé.

Njangu surgit de la cuisine, la fixa d'un œil glacial et déposa une tasse douteuse devant elle.

— Je crois qu'il ne m'aime pas, remarqua-t-elle tranquillement.

— Il est comme ça avec tout le monde, dit Alec. La seule personne qu'il aime, c'est Derry. Ce qui est passablement paradoxal, puisqu'ils étaient autrefois ennemis.

— Ennemis ?

— Njangu était un rebelle Mau-Mau, et Derry

faisait partie des forces de police combattant la rébellion.

Sondra savait que la révolte Mau-Mau, dans les années 50, avait été une page sanglante de l'histoire du Kenya.

Un homme d'âge mûr, au visage rubicond, entra soudain dans la salle et claqua dans ses mains.

— Bonne nouvelle ! annonça-t-il en agitant une enveloppe. Le Seigneur nous a fait parvenir cent dollars !

Ce fut un concert d'applaudissements et d'actions de grâces.

— Béni soit le Seigneur, murmura Alec.

Au grand étonnement de Sondra, l'assistance se précipita bruyamment vers la porte.

— Le courrier est arrivé, expliqua Alec.

L'homme au visage rubicond se dirigea vers Sondra, la main tendue.

— Oh ! ma chère, je suis tellement heureux de faire votre connaissance ! Nos prières ont été entendues ! Je regrette de n'avoir pu vous accueillir lors de votre arrivée, mais nous avions quelques problèmes financiers à Voi.

Le révérend Sanders – car c'était lui – souleva son chapeau de paille et épongea son crâne dégarni. Il était tout habillé de blanc – tennis, pantalons, et chemise boutonnée jusqu'au cou –, mais l'ensemble était loin d'être immaculé.

— Nous ferons une prière toute spéciale pour vous au service de ce soir, ma chère enfant. Avez-vous rencontré tout le monde ?

— Le Dr MacDonald s'est occupé de moi.

— Ah ! bien, bien. Sur ce, vous voudrez bien

m'excuser : j'ai tant à faire avec mon petit troupeau ! Derry prendra soin de vous. À bientôt.

Le révérend parti, Sondra et Alec se retrouvèrent seuls.

— Vous ne vous joignez pas aux autres pour le courrier ? demanda la jeune fille au bout d'un moment.

Il rougit légèrement, comme si elle avait lu dans ses pensées.

— Les lettres peuvent attendre. Je ne voudrais pas vous abandonner totalement.

— J'ai l'impression que l'arrivée du courrier est un événement, ici.

— C'est vrai, et on ne sait jamais à l'avance quand il va se produire ! Vous verrez qu'après avoir lu vos lettres vous aurez envie de lire celles des autres !

Sondra pensa aux missives qu'elle recevrait de Léa et de Vicky. Quel bonheur ce serait de les parcourir sur cette terre étrangère !...

— Je comprends, dit-elle. Y a-t-il des gens qui vous écrivent, Alec ?

— J'ai beaucoup d'amis et de parents à Kirkwall.

— Votre femme est-elle là-bas ?

Il eut un petit rire contraint.

— Pas marié... Pas eu le temps, je suppose. Je venais tout juste de terminer ma formation lorsque j'ai été appelé.

— Appelé ?

— À travailler pour le Seigneur en Afrique.

— Ah !

— Et vous ? Vous êtes libre, si je ne me trompe...

— Vous ne vous trompez pas.

— Parfait.

Il mit les mains à plat sur la table, comme s'il venait de régler l'affaire la plus importante de la journée.

— Il faut que j'aille voir mes patients, à présent. Voulez-vous m'accompagner à l'infirmerie ?

La jeune fille accepta : elle n'avait guère eu le loisir d'examiner les lieux en auscultant le Noir évanoui.

En pénétrant dans le petit hôpital, elle fut stupéfaite. Comment Derry Farrar, ce « chirurgien de premier ordre », pouvait-il tolérer un tel laxisme ? Où diable avait-il donc été formé ? Les médicaments s'entassaient dans un désordre indescriptible, les instruments chirurgicaux traînaient, les dossiers des malades étaient à peine tenus à jour – et il fallait voir comment ! –, un vacarme incroyable régnait dans le dortoir de vingt lits – dont certains étaient occupés par deux personnes –, et la salle d'opération défiait le bon sens...

— Je sais ce que vous ressentez, dit Alec tandis qu'ils regardaient un porteur gratter sans conviction la table maculée de sang. Vous n'auriez pas cru cela possible dans vos pires cauchemars. J'ai eu la même réaction lorsque je suis arrivé, il y a quatre semaines.

— Ces sutures sont toutes périmées ! s'exclamat-elle en imaginant le scandale si cela se produisait à Phoenix.

— Je sais, mais c'est tout ce que nous avons. Ici, on se débrouille.

Sondra saisit un paquet de fil d'Ethilon sur lequel se détachait l'empreinte d'un pouce ensanglanté. Ce paquet avait déjà servi lors d'une opération !

233

— Vous voulez dire que nous n'avons que *ça* ?

— Oui, et bien heureux encore de l'avoir !

— Seigneur ! et ces instruments !

Elle prit une boîte et farfouilla parmi les pinces de Kocher tordues.

— On n'a quand même pas l'intention de faire réparer ces trucs-là ?

Alec éclata de rire et secoua la tête.

— Les réparer ! s'exclama-t-il. Mais, ma chère, ce sont les instruments avec lesquels nous travaillons !

Sondra contempla la boîte d'un air horrifié, comme si elle contenait soudain des serpents.

— Mais c'est affreux !

— Qu'est-ce qui est affreux ? interrogea une voix derrière eux.

Derry sortait du cabinet de toilette en s'essuyant les mains et les avant-bras avec une serviette.

— Je crois que Sondra a eu un choc, déclara Alec.

Jetant sa serviette dans un panier en osier, Derry se planta devant Sondra et la regarda de toute sa hauteur.

— Et que croyiez-vous donc trouver ici, docteur ? demanda-t-il en abaissant ses manches. Un hôpital comme celui où vous travailliez en Amérique ?

— Non, docteur Farrar, répliqua-t-elle sèchement. Mais je n'arrive pas à comprendre comment vous acceptez tout cela.

Il y eut un silence gêné, et les yeux de Derry flamboyèrent. Alec se dandinait d'un air embarrassé. Soudain, Derry tourna les talons et quitta la pièce.

— Eh bien, constata Alec en sifflant doucement, je crois que je n'ai jamais vu deux personnes s'entendre aussi mal dès le départ !

— J'aimerais savoir en quoi j'ai mérité une telle grossièreté de sa part !

— À vrai dire, je le comprends un peu. Cette infirmerie est son œuvre, en quelque sorte. Il s'en occupe depuis des années, et supporte mal que des étrangers se permettent de critiquer ce qui fait sa fierté.

Sondra devait bien admettre qu'elle avait été trop prompte à formuler des critiques, surtout au bout de quelques minutes à peine. Toutefois, cela ne justifiait pas l'attitude hostile de Derry, et elle s'en ouvrit à Alec.

— La mission a désespérément besoin d'aide, expliqua-t-il, mais si elle est mal adaptée, elle peut faire plus de mal que de bien.

— Il pense donc que je serai inutile, ou néfaste ?

— Il doit penser que vous manquez par trop d'expérience pour un endroit comme celui-ci. Vous êtes très jeune. Vous devrez apprendre énormément de choses avant d'être capable de nous aider dans notre travail. Et il croit certainement que vous abandonnerez avant d'avoir atteint ce stade. Je dois avouer, poursuivit-il en baissant la voix, qu'en vous voyant ma première réaction a été : « Comment cette poupée délicate se fera-t-elle à la vie d'ici ? »

Elle leva les yeux et rencontra son sourire encourageant et plein de douceur. Sa fureur s'évanouit aussitôt. Alec MacDonald avait raison : Derry attendait certainement un médecin ayant roulé sa bosse, habitué à travailler dans des conditions difficiles et à prendre ses responsabilités. À première vue, elle ne répondait pas du tout à ces critères. Mais, très bientôt, Derry devrait convenir de son erreur et reconnaître qu'elle pouvait être utile.

Au coucher du soleil, tous les membres de la mission, à l'exception de Derry et de l'infirmière de garde, assistèrent au service du soir dans la petite église. Ce fut ensuite le dîner : chèvre rôtie, haricots d'origine locale, et des montagnes de fraises. Assis à côté de Sondra, Alec lui expliqua que ces fruits poussaient à longueur d'année au Kenya, mais qu'elle ne verrait jamais une seule pomme.

La jeune fille avait remarqué que les Blancs étaient tous installés à la même table, et les Africains à une autre, et elle demanda à Alec si cela correspondait à une règle établie.

— Oh non ! répondit-il, on s'assied où l'on veut. Il semble simplement que chacun se sente plus à l'aise avec ceux de sa race.

Le dîner terminé, ils décidèrent de faire quelques pas à l'extérieur. La nuit venait de tomber.

— On a du mal, au début, confia Alec de sa voix douce. Moi-même, je ne me suis pas encore habitué à ce pays.

— Que ferez-vous, lorsque vous aurez terminé votre année ici ?

— Je rentrerai en Écosse et j'ouvrirai un cabinet. Nos îles ne sont guère peuplées, mais je gagnerai de quoi vivre décemment, et nourrir ma famille, si jamais je me marie. La vie me paraîtra bien calme après ce séjour en Afrique, mais c'est là-bas que se trouvent mes racines, et ma famille. Et puis, j'aurai la satisfaction d'avoir travaillé pour le Seigneur, ici.

Sondra leva les yeux vers la grossière croix de

l'église, qui se découpait sur le ciel mauve. Malgré la foi de ses parents, elle n'avait jamais été attirée par la religion...

— Est-ce que vous prêchez aussi, Alec ?

— Oh non ! Je n'ai rien d'un pasteur ! Cependant, j'explique toujours à ceux que je soigne que ce n'est pas moi qui les guéris, mais Dieu. Si nous sommes ici, c'est bien pour conduire les indigènes vers Lui. Et ce n'est pas facile. Il y a sans doute des résultats rapides. La semaine dernière, par exemple, un Masaï déchiqueté par un lion a été amené à l'infirmerie. Derry et moi avons fait ce que nous pouvions, puis tous les membres de la mission se sont mis autour du lit et ont prié un jour et une nuit. Le Seigneur a accordé au blessé une guérison miraculeuse, et le lendemain il se convertissait. Mais tous les cas ne sont pas aussi simples. Prenez Njangu, notre cuisinier : il a reconnu l'existence de Dieu il y a dix ans, en prison, lorsque le révérend Sanders lui rendait visite, mais savez-vous qu'il porte autour du cou ? La croix offerte par la mission, mais aussi un gri-gri pour le protéger de la maladie du sommeil. Les Kikuyus sont les êtres les plus superstitieux de la terre.

Il s'arrêta sous un jaracanda en fleur et regarda Sondra.

— Que pensez-vous de ce que vous avez vu jusqu'à présent ? questionna-t-il.

— J'ai hâte d'en apprendre davantage.

— Vous aurez en Derry le meilleur professeur qui soit. Il n'a pas son pareil en brousse, et s'y entend à merveille pour soigner les indigènes.

— Comment se fait-il qu'il connaisse si bien le pays ?

— Il est né près de Nairobi. Son père était planteur, je crois. Comme tous les fils de colons, il est allé faire ses études en Angleterre. La guerre a éclaté alors qu'il se trouvait là-bas, et il s'est engagé dans la RAF. C'est un héros, vous savez : il a participé à la bataille d'Angleterre, a effectué des missions dangereuses, et a reçu la Victoria Cross. D'après le révérend Sanders, il est revenu au Kenya en 1953, juste au moment de la révolte Mau-Mau, et s'est porté volontaire pour combattre les rebelles.

Il se remit en marche, et Sondra lui emboîta le pas.

— Derry a une histoire extraordinaire, poursuivit le jeune homme. Les terroristes se cachaient dans la forêt d'Aberdare, torturant et massacrant non seulement les fermiers blancs, mais aussi leurs frères de race. Derry était pour l'autonomie africaine, mais il désavouait les pratiques Mau-Mau. Aussi, lorsque la police a demandé un volontaire pour un vol de reconnaissance au-dessus de la forêt, afin de repérer les camps rebelles, Derry s'est déclaré prêt à effectuer la mission. Il paraît que son avion a été abattu. Il a été fait prisonnier par les Mau-Mau, et ils l'ont torturé… C'est pourquoi il boite. Il a malgré tout réussi à gagner leur respect et à devenir ensuite négociateur entre eux et les Britanniques. C'était l'un des rares hommes autorisés à circuler librement dans leurs camps secrets. C'est ainsi qu'il a rencontré Njangu.

— Comment est-il arrivé à la mission ?

— Quand il a fait la connaissance de Jane, sa femme, elle travaillait ici comme infirmière, et refusait d'en partir. Il est donc venu avec elle. Si je ne me trompe pas, c'était il y a douze ans, juste avant l'indépendance.

Lorsque Alec se tut, un silence profond sembla s'installer sur la terre. Un oiseau solitaire cria au loin, et Sondra ne put maîtriser un frisson.

— Laquelle des infirmières est sa femme ? interrogea-t-elle à voix basse.

— Je vous demande pardon ? Ah ! la femme de Derry... Elle est morte en couches, il y a quelques années, je crois. Ici, à la mission. Je suppose qu'il est resté à cause de l'infirmerie qu'il avait mise sur pied.

Derry Farrar se dressa soudain devant eux, les mains sur les hanches.

— Drôle de façon de se promener la nuit ! lança-t-il d'un ton sardonique.

— Que voulez-vous dire ? demanda Sondra.

Il indiqua ses bras nus.

— Les moustiques. Les vecteurs de malaria commencent à piquer à cette heure-ci. Et si vous ne troquez pas ces sandales contre de vraies chaussures, vous risquez d'attraper des tiques qui transmettent des fièvres à spirilles.

Il se tourna vers Alec.

— Je viens de jeter un coup d'œil à notre responsable des Travaux publics. Son état n'a pas changé. Si sa famille vient le réclamer, nous la laisserons l'emmener.

— Mais vous ne pouvez pas faire ça ! protesta Sondra.

— Nous avons besoin du lit, docteur, et notre médecine ne lui est d'aucun secours. Bonne nuit à vous deux.

Lorsqu'ils arrivèrent enfin devant sa case, Sondra

239

lui trouva un air de château : elle avait tellement sommeil !

— Derry a raison, à propos des moustiques, dit Alec à son côté. J'aurais dû vous avertir.

Elle lui tendit la main.

— Merci beaucoup, Alec, vous m'avez bien aidée lors de cette première journée.

Il enserra les doigts offerts entre ses paumes.

— Si vous avez besoin de quoi que ce soit, je suis dans la case voisine.

Elle se déshabilla à la lueur de sa lampe tempête, et fit une rapide toilette. Comme elle ouvrait ses draps, sa tête heurta quelque chose : le nœud de sa moustiquaire. Alec lui avait bien recommandé de l'utiliser. Elle essaya de la détacher, mais en vain, et fouilla alors dans sa valise pour y prendre sa robe de chambre.

Il faisait noir, dehors. En quelques instants, la mission semblait s'être endormie. Rares étaient les fenêtres éclairées, et tout était silencieux.

Serrant son peignoir contre sa poitrine, Sondra se dirigea à pas de loup vers la case voisine et gratta doucement à la porte. Un rai de lumière filtrait entre les rideaux : Alec ne dormait pas encore.

Le battant s'ouvrit. Un instant éblouie, Sondra se sentit soudain affreusement gênée : torse nu, Derry Farar se dressait devant elle.

— Je, euh…, bégaya-t-elle, le visage en feu. La moustiquaire. Je ne sais pas comment…

Il la contempla quelques secondes.

— C'est un peu compliqué, au début, répondit-il enfin. Il faut s'y habituer.

Comme il passait à côté d'elle, Sondra aperçut l'intérieur de sa case. L'ameublement était aussi spartiate que dans la sienne, mais elle vit un fauteuil en bois recouvert d'une couverture et, sur l'assise, un livre ouvert.

Revenue à sa propre case, elle resta sur le seuil ; Derry lui montrait comment dénouer la moustiquaire, mais elle ne pouvait détacher son regard de son dos et de ses épaules musclées.

— Bon, dit-il en laissant tomber le tulle autour du lit. Voici maintenant le plus délicat. Il faut border trois côtés. Ensuite, vous grimpez dans votre lit, et vous bordez le dernier côté derrière vous. Il faut absolument vous assurer que tout est bien fermé… Je vais le faire pour vous, aujourd'hui.

Il se redressa et la regarda.

— Eh bien, venez, ajouta-t-il doucement. Je n'ai pas que ça à faire…

Avec des gestes hésitants, elle ôta sa robe de chambre et la plia dans sa valise. Derry s'écarta pour lui permettre de se coucher, puis entreprit de border sa moustiquaire. Allongée, sur le dos, elle regardait fixement la tente de gaze au-dessus d'elle, s'efforçant de ne pas laisser Derry entrer dans son champ de vision, tandis que le matelas tanguait doucement.

Quand il eut terminé, il alla à la porte et posa une main sur la poignée. Dans l'obscurité, elle ne pouvait voir son expression mais, à son timbre de voix, il lui sembla qu'il souriait presque.

— Il faudra que vous vous entraîniez, disait-il. Je ne peux tout de même pas venir vous border tous les soirs. Bonne nuit, docteur.

Entre ses draps rugueux qui sentaient le savon de Marseille, Sondra attendait le sommeil. Elle avait perdu l'habitude de nuits normales : pendant son

241

internat, à Phoenix, elle n'avait jamais pu s'offrir le luxe de huit heures de repos ininterrompu. Quand ce n'était pas le téléphone ou son alarme qui sonnaient, des cauchemars la réveillaient, des angoisses brutales la faisaient s'asseoir dans son lit, les yeux grands ouverts. Et aujourd'hui encore, deux mois après avoir quitté l'hôpital, elle n'avait pas retrouvé un sommeil normal.

L'internat. Quelle drôle d'année cela avait été… Douze mois sans amis, faute de temps et de loisirs ; douze mois sans distractions, sans détente, sans un instant pour faire le point. Douze mois de travail et d'inquiétudes, car, en médecine, l'erreur ne pardonne pas. Tant de choses apprises, de décisions graves prises en une fraction de seconde ; tant de succès, tant d'échecs… Tout cela en valait-il vraiment la peine ?

Sondra eut un sourire ensommeillé. Oui, cela en valait la peine, car maintenant elle était ici. Elle avait enfin réalisé son rêve, et ces douze mois de souffrances et de sacrifices l'avaient préparée à sa tâche.

Lorsque le sommeil la saisit enfin, Sondra rêva qu'elle se trouvait à l'hôpital de Phoenix. On venait juste de faire entrer Mme Minelli avec ses démangeaisons bizarres, et Sondra prescrivait une série d'analyses de sang, quand Derry Farrar apparut soudain, en short et chemise kaki, les mains sur les hanches et un rictus aux lèvres. « Où vous croyez-vous donc ? dit-il. À l'hôpital Nord de Londres ? »

La jeune fille rit doucement dans son sommeil.

Chapitre 18

— Le sang est un peu foncé, vous ne trouvez pas, docteur ?

Mason jeta son clamp et tendit la main. L'instrumentiste y plaqua une paire de ciseaux de Mayo.

Vicky le regarda par-dessus la table d'opération.

— Docteur Mason, demanda-t-elle, ne croyez-vous pas que nous devrions faire quelque chose ?

— Donnez-lui plus d'oxygène ! cria-t-il à l'intention de l'anesthésiste.

Vicky échangea un coup d'œil avec l'homme installé derrière l'écran d'anesthésie.

— Épongez, pour l'amour du ciel ! s'exclama Mason. Faites attention !

Vicky vit des gouttes de sueur perler au front de Mason. À son regard anxieux, à sa pâleur et au tremblement de ses mains, elle comprit qu'il était ivre, une fois de plus.

— Docteur Mason, fit-elle calmement, je crois que sa tension tombe. Nous devrions vérifier.

— C'est ma malade, docteur Long ! Ne vous mêlez pas de ça. Et nettoyez-moi le champ, nom de Dieu ! Où donc avez-vous appris à tenir une compresse !

Vicky maîtrisa sa colère et se tourna vers l'anesthésiste.

— Où en est sa tension, Gordon ?

Mason releva brusquement la tête, le regard mauvais.

— Mais pour qui vous prenez-vous ? Vous êtes censée m'assister, docteur. J'aurais été mieux servi par une aide-infirmière !

— Docteur Mason, je crois que cette malade…

Le Dr Mason jeta ses instruments et se pencha vers elle d'un air menaçant.

— Je n'aime pas votre attitude, docteur, dit-il d'une voix qui terrorisait d'ordinaire ses subordonnés. Et je n'aime pas votre façon de travailler. Si je le pouvais, je vous ferais interdire la salle d'opération.

— Bon sang ! cria l'anesthésiste. Son cœur s'est arrêté !

Six paires d'yeux fixèrent le monitoring dans un silence stupéfait.

— Oh ! Seigneur…, murmura Mason en essayant maladroitement d'écarter les champs opératoires.

Vicky l'avait devancé. D'un coup de ciseaux de Mayo, elle fendit la blouse de la malade, puis, des deux mains, la déchira jusqu'au cou, exposant une poitrine nue sur laquelle étaient fixées des électrodes. Sans réfléchir, elle fit les gestes et donna les ordres nécessaires : massage cardiaque, défibrillateur, injections d'épinéphrine et de bicarbonate. En quelques instants, la salle fut pleine de monde, tandis que des haut-parleurs tombait une voix métallique annonçant : « Urgence en Chirurgie, urgence en Chirurgie… »

— Pour l'amour du ciel, Vicky ! cria Gregg en claquant la porte. Mais qu'est-ce qui te prend ?

Elle quitta sa position allongée et s'assit péniblement sur le divan.

— Ne crie pas, je t'en prie, Gregg. Je suis à l'agonie…

Il s'immobilisa au milieu du salon, le visage écarlate sous ses cheveux blonds.

— Je suis étonné de te voir encore en vie ! Mason a décidé d'avoir ta peau.

— Je suis désolée, répondit-elle doucement, mais ce type est un incapable. J'ai fait ce que j'avais à faire.

— *Ce que tu avais à faire* ! C'est ainsi que tu qualifies ton irruption dans le vestiaire pour accuser Mason de négligence, devant une douzaine de chirurgiens ?

— C'est uniquement parce qu'il m'a lui-même accusée d'être intervenue à tort. Gregg, ce type m'a quasiment jeté à la figure que j'étais responsable de l'arrêt cardiaque !

— Ce n'est pas une raison pour entrer dans le vestiaire hommes et te mettre à crier !

— C'est un incapable, Gregg !

— Bon sang, Vicky, tu n'es qu'un résident de deuxième année, pas Christian Barnard ! Tu ne peux pas te mettre ça dans la tête ? Je ne peux tout de même pas prendre constamment ta défense !

Vicky lui lança un regard furieux.

— Je ne t'ai jamais demandé de le faire, Gregg. Je suis assez grande pour me débrouiller toute seule.

— Oui, dit-il en se détournant. Et aussi assez grande pour t'attirer des ennuis…

Il enleva sa veste blanche, la jeta sur un meuble et se dirigea vers la cuisine.

Vicky entendit la porte du réfrigérateur s'ouvrir et se refermer. Elle se tourna vers le balcon. Un extraordinaire coucher de soleil embrasait le ciel, mais à quoi servait d'avoir un appartement aussi bien situé si l'on était toujours trop fatigué pour en profiter ?

Gregg revint dans le salon et s'adossa au montant de la porte en ouvrant une boîte de bière. Lorsque son regard rencontra celui de Vicky, tous deux virent que leur colère se dissipait déjà – ils ne restaient jamais très longtemps fâchés l'un contre l'autre.

— Je t'accorderai au moins une chose, jeune fille : avec toi, on ne risque pas de s'ennuyer.

Vicky sourit. Gregg Waterman avait cela de bon qu'il ne cultivait pas ses irritations, et elle l'appréciait.

Elle s'était installée avec lui six mois plus tôt, quand il leur était devenu trop pénible d'essayer de se voir en dépit de leur métier. Tous deux travaillaient plus de cent heures par semaine, et partageaient rarement les mêmes loisirs. Gregg était alors en cinquième année de résidence, et Vicky en première. Vivre ensemble avait paru la meilleure solution : plus de rendez-vous manqués, plus d'appels téléphoniques sans réponse. En occupant le même appartement, ils se rencontraient fatalement à un moment ou à un autre. Avec un peu de chance ils pouvaient parfois partager un repas, et même faire l'amour, s'ils ne s'endormaient pas avant...

— Tu as fait croire à tout l'hôpital que, sans

toi, la patiente serait morte, dit Gregg en s'asseyant dans un fauteuil.

— Je n'ai rien fait croire, Gregg. Ils sont arrivés tout seuls à cette conclusion. Ils ont des yeux pour voir, et des oreilles pour entendre, en particulier les infirmières présentes à ce moment-là. Elles l'ont vu pour ainsi dire tuer cette malade.

— Enfin, Vicky, ce sont des choses qui arrivent en chirurgie !

— Gregg, c'était une hystérectomie de routine ! Mais il ne tenait pas compte des symptômes !

— Écoute, une intolérance à l'anesthésie, une anomalie que l'examen préopératoire n'a pas permis de déceler, cela se produit. Ce n'était pas la faute de Mason.

— Non, l'arrêt cardiaque n'était pas sa faute, mais bon sang ! il n'y était pas préparé !

Vicky se leva. Elle était restée debout seize heures d'affilée, reprenait son tour de garde dans cinq heures et devrait donc tâcher de dormir un peu, mais elle était trop énervée.

— Vicky, dit Gregg en contemplant sa boîte de bière, Mason exige des excuses.

Elle fit volte-face.

— Je refuse.

— Il le faut.

— Gregg, je ne présenterai pas des excuses pour avoir fait ce qui était bien.

— Là n'est pas le problème. Il se trouve que Mason travaille à Great Victoria depuis près de vingt ans, et que tu l'as insulté. Il a des relations, toi non. C'est de la politique, jeune fille, et il faut jouer le jeu si tu veux survivre.

— Gregg, on devrait lui interdire d'enseigner.

247

C'est un chirurgien épouvantable. Pour lui, les résidents sont tout juste bons à tenir des écarteurs. Il ne nous laisse jamais opérer. Et surtout, il nous montre de mauvaises techniques.

Gregg but une gorgée de bière et contempla la mer au-delà du balcon. La vie semblait si simple avant l'arrivée de Vicky Long ! Pourquoi avait-il fallu qu'elle tombât précisément sur lui ? C'était la femme la plus belle qu'il eût jamais rencontrée, et aussi la plus exaspérante. Ne comprenait-elle donc pas sa situation ? Il était à la fois son amant et son supérieur hiérarchique, deux positions incompatibles...

Ses doigts se crispèrent autour de la boîte de bière. Vicky avait raison ! Mason était un incapable. Lui-même avait assisté avec horreur à certaines de ses opérations. Mais il n'avait pas protesté, et maintenant il était chef. Et dans quelques mois, il en aurait terminé avec l'hôpital et s'installerait à son compte...

— Je ne peux pas faire ça, Gregg.

— Vicky, répondit-il en s'efforçant de rester calme, tu as enfreint la sacro-sainte règle des résidents : tu as refusé d'obéir à un chirurgien en plein travail. Rappelle-toi donc ton entretien d'admission ! La première question qu'on t'a posée, c'était : « Pouvez-vous accepter de recevoir des ordres ? », et tu as affirmé que oui. Et voilà qu'aujourd'hui tu dis que tu ne peux pas – ou que tu ne veux pas !

Il écrasa la boîte dans sa paume.

— Et comme si cela ne suffisait pas, tu as commis le pire des péchés pour un résident : tu t'es plainte de Mason au chirurgien en chef.

— C'est parce qu'il se trouvait dans le vestiaire à ce moment-là.

— Vicky ! Tu sais très bien quel est le protocole ! Un débutant ne s'adresse jamais directement au grand patron pour ses doléances ! Il y a une voie hiérarchique. Tu aurais dû m'en parler d'abord, et je me serais occupé de cette histoire. Au lieu de quoi, tu t'es mise dans le pétrin. Vicky, il *faut* que tu présentes des excuses à Mason.

— Non.

— Tu prends le risque d'être mise à la porte.

Elle serra ses bras autour d'elle et se mit à arpenter la pièce.

— Pas si tu m'appuies.

— Je ne peux pas.

— Tu veux dire que tu ne veux pas.

— Très bien, je ne veux pas. Il ne me reste que huit mois à faire ici, et je n'ai pas l'intention de tout gâcher maintenant.

Une brise chargée d'iode, de parfums de fleurs et d'odeurs de barbecue pénétra par la fenêtre ouverte. On entendait au loin l'orchestre d'un hôtel voisin. Vicky frissonna : ce soir, elle se sentait lasse de la vie qu'elle menait.

Elle savait bien pourquoi Mason insistait tant pour l'humilier. Depuis leur première rencontre, il cherchait l'occasion d'un affrontement. Ce jour-là – elle était à Great Victoria depuis un mois à peine – Vicky se trouvait dans le vestiaire des infirmières, au bloc opératoire, lorsque le Dr Mason avait poussé la porte, laissé tomber une boîte d'instruments sur un banc et ordonné : « Stérilisez-moi tout ça, mignonne », avant de disparaître. À moitié vêtue, Vicky l'avait rattrapé dans le couloir et lui avait

249

tendu la boîte en disant : « Vous vous adresserez plutôt à une infirmière pour cela, docteur. » Il l'avait dévisagée des pieds à la tête et avait hurlé : « Et qu'êtes-vous donc ? une manipulatrice radio ? » À la réponse de Vicky – « Non, je suis médecin » –, il avait froncé les sourcils avec étonnement puis s'était éloigné sans un mot, le rouge aux joues. Vicky devait apprendre peu après qu'il ne supportait pas d'être pris en défaut ou mis dans une situation embarrassante.

— Cela ne te tuera pas de faire des excuses.

Ils restèrent silencieux un moment, regardant le ciel passer peu à peu du rose au bleu nuit.

— Il faut empêcher ce type de nuire davantage, murmura enfin Vicky.

Gregg se leva, s'étira, et alluma une lampe avant de se diriger de nouveau vers la cuisine.

— Peut-être bien, dit-il, mais ce n'est certainement pas toi qui y parviendras.

Elle sortit sur le balcon.

L'air était doux, chargé d'odeurs enivrantes et de mélodies tropicales. Six étages plus bas, sur les berges herbeuses du canal Ala Wai, des pêcheurs au repos regardaient des jeunes gens sportifs et bronzés s'affairer auprès de planches à voile et de hors-bords. Des péniches dansaient doucement au bout de leurs amarres et brillaient comme des lanternes japonaises sur l'eau.

Depuis qu'elle était arrivée à Hawaii, c'est-à-dire depuis seize mois, Vicky ne s'était hasardée qu'une seule fois hors des murs de Great Victoria pour profiter de ce monde insouciant de musique, de cocktails et de cartes postales. C'était lors de son premier rendez-vous avec Gregg, il y avait juste un an de cela.

« Tu n'es jamais allée à Waikiki ? » avait-il demandé d'un air incrédule, presque choqué. Et de décider aussitôt de combler cette lacune.

Comme Vicky fuyait toujours le grand soleil, ils étaient sortis en fin d'après-midi. C'est alors qu'il l'avait photographiée par surprise, et elle l'avait poursuivi sur le sable blanc et chaud, devant les terrasses en plein air des hôtels du bord de mer. Ils avaient dîné dans un charmant restaurant empreint des splendeurs de la monarchie qui régnait autrefois dans l'île. Vicky portait une fleur d'hibiscus écarlate dans les cheveux, et Gregg l'avait soulevée dans ses bras pour l'entraîner sur la piste de danse. C'était sans doute à ce moment-là qu'elle avait décidé de tomber amoureuse de lui. À moins que ce ne fût lors de leur baignade nocturne dans les eaux tièdes et transparentes de l'océan...

Cette soirée avait été un moment privilégié dans sa vie de travail, d'angoisse et de précipitation. Et elle se demandait s'il lui serait donné de vivre à nouveau de tels instants de bonheur.

« Si seulement Jonathan était là ! » songea-t-elle malgré elle.

Cela faisait exactement un an et demi qu'elle l'avait vu pour la dernière fois, à la télévision, et qu'elle avait résolu de poursuivre son chemin en solitaire. Au début, pendant les premières semaines d'internat, elle avait été bien trop occupée pour qu'il pût en être autrement. Et puis, soudain, un événement imprévu s'était produit.

Elle assistait le Dr Gregg Waterman pour une ligature de varice. À sa grande surprise, il lui avait tendu clamp et fils et l'avait laissée opérer, se contentant d'intervenir en cas de nécessité. Cette expérience l'avait emplie d'un profond sentiment d'accomplissement – c'était sa première « vraie » opération – et avait éveillé en elle des émotions qu'elle croyait éteintes pour toujours.

Elle avait plongé son regard dans les yeux bruns et souriants de Gregg Waterman et une chaleur familière l'avait envahie.

Bien sûr, ce n'était pas Jonathan. Qui pourrait le remplacer ? Elle chérissait toujours son souvenir et avait pleuré lorsqu'elle avait vu *Nam,* car elle savait qui tenait la caméra. Simplement, elle était réaliste : le passé était le passé, et Gregg personnifiait le présent.

Avec le temps, elle l'espérait, elle l'aimerait aussi profondément qu'elle avait aimé Jonathan.

Une infirmière entra dans la chambre du malade.

— Les Urgences au téléphone, Vicky, annonça-t-elle. Ils ont un abdomen aigu, et pensent qu'il peut y avoir nécessité d'intervention chirurgicale.

— Merci, Rita. Dites-leur que j'arrive.

Vicky enleva les derniers points, les remplaça par un pansement adhésif et retira ses gants.

— Vous cicatrisez très bien, monsieur Thomas, déclara-t-elle à l'homme allongé dans le lit. Je ne vois aucune raison de vous empêcher de rentrer chez vous demain.

Le patient – un vieux marin aux yeux bleu clair et au visage buriné – lui fit un clin d'œil malicieux.

— Avec vous comme docteur, je crois que je vais avoir des complications pour rester un peu plus longtemps !

Vicky quitta la chambre en riant et se dirigea vers le téléphone le plus proche.

— Je pense que c'est une appendicite, dit Éric, l'interne de garde aux Urgences.

— Quel est le taux de leucocytes de la malade ?

— Juste un peu élevé, mais elle souffre beaucoup.

— Bon, je viens tout de suite.

Chemin faisant, elle dévora en hâte une pomme. Elle n'avait pas eu le temps de prendre un petit déjeuner, et puisque la première opération de la matinée débuterait dans une heure à peine, il ne faisait aucun doute qu'elle devrait aussi se passer de déjeuner, et probablement de dîner. Travailler en bloc opératoire requérait une énergie et une résistance hors du commun, que ne pouvaient comprendre les simples médecins. Ils traitaient d'ailleurs les chirurgiens d'obsédés du bistouri, et ces derniers leur reprochaient avec dédain une vie confortable, sans combat réel avec la maladie et la souffrance.

Vicky, elle, adorait la chirurgie et ne pouvait s'imaginer ailleurs qu'en bloc opératoire.

— Salut, Sharla, dit-elle en entrant dans la salle des Urgences. Où est cet abdomen ?

Sharla fit un signe de tête vers la gauche.

— Au Trois, Vicky. Et la malade souffre énormément.

Les premiers temps, Vicky avait trouvé bizarre d'entendre les infirmières l'appeler par son prénom. Elles le faisaient d'ailleurs avec toutes les femmes médecins, mais jamais au grand jamais avec les hommes. Vicky s'était rapidement aperçue que cette familiarité, loin d'être une marque de mépris inconscient ou de jalousie, traduisait au contraire une sorte de fraternité dans un milieu essentiellement masculin.

Éric, l'interne, fumait une cigarette devant la chambre Trois.

— Éteignez-moi ça ! dit Vicky en passant près de lui.

Elle n'avait guère d'estime pour Eric Jones : il n'en était qu'à son quatrième mois d'internat, et se comportait déjà avec morgue et suffisance.

Mme Mortimer, la malade, avait été amenée aux Urgences deux heures plus tôt par son mari, un pauvre homme angoissé qui se tordait les mains d'un air pitoyable dans le couloir. Elle était étendue sur le côté, les genoux ramenés sur la poitrine.

Vicky se présenta puis entreprit de l'examiner,

— Quand vos douleurs se sont-elles déclarées, madame Mortimer ?

— Il y a environ deux semaines, répondit la femme en haletant. Elles allaient et venaient, et j'ai cru que c'était de l'aérophagie. Et puis, hier soir, j'ai eu très mal, et j'ai failli m'évanouir.

Vicky ausculta le cœur ; le pouls était faible et rapide. Elle remarqua que la femme tenait une main crispée au-dessus de son aine droite.

— Avez-vous ressenti des nausées ?

— Oui, dit Mme Mortimer entre deux halètements. Il y a quelques semaines...

Vicky consulta son dossier. La malade présentait les symptômes classiques d'une appendicite, cependant il pouvait également s'agir d'une grossesse extra-utérine. Les notes d'Éric mentionnaient bien un examen pelvien négatif sur ce point, et Mme Mortimer avait quarante-huit ans, mais...

— À quand remontent vos dernières règles ? demanda Vicky en tâtant le cou de la femme.

— J'ai déjà dit à l'autre docteur que je ne m'en souvenais pas, souffla-t-elle péniblement. Je sais que j'ai eu ma ménopause. Mes pertes étaient très irrégulières, et j'avais des bouffées de chaleur, et puis mes règles se sont arrêtées tout à fait... Oh, que j'ai mal !

— Nous allons nous occuper de ça tout de suite.

Cette fois-ci, au moins, Éric ne s'était pas empressé d'administrer de la morphine. La semaine précédente, il en avait donné à un patient, et lorsque Vicky avait examiné ce dernier, elle n'avait pu établir de diagnostic car le calmant avait masqué les symptômes...

— Madame Mortimer, déclara-t-elle, quand une femme a mal dans cette zone, nous devons envisager une grossesse extra-utérine.

La femme se mit à pleurer.

— Ce n'est pas possible. Mon mari et moi... Ça fait longtemps, vous savez, que nous n'avons...

Vicky se fit remplacer par une infirmière et alla téléphoner à Jay Sorensen, un résident de quatrième année. Ce serait lui qui se chargerait de l'opération, car elle-même n'était pas encore habilitée à le faire.

— Jay, annonça-t-elle quand elle l'eut au bout du fil, je crois qu'il faut opérer sur un abdomen. Êtes-vous disponible ?

Elle décrivit l'état de Mme Mortimer et répondit à quelques questions de Jay.

— O.K., conclut ce dernier. Faites-la monter. Je demande qu'on prépare une salle.

Il fallait procéder à des analyses de sang, et

attendre que la salle d'opération fût prête. En outre, l'anesthésiste ne pouvait pas encore s'occuper de Mme Mortimer. Vicky décida donc de tenir compagnie à la malade, qui attendait sur un brancard, effrayée.

— Le Dr Brown vous enverra au pays des rêves en trente secondes, affirma-t-elle en posant une main sur le bras de Mme Mortimer.

Cette dernière lui saisit le poignet d'une main fiévreuse.

— Docteur, haleta-t-elle, docteur, c'est mon appendice ?

— C'est ce que nous pensons. Ne vous inquiétez pas, madame Mortimer, vous allez avoir l'un des meilleurs chirurgiens…

— Non, non, s'écria-t-elle en serrant plus fort son poignet, je veux parler de l'autre chose… la grossesse extra-utérine. Je suis trop vieille pour cela, n'est-ce pas ?

Un petit signal d'alarme se déclencha dans le cerveau de Vicky.

— Pourquoi vous tracassez-vous tant à propos d'une grossesse extra-utérine ? demanda-t-elle avec douceur.

— J'ai peur, docteur, j'ai tellement peur…

Vicky regarda autour d'elle. Avisant un tabouret roulant, elle l'attira et s'assit près de la malade.

— De quoi avez-vous peur ?

— Ce ne peut-être qu'une appendicite, n'est-ce pas, docteur ?

— En réalité, madame Mortimer, répondit Vicky en choisissant soigneusement ses mots, il est rare de voir une appendicite chez une femme de votre âge.

— Mais c'est possible ?

— Pensez-vous qu'il pourrait s'agir d'autre chose ?

Mme Mortimer passa la langue sur ses lèvres sèches. Ses doigts tripotaient nerveusement sa couverture.

— N'en parlez à personne, docteur... J'ai tellement honte !

— Qu'y a-t-il, madame Mortimer ?

— C'est à cause de mon mari. Nous sommes mariés depuis trente ans et nous nous aimons tendrement. Je lui ai toujours été fidèle, et nous nous sommes toujours consacrés l'un à l'autre. (Elle tourna la tête et contempla le plafond.) Il y a deux mois, je suis allée voir ma sœur à Kona. J'ai rencontré cet homme... (Elle fixa des yeux affolés sur Vicky.) Il n'était rien pour moi. Je ne sais même plus son nom ! Je l'ai vu à une soirée et... docteur, mon mari est diabétique. Cela fait des années qu'il n'a pu, euh... fonctionner. On nous a dit qu'il n'y avait rien à faire. Je l'aime beaucoup. Je ne sais pas pourquoi j'ai fait ça...

Elle s'interrompit et éclata en sanglots.

— Ne vous inquiétez pas, madame Mortimer, déclara Vicky en lui tapotant l'épaule. Je ne pense pas que vous soyez enceinte. Lorsque le Dr Jones a fait votre examen pelvien, il n'a rien décelé.

Mme Mortimer la regarda avec des yeux pleins de larmes.

— Quel examen pelvien ? demanda-t-elle.

Vicky se raidit, et fit un effort pour garder son calme.

— En salle des Urgences, le docteur vous a examinée avant mon arrivée. Vous ne vous en souvenez pas ?

— Comment l'aurait-il pu, docteur ? Je ne peux même pas me redresser !

Une forme verte pénétra dans le champ de vision de Vicky. C'était Jay Sorensen.

— Bonjour, dit-il en souriant à la malade. C'est moi qui vais m'occuper de vous.

— Jay, s'écria vivement Vicky en sautant sur ses pieds, est-ce que je peux vous parler une minute ? Là-bas ?

Elle indiqua les éviers.

— Bien sûr, répondit-il en s'éloignant.

Vicky s'apprêtait à le suivre lorsque Mme Mortimer lui prit de nouveau le poignet.

— Je vous en prie, docteur, murmura la malade. Si c'était vraiment une grossesse extra-utérine, que ce soit mon châtiment, et non celui de mon mari. Il en mourrait, s'il savait ce que j'ai fait. Promettez-moi de ne rien lui dire, docteur...

Vicky baissa les yeux sur les doigts qui la retenaient.

— Madame Mortiner, il faudra que je lui apprenne la vérité...

— Je vous en prie... Cela le tuerait. Je vous en prie, ne lui dites rien !

Chapitre 19

Assise sur un banc de marbre, près du banian géant qui se dressait devant l'hôpital, Vicky dégustait un yaourt et savourait une détente inattendue entre deux opérations. Sur ses genoux, une lettre de Sondra reçue trois jours plus tôt et qu'elle n'avait pas eu le temps de lire.

« Salut, Vicky. Comment vas-tu ? Bien, je l'espère. Pour ma part, j'ai encore un peu de mal à m'habituer à mon nouveau milieu. Depuis mon arrivée, j'ai dû *désapprendre* énormément de choses. Quelle différence entre Phoenix et ici ! La mission ne dispose pas de radiographie, ni d'électrocardiographe, ni de matériel moderne pouvant nous aider dans nos diagnostics. Pour les analyses, nous devons tout faire nous-mêmes. Et avec quel matériel ! Juste un microscope et une centrifugeuse !

Tout est terriblement vétuste ici. Nous utilisons des médicaments périmés. Et je n'arrive pas à me passer de certains appareils, comme les masques à oxygène. L'autre jour, je voulais faire mettre un patient sous oxygène et le Dr Farrar m'a demandé si j'avais l'intention de le conduire à Nairobi pour ça !

Derry et moi nous accrochons sans arrêt. Il refuse

de me laisser aller en brousse, et en six semaines je n'ai pas touché un bistouri ! Actuellement, j'ai des problèmes avec les infirmières. Elles ne savent que penser de moi, une femme médecin. La plupart du temps, elles ne tiennent pas compte de mes ordres, ou cherchent confirmation auprès de Derry ou d'Alec. Elles ont été formées selon le vieux système britannique, à Mombasa ; par exemple, quand un médecin entre dans une pièce, l'infirmière doit se lever et lui offrir son siège. Elles se méfient donc de moi et de mon attitude amicale envers elles.

Les indigènes malades n'ont pas plus confiance en moi. Pour eux, c'est l'homme blanc qui soigne ; la femme blanche n'est bonne qu'à faire le thé.

Je ne sais toujours que penser de Derry. Il est taciturne et renfermé, et ne se donne pas beaucoup de mal pour me conseiller. Je dois m'en remettre à Alec MacDonald pour cela... »

Vicky sortit une photographie de l'enveloppe. On y voyait cinq personnes debout sous un figuier et, au premier plan, un drôle d'oiseau picorant le sol. Au dos de l'épreuve, Sondra avait écrit : « De gauche à droite : le révérend Sanders, sa femme, moi, Alec MacDonald, et Rebecca (une infirmière samburu). L'oiseau s'appelle Lulu ; c'est une grue apprivoisée. La photo est prise par Njangu. Derry est parti quand nous lui avons demandé de se joindre à nous. »

Vicky revint à la lettre.

« ... Nous prions le ciel de nous envoyer bientôt la pluie. Il paraît que c'est une année exceptionnellement sèche, et nous manquons d'eau. Les animaux sauvages s'approchent de plus en plus de la maison : des éléphants, des rhinocéros, des buffles. La nuit, nous entendons des lions rôder tout autour...

À me lire, on dirait que tout va mal pour moi. En réalité, je suis heureuse, et tout aussi décidée qu'avant à aider ces gens. Ce sera simplement un peu plus long que je ne le pensais. As-tu des nouvelles de Léa ? Dans sa dernière lettre, elle m'annonçait qu'elle attendait peut-être des jumeaux ! Comment fait-elle pour tenir le coup, avec une maison, un mari et un bébé ? »

Vicky reposa la lettre et contempla un groupe d'infirmières qui déjeunaient sur l'herbe.

Une maison, un mari et un bébé...

Que de fois n'entendait-elle pas ces mots dans la bouche de ses malades ! « Vous n'êtes pas mariée, docteur ? Non ? Une belle fille comme vous ? C'est bien d'être médecin, vous savez, mais il vous faut aussi un mari et des enfants. » Et quelques infirmières lui avaient fait cette confidence : « Tu sais, Vicky, je voulais faire médecine, mais aussi fonder un foyer. Alors, quatre ans d'école, plus un an d'internat, et ensuite cinq à six ans de résidence... ce n'était pas possible. Pour un homme, ça va : il a une femme qui lui fait la cuisine et s'occupe de la maison et des enfants. Mais pour nous... Alors, j'ai décidé de faire deux ans en école d'infirmières, et maintenant, nous avons une maison, et les trois enfants que nous voulions. »

Léa s'en sortait. Mais à quel prix ? Elle écrivait rarement, toujours à la va-vite, et ne mentionnait jamais Arnie. Tout tournait autour de Rachel. Comment marchait leur ménage ? Vicky se souvenait de l'expression d'Arnie le jour de la remise des diplômes...

Elle replia la lettre de Sondra et la mit dans sa poche. « Nous suivons les chemins que nous avons choisis », songea-t-elle.

— Salut, je te cherchais.

De la main, elle abrita ses yeux du soleil.

— Oh ! salut, Gregg.

Il s'assit à côté d'elle sur le banc.

— Je savais où te trouver, dit-il. Je fais une biopsie du sein avec mastectomie possible à quatre heures, et je me demandais si tu aimerais m'aider.

— Tu penses ! J'adorerais ça ! Mais tu sais, les autres vont t'accuser de faire du favoritisme : c'est le troisième cas de premier choix que tu m'offres cette semaine. Parker n'a pas encore digéré cette fameuse vésicule biliaire.

— Tant pis pour lui ! Je fais ça par pur égoïsme : je tiens à ce que ma future partenaire soit le meilleur chirurgien de la ville, après moi !

Il se pencha pour arracher un brin d'herbe et le tortilla entre ses doigts.

— J'ai discuté avec Jay Sorensen, tout à l'heure, poursuivit-il. Il m'a parlé de ton abdomen de ce matin.

— Ah oui ! s'exclama Vicky en sentant sa colère se réveiller.

Juste après l'opération, elle était redescendue aux Urgences et avait dit sa façon de penser à Eric Jones.

— Peut-être que cet incident poussera Nakamura à le mettre à la porte, observa Gregg. Ce n'est pas la première fois qu'Eric commet une telle erreur. Mais tu aurais dû procéder d'abord à un test de grossesse, Vicky. Tu sais que c'est la règle quand on soupçonne une grossesse ectopique.

— Je sais. J'ai fait confiance à la malade quand elle m'a affirmé n'avoir pas eu de relations sexuelles, ainsi qu'à Eric quand il m'a assuré l'avoir examinée. Je n'aurais jamais imaginé qu'il aurait inventé cette histoire pour gagner du temps et pouvoir fumer une cigarette ! Mais cela ne se reproduira plus.

Gregg hocha la tête d'un air approbateur. Contrairement à certains de ses collègues, Vicky acceptait bien les critiques.

— Tu sais, Gregg, ajouta-t-elle, Mme Mortimer m'a demandé de ne rien dire à son mari si elle faisait une grossesse extra-utérine. Elle voulait que je lui mente en déclarant que c'était une appendicite.

— Dans ce cas, tu as eu de la chance que ce soit effectivement une appendicite ! Dans le cas contraire, qu'aurais-tu fait ?

— Je ne sais pas… Et toi ? demanda-t-elle en le dévisageant.

Il soutint un instant son regard, puis se détourna vivement.

— Je voudrais te dire quelque chose, Vicky…

Elle sentit la soudaine gravité de sa voix.

— Quoi donc ?

Il arracha un autre brin d'herbe et le tordit.

— C'est à propos de Mason. Il veut des excuses écrites.

Vicky ne broncha pas.

— Et qu'as-tu répondu ?

— Qu'elles seraient sur le bureau de Nakamura cet après-midi.

— Non.

— Avec ta signature.

— C'est non, Gregg. Je veux bien le voir dans

le bureau de Nakamura, affronter la commission d'arbitrage qui lui plaira, ou même me battre avec lui, mais je refuse de présenter des excuses.

— Écoute, Vicky, il le faudra bien, pourtant. Pense à ta carrière à Great Victoria. Si on te renvoie, imagine le coup dur que ce serait pour toi et moi.

— C'est une question d'éthique personnelle, Gregg : il avait tort, et moi raison.

Gregg jeta son brin d'herbe et pianota du bout des doigts sur son genou. Il savait à quel point Vicky pouvait être têtue... Il réfléchit une minute, puis arbora son sourire le plus charmeur.

— Je sais que tu le feras, Vicky, lança-t-il d'un ton léger. Tu ne me laisseras pas tomber, tu ne *nous* laisseras pas tomber. Et maintenant, va te préparer. Je te retrouve à quatre heures.

— Allons-y, Koko, déclara-t-il avec un clin d'œil à l'intention de l'instrumentiste polynésienne. J'espère que vos bistouris sont bien affûtés aujourd'hui.

Le masque de la jeune femme se tendit sur un large sourire. Les infirmières aimaient travailler avec le Dr Gregg Waterman : il se montrait toujours enjoué, patient et juste envers elles. Le Dr Long aussi avait leur faveur : contrairement à d'autres résidents, elle opérait sans hésitation, sans nervosité, et ne cherchait jamais à les rendre responsables de son propre manque d'expérience.

— Donnez-moi le bistouri, s'il vous plaît, Koko, demanda tranquillement Vicky en tendant la main droite.

L'incision mesurait à peine deux centimètres, et c'est avec des gestes vifs mais précis que Vicky excisa la grosseur. Gregg épongeait et cautérisait derrière elle, et il la laissa appeler la Pathologie et choisir le type de suture qui lui plaisait. Pour ses futures opérations de chirurgie plastique, elle avait besoin de toute l'expérience possible.

En l'occurrence, Vicky prenait son temps et s'appliquait comme si elle se trouvait devant un visage de star de cinéma. Chaque fois qu'il la regardait travailler, Gregg était fier. Depuis son arrivée à Great Victoria, elle avait fait des progrès remarquables, et était toujours prête à mettre la main à la pâte et à apprendre davantage. Très bientôt, ce serait un chirurgien de tout premier ordre, et l'équipe qu'elle formerait avec lui serait absolument exceptionnelle !

Vicky appliquait un pansement stérile sur la blessure lorsque le Dr Yamamoto pénétra dans la salle d'opération. Il portait un carré de gaze sur lequel reposaient plusieurs coupes de la grosseur retirée de la poitrine de la malade.

— Voilà, Gregg, dit-il en montrant les spécimens aux deux chirurgiens. C'est une tumeur cancéreuse de type lobulaire.

— Cancer au premier stade…

— Quel âge a-t-elle ?

— Cinquante-six ans. Que ferais-tu, Vicky ?

Elle réfléchit un instant. Derrière elle, le Dr Yamamoto tendait les échantillons à la panseuse, qui les laissa tomber dans un bocal de formol.

— Je pratiquerais une mastectomie simple, répondit-elle enfin. Et une biopsie de contrôle de l'autre côté, au cas où…

Gregg approuva de la tête.

— Très bien, les enfants, allons-y !

L'équipe prit rapidement ses dispositions pour

l'opération. L'instrumentiste approcha un plateau d'instruments vierges, tandis que Gregg et Vicky enfilaient des gants et une blouse propres. Lorsque tout fut prêt, et chacun à son poste, Gregg regarda Vicky.

— Voulez-vous opérer, docteur ? lui proposa-t-il.

— Volontiers.

— Koko, donnez le bistouri au Dr Long.

Yvette, la panseuse, poussa un grognement silencieux et sortit un recueil de mots croisés de sa poche. Derrière son écran d'anesthésiste, le Dr Scadudo glissa une cassette dans le lecteur de son appareil : les opérations effectuées par les résidents, même quand ils s'appelaient Dr Long, duraient toujours deux à trois fois plus longtemps que d'habitude.

Vicky retourna le bistouri et en fit courir le manche sur le sein dénudé de la patiente, étudiant le tracé de l'incision qu'elle allait pratiquer, puis elle s'apprêta à couper.

— Qu'est-ce que tu vas faire ? demanda Gregg.

Elle leva les yeux.

— Une incision transversale, au niveau de la quatrième côte.

— Pourquoi ça ?

— Parce que, de cette manière, la cicatrice ne se verra pas.

— Et où as-tu appris cela ?

— La semaine dernière, avec le Dr Keller. Il m'a montré comment faire…

— Je me souviens de ce cas. La malade avait trente-cinq ans, et Keller savait qu'elle comptait se faire placer une prothèse par la suite. Mais notre patiente a plus de la cinquantaine, Vicky ! Nous ne pouvons nous payer le luxe de faire de la chirurgie esthétique dans son cas !

— Mais l'opération classique laissera une cicatrice visible au-dessus d'un maillot de bain, Gregg. De plus, si elle décide ensuite de faire remodeler sa poitrine, ce sera plus difficile...

— Un sein en silicone ? À son âge ? Peu probable ! Allez, Vicky, ouvre de l'épaule à la xiphoïde. Tu es ici pour apprendre la chirurgie générale. Garde tes talents d'artiste pour plus tard !

Elle le regarda fixement puis, avec un haussement d'épaules, obtempéra.

« Le jour viendra, pensa-t-elle pour se consoler, le jour viendra... »

— Je vais dire un mot à son mari, annonça Gregg en enlevant ses gants et sa blouse humide. Rendez-vous à la cafétéria dans une demi-heure.

Occupée à remplir la feuille de soins de la patiente, Vicky hocha distraitement la tête, puis releva brusquement les yeux.

— Quoi ?

Gregg avait déjà quitté la salle et elle le rattrapa.

— Pourquoi à la cafétéria ? demanda-t-elle. J'ai des malades à voir, Gregg.

Elle remarqua soudain son expression bizarre.

— Nous devons parler, Vicky.

— Il n'y a rien à ajouter, objecta-t-elle en jetant un coup d'œil à l'horloge murale. Il est plus de sept heures, et Nakamura sait maintenant qu'il n'y aura pas de lettre.

Deux filles de salle armées de seaux et de balais s'activaient un peu plus loin dans le couloir. Gregg saisit Vicky par le bras et l'entraîna vers un renfoncement.

— Nakamura a eu la lettre, Vicky, déclara-t-il tranquillement.

Elle le regarda sans comprendre.

— Que veux-tu dire ?

— Que tout est fini. Tu peux désormais avoir l'esprit tranquille.

— Je ne…, commença-t-elle.

Une brusque illumination la pétrifia.

— Tu as écrit cette lettre ? souffla-t-elle.

— Il le fallait, Vicky. Je savais que tu t'y refuserais.

— Oh, Gregg !

Elle s'écarta de lui, fit trois pas, puis se retourna brutalement.

— C'est la pire des choses que tu pouvais me faire !

— Tu m'en sauras gré, Vicky, je te l'assure. Lorsque nous travaillerons ensemble, avec du recul, tu verras ce que je t'ai épargné…

— Tu n'avais pas le droit !

Gregg jeta un coup d'œil vers les filles de salle qui les observaient en coin.

— Bon sang, Vicky, j'étais inquiet ! Pas seulement pour toi, mais pour nous deux. Ne peux-tu le comprendre ? Si Nakamura te mettait à la porte, où irais-tu terminer ta formation ? Cesse donc de ne penser qu'à toi et à tes maudits principes !

Il leva une main.

— Non, ne prends pas tes grands airs avec moi ! ajouta-t-il. C'est toi qui t'es mise dans le pétrin. Et n'essaie pas de me dire que tu es la seule au monde à avoir une morale !

Il avait élevé la voix sur ces derniers mots, et quelques visages curieux apparurent à la porte de la salle de réveil. Vicky s'efforça de maîtriser le tremblement qui l'avait saisie, mais ne réussissait qu'à l'accentuer.

— Je sais pourquoi tu voulais tellement que je présente des excuses à Mason, Gregg, affirmat-elle enfin. Cela n'a rien à voir avec ma réputation, n'est-ce pas ? C'est la tienne qui te préoccupe.

— La mienne ! s'exclama Gregg avec un rire nerveux et embarrassé. Mais de quoi veux-tu parler ?

— Tu as peur que Nakamura ne se pose des questions à ton sujet en te voyant incapable de te faire obéir d'une résidente de deuxième année. Ce n'est pas l'image que l'on se ferait de moi, Gregg, ni ma carrière qui t'intéressent… Ce sont les tiennes…

Elle tourna les talons et s'éloigna.

Le ciel virait lentement au pourpre, et l'air tiède charriait des parfums de fleurs et des effluves de grillades au barbecue. Dans la rue, les fenêtres ouvertes déversaient de la musique et des éclats de rire. C'était un tableau magnifique, presque idyllique, mais Vicky le contemplait avec horreur.

Les bras croisés, elle était appuyée à la baie vitrée de la salle de détente des médecins, et ses yeux verts étincelaient de colère. La conduite de Gregg était impardonnable : il l'avait trahie, et désormais ils ne pourraient plus vivre ensemble. Bien plus, c'en était fini de leur amitié, et leurs rapports dans le travail s'en trouveraient eux-mêmes affectés.

Elle se sentit soudain très fatiguée. Ses jambes lui faisaient mal, et son estomac grondait. Jetant un coup d'œil à sa montre, elle s'aperçut qu'à l'exception de la demi-heure passée sur le banc, à midi, elle était debout depuis près de vingt-quatre heures. Vingt-quatre heures de course folle depuis que Gregg l'avait entreprise pour la première fois à propos de Mason...

Péniblement, elle se dirigea vers le divan, et s'y laissa tomber en enfouissant son visage dans ses mains.

Elle était de garde, une fois de plus, et là-bas, dans le service, trente-deux malades récemment opérés attendaient sa visite. Trente-deux pansements et bandages à inspecter ; des points à enlever ; des traitements à vérifier ou à modifier ; des dossiers à compléter... Trente-deux patients en proie à la souffrance et à l'angoisse, qui attendaient tous la venue d'une Vicky souriante et pleine de gaieté pour les rassurer...

Un sanglot lui noua la gorge. Elle ne pouvait pas, elle était tout simplement incapable d'affronter tout cela.

Tout en pleurant doucement derrière ses doigts serrés, Vicky entendait les bruits du couloir : des chariots glissant de l'autre côté de la porte, des semelles de caoutchouc crissant sur le linoléum, des voix et des murmures. La seule fois où, cédant à la lassitude et au découragement, elle s'était laissée aller à pleurer, elle avait prié le ciel que personne n'entrât et ne la surprît ainsi. Aujourd'hui, pourtant, peu lui importait. Elle voulait pleurer, pleurer tout son soûl, et puis dormir, dormir... Elle voulait échapper à ces murs étouffants, à ces trente-deux malades qui ne se demandaient même pas si elle-même n'avait pas besoin, par hasard, de réconfort et de sollicitude.

Et soudain, elle se mit à les haïr, tous. Les malades, l'hôpital, et Gregg, et Jay Sorensen, et Sharla. Mais comment faisaient-ils donc pour supporter cela ? Comment pouvaient-ils venir ici jour après jour, vivre dans cette lumière artificielle, respirer cet air conditionné, et réparer tous ces corps déficients comme des techniciens dans une fabrique de robots ? Quelle satisfaction en retiraient-ils ? Quelle justification ?

Encore cinq ans.

Les larmes de Vicky se transformèrent en violents sanglots. On devait maintenant l'entendre à travers la porte fermée, mais elle n'en avait cure. Que tout le monde sache qu'elle n'était pas une machine !… Même si ces seize mois passés à Great Victoria semblaient avoir tué en elle tout sentiment et toute émotion, la transformant en une sorte de mécanique froide et cynique devant la mort, la souffrance et la maladie.

Quand je partirai d'ici, j'aurai trente et un ans.

Le téléphone sonna sur le bureau. Elle le regarda fixement. L'espace d'un instant, elle pensa : « Mais laissez-moi tranquille ! » Puis elle tira un mouchoir de sa poche et, séchant ses larmes, décrocha le combiné.

— C'est vous, docteur Long ? demanda une voix angoissée. Ici Karen, au service Pédiatrie. Nous avons une urgence.

— Que se passe-t-il ?

— Une hémorragie consécutive à une amygdalectomie.

— Qui est l'interne de service ?

— Toby Abrams. C'est lui qui m'a dit de vous appeler. Nous avons besoin de vous immédiatement.

Vicky raccrocha et, comme un automate, se dirigea vers la porte. Elle réagissait parce qu'elle avait été programmée et formée pour cela, mais en elle ce n'était que froid et désolation.

Un spectacle de cauchemar l'attendait en Pédiatrie. Dans le couloir, une femme avait une crise de nerfs et, dans la chambre de la malade, deux infirmières et l'interne maintenaient une enfant sur son lit. Les draps, les vêtements et le sol étaient couverts de sang.

Vicky se précipita.

— Que s'est-il passé ?

Toby, l'interne, tourna vers elle un visage défait. Sa blouse était trempée et, d'une main, il tenait une perfusion en place au poignet de l'enfant.

— C'est une patiente de Bernie Blackridge, expliqua-t-il. Il lui a enlevé les amygdales cet après-midi. Elle allait bien, quand soudain, il y a une heure de cela, elle a vomi un flot de sang et a fait un état de choc. J'ai essayé de lui faire une transfusion, mais elle ne reste pas tranquille une seconde, et ses veines sont tellement petites…

Vicky examina les pupilles de l'enfant et inspecta sa gorge.

— On a dû se mettre à trois pour l'immobiliser, poursuivait Toby d'une voix morne. J'ai réussi à introduire l'aiguille, et elle a craché encore du sang. La transfusion a démarré, mais…

— Sapristi, Toby ! s'écria Vicky en sautant sur ses pieds. Tout ce qu'il lui faut, c'est quelques points ! As-tu averti le Dr Blackridge ?

— Sa femme a dit qu'il n'était pas encore rentré, mais qu'elle nous l'enverrait dès son retour.

— Et Gregg Waterman ?

— Il est en train de pratiquer une césarienne.

— Très bien. Appelez Jay Sorensen. Ou n'importe quel autre résident en chirurgie. Il faut absolument opérer cette gosse sur-le-champ.

Quand elle eut pris sa douche et troqué ses vêtements ensanglantés contre une tenue propre, il était minuit, mais bizarrement elle ne ressentait aucune fatigue. Elle redescendit donc en Pédiatrie. La mère de l'enfant, à laquelle elle avait administré un sédatif, dormait à présent d'un sommeil paisible dans la salle de repos des internes.

Dans le salon de détente des médecins, elle trouva du café frais, du jus d'orange, des gâteaux, des fruits et des assiettes froides, que l'on venait d'apporter pour l'équipe de nuit. Après s'être versé une tasse de café au lait, elle se laissa tomber dans un fauteuil recouvert de vinyle et entreprit de faire briller une pomme en la frottant contre le revers de sa blouse blanche.

C'était curieux : elle était lasse, mais rien de comparable avec l'épuisement de tout à l'heure. Cette fatigue-ci était presque stimulante, et elle ne s'était pas sentie aussi bien depuis longtemps...

La porte s'ouvrit et un visage morose apparut dans l'entrebâillement.

— Salut, dit Toby. Je peux me joindre à vous ?

— Bien sûr. Entre. Il y a du salami dans le réfrigérateur.

Toby secoua la tête et s'assit au bord du divan avec un air misérable.

— Merci d'avoir sauvé cette enfant, Vicky. Et de m'avoir sauvé la vie par la même occasion.

— Il n'y a vraiment pas de quoi, Toby.

Il secoua de nouveau la tête.

— J'ai presque tué cette gosse, Vicky. J'ai commis une erreur terrible, et je ne me le pardonnerai jamais.

Toby Abrams était un grand diable de garçon, aux allures d'ours et au tempérament de saint-bernard, que tout le monde aimait bien. Lorsque Vicky vit l'expression désespérée de son regard et la manière dont ses épaules tombaient, elle posa sa tasse et se pencha en avant.

— Toby, dit-elle doucement, cela ne fait que quatre mois que tu es sorti de l'école. Personne ne peut te demander de tout savoir.

— Peut-être, mais il ne lui fallait que deux ou trois points, et je ne le savais pas. J'ai fait l'imbécile pendant une heure, alors que son estomac se remplissait de sang. J'aurais dû vous appeler immédiatement.

— C'est comme ça qu'on apprend, Toby. Désormais, tu sauras ce qu'il faut faire en ce cas.

Il la regarda avec des yeux empreints d'une grande désolation.

— Et la prochaine fois ? Quelle erreur commettrai-je ? J'ai peur, Vicky. J'ai vraiment peur.

Cette terreur qu'elle lisait sur son visage, Vicky l'avait souvent vue, sur le sien et sur ceux des autres. Et soudain surgit devant elle l'image d'un autre interne, Jordan Plummer, qui était arrivé à Great Victoria en même temps qu'elle. C'était un jeune homme brillant, plein d'idéal et de dévouement. Il y avait à peu près un an de cela, lors d'une garde, il avait admis dans son service un homme âgé en proie à de sérieuses difficultés respiratoires. Pensant qu'il s'agissait d'une insuffisance cardiaque, Jordan lui avait fait une injection de morphine, et le malade était mort peu après. L'autopsie avait mis en évidence non pas un problème cardiaque, mais une bronchite aiguë avec obstruction des voies respiratoires : la morphine avait eu pour effet de supprimer le peu de réflexe respiratoire que gardait encore le patient. Jordan s'en était simplement tiré avec une sévère réprimande de la part du médecin-chef – après tout, il manquait encore d'expérience et avait agi conformément à son diagnostic –, mais il n'avait pas réussi à surmonter ce drame et s'était suicidé six semaines plus tard.

Or, en ce moment même, Toby avait un peu l'expression de Jordan Plummer…

— Toby, déclara doucement Vicky, tu es un bon médecin. Tu es l'un des meilleurs internes que nous ayons. Ne te laisse pas abattre par une simple erreur. Écoute…

Elle s'avança sur son siège et joignit les mains.

— Moi aussi, j'ai commis quelques bêtises l'année dernière, et l'une d'entre elles en particulier a failli me coûter très cher. Cela se passait ici même, dans ce service. Il s'appelait Richard Grey, et jamais je ne l'oublierai : un adorable chérubin de seize mois. Lorsqu'on l'a amené, il souffrait de diarrhées terribles depuis plusieurs jours, et il se trouvait dans un état de déshydratation avancée et de léthargie prononcée. J'avais tout bien calculé – les taux d'électrolytes, d'eau, de sel, nécessaires à la survie – et j'avais mis le bébé sous perfusion. Pendant quelque temps, tout s'est bien passé. La perfusion apportait une nette amélioration, alors je l'ai laissée en place. Mais le lendemain, l'enfant a été pris de convulsions. J'ai tout essayé – gluconate de calcium, sérum salé hypertonique –, en vain. J'ai alors fait appel à Jerry Smith, sous les ordres de qui je travaillais à l'époque. Il a jeté un coup d'œil au bébé, un autre à la prescription, et a hurlé que j'avais mis le gosse en insuffisance cardiaque congestive : j'avais multiplié par deux le volume de liquide dans son petit corps ! Jerry a arrêté la perfusion, a fait une piqûre d'Amytal au gosse et, très vite, le petit Richard Grey s'est remis. Mais il s'en était fallu de peu, Toby, vraiment de peu. J'ai failli tuer cet enfant. Et cela par pure ignorance.

Elle s'interrompit et étudia le visage de l'interne. Il ne semblait pas l'écouter.

— Je ne peux plus continuer, Vicky, soupira enfin Toby. Je ne suis pas taillé pour ce métier. Il faut avoir une santé de fer, des muscles infatigables, pas de sensibilité. Et encore moins un cœur ! J'ai pleuré quand vous avez emmené la gosse en salle d'opération. Je suis venu ici, et j'ai chialé.

Il renifla et appuya sa tête au creux de sa main. Vicky se leva, vint s'asseoir à côté de lui sur le divan et mit un bras autour de ses épaules.

— Depuis quand n'as-tu pas dormi, Toby ?

— Quel jour sommes-nous ?

Vicky sourit.

— Je vois, dit-elle, tu n'as pas dormi depuis le mois de mars, tu te nourris de biscuits et de chocolat, et tu as failli tuer une enfant en essayant de la sauver. À mon avis, tu mérites bien de t'apitoyer sur ton propre sort…

Il secoua la tête d'un air résolu.

— Il ne s'agit pas seulement de cette gosse, Vicky. C'est tout à la fois. Savez-vous quand j'arrive à voir ma femme ? Tous les quinze jours, si nous avons de la chance. Et encore, je suis trop fatigué pour lui tenir compagnie. Je passe mon week-end à dormir ! Ce n'est pas une vie normale, Vicky. Toujours à courir à droite et à gauche, à sommeiller vaguement sur des fauteuils, et à avaler de loin en loin quelques saletés en guise de repas. Sans parler du temps à consacrer à tous ces malades et des décisions à prendre... Bien plus : pendant mon sommeil, je rêve que je suis à l'hôpital, et je me réveille épuisé et rompu de courbatures. Non, Vicky, ajouta-t-il en secouant sa tête massive, je ne peux plus continuer.

Vicky l'observait sans mot dire. Il lui semblait se voir telle qu'elle était tout à l'heure... *Il y a un virus dans l'hôpital. Je l'ai attrapé, et maintenant c'est le tour de Toby. Bientôt, il fera une autre victime.*

La crise qu'elle-même avait traversée remontait à trois heures à peine, et il avait suffi d'un simple point de suture pour l'en tirer et lui rendre l'amour de son métier. Bernie Blackridge était entré dans la salle d'opération au moment où elle terminait son intervention. « Je remercie le ciel que vous vous en soyez occupée, avait-il déclaré. Il est rare que l'un de mes points lâche, mais lorsque cela se produit... » Car Vicky avait tout fait seule : Jay Sorensen était pris par une autre urgence, et aucun résident en chirurgie n'était disponible. Aussi s'était-elle lancée... Et plus tard, en Pédiatrie, elle avait rassuré la mère de l'enfant : « Tout ira bien, maintenant. » Et elle avait eu envie de crier à tout Honolulu : « Tout ira bien, maintenant ! »

— Comment pouvez-vous le supporter ? interrogeait Toby en fermant les poings. Comment pouvez-vous venir ici chaque jour, et travailler comme un robot dans cette usine ? Cela n'a pas de sens.

— Si, Toby, et tu le sais bien. Imagine une balance, comme celle de la Justice, et place dans un plateau tes succès, et dans l'autre tes échecs. De quel côté la balance penche-t-elle ?

— Ce n'est pas une bonne comparaison, Vicky. Une seule erreur fatale pèsera plus lourd que cent succès.

— Faux. Car tous les succès que tu as eus ici étaient au départ des échecs en puissance.

— On croirait entendre le Dr Shimada.

— Comment cela ?

— Il conseille de ne pas faire le compte de ceux que nous sauvons, mais de ceux que nous ne tuons pas.

Il laissa échapper un petit rire sec, puis se redressa.

— Je ne pourrai pas tenir le coup encore huit mois, Vicky. Juillet est trop loin…

— Eh bien, vas-y, abandonne maintenant. Dans huit mois, nous serons quand même en juillet, que tu restes ou que tu t'en ailles !

Retirant son bras, elle s'adossa aux coussins du divan. Comme un écho lui revint une de ses pensées : « Quand je partirai d'ici, j'aurai trente et un ans… » « Et si je renonce maintenant, songea-t-elle, quel âge aurai-je dans cinq ans ? »

La porte s'ouvrit et la tête d'une infirmière apparut.

— Docteur Abrams ? Nous avons besoin de vous pour une ponction lombaire. Chez un enfant en bas âge.

Toby se leva.

— Je suis fatigué, c'est tout, dit-il à Vicky. Je débloque toujours quand je n'ai pas pu faire ma petite sieste quotidienne...

— Tu es un bon médecin, Toby, et tu fais tes premières armes. Quand tu auras terminé ta formation, tu seras un nouvel élément positif à porter au crédit de l'humanité.

— Possible, admit-il avec un sourire.

Et il sortit.

Revenant à son café et à sa pomme, Vicky pensa à Gregg. Le jour où elle l'avait rencontré, elle se sentait exactement dans le même état d'esprit que Toby, doutant d'elle-même et se demandant si elle devait continuer. Il l'avait alors regardée, et sous ce regard elle était redevenue femme, belle et jeune. C'était par gratitude autant que par attirance qu'elle était tombée dans ses bras. Et l'on ne bâtissait pas une vie à deux sur de telles fondations... Surtout quand on s'était efforcé en vain, comme elle, de tomber réellement amoureuse...

Le téléphone sonna et Vicky le décrocha avec une énergie nouvelle. Ce week-end, elle était libre. Elle allait en profiter pour déménager et se réinstaller dans les locaux de l'hôpital. Et puis, elle achèterait peut-être une voiture d'occasion ; ferait une excursion à Waimea Bay, de l'autre côté de l'île ; inviterait Toby et sa femme à l'accompagner ; organiserait un pique-nique ; respirerait à pleins poumons...

— Vicky, dit une voix dans le combiné. M. Johnson, le malade que tu as laissé sortir il y a deux semaines, celui sur lequel Mason avait pratiqué une gastrectomie, il est revenu. Abdomen douloureux, état de choc…

Vicky saisit une seconde pomme et partit en courant.

Chapitre 20

Derry Farrar quitta sa hutte et contempla la scène avec son flegme et son cynisme habituels. L'expédition allait bientôt partir.

Sortant un paquet de cigarettes de sa poche, il en alluma une, en tira deux bouffées, puis, la laissant tomber dans la poussière, l'écrasa du talon. Il jeta un regard vers la hutte voisine. La porte était toujours fermée. « Elle » n'était donc pas encore sortie.

Allumant une autre cigarette, il se prit à penser à Sondra Mallone.

Elle aurait bien voulu participer à cette tournée, et c'était la raison de leur dispute de la veille. Elle commençait à insister pour aller en brousse, mais il ne la jugeait pas encore prête pour cela. En fait, depuis son arrivée, quatre mois plus tôt, ils s'étaient accrochés bien des fois. Elle avait tout d'abord eu l'audace de critiquer la façon dont il soignait – ou ne soignait pas – le responsable des Travaux publics. Et lorsque le malheureux était mort peu après dans sa famille, elle avait décrété qu'il aurait fallu tenter quelque chose ici même, à la mission – tout en s'avouant incapable de proposer une solution concrète quand Derry l'avait interrogée sur ce point.

Sondra Mallone avait un défaut, songea Derry : elle faisait un peu trop de zèle. Certes, son dévouement et son enthousiasme forçaient l'admiration, mais elle n'était pas réaliste. Elle n'avait pas encore adopté la tournure d'esprit locale, se cramponnait obstinément à sa formation moderne et scientifique, et voulait forcer les Africains du pays à sauter en un jour des siècles d'évolution.

Il y avait eu cette histoire d'asepsie. Il avait eu beau lui assurer que les indigènes possédaient une sorte d'immunité innée, elle passait un tel temps à tout stériliser et à expliquer les règles de l'hygiène à ses patients qu'elle en voyait trois fois moins que lui. Et puis il y avait eu l'accrochage à propos de la diététique. Elle avait constaté avec horreur que la plupart des malades étaient nourris par leurs propres familles, qui leur apportaient chaque jour de quoi manger. Comme elle essayait de convaincre Derry de mettre sur pied des menus « scientifiques » adaptés à chaque patient – la cuisine de la mission se chargeant de les préparer dans des conditions d'hygiène normales –, il avait tenté de lui faire comprendre qu'un tel système était voué à l'échec. « Les indigènes guérissent plus facilement dans leur cadre naturel, avait-il assuré. Il vaut mieux les laisser prendre la nourriture à laquelle ils sont habitués, celle que leur famille prépare pour eux. »

Et puis… il y avait le problème des infirmières – quelle pouvait bien en être l'origine ? Car c'était vraiment un problème que ce manque de coopération de leur part. Elles contestaient tous les ordres de Sondra et s'adressaient à Derry ou Alec pour confirmation. Souvent, même, elles faisaient la sourde oreille et agissaient comme bon leur semblait. Derry devait bien admettre que ces infirmières ne facilitaient pas toujours les choses, et préféraient travailler à leur manière et à leur propre rythme. Toutefois, elles ne manquaient pas, d'ordinaire, d'épauler les médecins de passage, allant jusqu'à leur expliquer telle ou telle coutume des tribus et faisant souvent office d'intermédiaire quand des susceptibilités avaient été froissées par ignorance. Dans le cas de Sondra, cependant, elles la laissaient se débrouiller toute seule, et il en était résulté quelques frictions pour lesquelles Derry avait dû lui-même intervenir...

Dans de telles conditions, comment pouvait-il envisager en toute sérénité de l'envoyer en brousse ?

Sondra Mallone restait un mystère pour Derry. Pourquoi était-elle venue ici ? Jusque-là, tous les médecins étaient arrivés à la mission la Bible dans une main, le stéthoscope dans l'autre. Mais pas Sondra. Pour autant qu'il pût en juger, elle n'avait pas la foi et ne semblait pas le moins du monde désireuse de prêcher la Bonne Nouvelle. En réalité, ce n'était pas à la cause de Jésus qu'elle se dévouait, mais à l'Afrique elle-même, et si cette évidence déroutait Derry, elle n'en forçait pas moins son admiration. En dépit de leurs prises de bec et du fait qu'elle mettait sa patience à rude épreuve, il devait bien admettre une chose : Sondra Mallone aimait l'Afrique.

Et pour lui, cela représentait beaucoup.

Derry était né au Kenya, à Nairobi, et il avait bu sa première goutte de lait au sein d'une femme kikuyu, sur la véranda de la ferme des Farrar, car la *memsabu* était trop faible pour le nourrir elle-même. Il avait fait ses premiers pas dans la poussière rouge du Kenya ; le soleil équatorial avait bruni son teint clair de *mzungu* ; ses premiers mots avaient été un mélange de swahili et d'anglais et ses premiers compagnons de jeux étaient noirs.

À l'enterrement de sa mère, ce fut sur l'épaule robuste de sa nourrice kikuyu qu'il épancha son chagrin, tandis que son père, sombre et lointain dans son costume blanc, refusait de montrer sa peine devant des gens de couleur. Plus tard, privé d'un amour et d'une chaleur que son père était incapable de lui donner, le jeune Derry se glissait dans le rift avec son meilleur ami, Kamante, et ils chassaient ensemble le lion, communiant aux buissons, aux étoiles et aux saveurs d'un Kenya que Derry reconnaissait pour son foyer.

Ces jours de bonheur et de plénitude avaient été brefs. Reginald Farrar sembla soudain s'apercevoir de la présence de son fils. Il prit conscience du crime social impardonnable qu'il commettait et entreprit de lui « mettre du plomb dans la tête ». C'est ainsi qu'il fut décidé que Derry quitterait cette atmosphère insalubre et romprait ses contacts malsains avec des Noirs. La veille de son départ pour l'Angleterre, Derry retourna une dernière fois dans le rift avec Kamante, tout simplement pour voir les animaux et ressentir une profonde fierté masculine à saluer leur supériorité et leur liberté.

Il avait détesté l'Angleterre. Il était trop tard pour faire naître en lui ce sentiment d'une identité britannique que son père avait négligé de cultiver depuis des années. Contrairement à ce que les gens se plaisaient à penser, sa conduite héroïque dans la

RAF n'était pas motivée par un quelconque amour pour l'Angleterre, mais plutôt par le désir d'en finir au plus vite avec cette maudite guerre qui le retenait loin de chez lui.

Lorsque Derry revint au Kenya, ce fut pour enterrer son père. Il retrouva en outre un pays déchiré qui rejetait désormais ce fils de colon blanc : à trente et un ans, Derry découvrait avec stupeur qu'il était à cheval entre deux mondes, n'appartenant ni à l'un ni à l'autre, et renié par l'un comme par l'autre. C'est alors que le poison de l'amertume avait commencé à couler dans ses veines.

Pendant deux courtes années, Jane l'avait tiré de ce cauchemar et avait redonné un sens à sa vie. Et puis, à son tour, elle l'avait abandonné.

— *Kwenda ! Kwenda !*

Des cris attirèrent l'attention de Derry, et il vit que Kamante, son vieil ami, faisait de grands signes à l'autre chauffeur, un Swahili musulman, qui s'était arrêté pour fumer une cigarette.

En Angleterre, Derry avait été surpris de constater que l'on tenait les Noirs pour paresseux et inconséquents. Il savait, lui, que nul peuple au monde n'était plus industrieux et plus dur à la peine que les Kikuyus. Certes, ils étaient responsables de la révolte Mau-Mau, mais c'était de leurs rangs qu'était sorti le brillant Jomo Kenyatta, celui qui avait rendu sa souveraineté au Kenya et qui avait su galvaniser son peuple par un fort sentiment de fierté nationale. La devise du Kenya n'était-elle pas *Harambee !,* c'est-à-dire « Unissons nos efforts » ?

Bien que du même âge que Derry – cinquante et un ans –, Kamante n'avait pas un cheveu blanc, et il se trouvait lui aussi en parfaite forme physique.

Ses muscles d'ébène n'avaient rien perdu de leur vigueur depuis le temps des escapades dans le rift…

— Tu peux faire l'inspection, maintenant, cria Kamante à son intention.

Derry lui répondit de la main et traversa la place.

Dans sa hutte, Sondra faisait son lit. En entendant la voix de Derry, elle s'interrompit un instant puis secoua rageusement son oreiller. Elle était en colère : sa place était dehors, à se préparer pour cette tournée en pays masaï. Mais Derry ne voulait rien savoir !

D'ailleurs, étaient-ils jamais d'accord, tous les deux ? Pourtant, elle ne cherchait pas à tout changer ici ; elle essayait simplement d'améliorer ce qui pouvait l'être. Malheureusement, Derry était un homme têtu et parfaitement imperméable aux idées nouvelles. Il était trop fataliste, trop enclin à renoncer sans se battre, et raisonnait vraiment de façon primitive.

Elle jeta un dernier coup d'œil à son miroir.

Elle avait bruni depuis son arrivée et son teint resplendissant était merveilleusement mis en valeur par les robes africaines qu'elle avait adoptées. Elle s'était en effet procuré au marché local plusieurs mètres de tissu bariolé, et, renonçant à ses jeans, s'habillait désormais comme les indigènes. Avec le foulard coloré qui retenait ses longs cheveux noirs, elle produisait un effet remarquable et semblait avoir toujours vécu dans le pays.

Des bruits de voix attirèrent son attention. Le révérend Sanders demandait à Kamante s'il avait prévu assez de boîtes de beurre, Derry criait quelque chose en swahili, Alec MacDonald réclamait davantage de glace pour conserver les vaccins contre la poliomyélite, et Rebecca hélait une infirmière.

Sondra se détendit. Elle était heureuse de voir Rebecca partir avec les autres. C'était l'infirmière en chef, une femme samburu d'une quarantaine d'années convertie tout enfant au christianisme, qui parlait un anglais excellent, et avec laquelle Sondra ne s'entendait pas du tout.

Si seulement les choses s'arrangeaient dans ce domaine… Comment cela avait-il commencé ? Probablement dès le premier jour, lorsque les infirmières avaient constaté avec stupeur que le nouveau médecin était une femme. Cet inconvénient aurait sans doute pu être surmonté, si la jeune fille n'avait fait l'erreur de vouloir les traiter sur un pied d'égalité. « Ces infirmières ont un sens de la hiérarchie très marqué, avait expliqué Alec. Et elles ne savent pas trop où vous situer. » À vouloir s'asseoir avec elles dans la salle commune, Sondra avait commis une sorte de sacrilège professionnel, mais cette maladresse eût certainement pu être rattrapée s'il n'y avait eu l'incident du cathéter.

Cela s'était produit deux semaines après son arrivée. Elle se trouvait seul médecin dans l'infirmerie et s'occupait d'un indigène récemment opéré de l'appendicite, lorsque, du coin de l'œil, elle avait vu une scène incroyable : la sonde stérile avait roulé du lit pour atterrir sur le sol poussiéreux ; Rebecca, sans façons, l'avait ramassée et s'apprêtait à l'utiliser ! « Arrêtez ! » avait crié Sondra. Et, devant tout le monde, elle lui avait enjoint de prendre un nouveau tube, lui expliquant son erreur. Après un regard incendiaire, l'infirmière avait alors jeté le cathéter et quitté la salle.

Depuis, sa mauvaise volonté n'avait cessé de croître, et le reste des infirmières lui avait emboîté le pas.

Mais Sondra refusait de se laisser abattre : elle finirait bien par surmonter cette difficulté.

Ouvrant la porte, elle s'immobilisa un instant sur le seuil de sa hutte pour permettre à ses yeux de s'habituer à la lumière éclatante.

Les trois Rover étaient prêtes pour le départ, et les membres de l'expédition – Alec, le révérend Thorn, Rebecca et les deux chauffeurs – se rassemblaient pour une prière. Sondra se joignit à eux, se plaçant près d'Alec. Elle vit Derry s'éloigner des véhicules et pénétrer dans l'infirmerie.

Quel homme impossible ! Et quelle situation impossible que la sienne ! Car les choses s'étaient brusquement compliquées pour elle…

Cela remontait à une pluvieuse nuit d'octobre. Elle se trouvait avec Alec dans la salle commune et écrivait à Léa pour la féliciter de la naissance de ses jumelles, lorsque la porte s'était brusquement ouverte et Derry, trempé jusqu'aux os, était entré. Il raconta d'un air furieux que la Rover s'était embourbée sur la route, mais Sondra n'entendit pas un traître mot. Elle contemplait fixement ses cheveux noirs ébouriffés, les boucles légères qui lui retombaient sur le front, sa poitrine musclée moulée par sa chemise détrempée, ses bras nus couverts de boue, ses gestes furieux… Et surtout, surtout, elle était fascinée par l'orage qui grondait dans son regard.

C'est alors que cela avait commencé. Des rêves érotiques dont Derry était le protagoniste… Elle s'efforçait de les chasser, et ils l'inquiétaient : il était tout de même trop ridicule de se croire attirée par un homme qui l'exaspérait à ce point !

Lorsque le révérend Sanders eut donné la bénédiction finale, chacun se dirigea vers les Rover. Alec serra chaleureusement la main de Sondra.

— Bonne chance, lui dit-elle. Je vous envie.

— C'est à vous qu'il faut souhaiter bonne chance. Je vous laisse tout le travail !

La jeune fille ne put s'empêcher de jeter un coup d'œil vers l'infirmerie, où un petit groupe de personnes attendaient déjà d'être reçues, et Alec saisit dans ce regard un air de défi involontaire.

Il savait quel antagonisme opposait Derry et Sondra et déplorait ce conflit entre deux personnalités également obstinées, issues de deux mondes très différents. Depuis qu'il avait quitté Londres, vingt ans auparavant, Derry n'avait guère suivi les progrès de la médecine, mais il possédait une profonde expérience du terrain et avait acquis la faculté de lire dans les malades comme à livre ouvert. Peu de médecins modernes pouvaient rivaliser avec la rapidité et la justesse de ses diagnostics. Sondra, elle, nouvelle venue dans le métier, était au fait des techniques médicales récentes dont Derry ne savait rien. À eux deux, si leur orgueil inébranlable le permettait, ils formeraient une équipe remarquable.

Aujourd'hui, pour la première fois, Sondra allait travailler seule avec Derry, et Alec espérait que tout se passerait bien.

— Je serai de retour demain après-midi, assura-t-il sans lâcher la main de la jeune femme.

Elle contempla son visage régulier et souriant. Pourquoi ne rêvait-elle donc pas de lui ?

— Bon voyage, répondit-elle. Que Dieu vous accompagne.

Elle attendit que le dernier véhicule de l'expédition eût disparu, puis elle se rendit à l'infirmerie où Derry s'occupait déjà d'un épanchement de synovie.

Le principe des visites était simple : chacun était reçu à tour de rôle, dans l'ordre d'arrivée. La grande salle couverte de chaume faisant office de dispensaire était divisée en deux par un rideau accroché à une ficelle, et chaque moitié comportait une vieille table d'examen, une armoire à instruments, une armoire à pansements et à médicaments, et une petite table roulante. Il y avait en outre un lavabo commun aux deux côtés. Comme c'était le mois de janvier, il faisait chaud, et les ventilateurs fonctionnaient ; des mouches et des guêpes entraient et sortaient déjà en bourdonnant par les fenêtres ouvertes.

Sondra commençait à bien connaître les habitués, ceux qui venaient pour des soins hebdomadaires ou pour faire remplir leurs flacons de comprimés : ils s'étaient accoutumés à la *memsabu daktari*. Mais dans l'ensemble, elle ne voyait encore que les femmes et les enfants, les hommes préférant s'adresser à Derry.

La première patiente fut une femme taita portant un bébé dans les bras. Elle fit comprendre à Sondra que quelque chose n'allait pas dans la bouche de son enfant, mais après examen, la jeune fille ne décela rien d'anormal. Elle s'apprêtait à rendre le bébé à sa mère, lorsque celle-ci protesta en montrant sa propre bouche.

— Elle vous demande de regarder la dent du

bébé, *memsabu,* expliqua l'infirmière qui secondait Sondra.

Cette dernière écarta de nouveau les mâchoires du petit patient et examina sa gencive rose.

— Mais tout va bien, conclut-elle d'un air étonné.

— Non, non, insista l'infirmière. Une dent de bébé doit toujours sortir d'abord en bas. Une dent sortie d'abord en haut est mauvais signe pour la famille. Elle vous demande d'enlever la dent.

— L'arracher ! Mais pourquoi ?

— Puisqu'une première dent sortie en haut porte malheur, intervint la voix de Derry derrière le rideau, ils pensent qu'en l'arrachant les dieux n'y verront que du feu.

— Dites-lui que je regrette. Je ne ferai pas ce qu'elle demande.

Reprenant son enfant avec force protestations, la femme taita marcha droit vers une chaise contre le mur et s'y installa résolument en fixant Sondra d'un air furieux. Profitant ensuite de ce que cette dernière examinait la patiente suivante, elle se glissa derrière le rideau et se lança dans un discours en swahili si rapide que Sondra n'en put rien saisir. Le bébé se mit à pleurer ; la voix de sa mère se fit aiguë. Puis Derry dit quelque chose, et soudain le silence retomba.

Sondra reporta toute son attention sur la jeune femme étendue devant elle.

Elle ne pouvait sentir sa rate, et, lorsqu'elle ausculta sa poitrine, il lui sembla déceler un gros cœur et un souffle cardiaque. La jeune femme expliqua qu'elle souffrait de douleurs abdominales et de vomissements par périodes, et que ces troubles s'accompagnaient généralement de gonflements douloureux des articulations. Sondra ne savait que penser : pris séparément, ces symptômes indiquaient diverses affections, mais ensemble, ils formaient un véritable puzzle.

— Faites une prise de sang, s'il vous plaît, dit-elle à l'infirmière en aidant la malade à s'asseoir. Et faites-lui préparer un lit à l'infirmerie.

— Ce n'est pas la peine, déclara Derry en écartant le rideau.

Derrière lui, la femme taita et son bébé s'éclipsèrent du dispensaire.

— Pourquoi ? Cette fille doit être mise en observation. Nous pouvons avoir à opérer sur son abdomen.

— Non.

— Mais vous ne l'avez même pas regardée !

Derry se tourna vers l'infirmière.

— Piquez-lui le bout du doigt et mettez quelques gouttes de sang sur une lame, s'il vous plaît.

Il s'adressa ensuite à Sondra.

— Venez, je vais vous montrer quelque chose.

Le petit laboratoire se trouvait à côté du dispensaire : une pièce à peine plus grande qu'un débarras, avec une table de travail contre un mur, et un évier et un réfrigérateur contre l'autre. Derry prit sur la table un flacon d'eau distillée stérile, emplit une seringue de dix millilitres de liquide et la vida dans une éprouvette. Il saisit ensuite un flacon de comprimés et en laissa tomber un dans le tube de verre.

— Qu'est-ce que c'est ? interrogea Sondra.

— Ving centigrammes de métabisulfite de sodium, répondit-il en regardant le comprimé se dissoudre.

— Pour quoi faire ?

— Vous comprendrez dans un instant.

L'infirmière entra avec la lame. À l'aide d'un compte-gouttes, Derry déposa deux gouttes de solution sur l'échantillon de sang, recouvrit l'ensemble d'une lamelle, et fixa le tout sous le microscope.

— Nous devons attendre quinze minutes, dit-il en regardant sa montre.

Ils retournèrent au dispensaire.

— À propos, comment avez-vous calmé la femme taita ? demanda Sondra en se lavant les mains.

— J'ai arraché la dent.

Elle leva les yeux.

— Quoi ?

Derry ouvrit le meuble à instruments et y prit un ophtalmoscope.

— Il le fallait. Sinon, elle l'aurait fait elle-même. La mâchoire du bébé se serait infectée, et il en serait mort.

Sondra terminait ses soins au malade suivant – une plaie du cuir chevelu à nettoyer et à recoudre – lorsque Derry l'appela.

— Allons voir ce que donne cette lame.

Tandis que Sondra s'installait sur le haut tabouret du laboratoire et orientait le miroir du microscope pour mieux capter la lumière, il s'appuya négligemment contre la table et croisa les bras.

— Utilisez le grand objectif, indiqua-t-il.

Sondra se pencha et régla l'appareil.

— Oh ! Je vois…, déclara-t-elle au bout d'un moment.

— Vous n'aviez jamais vu ça ?

— Non.

— Le métabisulfite de soude empêche l'échantillon de sécher, ce qui rendrait impossible l'observation de la déformation en faucille que vous constatez. Cette fille souffre d'anémie aiguë.

Sondra observait les globules rouges déformés : du fait de leur forme en croissant, ils ne pouvaient passer par les artérioles et bloquaient donc des vaisseaux sanguins vitaux ; en outre, comme ils étaient plus fragiles que des globules rouges normaux, ils se désintégraient dans le torrent sanguin, ce qui faisait mourir de faim la victime.

Elle leva les yeux vers Derry.

— Et quel est le pronostic ?

— Toute thérapie ne peut être que temporaire et symptomatique. Parfois, la Prednisone peut soulager la douleur, mais il n'y a rien à faire contre une anémie à hématies falciformes. L'état de la malade va sans cesse empirer, jusqu'au moment où elle mourra d'une embolie pulmonaire, ou de thrombose, ou encore de tuberculose. Je doute qu'elle survive jusqu'à son vingtième anniversaire.

La matinée avançait, et la foule grossissait devant le dispensaire. Aidés de leur infirmière, Sondra et Derry appliquaient pansement sur pansement, faisaient des piqûres, expliquaient comment il fallait prendre tel ou tel médicament (au lieu de les avaler, bien des indigènes portaient leurs comprimés dans de petits sacs accrochés à leur cou, en guise d'amulettes), et lorsque midi sonna l'attroupement semblait n'avoir guère diminué sous la véranda. Les deux médecins firent une pause pour avaler du thé et quelques sandwiches, et une infirmière vint leur annoncer qu'il n'y avait plus un seul lit vacant à l'infirmerie.

Ce fut ensuite le même flot d'infections, de coupures, de blessures, de maladies parasitaires. Une femme taita amenait sa petite fille sérieusement déshydratée après une gastro-entérite. La maladie avait cédé, mais l'enfant refusait de se nourrir, et la force elle-même s'était révélée inutile. Sondra décida donc d'envoyer la fillette à l'infirmerie et de la mettre sous perfusion.

Derry écarta le rideau et s'opposa formellement à cette mesure.

— Nous n'avons pas un lit de trop, déclara-t-il, et nous sommes trop pauvres en matériel pour gaspiller une perfusion sur un cas auquel nous pouvons remédier sur-le-champ.

Sans laisser à Sondra le temps de protester, il envoya l'infirmière chercher à la cuisine une bouteille de Coca-Cola et un paquet de chips.

— Les enfants peuvent se montrer têtus et refuser de manger, expliqua-t-il. Même lorsqu'ils sont très malades. En revanche, aucun d'eux ne refuse jamais une gourmandise.

Il avait raison : à peine avait-il décapsulé la bouteille et ouvert le sachet que l'enfant se jeta dessus.

— À ce régime-là, dit-il, elle reconstituera rapidement ses réserves en sucre, en sel et en liquide. Vous pouvez la renvoyer chez elle.

En début d'après-midi, on présenta à Sondra un bébé de neuf mois. Sa température était très élevée, ses tympans enflammés, sa gorge rouge, et, lorsque Sondra tenta de lui plier les jambes, il se mit à hurler. Pour déterminer l'origine de la fièvre, il fallait procéder à des analyses.

— Je vais lui faire une prise de sang, dit Sondra à l'infirmière. Nous piquerons dans la veine jugulaire.

Derry apparut.

— C'est moi qui vais le faire, déclara-t-il. Infirmière, conduisez la mère dehors.

Sondra le regarda, étonnée.

— Mais je peux me débrouiller toute seule, Derry, protesta-t-elle. J'ai souvent fait ça à…

— Je sais. Mais si vous commettez une erreur, vous aurez une tribu entière sur le dos. Moi, je sais comment traiter avec ces gens-là.

— Et moi, je sais pratiquer une ponction jugulaire.

Mais il ne l'écoutait pas. Tandis que l'infirmière emmaillotait le bébé comme une momie pour l'empêcher de bouger, il choisit ses instruments dans une bassine de solution stérile.

Une fois immobilisé, le bébé fut couché sur le côté. L'astuce consistait à le faire crier de sorte que les veines de son cou se gonflent, facilitant ainsi la piqûre. C'était le but recherché par Derry lorsqu'il avait écarté la mère. Du doigt, l'infirmière maintint la petite tête tendre, et Derry enfonça une aiguille dans la veine saillante. Dès qu'il eut terminé, il prit le bébé dans ses bras et le berça pour le calmer.

— Dites à la mère de le ramener demain matin, demanda-t-il à Sondra. Nous aurons les premiers résultats de l'analyse.

Deux fois encore, Derry écarta le rideau, soit pour contredire des ordres donnés par Sondra, soit pour procéder lui-même à certains soins, et vers le milieu de l'après-midi l'impatience de la jeune fille atteignait son comble.

C'est alors que l'on amena Ouko.

C'était un joli garçonnet de sept ans, fin et racé comme ses parents masaïs, qui posait sur Sondra le regard solennel de ses immenses yeux. Son père, un grand berger au visage empreint de noblesse, le déposa doucement sur la table d'examen. Ouko resta bien sagement assis pendant que son père parlait à la dame docteur des maux de tête qu'il avait eus ces trois derniers jours. Il la laissa prendre sa température, supporta stoïquement qu'elle examine ses yeux avec une petite lampe, mais lorsque Sondra voulut lui tâter le cou il laissa échapper un hurlement.

— Le garçon dit que son cou fait mal, expliqua le père en swahili. Ses yeux font mal. Ses joues font mal.

Sondra regarda longuement Ouko, puis lui demanda de toucher sa poitrine avec son menton. L'enfant tenta de baisser la tête, mais de grosses larmes jaillirent.

— Il ne peut pas bouger la tête, *memsabu,* dit le père.

Avec précaution, Sondra prit la tête d'Ouko entre ses mains et essaya de la pencher vers l'avant. L'enfant hurla de nouveau.

Elle voulut ensuite examiner sa gorge, mais ouvrir la bouche faisait trop mal aux joues, déclara Ouko. Avec un sourire rassurant, elle tapota son épaule nue et lui promit en swahili qu'elle ne le forcerait pas à faire quoi que ce soit.

— On dirait un début de méningite, expliqua-t-elle en anglais à l'infirmière. Prévenez l'infirmerie qu'il nous faut un lit. Quitte à en mettre deux tête-bêche si nécessaire.

Derry apparut au moment où elle ajoutait :

— Et nous ferons aussi une ponction lombaire.

Il s'approcha d'Ouko, lui adressa quelques mots en souriant, puis se tourna vers Sondra.

— C'est peut-être les oreillons. Voyez si les parotides sont gonflées. Nous devons aussi envisager une polio. Dans ce cas, la paralysie se produira dans deux ou trois jours. Et au cas où il serait contagieux, il vaut mieux l'isoler.

Derry ayant été appelé pour traiter une otite chez un enfant qui criait, Sondra pratiqua elle-même la ponction lombaire, avec la seule aide de l'infirmière.

Avec la fierté des gens de sa race, Ouko supporta en silence la courbure douloureuse que l'on fit prendre à son dos, mais de petits sanglots muets et pitoyables s'échappaient de sa gorge. Heureusement pour lui, Sondra avait l'habitude des ponctions, et tout fut fini en un instant. Le liquide qui emplit la seringue était clair, et l'examen en laboratoire ne révéla pas la présence de pus.

Étant donné que les résultats des hémocultures ne reviendraient pas de Nairobi avant deux semaines, on décida d'installer Ouko au bout de l'infirmerie et d'isoler son lit au moyen de paravents.

Le crépuscule approchait, et la journée de travail des occupants de la mission touchait à sa fin. Sondra se dirigea avec lassitude vers sa case pour faire un brin de toilette et se changer avant le dîner. Chemin faisant, elle ne pouvait chasser une pensée obsédante : quelque chose avait échappé à Derry comme à elle dans l'état d'Ouko…

Chapitre 21

Elle écrivait à Léa et Vicky quand on frappa à sa porte : une infirmière venait l'avertir que l'état de l'enfant Ouko s'était aggravé.

Sondra enfila un pull et courut dans le noir jusqu'à l'infirmerie. Près de la porte, une lampe tempête éclairait un bureau. Au-delà, dans l'obscurité, s'alignaient vingt lits – vingt tentes de tulle abritant des têtes sombres endormies.

Saisissant la lampe, Sondra se dirigea vers le coin réservé à Ouko. Dès qu'elle franchit les paravents, l'enfant tressaillit.

Elle posa sa lampe, se pencha et murmura : « Ouko… »

Il faillit sauter hors du lit.

Elle l'étudia, les sourcils froncés. Lorsque l'infirmière commença à parler, Ouko sursauta de nouveau, et l'étonnement de la jeune fille se mua en sombre pressentiment. Ce n'était pas la polio, ni une méningite ! Le sang de Sondra ne fit qu'un tour. Mon Dieu…

Ordonnant à l'infirmière de ne pas faire de bruit et de la suivre, elle revint doucement vers le bureau près de l'entrée.

— Je suis sûre qu'il a le tétanos, murmura-t-elle d'une voix qui s'efforçait de rester calme. Nous aurons besoin de soixante mille unités d'antitoxine. Les avons-nous ?

— Oui, *memsabu,* souffla la jeune infirmière.

— Il nous faudra quinze cents unités par centimètre cube de sérum de cheval, et nous administrerons des doses de trois mille unités toutes les demi-heures. Allons-y.

Ouko reçut sa première injection dans la cuisse gauche, et sursauta si violemment qu'il faillit en tomber de son lit.

Sondra sentit sa bouche devenir sèche. Elle n'avait encore jamais eu affaire au tétanos : c'était une maladie rare à Phoenix, où l'on disposait de vaccins. Elle savait que l'antitoxine administrée à Ouko n'aurait qu'un effet limité, celui de neutraliser le poison qui n'avait pas encore atteint son système nerveux. Mais le sérum ne pourrait rien contre les toxines déjà fixées. Et c'était bien ce qui la terrorisait.

Elle attira une chaise près du lit et s'assit. Bientôt, très bientôt, Ouko connaîtrait les crises typiques du tétanos : de violentes contractures des muscles du cou et des mâchoires, avec blocage serré de celles-ci en position de fermeture, tandis que le reste du corps se crisperait douloureusement et s'arquerait vers l'arrière. Mais, surtout, les muscles respiratoires pouvaient se bloquer : un spasme particulièrement brutal risquait d'étouffer Ouko.

Devant le visage effrayé et luisant de sueur d'Ouko, Sondra comprit que la nuit serait difficile.

Quelques instants plus tard, Derry s'approcha et contempla attentivement l'enfant.

— Avez-vous localisé la blessure ? demanda-t-il le plus bas possible.

Sondra acquiesça.

— Sous le pied. Déjà cicatrisée.

Il prit la seringue d'antitoxine sur la table de chevet, puis la reposa après un bref examen.

— A-t-il déjà eu une crise ?

Elle secoua la tête sans quitter Ouko des yeux. Cette première crise était pour bientôt, et il fallait se tenir prêt...

Derry restait à côté d'elle, debout, le visage noué dans l'ombre. Il ne disait rien, mais elle sentait son inquiétude.

Tout à coup, quelque part dans l'infirmerie, un malade cria dans son sommeil, et Ouko fut saisi d'un spasme. Ses mâchoires se serrèrent, sa bouche s'étira en un monstrueux sourire, son dos se cambra, et ses membres se raidirent avec une telle violence qu'il fut soulevé de son lit, ne touchant plus le matelas que des coudes et des talons.

Sondra regardait, horrifiée.

Aussi brusquement qu'il était survenu, le spasme cessa et Ouko retomba épuisé sur ses draps. Sondra tourna les yeux vers Derry, qui observait sa montre. Il ouvrit et referma plusieurs fois la main : la crise avait duré vingt secondes. Vingt secondes de douleur et d'angoisse intenses. Vingt secondes pendant lesquelles Ouko, emprisonné dans un corps qui semblait la proie de mille démons, n'avait à aucun moment perdu conscience.

Dehors, dans les ténèbres, un oiseau de nuit hulula. Le corps d'Ouko se raidit sur-le-champ et s'arqua de nouveau.

Un sanglot monta dans la gorge de Sondra.

Elle sentit Derry s'écarter sans bruit. Quelques instants plus tard, il était de retour, une seringue à la main, et en injecta le contenu dans la cuisse d'Ouko dès que le spasme cessa.

— Seconal, murmura-t-il à Sondra. Mais je ne crois pas que cela serve à grand-chose.

Ils restèrent là un moment, à regarder Ouko. Le malheureux enfant ouvrait de grands yeux interrogateurs et inquiets. Derry prit le bras de Sondra et l'entraîna vers l'extérieur. En passant près du bureau de l'infirmière, il demanda à celle-ci de veiller l'enfant.

— Prenez garde de ne pas faire de bruit ou de gestes brutaux, lui recommanda-t-il. C'est ce qui déclenche les spasmes.

Et, suivi de Sondra, il sortit de l'infirmerie. Là, ils pouvaient parler normalement.

— Que faire ? interrogea la jeune fille en serrant les bras contre sa poitrine.

— Rien, répondit-il tranquillement, le regard fixé sur un point au-delà de l'épaule de Sondra. Tout ce que nous pouvons faire, c'est attendre. Le gosse n'a aucune chance de s'en tirer : les spasmes finiront par le tuer.

— Mais nous ne pouvons tout de même pas le laisser souffrir ainsi !

Il posa sur elle un regard irrité.

— J'ai vu des dizaines de cas semblables, rétorqua-t-il. On ne peut pas soigner le tétanos. Rien ne marche, ni le Demerol, ni le Seconal, ni le Valium. Il faut simplement tenir le coup jusqu'à ce que la toxine ait été éliminée par le corps.

— Alors, maintenons Ouko en vie suffisamment longtemps pour que cela soit son cas !

Derry secoua la tête.

— Vous demandez l'impossible. Il est atteint d'une des formes de tétanos les plus graves que j'aie vues. L'un de ces spasmes ne va pas tarder à bloquer les muscles respiratoires et il mourra d'asphyxie ; à moins que sa colonne vertébrale ne cède…

— Nous pourrions le paralyser, proposa Sondra. Le curare paralyserait ses muscles et les spasmes cesseraient.

— Il stopperait également la fonction respiratoire.

— On peut faire une intubation trachéale…

— Cela ne suffirait pas. Il faudrait aussi un respirateur mécanique, et nous n'en avons pas.

— Nous pourrions le faire à la main, demander aux infirmières…

— Cela ne suffirait toujours pas.

— Pourquoi ?

— Même si nous parvenons à le faire respirer, comment le nourririons-nous ? Cette maladie dure des semaines. Nous ne pourrons l'alimenter par voie intraveineuse pendant tout ce temps. Sondra, il vaut mieux le laisser partir, croyez-moi.

Elle ouvrit des yeux incrédules.

— Vous ne parlez pas sérieusement ! s'exclamat-elle. Vous ne pouvez tout de même pas baisser les bras comme ça !

— Je préférerais le sauver, sachez-le ! Ne croyezvous pas que j'ai essayé des dizaines de fois, avant lui ? D'abord les sédatifs, puis la trachéotomie, et puis nous le regarderons mourir lentement de faim. Et entre-temps, nous le regarderons subir spasme après spasme, dans des souffrances inimaginables, jusqu'à ce que la providence mette enfin un terme à sa torture !

Il foudroya Sondra du regard.

— Il n'y aura pas d'acte héroïque aux dépens d'Ouko, déclara-t-il fermement. À la première défaillance, vous le laisserez partir.

Elle n'en croyait pas ses oreilles.

— Mais vous condamnez ce garçon à mort !

— Il n'y a pas à revenir sur ces ordres.

Il tourna les talons et s'éloigna.

Il marcha jusqu'à la clôture de la mission. Au-delà s'étendait un univers étranger à l'homme et à ses faiblesses ; un monde qu'arpentaient en ce moment même des pattes invisibles et que perçaient des yeux mordorés. Derry se retourna et contempla l'infirmerie, ce bâtiment qu'il avait conçu et construit lui-même, l'aboutissement de toute une vie.

Ces temps-ci, Derry ne pensait pas souvent à Jane, ni au bébé qui dormait à son côté. Au fil des ans, il avait appris à maîtriser son chagrin et à accepter ce qui s'était passé. Parfois, cependant, un événement ou un être – comme le petit Ouko – ranimait le passé et ravivait les douleurs. Jane avait été son premier et son seul amour ; c'est pour elle qu'il était venu à la mission, et pour son souvenir qu'il y était resté. Il lui arrivait rarement de remettre sa vie en question, de s'interroger sur lui-même ou sur son travail, mais ce soir c'était le cas.

« Vous condamnez ce garçon à mort », avait déclaré Sondra. Elle avait raison. Simplement dans la mesure où il ne pouvait le condamner à vivre…
« Nous sommes impuissants, songea-t-il. Malgré

notre science, nous sommes vraiment quantité négligeable dans la balance... »

Il faisait froid, et le vent était mordant, mais Derry ne sentait rien. Il pensait à Sondra. Et regrettait qu'elle fût venue à la mission.

Pourquoi le troublait-elle à ce point ? Pourquoi ce qu'*elle* disait comptait-il tant ? « Parce qu'elle me rappelle ce que j'étais autrefois... » Vingt et un ans plus tôt, il était revenu au Kenya habité des mêmes idéaux et de cet optimisme aveugle et enthousiaste qui animait Sondra. Quand avait-il donc perdu cette foi, et laissé s'installer le cynisme ? Cela ne s'était pas fait du jour au lendemain, mais peu à peu, insensiblement : une sorte d'érosion intérieure.

Il jeta un coup d'œil vers l'infirmerie. Une ombre chinoise se découpa derrière l'un des stores baissés : Sondra retournait sur la pointe des pieds auprès d'Ouko. Il se souvint de veilles semblables, tout aussi inutiles, et eut pitié de la jeune fille. Elle allait recevoir un coup terrible, et il était impuissant à l'en protéger.

Le cri d'un oiseau de nuit le rappela à la réalité. Prenant une cigarette, il chassa ses pensées. Il ne servait à rien de s'apitoyer sur soi-même, ou sur la sensibilité d'une jeune fille pleine de naïveté. Demain, il faudrait travailler, et le plus important, pour l'heure, était de dormir.

Tout en se dirigeant vers sa case, Derry n'en souhaitait pas moins éviter à Sondra la peine qui la guettait.

Elle était prête. Sur la table de nuit d'Ouko attendaient les instruments nécessaires : le bistouri, les clamps et la gaze, la sonde trachéale en métal, et la poche respiratoire qui permettrait de gonfler artificiellement ses poumons.

L'infirmière se refusait à l'aider. Elle connaissait les ordres formels de Derry, et n'avait pas confiance en la *memsabu*. Aussi, lorsqu'un ronflement sonore émanant d'un lit voisin provoqua un spasme particulièrement violent et prolongé chez Ouko, Sondra décida d'opérer toute seule.

Les lèvres de l'enfant devinrent bleues, et sa peau prit une inquiétante teinte violacée. « Ça y est, songea-t-elle, il va y rester. »

Dans la seconde qui suivit, elle avait appuyé un genou sur le lit et forçait Ouko à pencher la tête en arrière. Ses mains tremblèrent lorsqu'elle approcha de la trachée la lame du bistouri. Elle y pratiqua une fente verticale, l'élargit et y introduisit la sonde. Quand elle fut certaine de l'avoir correctement mise en place, et que rien n'obstruait la voie, elle fixa vivement la poche respiratoire au bout du tube et la pressa à diverses reprises. La poitrine d'Ouko se souleva et s'abaissa chaque fois.

Les mains de Sondra tremblaient toujours. Il avait fallu agir si vite... Il y avait du sang sur le cou d'Ouko et sur ses draps, mais au moins il respirait, grâce à la poche...

— Infirmière ! appela-t-elle en prenant le risque de déclencher un autre spasme. Venez m'aider !

L'infirmière apparut si prestement que Sondra la soupçonna de s'être trouvée juste derrière le paravent.

— Venez ici, lui demanda-t-elle. Actionnez la poche pendant que j'arrête le saignement.

La femme ne bougea pas.

— Je vous en prie ! insista la jeune fille. Je suis la seule responsable. Vous n'aurez pas d'ennuis.

L'infirmière recula d'un pas.

— Le Dr Farrar a dit de ne pas faire ça.

Un nouveau spasme saisit Ouko et faillit jeter Sondra à bas du lit. Le dos de l'enfant s'arqua vers l'avant et les os commencèrent à craquer sous l'effort.

— Seigneur, murmura la jeune fille.

La sueur coulait de son front et brûlait ses yeux.

— Infirmière ! Vite, aspirez ! Il saigne dans sa trachée !

Les yeux agrandis de frayeur, la femme hésitait.

— Aidez-moi !

Et soudain, Derry fut là. Il écarta l'infirmière de son chemin et planta une aiguille hypodermique dans la cuisse rigide d'Ouko. Tandis que le curare agissait et paralysait les muscles tendus, il saisit un tuyau de caoutchouc sur la table de nuit, y fixa une seringue vide, puis regarda Sondra et hocha la tête. Lorsqu'elle détacha la poche de la sonde trachéale, il fit aussitôt glisser le tuyau dans le tube et tira sur le piston de la seringue, qui s'emplit de sang. Il la vida dans une bassine et répéta l'opération, aspirant de nouveau un liquide écarlate. Ouko étant devenu tout mou, Sondra entreprit vivement d'étancher le sang qui coulait de l'incision. Leurs quatre mains travaillaient en parfaite harmonie, comme si elles eussent appartenu à une seule et même personne : Derry aspirait, laissait ensuite Sondra emplir les poumons d'Ouko, puis aspirait encore pendant qu'elle achevait de nettoyer la blessure.

Enfin, au bout de ce qui leur sembla être une éternité, ils glissèrent un drap propre sous le garçon inconscient, après l'avoir lavé. L'infirmière se retira en emportant tout ce qui était souillé, et les deux médecins s'assirent chacun d'un côté du lit. La main puissante de Derry ne cessait d'actionner régulièrement la poche, tandis que Sondra auscultait au stéthoscope la poitrine d'Ouko.

— Ses poumons sont dégagés, dit-elle enfin en se redressant sur sa chaise.

— Combien de temps est-il resté sans oxygène ?

— Je ne sais pas. Deux minutes, peut-être trois.

— Dans ce cas, il ne devrait pas y avoir de problèmes.

Une crampe dans les doigts le contraignit à changer de main pour appuyer sur la poche.

— Eh bien, docteur, dit-il, il semble que nous soyons désormais obligés de rester ainsi jusqu'à la fin.

Sondra leva les yeux vers son beau visage noyé dans l'ombre.

— Nous pouvons demander à la famille de nous aider, suggéra-t-elle tranquillement. Les frères, les sœurs, les cousins… Ils peuvent tous actionner la poche à tour de rôle.

Le regard bleu sombre de Derry était pensif.

— Je vais appeler l'hôpital de Voi. Peut-être pourront-ils nous prêter un respirateur. Sinon, j'essaierai Nairobi. Nous allons mettre le gosse sous perfusion tout de suite, puis nous tenterons de l'alimenter par sonde nasale.

Sondra étudia son visage fatigué, ses larges épaules et la tension régulière des muscles de son bras.

— Je regrette mes paroles de tout à l'heure, affirma-t-elle doucement. Quand je vous ai accusé de condamner Ouko à mort. Mais j'étais hors de moi.

— Je sais. Ce n'est pas grave. Cela arrive à tout le monde.

Leurs regards plongèrent longuement l'un dans l'autre. La nuit africaine les entourait.

Chapitre 22

À l'aube, Ouko n'avait toujours pas repris connaissance. Une perfusion de sérum salé et glucosé se déversait goutte à goutte dans l'une de ses veines, et le mécanicien de la mission, un homme dans la force de l'âge, actionnait consciencieusement la poche respiratoire.

Derry entra dans la salle commune : d'un air absent, Sondra tournait une cuillère dans sa tasse de thé. Il posa une main sur son épaule.

— Allez dormir un peu, conseilla-t-il.

Elle sembla sortir d'un rêve et lui demanda ce qu'avait répondu l'hôpital de Voi.

— Ils n'ont malheureusement pas de respirateur à nous proposer, répondit Derry. Il faudra que j'aille à Nairobi, mais je ne partirai pas avant le retour d'Alec, ce soir. D'ici là, nous laisserons sa poche à Ouko.

Il s'assit à côté d'elle et posa ses mains à plat sur la table.

— Je suis inquiet pour son alimentation, poursuivit-il. Il était déjà en état de malnutrition à son arrivée, et la perfusion ne suffira pas longtemps.

Sondra se sentait incroyablement lasse. Jamais,

même aux temps les plus durs de son internat, ses os et ses muscles n'avaient été aussi douloureux. Elle avait l'impression d'être écartelée, déchirée dans les moindres fibres de son corps. Et son moral n'allait guère mieux. « Qu'ai-je fait ? songeait-elle. Nous ne pourrons jamais maintenir Ouko vivant pendant trois semaines ! »

Toutefois, elle n'en dit rien à Derry. C'était impossible, à présent…

— Je vais l'alimenter par sonde, et puis j'irai me coucher un moment, déclara-t-elle.

Derry l'examinait. Quelques mèches avaient glissé du foulard bariolé qui retenait ses longs cheveux noirs, et les manches soigneusement retroussées de son chandail blanc faisaient ressortir la teinte brune de ses bras. Il remarqua alors ce qui lui avait toujours échappé.

Sondra avait un profil plein de douceur : un front haut, des yeux légèrement bridés, des pommettes hautes, un nez petit et rond, des lèvres pleines, et un menton ferme mais délicat et un long cou. Elle était belle. Cela, Derry le savait depuis le début. Mais, en ce moment, il découvrait autre chose, qui aurait dû lui sauter aux yeux. Et il comprenait enfin pourquoi Sondra Mallone était venue en Afrique…

— Je m'occuperai de cela, dit-il tranquillement. Vous, vous allez dormir.

Elle lui adressa un faible sourire.

— C'est un ordre ?

— C'en est un.

À la stupéfaction générale, tout allait bien. Les veines d'Ouko se prêtaient au goutte-à-goutte ; l'alimentation par sonde nasale avait été un succès ; et, en ce moment même, alors que le soleil se couchait, l'enfant continuait à dormir paisiblement, sans spasmes. Toutefois, ce n'était que le premier jour, et il en restait bien d'autres à venir...

La moitié de la tribu d'Ouko semblait avoir élu ses quartiers devant l'infirmerie – une vingtaine de Masaïs étaient accroupis dans la poussière et chantaient des mélopées magiques. Sur les marches mêmes du bâtiment, le révérend Sanders dirigeait un groupe de prières.

C'est alors que les Rover de l'expédition arrivèrent, troublant ce tableau peu commun. Derry se précipita pour mettre Alec au courant de la situation et le conduisit dans l'infirmerie, Rebecca leur emboîtant aussitôt le pas.

Sondra expliquait à une infirmière les soins à prodiguer à Ouko.

— Il faut le tourner toutes les deux heures, disait-elle en joignant le geste à la parole. Lui frictionner le dos et les jambes. C'est très important. Et humidifier ses yeux.

Elle montra un petit flacon de solution ophtalmique.

— Et ajouter quelques gouttes d'huile minérale, précisa-t-elle.

Elle leva les yeux quand Derry et Alec entrèrent. Le jeune Écossais était couvert de poussière, et ses cheveux blonds tout ébouriffés.

À la vue de Rebecca, l'infirmière s'écarta du bureau comme un enfant fautif pris la main dans le sac.

— Je prends la relève, *memsabu,* déclara Rebecca d'une voix dure et froide.

Sondra se tourna vers elle.

— Nous devons définir des soins bien précis pour le garçon, déclara-t-elle. Son état est critique. J'ai écrit sur ce papier…

Elle prit la feuille sur laquelle elle avait porté ses instructions, mais Rebecca ne daigna pas y jeter un seul coup d'œil. Le visage dénué d'expression, elle gardait les yeux fixés sur Sondra.

— Je prends la relève maintenant, *memsabu,* répéta-t-elle.

— Venez, dit Derry en touchant le coude de Sondra. Allons voir l'enfant.

Elle hésita, soutenant le regard hostile de l'infirmière, puis tourna brusquement les talons et se dirigea vers le lit d'Ouko.

Quelques minutes plus tard, Alec MacDonald hochait gravement la tête.

— Moi, je ne l'aurais pas fait, objecta-t-il. Il valait mieux laisser partir ce gosse. Je ne vois pas comment nous pourrons le maintenir en vie…

— Il est sous oxygène, dit Sondra en indiquant la bouteille à la tête du lit.

— Il va se dessécher en un rien de temps… Il a besoin d'humidification.

— C'est pourquoi je pars tout de suite pour Nairobi, répliqua Derry. Je n'attendais que ton retour.

— Vous allez voler maintenant ? questionna Sondra. Mais il va bientôt faire nuit noire !

Il eut un bref sourire.

— Je l'ai déjà fait, assura-t-il. Ne vous inquiétez pas pour moi. Je te confie l'infirmerie, Alec. Sondra a bien assez à faire ici.

Il observa la manière dont un grand Masaï, de la famille d'Ouko, pressait fidèlement la poche de ses larges paumes. La poitrine de l'enfant se soulevait à chaque insufflation. Soudain, Derry fronça les sourcils : l'état d'Ouko l'inquiétait, il se demanda s'il reviendrait à temps de Nairobi...

Alec resta auprès du garçon pendant que Sondra avalait un dîner hâtif, et allait prendre une douche. Il fallait veiller Ouko vingt-quatre heures sur vingt-quatre, et surveiller sans cesse ses fonctions vitales. Tout en démêlant ses cheveux mouillés, Sondra songeait au matériel perfectionné dont ils auraient disposé à Phoenix...

Ici, Alec, Derry et elle devaient seulement se fier à leurs yeux et à leurs oreilles.

— Comment va-t-il ? s'enquit-elle doucement en contournant le paravent.

Autour du lit d'Ouko régnait une semi-obscurité, et des tapis étouffaient le bruit des pas. L'enfant était éveillé depuis un moment, mais aucun spasme n'était encore survenu.

Alec se leva de sa chaise, fit un signe de tête au révérend Thorn, occupé à presser la poche respiratoire, et s'éloigna du lit en compagnie de Sondra.

— Je ne sais pas comment nous allons nous en sortir, murmura-t-il. Le gosse ne survivra pas un jour de plus avec cette perfusion. Il est sous-alimenté, et finira par mourir de faim.

— Jusqu'ici, il a supporté deux alimentations par sonde gastrique.

Le visage d'Alec s'assombrit.

— Nous avons besoin de matériel pour surveiller son sang, objecta-t-il. Nous n'avons aucune idée de son bilan électrolytique, sels minéraux, potassium. De plus, nous ne pouvons lui administrer indéfiniment du curare, car il risque de faire un œdème pulmonaire. En revanche, si nous le laissons avoir un spasme, il perdra sa perfusion. Et nous ne pouvons le diriger sur un autre hôpital : il est trop faible pour supporter un pareil transport. Non, vraiment, je ne sais que faire, Sondra.

« Moi, je le sais, songea-t-elle. Je l'ai empêché de mourir, et c'est à moi qu'il revient de faire en sorte qu'il s'en tire. »

Ils arrivaient à hauteur du bureau des infirmières, et Rebecca leva les yeux du journal qu'elle lisait. Son regard étincela quand elle rencontra celui de Sondra, froid et plein de défi.

— Allez vous asseoir auprès d'Ouko, s'il vous plaît, Rebecca, dit la jeune fille. Le révérend Thorn est seul avec lui.

Lentement, délibérément, l'infirmière tourna les yeux vers Alec et le regarda d'un air interrogateur.

— Allez vous asseoir là-bas, confirma-t-il avec lassitude.

Elle s'exécuta.

À minuit, Ouko fut saisi d'un spasme et perdit sa perfusion. Sondra batailla jusqu'à l'aube pour en installer une autre et dut se résoudre à dénuder une veine au niveau d'une cheville. Quand la mission commença à s'animer, le soleil était déjà haut sur l'horizon, et l'état général d'Ouko s'était aggravé.

Alec contraignit Sondra à prendre un peu de repos dans sa hutte, mais elle dormit mal et se réveilla fourbue en entendant atterrir le Cessna de Derry. Après une rapide toilette, elle constata que le respirateur avait été installé auprès d'Ouko, et qu'un tube vert transparent apportait de l'oxygène humide aux poumons de l'enfant. Mais son état continuait de se détériorer. L'entaille à sa cheville s'était infiltrée et, à midi, son estomac rejeta le lait de poule et le bouillon qui lui avaient été administrés.

Comme l'avait prédit Derry, Ouko mourait lentement de faim.

— Vous avez fait tout ce que vous pouviez, Sondra, assura Alec.

Il était tard. La mission dormait, et Ouko était sous respirateur depuis sept heures. Sondra refusait de quitter son chevet, et ses yeux d'ambre fixaient sans ciller le visage du petit malade. Il paraissait dormir tranquillement, les épaules relevées par des oreillers, mais c'était une apparence trompeuse : dans son corps, le tétanos gagnait la bataille.

— Je ne renoncerai pas, Alec, dit-elle d'une voix égale, dénuée d'émotion.

Il se pencha et lui prit une main.

— Sondra, il n'y a plus rien à faire. Aucun être humain ne peut être indéfiniment alimenté par perfusion, vous le savez bien. Ce gosse perd chaque jour des calories, et les perfusions ne suffisent pas à compenser cette perte. C'est la fin.

Mais elle ne l'écoutait pas. Ouko respirait normalement, et il n'avait pas d'escarres… Tout ce qu'il fallait, c'était tenir jusqu'à ce que son corps eût éliminé cette maudite toxine. Tout ce qu'il fallait, c'était trouver le moyen de le nourrir…

Soudain, le regard de Sondra se fixa sur la clavicule et les côtes très apparentes de l'enfant.

Sa clavicule…

— Alec, demanda-t-elle brusquement en se tournant vers le jeune homme. Alec, avez-vous entendu parler de l'hyperalimentation ?

Il se frotta la mâchoire.

— L'hyperalimentation ? répéta-t-il. Je crois avoir lu quelque chose là-dessus. C'est une sorte de technique d'alimentation toute nouvelle. Utilisée sur les prématurés, non ? Et très risquée, si je ne me trompe.

L'excitation gagnait Sondra.

— L'avez-vous déjà pratiquée ?

— Non, mais…

— Moi, oui. À Phoenix. Un interne et un chirurgien de mon hôpital étaient des pionniers en la matière, et j'ai eu la bonne fortune d'assister plusieurs fois à l'opération.

Elle se leva.

— Je pense que nous devons l'essayer sur Ouko.

— Vous ne parlez pas sérieusement ! s'exclama Alec en se levant à son tour. Entre observer une intervention et la pratiquer soi-même, il y a un abîme ! Vous voulez tenter d'insérer un cathéter dans le cœur de ce garçon *ici* ? Dans *ces* conditions ? C'est de la folie pure et simple !

Surexcitée, Sondra ne se laissa pas démonter.

— Restez ici, Alec. Je vais en parler à Derry.

Elle s'éloigna avant qu'il eût le temps de protester. Le jeune homme se rassit, leva le poignet d'Ouko et prit son pouls faiblissant.

À mi-chemin, sous le figuier sacré, une ombre arrêta Sondra. Surgissant des ténèbres comme si elle l'attendait, Rebecca la regardait durement, et ses yeux scintillaient dans le clair de lune.

— Laissez-le mourir, *memsabu,* déclara-t-elle d'une voix basse où perçait comme une menace. Dieu l'appelle. Laissez-le mourir.

Sondra la regarda une seconde, puis elle la contourna et poursuivit sa route.

Malgré l'heure tardive, une lumière brillait à la fenêtre du médecin. La jeune fille frappa à la porte.

— J'ai une idée, dit-elle en réponse au regard interrogateur de Derry. Cela pourrait marcher. En tout cas, il y a une chance. Avez-vous entendu parler de l'hyperalimentation ?

Un sillon se creusa entre les sourcils épais du médecin.

— Qu'est-ce que c'est ?

— Une méthode d'alimentation complète par voie intraveineuse. Mais, à la différence d'une perfusion normale, elle consiste à placer un cathéter à demeure dans la veine cave supérieure.

Derry la contempla longuement. Il n'avait jamais entendu parler de cette méthode, et la perspective d'introduire un tube dans la grosse veine qui se déversait directement dans le cœur lui paraissait pure folie. Toutefois, il ne pouvait que constater la vitalité nouvelle du regard de Sondra et l'énergie qui émanait de tout son être.

— Expliquez, demanda-t-il en rentrant sa chemise dans son pantalon.

— Voilà. Si nous ne pouvons alimenter Ouko par perfusion traditionnelle, c'est parce que les petits vaisseaux sanguins périphériques ne tolèrent pas de solutions concentrées. Or, c'est précisément de cela qu'il a besoin pour survivre. Dans le cas de la nouvelle méthode, il a été démontré que la veine cave supérieure permettait un apport continu de solution nutritive concentrée, *aussi longtemps que nécessaire*. On a commencé à appliquer cette méthode il y a quelques années, sur les nouveau-nés souffrant de désordres intestinaux ; mais à Phoenix des médecins l'ont adoptée pour des adultes ayant à subir plusieurs interventions sur le tube digestif et ne pouvant donc se nourrir par voie buccale. Derry, grâce à l'hyperalimentation, Ouko pourrait tenir des semaines !

L'expression de Derry restait sceptique.

— Avons-nous le matériel nécessaire ?

— Je ne sais pas. Mais nous pourrions improviser.

— Et les solutions à administrer ?

— Nous devrons les composer nous-mêmes. Je pense toutefois qu'un laboratoire de Nairobi pourrait nous aider.

— Savez-vous comment placer le cathéter ?

Elle hésita.

— Je l'ai vu faire.

— Et quels sont les risques ?

Elle ouvrit les deux mains dans un geste d'incertitude.

— Il y en a probablement des dizaines. Mais Ouko mourra si nous ne les prenons pas.

Ils revinrent ensemble vers l'infirmerie. Sous la fenêtre d'Ouko, le révérend Sanders dirigeait une veillée de prières, tandis que, devant le bâtiment, les Masaïs s'étaient installés autour de braseros et se passaient de main en main des gourdes de lait aigre et de sang de bœuf. À l'intérieur, les choses s'étaient aggravées : Ouko s'était éveillé et un spasme était survenu. À sa cheville, la perfusion s'était mise à infiltrer les tissus avoisinants, et le garçon avait commencé à tousser, recrachant un liquide qui encombrait ses poumons. À leur arrivée, Derry et Sondra trouvèrent Alec et Rebecca occupés à aspirer les mucosités de la trachée et à bander ses chevilles, après avoir administré à l'enfant une nouvelle dose de curare.

Alec se passa les mains dans les cheveux.

— Il est en vasospasme, affirma-t-il. Pas une de ses veines n'accepte de perfusion...

Sondra se pencha sur l'enfant et posa son stéthoscope sur sa poitrine. Ce qu'elle entendit ne lui plut pas.

— Nous devons tenter l'hyperalimentation, dit-elle.

Derry regarda Alec, qui secoua la tête.

— Je sais que cela a été fait, Derry, mais dans des conditions *idéales*. C'est une méthode tout à fait expérimentale, et les risques sont énormes. À lui seul, le cathéter peut provoquer une septicémie, une thrombose, ou une arythmie. Mais il y a aussi des complications métaboliques : glycosurie, acidose, œdème pulmonaire.

Derry tourna vers Sondra un sourcil interrogateur.

— Je n'ai jamais prétendu qu'il n'y avait pas de risques, déclara-t-elle.

— Et l'opération elle-même ?

— En faisant fausse route, nous pourrions perforer la paroi thoracique et occasionner une rétraction du poumon. Nous pourrions nous croire dans une veine et nous trouver en réalité dans la cavité pleurale, auquel cas nous déverserions des litres de liquide dans sa poitrine. Enfin, nous pourrions toucher une artère et tuer Ouko avant même de nous en rendre compte. Tout cela est vrai. Cependant...

Elle indiqua de la main le garçonnet tranquillement endormi.

— ... si nous ne faisons rien, il n'en a plus pour bien longtemps.

L'expression de Derry était assez éloquente : avaient-ils le droit de prolonger les souffrances d'Ouko ? Et de donner de faux espoirs à ces gens qui attendaient dehors ?

Son regard plongea dans les grands yeux implorants de Sondra.

— Très bien, dit-il. Nous allons tenter le coup.

Chapitre 23

Sondra travailla toute la nuit pour préparer, avec les moyens du bord, le matériel dont ils auraient besoin. Derry lui avait vainement enjoint d'aller se reposer : elle n'avait plus sommeil, pour l'instant, et était bien trop occupée pour songer à dormir.

Fouillant dans le matériel de l'infirmerie, elle rassembla les éléments nécessaires à l'intervention : un cathéter en silastène n° 18, une longue aiguille creuse, des tubulures pour perfusions intra-veineuses, des forceps, des ciseaux, des seringues, des aiguilles hypodermiques, des pinces hémostatiques, un bistouri, de la gaze, et du fil de soie noire pour sutures. Pour stériliser ces instruments, elle les plaça à trois reprises dans l'autoclave vétuste de l'infirmerie.

Entre-temps, Derry était en contact radio avec les Urgences d'un hôpital de Nairobi. Déterminer la composition de la solution nécessaire à l'hyperalimentation d'Ouko n'était pas chose facile, mais il y parvint avec l'aide du pharmacien qui se chargerait de la préparation : ensemble, ils fixèrent les besoins en vitamines, en protéines, en sucres, en sels et en calories. Les solutions stériles seraient prêtes le lendemain en fin de journée, et Derry viendrait les chercher en avion.

L'opération eut lieu au lever du jour.

Pour éviter de bouger Ouko, les trois médecins décidèrent d'un commun accord de le laisser dans son lit. On apporta un paravent supplémentaire, qui fut recouvert de draps propres. Une lampe placée sur la table de nuit éclairait directement la clavicule droite de l'enfant. Assis à la tête du lit et muni d'un stéthoscope, Alec surveillait ses fonctions vitales, tandis que Sondra et Derry, formant équipe, s'étaient placés chacun d'un côté. Rebecca, elle, se tenait debout au pied du lit, le regard indéchiffrable au-dessus de son masque de tissu.

Sondra et Derry enfilèrent des gants stériles, puis recouvrirent Ouko de champs et de serviettes stériles, ne laissant dénudé qu'un carré de peau badigeonné de teinture d'iode, à la base du cou. La jeune fille regarda Alec, qui indiqua de la tête que tout allait bien. Elle se tourna ensuite vers Derry, dont l'expression était grave mais ne manifestait aucune hésitation, et saisit la seringue avec sa longue aiguille hypodermique.

— Nous devons trouver la veine sous-clavière, dit-elle. C'est par là que nous introduirons le cathéter.

Les trois médecins regardèrent fixement le carré de peau brune et palpitante. Les veines du cou d'Ouko se dessinaient avec netteté, car le pied du lit avait été légèrement surélevé pour engorger les vaisseaux sanguins et permettre de trouver plus aisément la veine sous-clavière. Soudain, Sondra eut peur : si elle touchait l'une de ces veines, ou une artère…

D'une main ferme, elle tâta la mince clavicule. Quand elle eut trouvé la fourchette sternale – un léger creux situé à l'extrémité supérieure de l'os –, elle approcha de la peau la pointe de l'aiguille. Là, elle marqua une hésitation. Sa bouche était devenue sèche, et ses oreilles bourdonnaient : elle avait assisté plus d'une fois à l'opération, mais quant à la pratiquer elle-même…

D'un coup sec, elle planta l'aiguille.

— Derry, murmura-t-elle.

Il tendit aussitôt la main et ajusta la lourde seringue de verre sur l'aiguille, la guidant au fur et à mesure que Sondra enfonçait l'aiguille sous la peau.

— Aspirez, demanda-t-elle.

Derry tira légèrement sur le piston de la seringue. Rien ne vint.

Ils attendaient l'apparition de sang. Si celui-ci était épais et foncé, c'est que l'aiguille se trouvait dans la veine. Si rien ne venait, c'est qu'ils avaient manqué leur but. S'ils obtenaient de l'air, cela signifiait qu'ils avaient touché un poumon. Enfin, s'ils retiraient un sang rouge vif et pulsatile…

Sondra avala sa salive, et continua d'enfoncer l'aiguille. Son front se mouilla de sueur.

— Aspirez, s'il vous plaît.

Derry s'exécuta. Rien.

De son poste au pied du lit, Rebecca observait la scène d'un regard voilé.

— Aspirez, répéta Sondra.

Toujours rien.

Elle se mit à trembler. Elle aurait pourtant dû atteindre son but, maintenant ! Le sommet du poumon droit d'Ouko était dangereusement proche… « Devrais-je retirer l'aiguille et recommencer selon un angle différent ?… »

— Aspirez.

La seringue resta vide.

Les mains de la jeune fille s'immobilisèrent. Elle ne pouvait continuer. Et ne pouvait pas non plus reculer… « Quelque chose ne va pas ! Je n'aurais pas dû me lancer là-dedans ! »

— Je ne crois pas…, murmura-t-elle.

Soudain, la main de Derry couvrit la sienne, guida encore l'aiguille un peu plus loin, et lorsqu'il tira sur le piston un flot de sang brun envahit la seringue.

Il y eut un soupir général.

— Très bien, dit Sondra en prenant une profonde inspiration. Nous sommes donc dans la veine sous-clavière. Maintenant, nous devons introduire le cathéter dans l'aiguille et le placer dans la veine cave supérieure.

Laissant Derry tenir la seringue, elle saisit le tube de silastène, le déroula et l'étira sur la poitrine d'Ouko. Une ligne rouge tracée sur le tube marquait la distance par rapport au cœur.

— Bon. Enlevez la seringue, s'il vous plaît, Derry.

Il obéit. Un peu de sang apparut. Sondra l'épongea avec un tampon de gaze, puis entreprit de glisser le tube dans l'aiguille. Ses mains tremblaient légèrement, et elle sentit la sueur lui couler entre les omoplates. Si elle se trompait dans ses calculs, le tube pouvait pénétrer dans le cœur, ou remonter dans le cou et tuer Ouko.

Alec se pencha en avant, guettant le moindre signe de trouble cardiaque.

Lentement, guidé par la main délicate de Sondra

et les doigts fermes de Derry, le cathéter s'enfonçait. Lorsque la marque rouge atteignit la peau, Sondra cessa de pousser.

— Nous devrions y être, à présent, dit-elle.

Les trois médecins examinèrent le carré d'épiderme. Il leur semblait voir le tube logé dans la grosse veine qui se déversait dans l'oreillette droite du cœur d'Ouko.

Rebecca elle-même se pencha, et son regard parut traverser la poitrine de l'enfant. Ses yeux jetèrent un éclair, et elle se redressa.

Sondra se tourna vers Alec.

— Comment va le cœur ?

— Il bat bien. Pas d'arythmie.

Elle regarda Derry.

— Nous enlevons l'aiguille.

Cela fait, ils fixèrent le cathéter à la peau avec du fil de soie noir et couvrirent la plaie de gaze stérile et de sparadrap. Sondra retira ses gants et brancha l'extrémité libre du tube à un flacon de dextrose à cinq pour cent. Elle ouvrit ensuite l'écoulement, et quatre paires d'yeux anxieux regardèrent le goutte-à-goutte commencer.

Derry fit le tour du lit et prit le bras de Sondra.

— Allez vous reposer, dit-il doucement. Alec et moi nous occuperons de la suite.

Étendue tout habillée sur son lit, Sondra s'endormit comme une masse, écrasée par la fatigue des trois jours précédents. Elle avait demandé à être réveillée à midi, mais Derry ayant ordonné de n'en rien faire, il faisait nuit noire lorsqu'elle sortit enfin de son profond sommeil. Dehors, tout était étrangement calme, et il lui fallut une minute pour reprendre ses esprits.

Soudain, elle se souvint : Ouko !

L'infirmerie était plongée dans l'obscurité, et tous les malades dormaient. Assise au bureau, l'infirmière de garde lisait la Bible. Sondra trouva Derry auprès d'Ouko, une lampe à la main et occupé à vérifier le flacon de perfusion

— Comment va-t-il ? demanda-t-elle en passant derrière le paravent.

Derry sursauta.

— Oh ! vous êtes réveillée.

— Comment va Ouko ?

— Bien, jusqu'ici.

Il indiqua le flacon et Sondra s'en approcha.

— Je l'ai rapporté de Nairobi il n'y a pas très longtemps, expliqua-t-il. Si nos calculs sont exacts, et si tout se passe bien du côté du cathéter, cela devrait maintenir Ouko en vie assez longtemps.

Elle examina la bouteille. Tous les composants de la solution – azote, potassium, sels, sucres, vitamines, protéines, acides aminés, magnésium, calcium... – avaient été calculés pour répondre à un besoin de deux mille calories par jour.

— Nous saurons demain si cela marche, ajouta Derry en abaissant sa lampe pour regarder Sondra.

Ils étaient tout près l'un de l'autre, dans la pénombre et le silence.

— Nous commencerons par lui administrer une bouteille par jour, poursuivit Derry, puis nous augmenterons la dose suivant la manière dont il la supportera. Et, bien sûr, il faudra faire une glycémie chaque semaine, un dosage d'électrolytes sanguins trois fois par semaine, et des formules sanguines de façon régulière.

Il s'interrompit et la contempla un instant, le regard énigmatique. Il ouvrit la bouche comme pour ajouter quelque chose, mais, semblant changer d'idée, se tourna vers l'enfant endormi.

— J'ai dit à Rebecca de laisser une infirmière ici en permanence, murmura-t-il. Et aussi de prendre ses ordres directement de vous…

La mission tout entière ne sembla plus vivre que pour Ouko. Certes, les autres malades étaient soignés comme à l'accoutumée, mais c'était lui dont on suivait les progrès, ou les rechutes…

Quatre jours après l'opération, la peau autour du cathéter s'enflamma, et il fallut remplacer tout l'appareillage. Lorsqu'il s'éveillait, Ouko était saisi de spasmes si violents qu'il manquait d'y succomber. Le dixième jour, on décela des ronflements anormaux dans ses poumons, et on dut le mettre sous antibiotiques pour combattre une pneumonie. Les trois médecins le gardaient à tour de rôle, surveillant sans cesse ses fonctions vitales. Conformément aux instructions de Sondra, les infirmières le soignaient de leur mieux et évitaient l'apparition d'escarres. Chaque matin, le révérend Sanders venait prier à son chevet, et tous les soirs étaient organisées des veillées de prières.

Il maigrit de façon dramatique. Aussitôt, on augmenta l'apport calorique de la solution qui lui était administrée. On découvrit du sucre dans ses urines : la solution fut de nouveau modifiée. Dès qu'il put le supporter, on l'alimenta par sonde, en lui donnant de la crème et des œufs. Sa sonde urinaire s'infecta : il fallut la remplacer et administrer davantage d'antibiotiques. La pneumonie ne cédait pas, et la trachée devait être fréquemment nettoyée. Les examens de laboratoire continuèrent vingt-quatre heures sur vingt-quatre.

Enfin, le dix-huitième jour, Ouko resta éveillé vingt-quatre heures de suite sans avoir de spasme. La sonde trachéale fut retirée.

Le dix-neuvième jour, ce fut le tour du cathéter d'hyperalimentation.

Le lendemain matin, Sondra devait amputer un adulte taita dont le pied était gangrené. Elle terminait tout juste ses préparatifs pour l'opération lorsque Alec entra dans le laboratoire de l'infirmerie.

— Que diriez-vous d'une promenade avant le dîner ? lui proposa-t-il.

C'était une belle soirée de février, et le coucher de soleil était magnifique : de rose, le ciel virait à l'orange, tandis que, des quatre coins de l'horizon, se levait un voile mauve pâle. Chacun, dans la mission, se hâtait de profiter des derniers instants de clarté.

Sondra aimait bien Alec. Elle appréciait ce sourire qu'il avait toujours aux lèvres, sa présence rassurante ; et elle aimait ce mélange léger d'après-rasage et de tabac à pipe qui flottait toujours autour de lui.

— J'ai jeté un coup d'œil au vieux Moses tout à l'heure, dit Alec quand ils passèrent près du figuier. Il ne crache plus de sang, et ses poumons sont dégagés. Dieu soit loué.

Sondra hocha la tête en signe d'assentiment et cala ses mains au fond des poches de son ample pull. Il n'y avait pas de limite à la variété, ni au nombre des patients que l'infirmerie voyait passer, et la jeune fille adorait cela.

Ils se promenèrent sous les jaracandas et les bougainvillées.

— La saison des pluies ne devrait pas tarder, maintenant, remarqua Alec. On sent l'odeur des vieilles herbes que les Masaïs ont fait brûler.

De loin, Sondra souhaita bonsoir à Mme Whittaker, la maîtresse, qui fermait son école. Elle cherchait Derry, mais il restait invisible.

Au bout de quelques minutes, elle s'aperçut qu'Alec avait légèrement changé de conversation.

— Évidemment, les hivers peuvent être très froids, disait-il. Venant de l'Arizona, vous trouveriez certainement assez rudes et primitives mes îles du bout du monde. Mais elles sont d'une rare beauté, et je crois que vous finiriez par les aimer.

Ils longeaient l'église, du côté que frappaient encore les derniers rayons dorés du soleil couchant. Soudain, Alec s'immobilisa et fit face à Sondra.

— Je ne sais pas comment m'y prendre, Sondra, déclara-t-il. J'y réfléchis depuis des jours, et tout ce qui me vient à l'idée c'est de parler du temps !

Elle le regarda d'un air stupéfait.

Posant les mains sur ses épaules, il plongea ses yeux dans les siens.

— Je vous demande de m'épouser, murmura-t-il. Je vous demande de rentrer en Écosse avec moi et de partager ma vie.

Sondra le dévisagea. Tout d'un coup, elle voyait ce qu'il lui décrivait tout à l'heure : ces belles îles sauvages, ce foyer ancestral, ces frères, ces sœurs, ces cousins, cette vie confortable et tranquille qu'il lui offrait avec son nom et sa famille. Une famille…

— Il n'est pas nécessaire de me donner tout de suite une réponse, Sondra. Je comprends que vous soyez surprise, et je ne veux pas vous brusquer. Il nous reste sept mois à passer ici, et vous avez tout le temps de réfléchir à ma proposition. Tout ce que je peux dire aujourd'hui, c'est que je vous aime tendrement, et que je voudrais vous avoir à mon côté pour le restant de nos jours.

Sondra croyait rêver. Et, lorsqu'il se pencha pour l'embrasser, elle n'offrit aucune résistance. Pourtant, quand son baiser se fit passionné et qu'il l'attira contre lui, elle eut honte de ne pas lui avouer la vérité : c'était Derry qui occupait ses pensées ; Derry qui hantait ses rêves...

Un craquement sonore brisa le silence. Les deux jeunes gens se séparèrent et virent Derry s'immobiliser au coin de l'église. Il hésita un instant, puis, comme si de rien n'était, s'adressa à Sondra.

— Je vous cherchais... Quelqu'un voudrait vous voir.

Elle le suivit avec Alec à travers la mission. Il les conduisait à l'infirmerie. Elle comprit soudain : assis sur son lit, au bout de la salle, un garçonnet avalait goulûment du porridge et du miel que Rebecca lui donnait à la cuiller.

Quand les trois médecins s'approchèrent, Ouko cessa de mâcher et les regarda avec de grands yeux. Rebecca lui essuya le menton. Il dévisageait surtout la *memsabu,* là, au milieu, la dame qu'il avait si souvent vue dans ses rêves étranges.

— Bonjour, Ouko, dit doucement Sondra avec un sourire.

À son tour, l'enfant sourit timidement, puis il finit d'avaler. Il était encore très maigre, et bien trop faible pour manger tout seul, mais il n'y avait pas à se tromper sur la vie qui pétillait dans ses yeux et dans son sourire.

— Ouko, déclara Derry en dialecte masaï, voici la *memsabu* qui t'a sauvé la vie.

Le garçon murmura quelques mots. Derry se tourna vers Sondra et traduisit.

— Il vous remercie. Il dit qu'il ne vous oubliera jamais.

Sondra avait les larmes aux yeux.

C'est alors que Rebecca, posant la tasse de porridge, se leva et la regarda bien en face.

— La *memsabu* a-t-elle d'autres ordres à donner pour Ouko ? demanda-t-elle.

Sondra la contempla. Rebecca avait passé au chevet de cet enfant plus de temps qu'aucune autre infirmière. C'était elle qui avait décelé la pneumonie, qui avait toujours pris garde à ce que le cathéter ne soit pas déplacé pendant les soins ; elle, enfin, qui avait renvoyé une infirmière pour avoir mal surveillé les fonctions vitales du petit malade. C'était une bonne infirmière, en qui l'on pouvait avoir confiance ; de celles qu'un médecin souhaite avoir près de lui en cas d'urgence...

— Faites ce que bon vous semblera, Rebecca, répondit la jeune fille.

Un léger sourire apparut sur les lèvres de Rebecca.

— Bien, *memsabu*.

Et elle se rassit.

Tandis qu'Alec s'arrêtait auprès du vieux Moses pour l'ausculter une fois de plus, Derry et Sondra sortirent dans la nuit tombante. Une brise légère s'était levée, chargée d'odeurs animales, de parfums de fleurs et de l'âcre senteur de l'herbe brûlée.

Derry contempla les collines taitas qui viraient au violet sombre.

— Vous vous êtes fait des amis, remarqua-t-il. Et à juste titre…

Incapable de parler, Sondra garda le silence.

— Dans quelques jours, reprit-il, je pars en tournée dans le nord du pays masaï. Voulez-vous m'accompagner ?

Chapitre 24

Ils devaient parcourir six cents kilomètres, en faisant une halte à Nairobi pour y prendre des médicaments. Sondra se trouvait dans la Land Rover de tête avec Derry, le révérend Thorn voyageait avec Kamante dans la deuxième, et Abdi, le chauffeur swahili, conduisait seul la troisième.

Les trois véhicules tressautèrent et cahotèrent sur la piste poussiéreuse qui reliait la mission à la route Voi-Moshi, à travers un désert rougeâtre parsemé d'arbres verts et de buissons géants. Quand ils atteignirent la route de Mombasa et obliquèrent vers le nord, le soleil était déjà haut dans le ciel et il commençait à faire chaud. De tous côtés s'étendaient d'immenses plaines ocre et désolées, où surgissaient par endroits des rocs de lave durcie et des arbres que l'on eût dit plantés à l'envers.

— Des baobabs, indiqua Derry. Les Africains croient que cet arbre irrita Dieu, un jour. Il l'arracha et le remit en terre la tête en bas. Les branches que l'on voit sont donc en fait les racines, et les feuilles poussent dans le sol.

Et il raconta à Sondra d'autres traditions tribales, des légendes qui expliquaient bien des mystères de l'âme africaine. Lorsqu'ils atteignirent Nairobi, juste avant midi, la jeune fille en savait plus sur le Kenya et ses habitants qu'elle n'en avait appris en cinq mois.

Ils déjeunèrent agréablement au restaurant du Nouvel Hôtel Stanley, s'arrêtèrent au Centre de recherche immunologique de l'Organisation mondiale de la santé pour prendre livraison de leurs médicaments, puis les trois Land Rover quittèrent la ville.

Derry se montrait de plus en plus loquace et enjoué, et devant son profil souriant Sondra sentait la perplexité et l'étonnement l'envahir.

Ils suivaient une route cahoteuse – baptisée « la Revanche de Mussolini » par les Africains, car elle avait été construite par des prisonniers de guerre italiens et se trouvait dans un état pitoyable –, et au bout de trois quarts d'heure parvinrent dans une région montagneuse, le Kijabe. Soudain, au détour d'un virage, s'étendit devant eux la grande vallée du rift.

— Le ranch de mon père était là, dit Derry en garant la Rover sur le bas-côté. C'est ici que j'ai grandi.

Il descendit de voiture, vint ouvrir la portière à Sondra et lui tendit la main.

— Venez, il faut que vous voyiez cela.

Il la conduisit au bord du précipice. À leurs pieds, tout en bas, s'étirait une vallée couleur de blé, enserrée de collines mauves. Sondra contemplait, fascinée, le lointain damier de fermes et de ranches que survolaient, haut dans le vent frais et silencieux, de grands aigles aux ailes immobiles.

— Le ranch était en bas, expliqua Derry. Je

l'ai vendu, il y a des années de cela. Notre vieille maison est maintenant une école.

Sondra l'observa. Elle vit de quelle manière il embrassait tout cela du regard, et sentit l'émotion qui l'envahissait.

Légèrement embarrassée de le découvrir aussi offert, aussi exposé, presque vulnérable, elle détourna les yeux. Pourtant, elle tenait enfin la réponse à toutes les questions qu'elle se posait à son sujet. Ce pays sauvage aux vallées dorées et aux pentes verdoyantes, c'était Derry Farrar. Ils battaient du même cœur, respiraient le même souffle, comme une mère et son enfant chéri. Derry avait un chez-lui, une identité… Et Sondra l'envia.

Ils reprirent leur chemin. Redescendus dans la vallée, ils traversèrent des plantations et des fermes, croisant des femmes aux robes bariolées, leurs bébés dans le dos, et des groupes d'enfants en uniforme qui sortaient de l'école. Et puis, peu à peu, les fermes se firent plus rares, le pays moins habité. La nature devenait plus sauvage, plus « originelle ».

En fin d'après-midi, ils atteignirent Narok, un amas de bâtisses en parpaings avec des toits en tôle ondulée, ombragées d'acacias. Les trois Rover s'arrêtèrent devant un bazar pour faire le plein d'essence. Derry entra dans le magasin. À le voir rire et plaisanter avec le patron installé derrière son comptoir et échanger de grandes salutations avec un groupe de vieux Masaïs attablés autour d'une bière, Sondra se prit à songer : « Il est ici chez lui. »

Au-delà de Narok, la route goudronnée se transforma en piste poussiéreuse, puis, alors que le soleil commençait à baisser sur l'horizon, cette piste elle-même se mua en deux ornières dans l'herbe haute. Loin devant, les plaines dorées de Tanzanie se teintaient d'ocre cuivré, et les ombres s'allongeaient au pied des arbres. Un groupe de lions rassasiés et somnolents regarda passer d'un air indifférent les trois véhicules cahotants. Un peu plus loin, une famille de girafes se lança dans une course gracieuse, tandis qu'un éléphant, surpris, abandonnait l'arbre dont il arrachait l'écorce.

Sondra avait la sensation de se déplacer non pas dans l'espace, mais dans le temps, et d'être revenue dans l'Éden originel…

Au bout d'une heure de secousses éprouvantes, les Rover arrivèrent au bord d'une petite rivière. Elles s'arrêtèrent près d'un bouquet d'acacias, qui ferait office de dispensaire de plein air, et les voyageurs montèrent leur camp.

Abrités sous la moustiquaire d'une tente, ils savourèrent le dîner préparé par Kamante : du poisson-chat – pêché dans le cours d'eau – et des pommes de terre bouillies, le tout agrémenté d'une sauce savoureuse. Ils s'octroyèrent ensuite un moment de détente bien mérité.

— Les patients commenceront à arriver dès demain, dit Derry en allumant une cigarette et en étendant ses longues jambes. Les Masaïs sont très dispersés sur cette partie du territoire, mais les nouvelles vont vite…

Un quart de café au lait entre les mains, Sondra regardait Kamante couvrir le feu de camp. Le révérend Thorn dormait déjà sur son lit pliant, sa moustiquaire accrochée à une branche. Sondra devait occuper la tente qui servirait d'infirmerie de jour ; Derry s'installerait dans la tente magasin ; et les deux chauffeurs avaient déplié leurs lits sous les arbres.

La jeune fille prêtait l'oreille au profond silence de la nuit, un silence qu'elle s'était mise à aimer.

— Qu'est-ce que c'est que ce bruit ? demanda-t-elle soudain.

Derry écouta.

— C'est l'appel du guide du miel. C'est un mignon petit oiseau qui adore le miel, mais son bec est trop fragile pour percer les rayons. Alors il appelle à l'aide. C'est parfois un blaireau qui vient lui prêter main-forte, mais parfois c'est l'homme. Il suffit de le suivre jusqu'à la ruche. Là, on ramasse le miel et la cire dont on a besoin, et on lui laisse le reste.

— Voilà un système bien pratique, dit Sondra avec un sourire.

Derry tira sur sa cigarette, exhala lentement la fumée, et écrasa le mégot dans le cendrier métallique fixé au bras de son fauteuil de toile.

— Oui, dit-il, mais il ne sert plus à rien. Aujourd'hui, l'homme mange du sucre, de la confiture et du chocolat, et il n'a plus autant besoin de miel. Alors le petit guide appelle, appelle, et personne ne vient.

Sondra sentit une sorte de tristesse l'envahir, tristesse devant les appels désormais inutiles du guide du miel, devant la disparition d'une certaine Afrique qui avait bercé l'enfance d'un homme aujourd'hui adulte…

— J'espère que nous verrons le vieux Seronei, reprit Derry. C'est un Masaï de légende. Vous ne rencontrerez pas de chef plus noble et plus digne.

Il était dans cette région l'année dernière, mais son *enkang* est peut-être bien loin d'ici, maintenant.

Elle entendit son siège grincer et craquer lorsqu'il se leva, et le vit se diriger vers la moustiquaire et l'écarter légèrement.

— Je me demande où ils se trouvent, murmura-t-il.

— Où se trouvent quoi ?

— Les bas quartiers du ciel, répliqua-t-il avec un rire bref. Car c'est certainement là que j'irai.

Elle le regardait fixement, détaillant chaque angle et chaque ligne de son corps découpé contre la moustiquaire.

— Il y a une nouvelle étoile, ce soir, ajouta-t-il doucement.

Il se tourna vers elle.

— Vous voulez la voir ?

Posant son quart, elle vint se placer tout près de lui et leva la tête vers le ciel sombre.

— Vous la voyez ? Ce petit point lumineux qui se déplace un peu plus vite que les autres ?

— Oui, répondit-elle.

Mais elle ne voyait rien, rien que ces innombrables diamants répandus sur du velours noir par la main indifférente de Dieu. Derry lui montrait des choses qu'elle ne voyait pas, qu'elle ne voulait pas voir dans son refus de trouver un ordre à cet univers accidentel.

— Là, murmura-t-il. C'est la Croix du Sud, le chemin vers la Tanzanie et l'hémisphère Sud. Là-bas, on distingue la Grande Ourse, la tête à l'envers. Et juste au-dessus de nous, Sondra, regardez...

Il lui mit la main au creux des reins.

— ... c'est le Centaure, avec Alpha et Bêta.

— Où est cette nouvelle étoile dont vous parliez ?

— Juste là, dans les Pléiades. C'est un satellite de communications. Quand vous connaîtrez le ciel africain aussi bien que moi, vous les repérerez aisément.

Il la contempla, un léger sourire aux lèvres.

— Vous aimez l'Afrique, n'est-ce pas ?

— Oui.

Il hésita un instant, puis s'écarta d'un pas.

— Nous ferions mieux d'aller dormir, dit-il. Nous aurons fort à faire quand les Masaïs arriveront.

L'air matinal était frais et vivifiant, et Sondra, pleine d'entrain, déjeuna de meilleur appétit qu'à l'ordinaire. Elle avait bien dormi, d'un sommeil profond et sans rêves, et avait fait sa toilette avec l'eau fraîche apportée de la rivière.

Tandis que les chauffeurs faisaient la vaisselle et rangeaient le camp, les premiers Masaïs apparurent, surgissant comme par enchantement de la terre rouge.

Ils restaient timidement à quelques mètres du camp : de superbes jeunes guerriers appuyés sur leur lance, leurs longues tresses et leurs membres teints de rouge luisant dans le soleil matinal ; de belles filles élancées semblables à des statues d'acajou dans leurs manteaux de peau, la poitrine nue, les bras, le cou et les chevilles chargés de perles multicolores ; des femmes avec leurs bébés accrochés dans le dos, bavardes, souriantes et pleines d'exubérance ; des vieillards accroupis dans la poussière, préparant déjà les jeux qui les occuperaient toute la journée ; et des enfants nus, au crâne rasé, qui regardaient les *wazungu* avec de grands yeux ronds. En moins d'une heure, une véritable foule s'était rassemblée là, chacun discutant, riant et s'embrassant à la mode masaï : la clinique de l'homme blanc était toujours une occasion de s'amuser et de se distraire…

Le révérend Thorn s'installa sous un arbre et entreprit de lire la Genèse, mais bien peu lui prêtaient attention, car tous les yeux étaient fixés sur un objet des plus curieux…

En effet, lorsque Sondra se détourna de la table sur laquelle elle disposait thermomètres, médicaments et seringues, elle vit tous ces regards posés sur elle…

— Mais que se passe-t-il ? demanda-t-elle à Derry.

— Vous les intriguez.

Sous son arbre, le révérend Thorn déclamait inlassablement son Évangile, tandis que Derry et Sondra exerçaient leurs talents en dépit de la chaleur, des insectes, des barrières linguistiques et des superstitions locales. Ils avaient à traiter des cas de malaria, de maladie du sommeil, de maladies parasitaires, et au bout d'une heure de travail, devant le sourire plein d'innocence des Masaïs, Sondra sentit une paix inhabituelle descendre sur elle. Une seringue à la main, elle s'interrompit un instant et leva son visage vers le vent léger. Non loin de là, sur la gauche, un éléphant gris écorchait paresseusement un arbre en remuant ses grandes oreilles ; à droite, deux jeunes guerriers appuyés nonchalamment sur leur lance étudiaient la jeune fille avec un intérêt manifeste. Quelque part, une flûte solitaire égrenait sa mélopée obsédante.

Et, partout, des fleurs : écarlates, blanches, jaune d'or… et des oiseaux bariolés, posant ici et là leur touche de couleur.

Un petit groupe animé fendit l'herbe blonde. Guidées par un vieux chef masaï portant son *rukuma* – une canne noire symbole de son autorité –, sept magnifiques jeunes filles apparurent, drapées dans de grands manteaux de cuir laissant voir leurs poitrines pleines et sensuelles. Elles circulèrent en riant à travers la foule, offrant et recevant des baisers, dansant et chantant d'un air extasié. Derry expliqua à Sondra qu'il s'agissait d'*olomal,* c'est-à-dire de filles non mariées entrées artificiellement en transe et recherchant les bénédictions des gens pour obtenir bonheur, fertilité et amour. L'une d'entre elles, une jeune femme aux longs yeux pleins de promesses, semblait avoir jeté son dévolu sur Derry, et elle dansait pour lui en psalmodiant des paroles qui firent sourire l'assistance d'un air approbateur.

Le chef adressa quelques mots à Derry, et ce dernier éclata de rire.

— Le chef dit : elle a remarqué Derry, expliqua Kamante en réponse à la question de Sondra. Il lui plaît. Est-ce qu'il la veut ?

Sondra vit Derry sourire et secouer la tête, puis le groupe s'évanouit dans les hautes herbes, son chant primitif emporté par le vent.

Le dîner – bœuf en boîte et biscuits secs – fut suivi d'un nouveau moment de détente. Les cinq membres de l'expédition s'installèrent à l'abri de la grande tente, les chauffeurs pour jouer aux cartes, le révérend Thorn pour discuter de politique africaine avec Derry. Sondra s'était assise un peu à l'écart et sirotait son café en contemplant les étoiles à travers la moustiquaire.

Elle avait l'impression étrange d'être parvenue au terme d'une longue quête...

Au bout d'un moment, elle souhaita bonne nuit à ses compagnons et rejoignit sa tente. Assise au milieu des boîtes de médicaments et de pansements, elle se brossait les cheveux à la lueur d'une lampe tempête quand elle entendit un bruit de pas près de sa tente. Elle crut tout d'abord que le révérend regagnait son lit sous les arbres, puis elle reconnut la voix de Derry.

— Êtes-vous réveillée, Sondra ?

Il s'assit sur une caisse et croisa les bras.

— Je ne vous ai pas réellement remerciée de ce que vous avez fait pour Ouko...

— Nous y avons tous participé.

— Oui, mais vous nous avez donné le moyen de le sauver. Et de sauver d'autres vies. Le problème de la malnutrition et de la sous-alimentation est l'un des plus graves qui se posent à la mission. Grâce à l'hyperalimentation, nous pourrons secourir bien des malheureux.

Il la contempla longuement.

— Je m'étais trompé sur votre compte, Sondra, reprit-il, et je vous en demande pardon. Je n'ai pas été très aimable avec vous quand vous êtes arrivée...

Elle leva les yeux vers lui, fascinée par son regard bleu sombre.

— Quels sont vos projets pour plus tard, quand vous aurez terminé votre année ici ?

343

— Je ne sais pas. Je n'y ai pas encore réfléchi sérieusement.

— Allez-vous épouser Alec ?

— Non.

— Pourquoi pas ? C'est un type bien, qui peut vous offrir beaucoup, et il est manifestement fou de vous.

— Et si je vous disais que cela ne vous regarde pas ?

— Mais si, justement, cela me regarde.

Sondra eut un faible sourire.

— Pourquoi ? Parce que vous êtes directeur de l'infirmerie ?

— Non. Parce que je vous aime.

Son sourire s'effaça et elle le regarda.

— Je crois que ça date de la nuit où vous êtes venue frapper à ma porte avec une idée complètement folle pour maintenir Ouko en vie. Je ne sais pas trop... Ou alors c'était la toute première nuit, quand vous n'arriviez pas à installer votre moustiquaire, et que vous êtes venue chez moi, pensant vous trouver devant la case d'Alec. (Une lueur s'alluma dans ses yeux.) Je suppose que je devrais maintenant vous prendre brusquement dans mes bras, ou quelque chose dans ce goût-là, mais j'ai bien peur de me rendre ridicule...

Il s'interrompit.

— Ou me suis-je déjà rendu ridicule ? reprit-il plus doucement.

— Derry..., murmura simplement Sondra.

L'instant d'après, elle était contre lui, et il posait ses lèvres sur les siennes, délicatement d'abord, puis avec frénésie. Sondra sentit les bras puissants de Derry la serrer contre son corps musclé, et elle s'accrocha à lui de toutes ses forces. Il n'y aurait plus jamais de quête : il n'y avait plus qu'un ici, qu'un maintenant, et Derry. Et tous deux surent qu'ils avaient parcouru de longues routes sinueuses pour trouver, enfin, le sens de leur voyage.

QUATRIÈME PARTIE

1977-1978

Chapitre 25

Léa était furieuse.

Du dos de la main, elle souffleta son journal.

— Écoute un peu ça, Arnie : « L'accouchement à domicile n'est rien de moins qu'un crime contre l'enfant. » Un crime contre l'enfant ! Mais quelle idiotie !

Elle laissa tomber le journal sur la table encombrée et fixa deux yeux brûlants comme des braises sur son mari. Celui-ci continua de donner régulièrement la becquée à Sarah, leur petite fille de dix mois : s'il avait le malheur de s'interrompre, elle pousserait des hurlements !

— De quoi s'agit-il, Léa ? demanda-t-il en plongeant la petite cuiller dans le bol de bouillie tiède.

— Oh ! c'est ce procès ridicule en Californie. On a accusé la sage-femme de meurtre quand le bébé dont elle avait accouché la mère à domicile est mort ! Il a été prouvé que le gosse était condamné de toute manière, mais ces imbéciles se sont jetés sur l'histoire comme des vautours. Et le pire, c'est qu'ils vont convaincre des gens !

— Maman !

Léa leva les yeux, et sa fureur s'évanouit aussitôt.

— Qu'y a-t-il, chérie ?

Rachel, une fillette de cinq ans – cinq ans et deux mois, se plaisait-elle à rappeler fièrement –, se tenait sur le seuil menant de la cuisine au salon.

— C'est ça que je vais mettre pour aller à l'école, aujourd'hui, déclara-t-elle sur un ton d'adulte.

Léa sourit. Sa fille venait juste d'entrer au jardin d'enfants, et elle se prenait très au sérieux.

— Chérie, tu l'as mise à l'envers…

L'enfant avait réussi à glisser son petit corps dodu dans l'une de ses nouvelles robes sans en défaire les boutons, et les smocks que Léa avait confectionnés sur le devant se trouvaient dissimulés sous une avalanche de cheveux noirs.

— Mais, maman, rétorqua-t-elle en posant les mains sur ses hanches à la manière d'un vrai petit mannequin, c'est comme ça que je veux la mettre. Tu comprends, quand je rentrerai de l'école, je pourrai me déshabiller toute seule, puisque les boutons sont juste là…

Léa éclata de rire.

— Tu retournes en haut, ordonna-t-elle, et tu demandes à Beth de remettre ta robe à l'endroit.

— Oh ! très bien, dit Rachel avec un soupir d'enfant martyr.

Et elle sortit en prenant un air offusqué.

Arnie rit également et ôta Sarah de sa chaise haute pour la poser sur le tapis.

— On dirait qu'il va pleuvoir, Léa, observa-t-il en jetant un coup d'œil par la fenêtre au-dessus de l'évier. Habille-toi chaudement.

Tandis qu'il débarrassait la table des assiettes du petit déjeuner, Léa posa la main sur les cheveux soyeux de Sarah. Elle n'avait de préférence pour aucune de ses quatre filles, et aimait chacune pour ses qualités particulières : Rachel était courageuse et agressive ; Naomi, vive comme l'éclair et pleine d'humour ; sa sœur jumelle, Miriam, curieuse et intéressée par tout ; et la petite Sarah montrait des dispositions à la réflexion. Contrairement à ses trois sœurs, elle pouvait rester longuement assise, plongée dans une contemplation qui donnait à son petit visage une expression qui n'était pas de son âge.

« Et comment sera celui-ci ? » se demanda Léa en se redressant et en plaçant une main sur son ventre. Sera-ce une artiste, une meneuse d'hommes ? Ou bien, cette fois, un garçon ?

Un grand bruit se fit entendre à l'étage, et la jeune femme regarda vers le plafond, mais sans inquiétude. Le bruit faisait partie intégrante du foyer Roth et, en cinq ans, ces vieux murs n'avaient pas connu un seul instant de quiétude.

Léa adorait cette maison. En 1972, quand elle était au début de son internat et enceinte de Rachel, Arnie avait objecté qu'ils n'avaient pas les moyens de s'offrir une telle demeure, mais elle s'était obstinée et, comme toujours, l'avait emporté. Arnie avait d'ailleurs cédé de bonne grâce : d'une part, il adorait faire plaisir à sa femme et, d'autre part, il avait lui aussi été conquis par cette vieille bâtisse de style victorien sur les bords de l'île Bainbridge.

Les neuf pièces avaient été promptement emplies de chaleur, d'amour et de bouches à nourrir. Mais ce n'étaient pas seulement celles des enfants. Brandy, le labrador, avait mis au monde une portée de chiots. Les divers chats de la maisonnée étaient arrivés un par un, chacun en son temps, avec un miaulement signifiant de toute évidence qu'ils adoptaient la famille. Le petit perroquet blanc qui aimait se percher sur les épaules et mordiller le lobe des oreilles était venu par un beau jour de printemps. Le hamster était le cadeau d'anniversaire de Rachel, pour ses cinq ans, et Léa avait acheté les lapins au marché, sur un coup de tête. Enfin, Beth, l'adolescente de quinze ans, était arrivée un matin dans la voiture de Léa. Tôt ou tard, se disait Arnie, les sans-logis de Bainbridge trouvaient le chemin du foyer Roth.

Il leva les yeux et fronça les sourcils devant le ciel menaçant. Mais que faisait donc un garçon de San Fernando comme lui dans un pays aussi froid et humide ? Il pleuvait presque tout le temps !

Abandonnant les assiettes dans l'évier – Beth les laverait tout à l'heure –, il s'essuya les mains et se retourna en baissant les manches de sa chemise.

Dieu, que Léa était belle... Elle semblait embellir, si c'était possible, avec chaque grossesse. Quel magnifique tableau elle formait, en cet instant, éclairée doucement par le feu dans la cheminée de brique, la tête penchée, avec sur le visage cette expression contemplative si semblable à celle de la petite Sarah assise entre ses jambes... Certes, elle avait un peu grossi, mais cela lui allait bien.

De tels instants de quiétude familiale étaient trop rares, mais, puisque Léa avait ouvert son propre cabinet sans doute se produiraient-ils plus fréquemment. Du moins Arnie l'espérait-il...

Un bruit malheureusement trop familier le fit tressaillir : le robinet de l'évier gouttait de nouveau ! Il fronça les sourcils : avaient-ils réglé la dernière facture du plombier, quand Rachel avait bouché les canalisations de la salle de bains, à l'étage, en y enfonçant une serpillière ? Il secoua la tête et soupira. Plus il gagnait d'argent, moins ils semblaient en avoir...

Il s'aperçut soudain qu'il bataillait depuis un moment avec le poignet droit de sa chemise. Levant la main, il constata que le bouton était tombé et plissa le front. Cela faisait des semaines que ce bouton était parti... Et il ne pouvait changer de chemise, car c'était la dernière : toutes les autres attendaient une fois de plus d'être lavées ou repassées...

— Sarah, ma chérie, il ne faut pas enfoncer ce crayon dans ton nez.

Arnie se retourna et vit Léa prendre le bébé sur ses genoux. Elle saisit le petit poing rose de l'enfant et le posa sur son ventre.

— Tu vois, Sarah, déclara-t-elle, il y a un petit frère ou une petite sœur là-dedans. Dis-lui bonjour, Sarah, il t'entendra.

Sarah gloussa et bava sur la robe d'intérieur de sa mère. Arnie secoua de nouveau la tête. Comment Léa faisait-elle donc ? Il avait pensé, au début, qu'elle ne pourrait tout mener de front – le mariage, la nouvelle maison, les enfants, et sa carrière – mais elle y était parvenue. Le jour où elle avait accouché de Sarah, elle se trouvait même à l'hôpital ! Quand elle avait senti le travail commencer, elle avait poursuivi ses visites aux malades comme si de rien n'était, se contentant de s'appuyer de temps à autre aux murs pour laisser passer les contractions. Elle était ensuite montée calmement en Obstétrique, avait averti les infirmières de la naissance imminente, et s'était allongée sur un lit à côté de l'une de ses propres patientes.

Évidemment, il y avait l'envers de la médaille, et, les premiers temps, Arnie avait suffisamment pesté contre le désordre permanent qui régnait dans la maison, l'absence répétée de chemises propres le matin, et la nécessité de préparer à dîner et de coucher lui-même les enfants après une épuisante journée de travail – il lui arrivait de ne pas voir sa femme plusieurs jours de suite. Ces cinq années avaient passé comme l'éclair, et quelques mois plus tôt Léa avait ouvert son propre cabinet à Winslow. Ils auraient bientôt davantage d'argent, et lui, Arnie, ne serait plus jamais à court de chemises repassées.

Oui, se dit-il pour la millième fois, ces cinq années de sacrifices et de patience en valaient la peine : Léa aurait bientôt des horaires de travail réguliers, comme tout le monde, et elle consacrerait plus de temps à sa famille...

Avait-elle remarqué qu'il vieillissait ? Lui-même en avait pris conscience ces derniers temps. D'abord, ses cheveux. Il en était sûr à présent : ils commençaient à se raréfier. Chaque matin, il en trouvait quelques-uns de plus sur son oreiller, et chaque soir, quelques-uns de plus sur son peigne... Il avait pris de l'estomac, aussi, et portait désormais des lunettes à double foyer. Après tout, il avait eu quarante ans le mois dernier...

— Tu ne vas pas être en retard, mon chéri ? demanda Léa.

Il jeta un coup d'œil à l'horloge murale, à moitié dissimulée sous un assemblage hétéroclite de dessins d'enfants, et constata qu'elle s'était encore arrêtée. C'était un gadget que leur avait offert la famille

Shapiro pour leurs cinq ans de mariage – une sorte de miroir avec un petit cadran dans un coin – et il n'avait jamais réellement fonctionné !

Il traversa la cuisine et, du doigt, tapota l'horloge, qui demeura inerte. Dans le miroir, il vit Léa se frotter le ventre.

Il s'était juré de ne pas manifester son inquiétude, mais il la sentit de nouveau lui serrer le cœur.

— Tu es sûre que tu ne veux pas que je t'accompagne ? demanda-t-il de son ton le plus détaché.

— Mais non, chéri. Va travailler. Je te téléphonerai quand ce sera fini.

Quand ce serait fini... C'est-à-dire quand l'examen permettant de savoir s'ils devraient garder ce bébé ou non serait fini...

Dès le début, Léa avait pris la chose avec le plus grand calme. Le mois dernier, elle était allée voir son nouveau gynécologue, le Dr Mary Farnsworth, pour une visite prénatale, et le soir même, au dîner, elle avait déclaré comme en passant :

— Tiens, au fait, Mary voudrait que tu ailles la voir pour une prise de sang.

— Pour quoi faire ?

Elle avait haussé les épaules, mais la manière dont elle évitait de le regarder trahissait son angoisse.

— Eh bien, avait-elle dit, il semble qu'elle ait analysé mon sang à la recherche d'un certain facteur et qu'elle l'ait trouvé. Et maintenant, elle veut vérifier le tien, au cas où...

— Mais de quoi parles-tu ? De quel facteur ?

Léa avait pour règle de n'aborder aucun sujet déplaisant pendant les repas, qui devaient être détendus pour favoriser la digestion. Ce soir-là, cependant, elle devait retourner à l'hôpital pour y voir une patiente, et il lui avait donc fallu enfreindre ce principe sacro-saint.

— Juste un facteur, Arnie. Tu sais bien que tu n'aimes pas les détails médicaux…

— Seigneur, Léa…

— Mary t'expliquera, d'accord ? avait-elle conclu avec un regard qui voulait dire : « N'inquiète pas les enfants », et qui signifiait en réalité : « Ça ne va pas, alors n'envenime pas les choses. »

Arnie était donc allé voir Mary Farnsworth, qui lui avait tout expliqué.

— J'ai effectué cet examen par mesure de précaution, monsieur Roth, en raison des ascendants de votre femme. Le gène dont elle est porteuse se voit généralement dans un cas sur deux cents, mais chez les juifs, en particulier ceux de souche est-européenne, la proportion est de un sur vingt-sept. Par elle-même, elle ne peut transmettre la maladie à son enfant, mais si vous avez aussi ce gène, il y a alors vingt-cinq chances sur cent pour que votre bébé soit atteint de la maladie de Tay-Sachs.

Un enfant condamné à ne pas vivre au-delà de quatre ans.

— Et si j'ai bien ce gène ?

— Nous examinerons le fœtus pour voir s'il a effectivement la maladie de Tay-Sachs, auquel cas il faudra interrompre la grossesse.

Or, les analyses d'Arnie s'étaient révélées positives, et Mary Farnsworth n'avait pas caché que le fait d'avoir eu quatre filles en bonne santé relevait du miracle.

Et aujourd'hui, Léa devait se soumettre à une amniocentèse. Au moyen d'une longue aiguille, on prélèverait un peu du liquide amniotique dans lequel vivait le bébé pour y rechercher une enzyme particulière. Dans deux semaines, les résultats de l'analyse donneraient la réponse : si l'enzyme était absente, c'est que le bébé avait bien la maladie…

— Je peux demander un jour de congé, proposa Arnie qui voulait tout à la fois accompagner Léa à l'hôpital et ne pas y aller. Il vaudrait mieux que tu ne sois pas seule…

— Absurde, rétorqua Léa en se levant et en faisant tomber une pluie de miettes sur le tapis. Ce ne sera pas long, et après j'irai directement à mon cabinet.

Pour une fois, contrairement à son habitude, Arnie avait demandé à savoir en quoi consistait une amniocentèse, et si elle comportait des risques. Oui, il y avait des risques, avait répondu Léa. Mais mieux valait savoir si le bébé était normal ou pas.

— Allez, Arnie, tu vas rater le ferry.

Tout en montant lourdement à l'étage pour y prendre sa mallette (et une épingle de sûreté pour son poignet de chemise), Arnie sentit renaître tout au fond de lui cette drôle de sensation qu'il n'arrivait jamais à définir exactement. Parfois, elle s'apparentait à un sentiment de frustration, parfois à de l'impatience ; et, ce matin, elle était mêlée de ressentiment. Mais envers quoi, ou qui ?

« Léa est médecin, se disait-il. Elle devait être au courant de ce risque. » Pourtant, elle n'en avait jamais parlé… Il savait bien que les médecins pouvaient refuser de regarder la vérité en face, comme tout un chacun. Il suffisait de prendre l'exemple de la pédiatre de la famille : elle avait eu une grosseur au sein, et s'était obstinée à la considérer comme un kyste inoffensif, jusqu'au jour où il avait fallu pratiquer une double mastectomie et la soumettre à des séances de rayons…

Mais, après tout, il y avait peut-être une explication : plus on en savait, moins on tenait à y penser. Et sans doute ne fallait-il pas en vouloir à Léa…

De la cuisine, Léa entendit la voiture d'Arnie quitter l'allée de gravier et s'éloigner. Elle ouvrit le réfrigérateur et se versa un grand verre de jus d'oranges pressées le matin même. Elle eût préféré prendre un café, mais tout comme les cigarettes, l'alcool, l'aspirine et le sirop contre la toux, c'était un des luxes qu'elle se refuserait jusqu'à la fin de sa grossesse.

Mme Colodny, la baby-sitter, n'arriverait que dans quelques minutes, aussi reprit-elle sa place à la table, tout en repoussant d'une main distraite les factures qui l'encombraient.

Elle espérait bien que l'ouverture de son cabinet privé permettrait rapidement de faire face à certaines de ces créances. Pour l'instant, elle avait une infirmière, une réceptionniste et suffisamment de clientes pour occuper toute la semaine. Simplement, il fallait maintenant que l'argent commence à rentrer.

Sous le tas de factures apparaissait le coin d'une grosse enveloppe crème : la lettre que le Caribou Lodge, un prestigieux club masculin, adressait à Arnie pour l'inviter à devenir membre. Ce serait un point pour sa carrière, car son appartenance au Caribou ne manquerait pas de lui valoir de bons clients. Mais où trouver les deux mille dollars de droit d'entrée ?

Des petits pieds dévalèrent l'escalier, et l'instant

d'après trois fillettes se jetaient dans les bras grands ouverts de leur mère.

À l'instar de leur sœur aînée – dont la robe était maintenant à l'endroit –, les jumelles Naomi et Miriam étaient habillées de pied en cap. Tous les matins, elles se préparaient pour « aller à l'école » elles aussi, et accompagnaient Rachel à l'arrêt d'autocar. Léa leur emballait même un déjeuner dans de petits sacs en papier, qu'elles rapportaient à la maison dès que le bus jaune avait disparu au coin de la rue. Elles s'installaient alors devant leur programme de télévision favori, dévoraient leur déjeuner, et, après avoir troqué leurs « belles » robes contre des tenues plus confortables, se lançaient dans les jeux qui les occuperaient toute la journée.

— De vrais anges, avait coutume de dire Mme Colodny, attendrie.

Mais Léa savait à quoi s'en tenir sur le tempérament de ses filles…

Beth apparut sur le seuil, timide et hésitante comme toujours. « Comme un chien qui quémande une caresse, songea Léa, un chien qui a été battu trop souvent… »

Ils ne savaient pas grand-chose de l'adolescente : simplement qu'elle avait quinze ans, s'était enfuie de chez elle, dans le Midwest, et attendait un enfant. Le jour où Léa l'avait rencontrée, elle mendiait dans les rues de Seattle, et quelque chose dans ses yeux cernés et effrayés avait arrêté la jeune femme. Léa l'avait emmenée chez elle, l'avait installée devant un repas copieux, et c'est alors que l'adolescente avait avoué être enceinte. Ils avaient tenté de la convaincre de retourner dans sa famille, mais en vain. Et la fermeté avec laquelle elle avait promis de s'enfuir de nouveau si on l'y renvoyait de force avait donné à Léa un aperçu de la vie de cauchemar qu'elle devait mener.

Les autorités s'étaient déclarées impuissantes. « Des milliers de fugueurs arrivent chaque année à Seattle, madame Roth, lui avait-on expliqué. Et nous ne pouvons les enfermer s'ils n'ont commis aucun délit. En général, ils font de nouvelles fugues quand nous les plaçons dans des maisons. De plus, votre protégée a déjà quinze ans. Pour l'instant, nous nous occupons des moins de onze ans. »

Léa avait donc gardé Beth.

— Voulez-vous que je prépare le rôti, aujourd'hui, madame Roth ?

— Ce serait très gentil, Beth. Avec des pommes de terre nouvelles et des carottes. Et une sauce bien épaisse, comme les aime M. Roth.

Il se trouvait que Beth était un véritable cordon bleu, avec un don remarquable pour tirer le meilleur parti des aliments les plus insignifiants tout en réalisant des économies appréciables. Ce qui était un indice de plus sur le style de vie qu'elle avait dû mener...

— Je ferai également les salles de bains, madame Roth.

Léa sourit avec douceur.

— Ne vous surmenez pas, Beth. Pensez au bébé, qui doit naître dans deux mois.

— Oui, madame.

L'adolescente se dirigea vers l'évier pour laver la vaisselle. « Et après ? songea Léa. Que ferons-nous quand elle aura eu son bébé ? »

On verra cela le moment venu : pour l'instant, c'était d'un autre bébé qu'il fallait s'inquiéter...

Mme Colodny et le bus scolaire arrivèrent en même temps, ce qui provoqua un bref remue-ménage dans la maison. Mais, très vite, les jumelles furent assises devant la télévision, et Sarah se retrouva perchée sur les genoux de Mme Colodny. Lentement, Léa monta dans sa chambre.

— Parfait, docteur Shapiro. Maintenant, veuillez vous allonger et vous détendre…

Ils posèrent une couverture sur ses jambes pour compenser le caractère presque indécent de la courte chemise qu'elle avait enfilée, et l'exhortèrent une fois encore au calme.

Mais comment se détendre devant ce que l'on allait infliger à son corps ? Elle ferma les yeux. Elle n'avait guère réussi à combattre l'impression pénible qui la tourmentait depuis quelques jours, et, durant tout le trajet vers l'hôpital, elle avait lutté en vain contre les démons qui l'habitaient. C'est que le rêve était revenu…

Depuis quand n'avait-elle plus fait ce cauchemar ? Elle ne s'en souvenait pas. Il l'avait poursuivie pendant toute son adolescence, puis l'avait laissée en paix durant les années passées à Castillo College. Elle le croyait disparu à tout jamais, et voilà qu'il était soudain revenu l'assaillir, avec une violence et une intensité qui la maintenaient éveillée quand le reste de la maisonnée dormait…

Avant de prélever le liquide amniotique, il fallut procéder à une échographie pour repérer la position du placenta et du bébé. Pour toute néophyte, l'image floue qui apparut sur le petit écran de l'appareil était totalement dépourvue de sens, mais l'œil exercé de

Léa identifia aisément les formes et les détails de ce fœtus de quinze semaines.

Elle dut détourner la tête. Ce petit être à venir dépendait d'elle…

— Comment allez-vous, Léa ?

Elle eut un pâle sourire.

— Bien.

C'était le Dr Joe Selbie, spécialisé en amniocentèses, qui allait opérer… Il tapota l'épaule de Léa.

— Tout ira très vite, assura-t-il. Le bébé se trouve dans une bonne position.

Elle regarda de nouveau le plafond, les lampes blanches et froides. Elle aurait pu être étendue dans n'importe quelle pièce de l'hôpital : tout était tellement impersonnel, ici…

Elle entendit que l'on approchait une petite table roulante et ferma les yeux. Elle avait beau avoir tenu elle-même la longue aiguille bien des fois, cela faisait une grande différence de se trouver dans la situation du patient. Une très grande différence…

— Nous entrerons là, murmura le Dr Selbie.

Elle sentit le contact froid d'un coton imprégné de désinfectant contre sa peau. Puis une piqûre suivie d'un engourdissement.

— C'était la Xylocaïne, Léa.

Elle essaya en vain d'ouvrir les yeux pour regarder l'écran de l'échographe, pour surveiller ce que l'on faisait à son bébé. Ses paupières semblèrent au contraire se serrer davantage, et elle pensa : « Mon bébé se rendra-t-il compte de cette invasion de métal froid dans son monde tiède et liquide ? Aura-t-il peur ? Est-ce que les bébés qui ne sont pas encore nés peuvent pleurer ? Me haïra-t-il d'avoir permis cette intrusion ? Il faut que je lui donne un nom.

Il ne peut pas rester anonyme dans un moment pareil... Je t'appellerai Esther, Esther, ne pleure pas. Maman est avec toi... »

— O.K., Léa, on y va. Détendez-vous, vous ne sentirez rien.

Quelque chose appuya sur son ventre, puis plus rien. Mais en imagination, elle voyait l'aiguille traverser la peau, la chair et les muscles ; percer le péritoine, la paroi utérine, et puis...

Mon pauvre bébé ! Mon pauvre petit bébé sans défense ! Je ne peux rien faire pour te protéger de ce viol... Oh ! Arnie, j'ai peur, je me sens si seule ! J'aurais dû te laisser venir, te laisser être fort à ma place.

Papa...

Elle se mit à pleurer.

Chapitre 26

Léa n'y comprenait rien : sa patiente aurait pourtant dû être enceinte, maintenant ! C'était d'autant plus exaspérant qu'il lui semblait avoir la solution à portée de main. Mais il fallait l'admettre : elle avait atteint les limites de son savoir et de son habileté.

Elles étaient assises dans son bureau, sur un divan blanc orné de coussins verts et jaunes que baignait le pâle soleil de novembre. Dans un coin, un caoutchouc en pot narguait le climat nordique qui régnait à l'extérieur, et des poissons tropicaux rouge et or lançaient des éclairs dans leur aquarium.

— Je ne sais trop que vous dire, Joan, confessa Léa. J'ai fait tout ce qui était en mon pouvoir.

Mme Joan Freeman, mariée depuis deux ans et désespérant d'avoir des enfants, tortillait un mouchoir entre ses doigts.

— Ne pourriez-vous m'inséminer artificiellement, docteur ? Avec le sperme de mon mari ?

— Tous les examens ont donné des résultats normaux, Joan. Je ne peux rien faire de mieux que votre mari.

Et c'était bien là le plus surprenant. Mme Freeman était une femme de vingt-trois ans, en parfaite santé. Elle n'avait jamais eu de problèmes gynécologiques, n'avait jamais utilisé de contraceptifs, n'avait jamais fait de fausse couche, et ne suivait aucun traitement médical. Ses organes étaient normalement constitués ; les analyses de sang et les frottis avaient donné des résultats normaux ; elle avait une vie sexuelle normale ; et le sperme de son mari était normal. Bref, tout était normal…

Mais alors, pourquoi ne concevait-elle pas d'enfant ?

Cela faisait cinq mois, maintenant, qu'elle venait voir Léa, qui n'était pas plus avancée qu'au début. Fallait-il procéder à une laparoscopie ? Rechercher d'éventuelles adhérences ou une endométrite insoupçonnée ? Léa détestait recourir à la chirurgie, à des moyens mécaniques ou à des drogues, mais sans eux elle ne pouvait plus rien pour la jeune femme.

— Je ne peux que vous conseiller d'aller voir un spécialiste des problèmes de stérilité.

— Vous voulez dire, aller voir quelqu'un d'autre ?

— J'ai fait tout ce que j'ai pu, Joan. Mais peut-être devriez-vous renoncer à voir des médecins pendant quelque temps. Prendre patience, vous détendre, vous efforcer de retrouver une vie sexuelle spontanée…

C'était l'inconvénient des traitements contre la stérilité : les patients se plaignaient souvent du caractère prosaïque et décevant de leur vie amoureuse. À force d'attendre le moment idoine, de calculer, de prendre des mesures, ils chassaient toute magie de l'acte sexuel, le transformant en un simple processus mécanique…

Léa se leva et se dirigea vers son bureau. Elle fouilla dans un tas de papiers et en extirpa une liste.

— Voilà, dit-elle en se retournant avec un sourire encourageant. Il exerce à Seattle. Vous ne devriez avoir aucun problème…

— *Il ?* demanda la jeune femme.

L'expression de son visage était plus qu'éloquente. Léa haussa les épaules d'un air d'excuse.

— Je regrette, mais c'est le seul que je puisse vous recommander. On dit qu'il est excellent.

Mme Freeman regarda ses mains.

— Et je devrai tout recommencer ?

— Je le crains. Je lui transmettrai votre dossier, évidemment, mais il voudra certainement refaire un bon nombre d'examens, pour mieux vous connaître.

Un silence s'installa, pétrifiant le tableau que formaient les deux femmes : l'une, jeune et jolie dans ses jeans et sa chemise écossaise ; l'autre, un peu plus âgée, mais l'air tellement plus mûr avec son chemisier de soie et sa jupe de tweed. Dehors, un vent froid balayait les rues de la petite ville de Winslow, grattant avec insistance aux fenêtres, agitant les fougères et les arbres.

— Je ne crois pas que mon mari serait d'accord, dit enfin Joan d'une toute petite voix. Si vous le permettez, docteur, je préférerais continuer à vous voir.

« Mais je ne peux rien faire de plus ! »

— Très bien, Joan. Si c'est ce que vous voulez… Je vais voir si l'on peut tenter autre chose pour vous aider.

« Car je veux réaliser ton souhait, tout comme je veux que le mien se réalise. Je veux que Mary Farnsworth m'assure que mon bébé va bien. »

L'amniocentèse remontait à deux semaines, et entre-temps Léa avait légèrement changé. Tout comme la manière dont elle exerçait...

Le lendemain de l'examen, Arnie et elle étaient allés dîner chez ses parents, à Port Angeles. Pendant qu'elle aidait sa sœur à faire la vaisselle, le miracle se produisit : le bébé avait bougé. C'était une sensation familière, comme un léger battement d'ailes dans ses entrailles, qu'elle avait ressentie lors de ses quatre grossesses précédentes. Mais cette fois-ci, il y avait quelque chose de différent, de très différent...

Elle avait lâché le verre qu'elle tenait et éclaté en sanglots. Aussitôt, toutes les femmes de la maison – Mme Shapiro, la femme de Joshua, celle de Max, l'amie de David – étaient accourues et l'avaient poussée sur une chaise. Comme elles la pressaient de questions inquiètes, elle n'avait pu leur répondre : elle ne savait pas elle-même ce qui n'allait pas...

C'est alors qu'elle l'avait vu sur le seuil. Son père. Pendant une fraction de seconde, leurs regards s'étaient croisés, et ce qu'elle avait lu dans ses yeux avait instantanément tari ses larmes. Elle s'était relevée en assurant qu'elle se sentait bien, et était retournée à sa vaisselle. Mais jamais elle n'oublierait l'expression de son père. « Que se passe-t-il, Léa ? semblait-il dire. N'es-tu pas capable de faire front ? »

Dès cet instant, Léa avait senti germer en elle d'étranges et inquiétantes graines : le mépris de soi-même, la souffrance de la trahison, la haine de ce corps qui se retournait contre elle. Mike Shapiro ne tiendrait-il jamais compte de sa volonté, du désir de bien faire ? Non, seuls importaient les réussites, les trophées : la bonne volonté ne méritait pas de médaille…

Elle s'était alors aperçue, chez bon nombre de patientes, de l'existence d'un ressentiment du même ordre, engendré soit par une fausse couche, soit par un cancer du sein, ou par la mort d'un nouveau-né… Elle avait donc aussitôt mis sur pied son groupe de discussion : celles qui le désiraient se réunissaient une fois par semaine dans son bureau pour confronter leurs problèmes et exprimer leurs angoisses. « Je ne suis plus désirable aux yeux de mon mari », disait l'une. « Je suis inutile, puisque je ne peux avoir d'enfant », gémissait l'autre. Léa les conseillait et les réconfortait : c'était elle, certes, qui pratiquait telle ou telle opération traumatisante, mais elle ne craignait pas d'affirmer à ses patientes qu'il était normal qu'elles se sentissent trahies dans leur corps…

La semaine dernière, le groupe comptait cinq participantes. Ce soir, elles seraient douze.

— Joan, déclara-t-elle en accompagnant la jeune femme vers la porte, pourquoi ne revenez-vous pas ici ce soir, à sept heures ? Nous serons plusieurs à discuter de nos problèmes…

Comme elle regagnait son bureau, la voix de la réceptionniste résonna dans l'interphone.

— Docteur Shapiro ? Votre mari vient d'arriver. Arnie ? Ici ?

— Dites-lui de s'asseoir, Andrea. Je le rejoindrai dans une minute. Qui dois-je encore voir ?

— Mme Glass. Ensuite vous êtes libre.

— Installez-la dans la salle d'examen, s'il vous

plaît, et demandez à Carol de faire un prélèvement d'urine.

Elle regarda sa montre : elle avait rendez-vous avec Mary Farnsworth dans une heure, et ne savait pas qu'Arnie avait l'intention de l'accompagner…

Arnie consulta sa montre. Léa était en retard, une fois de plus.

Certes, elle l'avait averti avant leur mariage : les obstétriciens ne sont pas maîtres de leur temps. « Tout de même… », songea-t-il en se calant dans son fauteuil. Il avait cru sincèrement qu'avec l'ouverture de son cabinet privé Léa aurait des horaires plus réguliers et qu'elle mènerait enfin une vie familiale normale. Mais les choses ne se passaient pas comme prévu. Bien au contraire, au lieu de ralentir le rythme et de faire la juste part entre travail et maison, Léa semblait s'efforcer d'accumuler les contraintes professionnelles.

Comme ce groupe qui se réunissait tous les vendredis soir. Quel besoin avait-elle donc de se mettre encore cela sur le dos ?

— Arnie ? dit-elle en entrant dans la salle d'attente. Je ne m'attendais pas à ta présence ici.

Il sauta sur ses pieds.

— J'ai décidé d'être avec toi quand Mary Farnsworth te donnerait les dernières nouvelles.

Elle glissa sa main dans la sienne et la serra.

— J'en suis heureuse, affirma-t-elle avec un sourire.

« C'est à cause de ce bébé, se dit alors Arnie. C'est pour tromper son inquiétude qu'elle meuble ainsi son temps. Mais quand tout cela sera derrière nous… »

Ils se dirigèrent vers la porte.

— Tu sais quoi ? interrogea Léa. Elle sera en mesure de nous indiquer le sexe du bébé. Cinq mois avant sa naissance ! (Elle lui étreignit encore la main.) J'espère que c'est un garçon !

Chapitre 27

Jason Butler savait qu'il était mort. Il le savait, car il entendit quelqu'un le dire. Mais alors, pourquoi souffrait-il encore ? Et pourquoi cette belle femme blonde s'occupait-elle de lui comme s'il était encore vivant ?

Tandis qu'il sombrait lentement dans l'inconscience, il comprit : « Je ne suis pas mort. Je suis en train de mourir… »

— Je ne sens plus le pouls, docteur !

L'équipe se mit aussitôt au travail pour ressusciter le jeune homme étendu sur son brancard. Pendant que l'on préparait les défibrillateurs, Vicky massa sa poitrine, puis elle se redressa.

— Écartez-vous, dit-elle

Le corps eut un soubresaut.

— Encore, répéta Vicky.

Cette fois-ci, le cœur repartit.

Dans le hall de la salle des Urgences de Great Victoria, deux adolescents serraient leur serviette contre eux en frissonnant. Leurs longs cheveux pendaient en mèches salées et leurs shorts de surf collaient à leurs cuisses. Ils avaient peur : avaient-ils sorti à temps leur ami de l'eau ? Cela avait été un accident affreux. Jason Butler, un surfer confirmé de dix-huit ans, défiait avec ses amis les gigantesques rouleaux de Makaha. Que s'était-il passé ? Personne ne le savait avec exactitude : Jason avait sauté sur sa planche et abordé la vague avec son assurance et son habileté coutumières, et l'instant d'après il était dans l'eau, entraîné par le ressac et les remous. Quand ses camarades l'avaient enfin rejoint, ils avaient constaté que sa planche l'avait gravement blessé et, devant les plaies infligées à son visage, ils avaient cru tirer des vagues un simple cadavre.

Jason respirait pourtant encore, même si sa vie semblait ne tenir qu'à un fil.

Quand Vicky sortit du bloc opératoire, quatre heures plus tard, on emmenait Jason au service des Soins intensifs. Tout ce qu'on avait pu faire jusque-là, c'était stabiliser son état. Tandis que Vicky replaçait les os fracassés de son visage et recousait ses nombreuses plaies, deux chirurgiens orthopédistes avaient amputé sa jambe droite au-dessus du genou. Il n'avait pas repris connaissance et son état demeurait critique, mais ses fonctions vitales étaient stables, et il ne perdait plus de sang.

On avait informé Vicky qu'un parent du blessé attendait devant le bloc. Entrant dans la salle d'attente, elle y découvrit un homme seul, le regard perdu dans le vague.

— Monsieur Butler ? demanda-t-elle en tendant la main. Je suis le Dr Long.

Il se leva aussitôt et lui serra la main.

— Comment va mon fils, docteur ?

— Aussi bien que possible, pour le moment.

— Il est donc toujours en vie.

— Oui.

— Dieu soit loué, murmura M. Butler.

Et il se laissa retomber sur son siège.

Prenant place en face de lui, Vicky fournit quelques explications.

— Votre fils a été grièvement blessé à la gorge et à la mâchoire, monsieur Butler. C'est donc là qu'ont en priorité porté nos efforts, pour qu'il puisse respirer. Toutefois, nous ne sommes pas tirés d'affaire, je le crains. Il souffre aussi d'une fracture du crâne, et sans doute d'autres blessures, dont nous ne connaissons pas encore l'ampleur.

Elle l'examina. Elle savait qu'il s'appelait Harrison Butler, possédait Butler Pineapple, et était ainsi le deuxième producteur d'ananas de l'île. Il devait avoir une soixantaine d'années, mais semblait étonnamment jeune et athlétique. En outre, il était très séduisant.

— Vous vous sentez bien, monsieur Butler ? s'enquit-elle gentiment.

Il tourna vers elle ses yeux gris.

— Quand pourrai-je le voir ?

— Il vous faudra attendre un peu. Il est actuellement en observation au service des Soins intensifs. Il n'a pas repris connaissance, monsieur Butler.

Harrison Butler acquiesça de la tête, et son visage reprit une expression lointaine.

— Voulez-vous un peu de café ? proposa Vicky.

— Je n'ai jamais été d'accord pour qu'il fasse du surf, dit-il comme pour lui-même. L'année dernière, c'était le deltaplane, et je m'y suis fermement opposé. Mais il a le surf dans le sang, depuis l'âge de cinq ans. J'étais sûr que cela arriverait un jour…

Vicky garda le silence. Elle savait qu'une compagnie discrète pouvait parfois être d'un grand secours. Harrison Butler ne manifestait toutefois aucun signe de détresse requérant l'administration d'un sédatif : il restait simplement là, à regarder dans le vide.

Vicky le trouvait très élégant, très distingué avec son costume, ses boutons de manchettes et sa cravate bordeaux. Sa chevelure argentée et son front haut lui donnaient un air de patricien...

Quand les haut-parleurs l'appelèrent, elle se leva.

— C'est moi qui m'occuperai de Jason, monsieur Butler, précisa-t-elle. Si vous avez des questions à poser, ou si vous désirez tout simplement parler, n'hésitez pas à vous adresser à moi. L'hôpital sait où me joindre à toute heure du jour et de la nuit.

Pendant les deux semaines qui suivirent, Vicky n'eut aucun mal à rencontrer Harrison Butler : quand il n'était pas dans la petite salle d'attente du service, il se tenait au chevet de son fils. Il se montrait poli, toujours discret, et appréciait à leur juste valeur les soins apportés à Jason. Parfois il dictait des lettres d'affaires au dictaphone, ou discutait de contrats au téléphone. Mais, que ce fût tôt le matin ou tard le soir, il était toujours là, impeccablement vêtu, plein de calme et de maîtrise de lui-même. « En homme, songeait Vicky, qui n'a jamais connu le doute et sait la place qu'il occupe dans l'univers. »

Un jour, il fit parvenir un grand panier de fruits aux infirmières du service ; puis il envoya des fleurs aux neuf autres patients. Et chaque fois qu'il rencontrait Vicky, il lui serrait la main et s'enquérait de sa santé. Bref, tout le monde aimait Harrison Butler, et tous luttaient pour sauver la vie de son fils.

Un après-midi, une artère se rompit dans l'abdomen de Jason, son père s'éclipsa aussitôt, et attendit patiemment pendant six heures que Vicky vînt lui donner des nouvelles. Pas un instant il n'émit de reproches ou de critiques, comme le faisaient les parents de certains patients : il comprenait trop bien que Jason recevait les meilleurs soins possibles...

— Bonjour, monsieur Butler, dit Vicky en entrant dans la salle d'attente.

On venait juste de réparer l'artère rompue avec un greffon en tricot. Jason avait reçu douze doses de sang, et il se trouvait dans un état vraiment critique.

— Comment va-t-il ? demanda Harrison Butler.

— Vous ne pourrez pas le voir avant quelques heures, monsieur Butler. Pourquoi ne rentrez-vous pas chez vous pour prendre un peu de repos ?

Il avait l'air fatigué, en effet. Malgré l'attention qu'il portait à son apparence extérieure, ces quatorze jours de veille commençaient à laisser des traces.

— Je ne veux pas quitter l'hôpital, docteur. Je veux rester près de mon fils.

— Mais votre présence est inutile en ce moment... Je crois que vous vous sentirez mieux après avoir dormi. Et à quand remonte votre dernier repas ?

Il soupira et consulta sa montre.

— Au petit déjeuner, je pense...

— Il est tard, à présent, monsieur Butler.

— Et à quand remonte *votre* dernier repas, docteur ?

Elle sourit.

— Les médecins ne sont pas censés manger

comme les gens normaux, monsieur Butler. J'avalerai quelque chose à la cafétéria.

— Appelez-moi Harrison, je vous en prie. J'ai l'impression que nous sommes membres de la même famille. Et me serait-il possible d'inviter le médecin de mon fils à dîner ?

Vicky réfléchit. Son regard exprimait tant d'angoisse…

— Il y a un petit restaurant italien juste en face de l'hôpital, répondit-elle enfin. Ils y servent les gens pressés et ceux qui ont des horaires bizarres. Donnez-moi le temps de me changer, et je vous retrouve dans le hall d'entrée.

C'était un de ces restaurants dont les tables sont recouvertes de nappes à carreaux et éclairées de bougies fichées dans des bouteilles de vin. Le menu était simple et bon marché, et la clientèle constituée en grande partie d'employés de Great Victoria.

— Je vous remercie de vous joindre à moi, docteur Long, dit Harrison quand ils eurent passé leur commande. J'ai l'habitude de manger seul, mais ce soir…

Il ouvrit les mains en un geste éloquent.

Vicky se sentait pleine de curiosité. À l'hôpital, Harrison Butler n'était que le père de Jason, un père parmi tant d'autres parents angoissés. Mais ici, dans ce cadre qui n'avait rien de médical, elle découvrait soudain un homme. Un homme charmant, et très attirant…

— Appelez-moi Vicky, je vous en prie, déclarat-elle avec un sourire. Comme vous le disiez tout à l'heure, nous faisons un peu partie de la même famille…

Il hocha la tête d'un air solennel.

— Le malheur rapproche les êtres, n'est-ce pas ?

Vicky avait tant de questions à poser… Où se trouvait la mère de Jason ? N'avait-il ni frères ni sœurs ? Elle se maîtrisa cependant, car ses rapports avec Harrison n'étaient somme toute que professionnels.

— Vous n'imaginez pas à quel point je vous sais gré de ce que vous faites pour mon garçon, reprit Harrison. Je ne sais pas… ce que je ferais sans lui. Je n'ai que lui.

Vicky garda le silence. Elle savait maintenant qu'il lui raconterait tout…

Mme Butler avait quitté Harrison alors que Jason n'avait qu'un an. Elle s'était remariée, depuis, mais il ignorait où elle vivait. Jamais elle n'avait écrit ou ne s'était inquiétée de son fils. Le père et le fils partageaient leur temps entre la maison d'Oahu, près de Koko Head, où Harrison résidait lorsqu'il avait à faire à Honolulu, et la demeure ancestrale appelée Pukula Hau, sur l'île de Lanai.

— Jason est né à Pukula Hau, expliqua Harrison. Moi aussi. Mon père a fait construire la maison en 1912, et y a amené sa jeune épouse en 1913. En 1916, il est parti pour la guerre et n'est jamais revenu. Je suis né l'année suivante. Ma mère a réussi le tour de force de s'occuper à la fois de la plantation d'ananas et de moi. À sa mort, il y a vingt ans de cela, j'ai hérité de la société, et je compte passer le flambeau à Jason.

Vicky savait Harrison immensément riche. On rencontrait son nom partout sur les îles de l'atoll. C'était un nom presque légendaire. Au fil des ans, cependant, Harrison avait diversifié ses investissements, et dernièrement, précisa-t-il, il avait placé de l'argent dans le cinéma. Il avait déjà financé un film à succès, et espérait poursuivre dans cette voie.

Changeant bientôt de sujet, il interrogea Vicky sur sa propre vie.

— Vous êtes de celles qui savent ce qu'elles veulent, constata-t-il quand elle lui eut raconté ses cinq ans et demi à Great Victoria. Il faut certainement beaucoup de courage pour suivre une formation aussi longue, au prix de tant de sacrifices... Quand aurez-vous terminé ?

— En juin prochain. Cela va me faire tout drôle de me retrouver livrée à moi-même, après quatre ans d'école et six ans d'hôpital...

— Allez-vous exercer à titre privé ?

— Je l'espère. Début janvier, je commencerai à chercher un cabinet.

Il l'examina un moment. La lumière dansante de la bougie sculptait ses traits classiques, et ses cheveux blonds étaient ramassés en un chignon sur la nuque – comme à l'époque où Léa et Sondra l'avaient coiffée, huit ans plus tôt. « Une danseuse, songea Harrison. Une danseuse étoile... » Elle était d'une beauté remarquable. Pourquoi donc n'était-elle pas mariée ?

— Me permettrez-vous de vous réinviter à dîner ? demanda-t-il.

Vicky n'eut pas le loisir de répondre : dans son sac, son alarme venait de se déclencher.

— Excusez-moi, dit-elle en se levant.

Et elle se dirigea vers l'arrière du restaurant, où elle trouverait un téléphone.

Lorsqu'elle revint, quelques minutes plus tard, l'expression de son visage renseigna immédiatement Harrison.

— C'est Jason, affirma-t-il simplement.

— Je suis désolée, Harrison. Un caillot de sang a atteint son poumon. Tout s'est passé très vite…

Il acquiesça et se leva.

— Voulez-vous retourner à l'hôpital avec moi ?

Vicky adorait son appartement. Il donnait sur Diamond Head et disposait d'un balcon où elle pouvait profiter de la brise rafraîchissante. L'intérieur était confortable et meublé avec goût : un tapis en poil de lama, des fauteuils de cuir et de métal chromé, des tableaux brossés par Tseng-Yu-Ho, une sculpture de Tonga, et des tentures en batik polynésien. Elle avait en outre des livres, des disques, une petite télévision en couleurs et, surtout, des voisins tranquilles. Car Vicky aimait mener une vie calme, consacrant ses loisirs à la lecture, à la musique classique, ou à des promenades dans l'île au volant de sa petite voiture. Ses meilleurs amis étaient Tony Abrams et sa femme, et ces derniers s'efforçaient de temps à autre de lui présenter quelque célibataire susceptible de lui convenir. Elle ne leur en voulait pas de ces tentatives, qui n'avaient pour l'instant pas eu de suite. Il s'agissait toujours d'hommes intelligents et très plaisants, mais jamais l'étincelle attendue n'avait jailli. Et sans doute ne jaillirait-elle jamais…

En ce matin de mars, le vent soufflait et Vicky se préparait pour un week-end d'évasion. Elle commençait tout juste à découvrir l'île, qu'elle sillonnait en véritable touriste, armée de son appareil photo et d'huile solaire. Il y avait tant à voir…

Aujourd'hui, elle se proposait de visiter le Centre culturel polynésien, sur la côte nord-est, et de s'arrêter en cours de route pour photographier quelques paysages.

Mais elle ne photographierait pas les surfers.

L'année dernière encore, c'était l'un de ses passe-temps favoris, mais depuis la mort de Jason elle ne pouvait plus s'y résoudre.

La disparition du jeune homme avait été durement ressentie par tous – Vicky, les autres médecins, les infirmières... Ils avaient lutté désespérément pour le sauver, quatorze jours durant. Pas un instant il n'était sorti de son coma, et il était mort sans savoir de quel amour avaient été entourés ses derniers jours.

Tout en fermant son sac de voyage, Vicky se mit à penser à Harrison Butler. Elle le revoyait au chevet de son fils. À leur retour du restaurant italien, les infirmières avaient déjà débranché tous les fils et les tubes, et remonté les draps jusqu'au menton de l'adolescent. Son visage était recouvert de bandages, et il semblait dormir... Vicky et les infirmières avaient laissé Harrison seul, après avoir tiré derrière elles les rideaux qui masquaient les murs de verre de la petite salle. Il était resté long-temps auprès de son fils.

Quand il était enfin sorti, son visage était pâle et tiré, mais il ne semblait pas avoir pleuré. Harrison avait serré la main de tous, remerciant chacun personnellement de l'aide qu'il avait apportée, puis il était parti.

Quatre mois s'étaient écoulés depuis. Entre-temps, il n'avait donné signe de vie qu'une seule fois : au nom de Jason, il avait fait don à l'hôpital d'un scanner dernier modèle...

Sur la table, Vicky prit deux lettres à poster.

L'une était adressée à Léa pour la féliciter de la naissance d'Esther, une magnifique petite fille qui avait donné bien des soucis quelques mois plus tôt. L'autre était pour Sondra et Derry, qui célébreraient dans deux semaines leurs quatre ans de mariage.

Fermant ensuite la baie vitrée qui donnait sur le balcon, elle s'immobilisa un instant pour contempler le tableau devant elle. Le ciel était incroyablement bleu et les jardins croulaient de fleurs printanières. Dans l'une de ces rues aux bâtiments blancs attendait le nouveau cabinet de Vicky. Il était déjà meublé, et elle avait engagé une réceptionniste et une infirmière. Dans trois mois, c'est là qu'elle se retrouverait chaque matin, après un bref trajet à pied dans le soleil de Hawaii…

Dans trois petits mois.

« Ai-je peur ? se demanda-t-elle. Oui, un peu. J'ai travaillé toute ma vie pour ce cabinet, et maintenant que je l'ai j'en ai un peu peur… »

Elle prendrait bientôt fin, cette période de sacrifices que Jonathan et elle avaient jugée insurmontable. Six ans… Bientôt, elle serait libre, libre de vivre à sa guise, de travailler où bon lui semblerait, et d'aimer qui elle voudrait…

Mais personne ne l'attendait…

Soudain, le téléphone sonna. Elle fronça les sourcils : l'hôpital savait pourtant qu'elle n'était pas de garde ! Elle décrocha le combiné.

— Allô ?

— Vicky ? dit une voix familière. Ici, Harrison Butler. Je me demandais si je pourrais vous voir aujourd'hui.

— Harrison…

— J'ai besoin de vous parler, Vicky.

Il faisait lourd et humide, ce soir-là. L'atmosphère était chargée d'électricité et, au moment où Vicky quittait son appartement en compagnie d'Harrison, la radio annonça qu'une tempête risquait de s'abattre sur le sud de l'île vers minuit.

Ils se rendaient au bal que donnait le gouverneur en l'honneur de Cary et de Barbara Grant. La soirée avait lieu chez le gouverneur lui-même, dans ce qui était autrefois le palais de la reine Liliuokalani, et Vicky, assise dans la limousine d'Harrison, admirait silencieusement la splendide demeure enchâssée au milieu des pelouses et des palmiers. Elle avait du mal à contenir son bonheur : elle aimait l'homme qui se tenait à son côté…

Ils se voyaient depuis six mois, depuis cet appel téléphonique inattendu au mois de mars. Vicky avait aussitôt renoncé à visiter l'île, pour passer la journée avec Harrison. Ils s'étaient promenés sur une plage déserte, et elle l'avait écouté parler de Jason, de son chagrin, de ces quatre mois de deuil et de solitude au bout desquels, tout à coup, il avait ressenti le besoin de revoir Vicky Long et de lui parler. Il savait qu'elle comprendrait : n'avait-elle pas elle-même été touchée par ce drame ?

Elle comprenait, en effet. Et lorsqu'il s'était tu, elle avait à son tour pris la parole pour exprimer sa propre émotion devant la perte de Jason. Leur promenade avait duré longtemps, et au coucher du soleil, quand tout avait été dit, ils s'étaient aperçus qu'un lien très spécial s'était noué entre eux.

Ils s'étaient donc revus tout naturellement pour partager un après-midi, aller au concert, ou déjeuner ensemble le dimanche. Et peu à peu, sans foudre ni éclairs, Vicky était tombée amoureuse. Ils avaient appris à se connaître, à se respecter mutuellement, à se dévoiler lentement l'un à l'autre.

Harrison était doux et généreux, aussi délicat que séduisant, toujours souriant et attentionné. Et son âge – il avait soixante ans, et Vicky trente – ne constituait pas un obstacle aux yeux de la jeune femme : sa vitalité et la jeunesse de son physique faisaient aisément oublier cet écart.

Leurs rapports étaient cependant un peu ambigus. Au bout de six mois, ils en étaient toujours au stade de l'amitié. Ils passaient ensemble des moments merveilleux, mais comme de vieux amis. Parfois, Harrison prenait la main de Vicky et la contemplait longuement en silence ; puis soudain, comme effrayé par l'intimité qui semblait s'installer, il se rétractait et redevenait distant. Jamais ils n'avaient prononcé le mot « amour » et jamais ils n'avaient échangé le moindre baiser.

Le jour où il l'avait emmenée sur l'île de Lanai pour lui montrer sa superbe demeure sur les falaises, Vicky avait voulu y voir une signification particulière, mais cet espoir avait été déçu.

Jonathan Archer avait refait irruption dans sa vie. Ce soir-là, Harrison donnait une réception, et bientôt une centaine d'invités en costume sombre et robe longue avaient envahi Pukula Hau, sirotant du champagne et savourant des amuse-gueule hawaiiens au son d'un orchestre local. À minuit, ils avaient été régalés d'un *luau* en bonne règle, avec cochon rôti, feu de joie et danses typiques ; puis, lorsque les dernières braises du foyer avaient commencé à refroidir, Harrison avait annoncé le clou de la soirée : la projection en avant-première d'un film intitulé *Les Envahisseurs*...

Légèrement ivres et les yeux ensommeillés, les invités avaient pris place dans les confortables fauteuils de la petite salle de projection de Pukula Hau. Du fait de ses relations avec le monde du cinéma, Harrison ne pouvait que leur proposer un spectacle de premier ordre, mais, devant l'heure tardive, ils craignaient de s'endormir malgré eux quand la salle serait plongée dans l'obscurité.

Dès les premières images, ils comprirent que ce ne serait pas le cas. Sous leurs yeux stupéfaits, l'écran explosa de mille couleurs, et un tourbillon infernal les entraîna irrésistiblement. « Ah ! de la science-fiction... », murmura quelqu'un. Ce fut le seul commentaire des trois heures qui suivirent, et, lorsque les lumières se rallumèrent, tous restèrent comme pétrifiés sur leur siège.

Puis les réactions fusèrent. « De la science-fiction ! Mais je croyais que c'était d'une époque révolue ! » « Qui est le metteur en scène ? – un certain Archer. » « Est-ce qu'il ne faisait pas des documentaires ? »...

Vicky avait saisi des fragments de conversation : « Il a épousé Vivienne, cette actrice française » ; « Il se trouve actuellement à Kahoolawe pour préparer son prochain film. Il paraît que c'est la suite de celui-ci... »

Et ce soir, tandis que la limousine d'Harrison approchait du perron de la demeure du gouverneur, elle revoyait les studios abandonnés de Calabasas, ces façades aveugles et ces rues désertes que Jonathan lui avait montrées à la lueur de sa lampe torche. Était-ce là qu'il avait réalisé ce film merveilleux, ce fantastique opéra cosmique qui pulvérisait tous les records d'entrées dans les cinémas ?

« Il se trouve actuellement à Kahoolawe... » Elle avait brièvement envisagé de tenter de le revoir, en souvenir du bon vieux temps, mais très vite le bon sens l'avait ramenée sur terre. *Il a épousé Vivienne. Nous ne sommes plus les mêmes aujourd'hui.*

Tout récemment encore, elle avait vu sa photographie en couverture du magazine *Time* : un visage un peu vieilli, et un regard plein d'assurance. « Un visage qui devrait se trouver *devant* les caméras, et non derrière », avait écrit une journaliste. Jonathan était désormais la coqueluche d'Hollywood...

Et Vicky en était heureuse pour lui. Comme elle était heureuse pour elle-même de toutes les décisions prises. Elle avait eu raison de ne pas se rendre au pied de l'horloge de Castillo, car, aujourd'hui, elle était en passe de devenir un chirurgien plasticien de grande renommée. Et elle se trouvait en ce moment précis au côté d'un homme qu'elle aimait profondément.

Si seulement Harrison déclarait partager les mêmes sentiments... son bonheur serait complet.

Tous les regards se tournèrent vers eux lorsqu'ils pénétrèrent dans le hall : Harrison grand et fier dans son smoking à la coupe impeccable, Vicky habillée de vert et de bleu pâle. Ils crurent se retrouver dans un paradis tropical : de savantes compositions florales aux mille couleurs égayaient chaque salle ; de merveilleux portiques de fleurs jaunes et de roses décoraient chaque encadrement de porte ; des coupes de cristal débordaient de pétales écarlates ; et un parfum enivrant de jasmin et de fleur de frangipanier flottait dans l'air. Enfin, à son arrivée, chaque invité se voyait mettre autour du cou une odorante guirlande d'orchidées blanches et de bougainvillées mauves.

Sur la terrasse, les tables couvertes de dentelles croulaient sous les pyramides de mangues cramoisies, de bananes, de papayes, de fruits de la passion et, bien entendu, d'ananas cueillis le jour même à Oahu. Des danseurs de hula exécutaient une danse traditionnelle au son de rythmes entraînants.

Harrison et Vicky fendaient la foule des invités, échangeant ici et là des saluts et des poignées de main. Comme à l'accoutumée, Harrison se montrait courtois envers Vicky, prévenant ses moindres désirs, et si elle avait cru déceler quelque chose d'inhabituel dans son comportement, sans doute devait-elle l'attribuer à sa seule imagination…

Elle était ivre de bonheur. Cette soirée tenait du conte de fées : la Vicky d'autrefois aurait-elle pu imaginer tout cela ? Ce soir, elle riait beaucoup, buvait du champagne, et la présence d'Harrison la transportait…

Ils dansèrent sur la terrasse, bercés par les douces mélodies de l'île. D'être si près de lui, Vicky sentit son amour pour Harrison l'envahir tout entière, comme un fleuve qui rompt soudain ses digues. Et ce désir qui la saisissait… Depuis quand n'avait-elle pas ressenti cette délicieuse souffrance ? Depuis… Mais elle ne voulait pas penser à Jonathan maintenant, du moins pas de cette façon. « Suis-je encore amoureuse de lui ? » se demandat-elle en tourbillonnant dans les bras d'Harrison. Non, cela, c'était le passé. Elle chérissait toujours son souvenir, car il avait été le premier, mais ce soir, elle n'appartenait qu'à Harrison…

Au beau milieu d'une valse, Harrison s'immobilisa brusquement et regarda Vicky d'un air indéchiffrable. Lui prenant ensuite le bras, il l'entraîna au milieu des fleurs et des arbres, loin de la fête et de la foule. Là, il lui fit face et la contempla.

Et, devant la gravité de ses yeux gris et sombres, Vicky comprit qu'elle n'avait pas rêvé : Harrison était différent, ce soir.

— Vicky, déclara-t-il enfin en posant doucement les mains sur ses bras nus. J'ai quelque chose à vous dire.

Le vent se leva, chaud et humide, avec la tempête naissante.

— Voici quelque temps que je cherche comment aborder ce sujet. Cela ne m'est pas facile, Vicky, il faut que vous le compreniez.

Les feuillages commençaient à s'agiter autour d'eux, et des pétales tombaient à terre. Vicky attendait.

— Lorsque ma femme m'a quitté, il y a presque dix-huit ans de cela, ce fut la plus grande souffrance de ma vie. Elle était beaucoup plus jeune que moi : j'avais quarante ans et elle vingt quand nous nous sommes mariés. Je la croyais heureuse à Pukula Hau, sans me douter qu'elle considérait l'île comme une prison, et moi comme un geôlier.

Une bourrasque soudaine fit claquer les feuilles des palmiers.

— Après la naissance de Jason, elle devint taciturne. Je travaillais à la plantation, et pensais que son bonheur était complet, mais je me trompais. Un jour, j'ai trouvé un mot : elle me demandait sa liberté, et s'était enfuie avec un garçon de l'île. J'ai attendu deux ans avant d'entamer les procédures de divorce, car j'espérais toujours qu'elle reviendrait.

Ses mains se crispèrent sur les épaules de Vicky.

— Mais elle s'était remariée, et je n'eus plus jamais de nouvelles d'elle. Jason et moi bâtîmes alors notre vie ensemble.

Une expression de souffrance passa sur son visage, et Vicky lui prit la main.

— Quand Jason est mort, poursuivit-il d'une voix brisée, ce fut terrible. Je crus que je ne pourrais pas le supporter. Et puis, je me suis rendu compte que je me laissais détruire par le chagrin. Je me suis souvenu de vous, de la façon dont vous vous étiez occupée de mon fils, et de ces quatorze jours durant lesquels nous l'avons partagé…

Le vent soufflait maintenant avec violence, défaisant le chignon blond de Vicky. Harrison resserra son étreinte comme pour empêcher la tempête de lui arracher la jeune femme.

— Je ne supporterai pas une autre perte, Vicky, dit-il d'une voix pressante. Il faut que je sache, *maintenant,* ce que vous ressentez pour moi, et si je peux espérer vous garder toujours auprès de moi. Car si ce n'est pas le cas, je veux que nous nous séparions tout de suite, tant que j'en ai encore la force.

Vicky n'eut pas le temps de répondre : une gigantesque palme, arrachée par le vent, s'écrasa tout près d'eux. Aussitôt, Harrison entoura la jeune femme de ses bras, pour la protéger. Les branches claquaient et se tordaient furieusement ; un tourbillon souleva des fleurs et du gravier ; les arbres craquaient. La tempête s'efforçait de renverser Harrison et son trésor, mais il demeurait inébranlable. Vicky enfouissait son visage contre son épaule. Comme c'était bon de se laisser protéger, de s'abandonner dans ces bras puissants !... Pendant dix longues années, elle avait dû se battre seule, trouver chaque jour le courage de continuer son chemin. Désormais, Harrison serait son soutien...

Ils restèrent longtemps ainsi à braver la tempête, serrés l'un contre l'autre. Puis les premières gouttes de pluie tombèrent. De grosses gouttes tièdes qui se transformaient en vapeur au contact de la terre grasse. Vicky releva alors la tête et pressa sa joue contre celle d'Harrison.

— Rentrons à la maison, Harrison, murmura-t-elle à son oreille.

La fête se poursuivait à présent dans la grande salle de bal, à l'abri de la tempête. Harrison et Vicky se frayèrent un chemin à travers la foule animée et attendirent quelques minutes dans le hall que l'on allât chercher leur voiture. Ils avaient hâte maintenant de se retrouver seuls dans la maison de Koko Head... Les joues de Vicky brûlaient, et ses yeux étincelaient comme deux pierres vertes, tandis qu'Harrison la tenait d'un air possessif par la taille.

Quand ils dévalèrent les marches du perron et s'engouffrèrent par la portière que leur ouvrait le chauffeur, Vicky tourna son visage vers Harrison. Aussi ne vit-elle pas Jonathan Archer sortir de sa propre voiture et se précipiter à son tour vers le perron pour assister au bal.

CINQUIÈME PARTIE

1980

Chapitre 28

Vicky s'arrêta un instant d'écrire pour contempler le paysage devant elle.

Si novembre à Hawaii n'avait pas son pareil sur terre, que dire, en ce cas de novembre sur Lanai, et en particulier sur le promontoire où se dressait Pukula Hau ? La palette divine y avait déposé les couleurs les plus suaves et les plus éclatantes, qui formaient un tableau trop exceptionnel pour être réel.

La première fois que Vicky avait découvert Pukula Hau, il y avait deux ans et demi de cela, elle était restée sans voix. La maison aux colonnes blanches était un joyau parfait, enchâssé sur un tapis d'émeraude et de jade et serti de pins et de banians. Elle donnait d'un côté sur une plantation d'ananas, des palmiers, l'océan vert jade ; et, de l'autre, sur la pente verdoyante et escarpée du Lahaihale, un volcan éteint.

Par cette belle matinée d'automne, Vicky prenait comme à l'accoutumée son petit déjeuner dans la véranda. Devant elle, sur la table de verre, s'étalaient les notes et les consignes qu'elle devait remettre à son remplaçant. Car, tout à l'heure, elle prendrait l'avion…

Vivre sur cette île à plus de cent kilomètres d'Honolulu ne posait aucun problème professionnel à la jeune femme. Tous les jours, elle effectuait l'aller-retour dans l'avion privé d'Harrison – le vol durait une demi-heure – et, si l'état d'un patient l'exigeait, elle passait la nuit à Koko Head.

Aujourd'hui, cependant, elle ne resterait pas à Honolulu : elle en décollerait ensuite pour Seattle.

Elle se versa une tasse de thé et y ajouta une cuillerée de miel. Dans quelques heures, elle serait chez Léa… Léa, en laquelle elle mettait maintenant tous ses espoirs…

Ces deux années passées avec Harrison avaient été des années de rêve. La vie qu'ils menaient, le profond amour qu'ils se vouaient, leurs succès professionnels… Que demander de plus ?

Un nuage ternissait pourtant leur bonheur : ils n'avaient pas d'enfant.

Les premiers temps, ils s'étaient aimés passionnément, sans arrière-pensée, comme de jeunes mariés qu'ils étaient. Et puis, peu à peu, cette insouciance s'était muée en attente, chaque mois apportant son lot d'espoirs et ses déceptions de plus en plus cruelles. Jusqu'au jour où Vicky avait enfin eu le courage de formuler cette inquiétude : se pouvait-il que quelque chose n'allât pas ? Et d'un commun accord, Harrison et elle avaient décidé de « se pencher sur le problème ».

Malheureusement, neuf mois plus tard – ironie du sort –, le spécialiste de Pearl City avait écarté les mains en signe d'impuissance : « Je ne comprends pas, avait-il déclaré. Je ne trouve rien d'anormal, et vous devriez être en mesure d'avoir un enfant... »

C'est alors que Vicky avait pensé à Léa. Depuis son amniocentèse, trois ans auparavant, elle s'était en effet spécialisée dans les problèmes de stérilité. C'était donc auprès de sa vieille amie que la jeune femme irait, une fois de plus chercher secours.

Elle consulta sa montre : il était temps de se préparer. Harrison ne tarderait pas à venir la chercher.

— Excusez ce désordre, dit Arnie en suivant Vicky dans la maison et en posant ses valises. Je n'ai pas eu le temps de ranger avant de partir pour l'aéroport. Nous avons bien une femme de ménage une fois par semaine, mais l'effet ne dure jamais très longtemps !

Vicky jeta un coup d'œil circulaire au salon. Deux grands divans mal assortis, un fauteuil vert et une chauffeuse orange couverts de poupées et de livres d'enfants entouraient une cheminée devant laquelle sommeillaient deux chats. Dans la grande cuisine encombrée, des boîtes de biscuits vides traînaient par terre ; une couverture d'enfant était roulée en boule sur une chaise, et un plat oublié attendait dans le four à micro-ondes ouvert.

— Je vais vous faire un peu de café, proposa Arnie en débarrassant une chaise. Je sais que vous n'êtes pas habituée à ce froid !

— Je crois que je garderai mon manteau jusqu'à ce que mes os soient dégelés ! répondit-elle en riant.

Arnie emplit le moulin à café et le brancha. Tandis que la machine vrombissait, il chercha désespérément où poser son regard. Cela faisait si longtemps... Vicky était en somme une étrangère pour lui. Il n'avait pu accompagner Léa à son mariage, mais il savait à quel point elle était riche maintenant, et, de la voir assise à cette table couverte de miettes, il se sentait confus du fouillis qui régnait dans la maison.

Quand le café commença à passer, il s'assit à son tour d'un air légèrement embarrassé.

— Les aînées sont à l'école, expliqua-t-il. Les petites sont en haut, avec leur baby-sitter, Mme Colodny...

Il toussota nerveusement.

— Léa était vraiment désolée de ne pouvoir venir à l'aéroport, poursuivit-il. Elle a été appelée d'urgence à la maternité...

Vicky le regarda tripoter le manuel scout qui traînait sur la table. Avec ses cheveux clairsemés, ses verres épais et son sourire timide, il donnait une impression de calme et de sérénité. Un homme sans complications, sans histoires... Elle le connaissait peu, en réalité, et Léa ne parlait guère de lui dans ses courtes lettres.

— Je suis heureux de votre présence, Vicky, déclara-t-il simplement en servant le café. Cela fera du bien à Léa. Elle n'a pas beaucoup d'amis ici : elle est tellement occupée...

Un nouveau silence s'installa, rompu quelques minutes plus tard par le bruit de la porte d'entrée qui s'ouvrait. Une bouffée d'air froid envahit la maison, suivie par quatre diablotins aux joues écarlates, aux cheveux ébouriffés sous leurs bonnets de laine, et aux jambes rougies par le froid. En un éclair, ils se débarrassèrent de leurs manteaux et de leurs écharpes, laissèrent tomber leurs livres sur une étagère et frottèrent leurs souliers sur l'épais paillasson brun.

Les quatre filles se précipitèrent ensuite vers la cuisine et se figèrent sur le seuil, les plus petites devant, les plus grandes derrière : Naomi et Miriam, sept ans ; Rachel, huit ans ; et Beth, dix-huit. Toutes contemplaient la dame assise devant elles.

— Allons, les filles, dit Arnie, ne soyez pas impolies, et venez saluer votre tante Vicky.

« Seigneur ! pensa cette dernière. Comme elles sont intimidantes… »

— Bonjour, tante Vicky, lancèrent les jumelles à l'unisson.

Vicky ouvrit les deux bras et fut stupéfaite de la réaction immédiate : deux petits corps sentant la laine et le crayon se jetèrent sur elle et couvrirent ses joues de baisers humides.

Rachel approcha avec de grands yeux curieux.

— Tu vas vraiment habiter avec nous ? demanda-t-elle.

— Pendant quelque temps.

— Nous allons partager la même salle de bains, déclara Beth avec fierté. J'ai libéré toute une étagère et un porte-serviettes pour vous.

Vicky riait de bon cœur lorsque la porte d'entrée s'ouvrit de nouveau sur celle qu'elle attendait.

— Léa ! dit-elle en se levant.

Les portes fermées laissaient passer des cris étouffés et des grincements de sommier, ponctués ici et là du choc sourd d'un oreiller ayant atteint son but.

— Elles se calmeront vite, assura Léa. Elles sont terriblement excitées, ce soir.

Elle traversa la chambre et s'assit dans un fauteuil devant la fenêtre.

— Beth t'adore. Ces temps-ci, elle regarde des vieux films à la télévision, et elle jure que tu ressembles trait pour trait à Grace Kelly.

Vicky secoua la tête et sortit une pile de sous-vêtements en satin et en dentelles de sa valise. Quelle soirée ! Malgré le vacarme et l'agitation, tout semblait s'être déroulé selon une sorte de rituel curieux. Il y avait d'abord eu la procession vers l'étage, pour se changer, puis le goûter autour de la cheminée. Ensuite, les tâches dévolues à chacune : les jumelles avaient nourri la ménagerie domestique ; Rachel avait mis la table ; et Beth s'était installée aux fourneaux. Léa avait disparu pendant une heure à l'étage, occupée au téléphone ; Arnie avait pris place devant la télévision pour écouter les informations ; et Vicky s'était trouvée accaparée par les benjamines de la tribu – Sarah, Esther et Figgy, la fille de Beth.

Le dîner avait été un ballet incessant de mains tendues, de plats et d'assiettes passées, de verres renversés, le tout accompagné de coups de pied sous la table et de bavardages ininterrompus. Avaient suivi la vaisselle, le nettoyage de la cuisine, le bain des plus jeunes, le supplice des devoirs, les disputes pour les programmes de télévision… Léa était retournée à son téléphone, Arnie s'était plongé dans son journal, et Vicky avait de nouveau été assaillie par un essaim de fillettes surexcitées…

Maintenant, tandis qu'elle défaisait sa valise sous le regard de Léa, le calme revenait peu à peu dans la maison. Mais quelle différence avec le silence qui régnait à Pukula Hau… La belle demeure de

Lanai ressemblait à un musée, avec ses antiquités, ses parquets cirés, et ses serviteurs aux voix contenues...

Tout en regardant son amie ranger ses affaires, Léa se sentit soudain transportée deux ans en arrière.

Ces trois jours passés à Hawaii, pour le mariage de Vicky, restaient un souvenir inoubliable. Avec Sondra, elle avait pris l'avion en première classe pour Honolulu – aux frais de Vicky –, puis l'avion privé des Butler les avait déposées sur Lanai, où Vicky les attendait sur les marches blanches d'une vieille demeure coloniale. Les retrouvailles avaient été merveilleuses, entrecoupées de rires, de larmes, de souvenirs nostalgiques. Et lorsque le grand jour était arrivé, elles s'étaient tenues ensemble devant l'autel, sous un portique de palmes et de fleurs tropicales – Léa était témoin, et Sondra demoiselle d'honneur. Il y avait eu ensuite cette soirée de conte de fées sous les étoiles : des centaines d'invités, des bijoux scintillants, un orchestre, du champagne... Vicky et Harrison avaient ouvert le bal et, tandis qu'ils valsaient sur la terrasse, un hélicoptère avait lâché sur eux une pluie d'orchidées blanches...

— Ah ! s'exclama Vicky en se redressant. J'ai quelque chose pour toi. De la part de Sondra.

Elle exhiba une épaisse enveloppe.

— Ça fait une éternité que je n'ai pas de nouvelles d'elle ! s'écria Léa en sautant sur ses pieds.

Elles s'assirent côte à côte sur le lit et se penchèrent sur une photographie. Souriants, Sondra et Derry montraient avec fierté un bébé de deux mois.

— Seigneur ! murmura Léa. Regarde un peu ce type… Quel bel homme !

Mais Vicky n'avait d'yeux que pour le petit Roddy.

« Il a le même nom que Derry, avait écrit Sondra au dos de la photo. Ils s'appellent donc tous deux Roderick. Mais "Roddy" permet de les différencier ! »

« Chère Vicky,

Désolée d'avoir tant tardé à écrire mais, comme tu peux le constater, il s'est passé pas mal de choses ! Roddy me prend beaucoup de temps, cependant je ne m'en plains pas. Le seul inconvénient, c'est que je ne peux plus accompagner Derry dans ses tournées. Mais dès que je pourrai laisser Roddy à la garde d'une nourrice, je repartirai en brousse avec mon mari.

Il fait nuit en ce moment, et je viens de coucher Roddy. Derry a été appelé pour une urgence dans le village taita, et je suis donc seule. La mission est calme, et on entend le cri d'un oiseau de nuit.

Je n'arrive pas à croire à mon bonheur. Qu'ai-je fait pour mériter tout cela ?

Il peut paraître curieux, je suppose, que Derry et moi ayons si peu de racines, et que nous nous sentions pourtant chez nous ici : le Kenya tout entier est notre foyer.

S'il te plaît, transmets cette lettre à Léa. Je suis sûre qu'elle croit que je l'ai oubliée ! J'aimerais beaucoup avoir de vos nouvelles. Que penses-tu de la vie de femme mariée ? Et comment vont les enfants de Léa ?

Dieu vous bénisse, et *kwa heri*. »

Elles gardèrent le silence quelques instants, prêtant l'oreille au mugissement du vent derrière les rideaux tirés, puis Vicky revint à ses valises.

— Alors, demanda Léa en s'appuyant au montant du lit, comment va ton cabinet ?

— Bien. Cela faisait bizarre, au début, de me retrouver livrée à moi-même. J'ai un bureau non loin de Great Victoria, avec deux infirmières et une réceptionniste. Et j'ai beaucoup à faire ! Mais tu n'as rien à m'envier, avec ta grande clinique !

Léa se leva et alla ranimer le feu d'une main distraite. Sa grande clinique... Elle avait racheté un magasin en faillite pour l'y installer, faisait travailler douze personnes, et disposait de tous les équipements nécessaires – radio, laboratoires – et de salles d'accouchement dernier cri. Elle se souvenait pourtant de la seule visite de son père. Il n'avait fait qu'un commentaire : « Tu ne trouves pas cela un peu dommage de te cantonner à une spécialité aussi étroite ? »

Il y eut un bruit léger à la porte, et un petit visage ensommeillé apparut. C'était Esther, et elle tenait une poupée à la main.

— Maman, j'ai pensé que tante Vicky aimerait dormir avec Lobbly...

Léa se pencha pour la prendre dans ses bras.

— C'est très gentil à toi, Esther. Je suis sûre que tante Vicky sera très contente de dormir avec Lobbly... Ne t'inquiète pas, ajouta-t-elle à l'intention de Vicky, je vais la remettre au lit, et cela ne se reproduira pas toute la nuit...

La jeune femme rit et la rassura. Tandis que les pas de Léa s'éloignaient dans le couloir, elle songea : « Vraiment, je ne serais pas du tout fâchée d'être réveillée la nuit par un enfant... »

Léa revint avec la poupée, une petite créature chevelue à quatre bras et deux queues. C'était l'un des personnages du dernier film de Jonathan Archer.

— C'est assez paradoxal de penser que tu vas avoir la compagnie d'une création de Jonathan, remarqua-t-elle en posant Lobbly sur le lit. Tu penses encore à lui ?

— Plus maintenant. À une époque, oui. Beaucoup. M'en veut-il toujours ?...

— Je parie que tu te demandes parfois ce que serait ta vie si tu étais allée à ce rendez-vous ! Mes filles sont folles de ses films sur les Envahisseurs. Elles ont vu le second cinq fois. Tu les as tous vus, toi ?

— Seulement *les Envahisseurs* et *Nam*.

— Maintenant qu'il a trois oscars, il doit être tellement imbu de lui-même que...

— Léa, l'interrompit Vicky, peux-tu m'aider ?

Un coup de vent dans la cheminée fit voler une gerbe d'étincelles.

— Dis-moi ce que tu as fait jusqu'ici.

Vicky soupira.

— En février dernier, Harrison et moi sommes allés voir un spécialiste à Pearl City. Selon lui, nous devrions avoir des enfants.

— Tu as un dossier ?

Vicky indiqua sa serviette de cuir bordeaux.

— Aussi gros que l'annuaire téléphonique de Manhattan !

— Qu'a-t-on trouvé en ce qui concerne Harrison ?

— Rien. Il a passé tous les examens possibles, et tout est normal. Il semble que le problème réside chez moi, ajouta-t-elle d'une voix soudain tendue, mais le Dr Toland n'a pas découvert en quoi il consistait.

Léa s'assit à côté d'elle sur le lit. Mille questions lui venaient à l'esprit, mais l'attitude de Vicky, le mouvement de ses mains et le ton de sa voix la renseignaient suffisamment.

— Avez-vous envisagé l'adoption ?

— Ce n'est pas pareil, Léa. Je voudrais avoir moi-même un enfant, savoir ce que c'est… Et je voudrais donner un fils à Harrison pour remplacer celui qu'il a perdu. Peux-tu m'aider ?

Léa reconnut ce regard. Un regard par trop familier – non pour l'avoir vu chez ses patientes, mais pour l'avoir décelé dans son propre miroir. *Je sais ce que c'est, Vicky. Je veux en avoir un autre !*

— C'est terrible, poursuivit Vicky, d'avoir un ventre inutile. De ressentir chaque flux menstruel comme un décès dans la famille. De vouloir, de vouloir si désespérément que l'on a l'impression d'en mourir…

— Je sais, Vicky, je sais. Perte de la féminité, sentiment de trahison physique, mépris de soi-même, impression d'inutilité…

— Oui, murmura Vicky, oh oui !

Léa se leva et retourna auprès du feu pour le ranimer. « *Mais, Léa, tu n'envisages pas sérieusement d'en avoir un autre !* Si. Tu ne peux pas savoir à quel point je le désire, Arnie. *Mais, avec les risques, ce n'est pas raisonnable.* Nous avons eu cinq bébés en parfaite santé, Arnie, nous pouvons en avoir encore un. *C'est un pari complètement fou, Léa, et de l'égoïsme à l'état pur.* »

Elle se redressa et reposa le tisonnier. « Arnie, pourquoi nous disputons-nous si souvent, ces derniers temps ? »

— Léa ?

— Excuse-moi, Vicky, je réfléchissais. Je regarderai ton dossier ce week-end, et puis nous passerons aux actes. Il est possible que quelque chose ait échappé à ton médecin.

Vicky sourit et se détendit.

— Merci, Léa.

— Comme tu dois le savoir, Vicky, cette procédure comporte un risque : si tu es enceinte, je peux déclencher une fausse couche.

Vicky réfléchit un instant en contemplant les arbres roux et dorés.

— Non, affirma-t-elle. Il n'y a aucune chance pour que je sois enceinte.

— Très bien, dit Léa en refermant le dossier. Je vais demander à mon infirmière de tout préparer.

Elle allait procéder à une biopsie de l'endomètre chez Vicky, pour déterminer s'il y avait ovulation. L'opération, qui ne durait que quelques minutes et se pratiquait sans anesthésie, consistait à prélever un fragment de muqueuse pour l'analyser. Certes, le Dr Toland avait effectué cet examen, et constaté qu'il y avait bien ovulation, mais Léa voulait s'en assurer par elle-même.

Restée seule dans le bureau de Léa, Vicky regarda autour d'elle.

Le décor l'avait surprise, sans toutefois l'étonner vraiment. Certes, il ne correspondait pas aux cabinets traditionnels des médecins, mais il était par ailleurs tellement conforme au tempérament de Léa ! Partout des plantes, des jouets, des coussins faits à la main, et des photos, d'innombrables photos de bébés, de mères rayonnantes dans leur lit d'hôpital, de pères rougissants... Sans compter celles des propres enfants de Léa, Beth et Figgy comprises... Bizarrement, il n'y en avait qu'une seule d'Arnie – un petit Polaroid encadré, où il tenait Rachel venant tout juste de naître.

Arnie... En une semaine de vie chez les Roth, Vicky avait décelé quelque chose qui la gênait, et qui l'inquiétait d'autant plus que Léa semblait y être aveugle.

Arnie vivait dans un monde féminin, un univers de boîtes de Tampax dans les salles de bains, de soutiens-gorge accrochés aux boutons de portes, de poupées, de bigoudis, de barrettes, un univers dans lequel chats et chiens eux-mêmes étaient femelles... Et voilà que, par réaction inconsciente, il se fabriquait un monde de sport à outrance, un scoutisme effréné, allant jusqu'à acheter – c'était hier – un fusil de chasse...

Et cela ne correspondait pas à Arnie. Pas du tout. Simplement, il se sentait acculé... Comme rejeté, en trop... Léa ne voyait-elle pas ce qu'elle faisait à son mari ?

— Très bien, Vicky, on peut y aller.

Léa tenait la porte ouverte.

Étendue sur le dos, Vicky ferma les yeux et s'efforça de se détendre. Elle savait bien quel serait le résultat de l'analyse : son ovulation était normale. Aucun des examens auxquels elle s'était soumise n'avait d'ailleurs décelé quoi que ce soit d'anormal, dans quelque domaine que ce fût...

— Parfait, Vicky, dit Léa au bout de quelques instants. J'ai terminé. Il ne nous reste plus qu'à attendre le verdict du laboratoire.

Chapitre 29

— Comme tu le savais déjà, Vicky, tu as des ovulations normales, et le même jour chaque mois.

Elles étaient installées dans un petit restaurant près du port et savouraient du crabe arrosé de vin blanc. Dehors, il faisait merveilleusement beau.

— Et maintenant ? demanda Vicky.

— J'aimerais faire une laparoscopie. Qu'en penses-tu ?

Vicky haussa les épaules. Elle avait pris l'habitude de considérer son corps comme un objet à examiner, à tâter, à inspecter... Ce corps qui refusait de lui donner un bébé.

— C'est toi le médecin, répondit-elle.

Léa lui toucha la main.

— Il ne faut pas être déprimée, Vicky.

— Je ne suis pas déprimée, je t'assure. Juste un peu fatiguée, je pense.

— J'en suis désolée. Je passe mon temps à répéter aux filles de te laisser tranquille, mais elles ont une telle adoration pour toi...

Ce n'était pas l'attention de sept enfants éblouies qui fatiguait Vicky... Mais bien plutôt le spectacle presque insoutenable de la fécondité de Léa. Et cela, elle ne pouvait pas l'avouer.

— Quand ferons-nous donc cette laparoscopie ?

— Il faut d'abord que j'en parle à Joe Selbie. C'est lui qui s'en occupera. Ensuite, il faut que j'organise ça en fonction de mon emploi du temps et des possibilités du bloc opératoire.

La tradition médicale voulait que les chirurgiens n'opèrent ni leurs parents ni leurs proches amis.

— Et après ?

— Tout dépend de ce que Joe Selbie trouvera. Que penses-tu des produits contre la stérilité ?

— Je préfère ne pas prendre de médicaments.

Le Dr Toland avait également proposé cette solution, mais d'accord avec Harrison, Vicky avait décidé de ne pas y recourir, par crainte des effets secondaires.

Léa remplit leurs verres. Boire du vin à midi était un plaisir exceptionnel pour elle, mais cette journée était elle-même exceptionnelle : pas de patientes proches de leur accouchement, pas de patientes à l'hôpital, et personne à voir à son cabinet. Elle avait décidé de se consacrer à Vicky.

— Veux-tu de nouveau essayer l'insémination artificielle ?

Vicky soupira de façon éloquente.

— Alors, très bien, conclut Léa. Attendons la laparoscopie. Après tout, il y a peut-être quelque chose que le Dr Toland n'a pas vu...

Elles contemplèrent toutes deux le port et la baie. Le ferry qui assurait la liaison avec Bainbridge approchait de la côte, et, tout en observant sa progression majestueuse, Vicky revint au problème qui la tracassait depuis son arrivée – celui de Léa et Arnie.

Elle se souvenait de sa discussion avec Arnie, trois jours plus tôt, alors qu'ils faisaient la vaisselle – Léa se trouvait à l'hôpital.

— Vicky, avait tout à coup demandé Arnie, que pensez-vous de Léa et de moi ?

Elle l'avait regardé, les mains posées sur une cocotte.

— Comment cela ?

Jetant son éponge dans l'évier, il s'était retourné et avait croisé les bras.

— À nous voir, diriez-vous que nous formons un couple heureux ?

— Je ne sais pas. Ce n'est pas le cas ?

— Là est justement le problème : je suis incapable de dire si nous sommes heureux ou pas. Je n'ai pas de point de référence. Comment sont les autres couples après neuf ans de mariage ?

Elle l'avait dévisagé. Après neuf ans de mariage ? Comment le savoir ? Elle-même n'était mariée que depuis deux ans...

— Elle m'en veut parce que je refuse d'avoir un autre enfant, avait-il poursuivi. Je ne comprends pas cette obsession d'avoir des enfants, Vicky. Nous en avons déjà cinq ! Pourquoi tenter le diable ? Vous savez, j'ai même pensé à divorcer. Oh ! pas très sérieusement, comme une possibilité. Au cas où... Mais je ne sais pas si ce serait la solution, car j'ignore ce que je *veux*. Ce qui est certain, c'est que je ne veux pas de la vie que nous menons...

— En avez-vous parlé ensemble ?

— Dites plutôt que nous en avons « crié » ensemble ! Je ne comprends pas, Vicky... C'est comme si je ne comptais plus à ses yeux, comme si elle n'avait pas besoin de moi. Ce n'est plus la fille que j'ai épousée...

Vicky dut se mordre la langue. Quand vos lunettes roses sont-elles tombées, Arnie ? Léa a toujours été la même...

— Elle fait tellement de choses à la fois ! reprit-il. J'ai cru un moment que notre vie redeviendrait normale quand elle aurait son cabinet privé. Au contraire ! Elle s'est lancée dans un tas de projets, comme s'il lui fallait absolument occuper ses moindres loisirs. À croire qu'elle essaie de ne pas avoir le temps de penser... Je ne sais pas, Vicky...

Elle ne savait pas non plus. Elle avait été déconcertée par la parodie de vie conjugale dont se satisfaisait Léa. Arnie et elle vivaient sous le même toit comme deux étrangers, et ne partageaient en somme qu'une seule chose : leurs enfants. Privé en quelque sorte de tout droit d'existence dans l'univers de sa femme, Arnie consacrait son temps libre à des occupations masculines, mais solitaires, comme ces heures qu'il passait chaque samedi après-midi à scier du bois...

Non, vraiment, Vicky ne savait que penser de tout cela. Léa n'avait pas changé depuis le jour de leur première rencontre, douze ans auparavant : elle était toujours ambitieuse, décidée, et faisait toujours la course contre la montre. Mais pourquoi ?

Elle contempla son amie. Quelques fils d'argent striaient maintenant ses cheveux bruns, mais c'était toujours la même Léa. Une Léa qui semblait ne pas avoir d'amis, puisque aucun n'avait été présenté à Vicky depuis son arrivée... Mais comment son emploi du temps lui aurait-il laissé la faculté d'en avoir ?

— Alors, Léa, dit la jeune femme en sirotant son vin. Comment vont les choses pour toi ? Après tout, nous n'avons pas réellement parlé, toutes les deux…

Léa fit un effort manifeste pour revenir sur terre.

— Oh, mais tout va bien ! Pourquoi cette question ?

— Tu es tellement occupée. Je n'arrive pas à comprendre comment tu fais…

— Je *trouve* le temps nécessaire.

« Trouver le temps pour faire quoi, Léa ? Qu'est-ce qui manque à ta vie pour que tu ressentes un tel besoin de la remplir ainsi ? »

Une autre conversation revint alors à la mémoire de Vicky. Elle remontait seulement à la veille. Léa, Arnie et elle prenaient le café dans le salon, quand les filles étaient descendues pour dire bonsoir. Elles s'étaient agglutinées autour de Léa et de Vicky, sauf Rachel, qui avait grimpé aussitôt sur les genoux de son père.

— Regarde-la, murmura alors Léa en ricanant. Regarde l'adoration qu'elle lui porte ! S'il lui donnait des coups de pied, elle en redemanderait en rampant !

— Mais… je trouve qu'Arnie est un bon père…

— Je ne dis pas le contraire. Seulement, un jour, elle tombera de haut. Et il sera trop tard…

Vicky n'avait pas eu le loisir de lui demander de s'expliquer, mais il lui semblait se souvenir que Léa avait eu autrefois des problèmes avec son père. N'avait-elle pas dû, contrairement à ses frères, payer elle-même ses études ?

Léa prit un gressin, mordit dedans, puis, changeant d'avis, le laissa tomber dans son assiette vide.

— T'ai-je dit, Vicky, que j'aimerais avoir un autre bébé ? Sans rire. Le dernier, avant qu'il ne soit trop tard.

— Penses-tu que ce soit bien sage ?

— On croirait entendre Arnie ! Il a une peur bleue. Devine un peu ce qu'il m'a sorti la semaine dernière ? Qu'il se ferait faire une vasectomie si je cessais de prendre la pilule ! Tu trouves ça juste ?

— Et il va le faire ?

— Non. Je continue à prendre la pilule. Mais ça me fait bouillir, je t'assure ! Chaque fois que je regarde ma petite Esther, je pense : « Et si nous avions été au courant de cette histoire de maladie de Tay-Sachs quand j'étais enceinte de Sarah ? Arnie aurait refusé d'aller plus loin, et Esther ne serait jamais née… »

Elle reprit son gressin et le mâchonna d'un air furieux.

— Une vasectomie ! Encore une forme de tyrannie masculine ! Juste une variante de la ceinture de chasteté. En privant sa femme de toute maîtrise de la conception et de la contraception, l'homme peut être tranquille : elle ne le trompera pas. Je connais personnellement deux femmes qui avaient des aventures extra-conjugales, et qui ont dû s'arrêter le jour où leurs maris se sont fait opérer. Évidemment ! Elles ont été obligées de jeter leurs pilules, et elles n'ont plus pu courir le risque d'être enceintes, puisque le mari aurait immédiatement su que l'enfant n'était pas de lui !

Vicky ouvrit la bouche pour répliquer, mais une voix inconnue l'en empêcha.

— Léa ! Quelle bonne surprise ! Comment allez-vous ?

Une femme d'une cinquantaine d'années, vêtue d'un tailleur-pantalon et ses cheveux grisonnants coiffés en chignon, se tenait près de leur table.

— Bonjour, Lorna, dit Léa. Asseyez-vous, je vous en prié. Je vous présente mon amie Vicky.

Lorna Smith était rédactrice dans un journal de Seattle, et avait été une patiente de Léa. Elles avaient en outre un ami commun en la personne d'un associé d'Arnie.

— Ainsi, vous vous êtes connues en école de médecine, déclara la nouvelle venue après avoir commandé un Bloody Mary. Ce devait être une époque intéressante, juste avant la libération des femmes…

Songeant à certains garçons de sa classe et à M. Moreno, Vicky ne put retenir un sourire.

— Puis-je vous poser une question vraiment idiote, Vicky ? Pourquoi vous appelle-t-on chirurgien plasticien ? Vous utilisez du plastique pour vos opérations ?

— Non. Le mot vient du grec *plastikos,* qui concerne l'art de modeler.

— Et voilà, conclut Lorna à l'intention de Léa. J'ai appris quelque chose aujourd'hui ! Maintenant, je peux me reposer…

La serveuse apporta le Bloody Mary et du café pour Léa.

— Eh bien, reprit Lorna en trempant les lèvres dans son cocktail, vous nous avez manqué, lors du barbecue chez les Campbell, le mois dernier.

— J'avais été appelée à l'hôpital. Ai-je vraiment raté quelque chose ?

— Pas vraiment. En revanche, il faut que je vous mette en garde, ma chère. Wisteria Campbell fait du charme à votre mari.

— Quoi ? Vous voulez rire !

— Pas du tout. Cette veuve noire a jeté son dévolu sur lui.

— Sur Arnie ? Allons donc ! Ce n'est pas le genre d'homme qui intéresse les femmes !

Elle eut un petit rire, et Lorna et Vicky échangèrent un regard.

— En réalité, continua Lorna d'un air sérieux, je suis contente de vous avoir rencontrée. J'avais l'intention de vous téléphoner pour parler métier.

— Le mien ou le vôtre ?

— Les deux. Avez-vous déjà lu la rubrique du Dr Chapman ?

— Vous voulez dire celle qui s'intitule « Interrogez le Dr Paul » ? Quelquefois, bien qu'il soit souvent en dehors du coup. Il a à peu près vingt ans de retard.

— Je sais. Voilà quelque temps que nous nous en sommes aperçus. Il est vieux, et travaille pour le journal depuis l'époque de Christophe Colomb ! La direction le gardait par amitié, mais le *Clarion* fait peau neuve en ce moment, et nous avons décidé de le remplacer par quelqu'un de jeune et au courant des nouveautés médicales.

— Vous voulez que je vous recommande quelqu'un ?

— Comme la plupart des lettres viennent de femmes, nous avons eu l'idée de prendre un médecin féminin, et de rebaptiser la rubrique « Interrogez le Dr Léa ».

— Quoi ! C'est *moi* que vous voulez ?

— Vous répondez sans cesse à des questions de patientes, Léa, et la plupart sont certainement les mêmes que celles posées au Dr Chapman. Les gens sont généralement d'une ignorance incroyable.

— Ne m'en parlez pas !

— On interroge très souvent le Dr Chapman sur l'œstrogénothérapie, sur la pratique de certains sports, sur les dernières nouveautés en matière de médicaments et de chirurgie. Qu'en dites-vous, Léa ? Ce n'est qu'une rubrique hebdomadaire. Nous vous prêterons un bureau, et vous aurez une assistante. Ce sera mal payé, mais vous pourriez trouver ça amusant...

La lueur qui s'alluma dans le regard de Léa et son excitation soudaine n'échappèrent pas à Vicky. « Elle est folle d'accepter... », songea-t-elle.

Léa, elle, pensait à son père. « Une rubrique médicale dans un journal... Il ne pourra pas dédaigner cela ! »

La salle d'opération était décorée de pèlerins découpés dans du carton et de dindes en papier crépon : Léa mettait toutes les fêtes, aussi mineures fussent-elles, à profit pour égayer sa clinique.

Vicky sourit à l'infirmière anesthésiste, une jeune femme aux grands yeux rieurs au-dessus de son masque.

— Quand je vous administrerai le Penthotal, docteur, je vous demanderai de compter à rebours à partir de cent. Et si vous arrivez à quatre-vingts vous gagnerez un voyage gratuit à Hawaii.

Et elle mit le goutte-à-goutte en route.

— J'habite déjà à Hawaii, rétorqua Vicky d'une voix pâteuse.

— Dans ce cas, nous vous enverrons au pôle Nord. Nous sommes prêts, docteur Shapiro.

Léa, qui inspectait les instruments préparés par l'instrumentiste, vint à côté de Vicky et lui prit la main.

— Fais de beaux rêves.

Vicky lui serra faiblement les doigts, puis, laissant retomber ses paupières alourdies, commença à compter :

— Cent, quatre-vingt-dix-neuf, quatre-vingt-dix-huit, quatre-vingt-dix-sept… dix-sept… sept…

L'anesthésiste souleva ses paupières et fit un signe de tête à l'intention de Léa.

— Ils n'arrivent jamais à quatre-vingt-quinze…, murmura-t-elle.

Joe Selbie travailla avec l'aide d'une instrumentiste. Une fois les champs stériles placés, il introduisit dans le vagin de Vicky une érigne destinée à manipuler l'utérus et une canule pour injecter le colorant. Il se mit ensuite sur le côté, pratiqua une petite incision à proximité de l'ombilic pour l'introduction d'un trocart. Puis il enfonça une aiguille à insufflation juste au-dessus du pubis. La première étape consistait en effet à décoller la paroi abdominale du contenu pelvien, en insufflant du gaz carbonique. Tandis que le ventre de Vicky se gonflait lentement, Léa pria en silence.

Joe Selbie introduisit ensuite le fibroscope dans le bassin de Vicky. Penché sur les champs stériles, il approcha son œil de l'oculaire et commença son examen. Tandis qu'il inspectait l'univers caché sous la chair, l'anesthésiste écoutait battre le cœur de Vicky, et Léa, retenant sa respiration, regardait fixement la peau badigeonnée de teinture d'iode.

— Tout a l'air normal, murmura Joe en déplaçant l'endoscope de sa main gantée. Pas d'adhérences. Pas d'endométriose, ni de cicatrices... Votre amie a une anatomie parfaite, Léa.

Les épaules de Léa s'affaissèrent légèrement, et elle se mordit la lèvre inférieure.

— Très bien, Doris, ajouta Joe à l'intention de l'anesthésiste. Le bleu de méthylène, maintenant.

L'instrumentiste saisit une grosse seringue en plastique remplie d'un colorant violacé et se plaça entre les jambes surélevées de Vicky. Elle fixa l'embout de la seringue à l'extrémité de la canule métallique et, au signal du Dr Selbie, elle poussa doucement le piston de la seringue.

L'œil rivé à l'oculaire, Joe Selbie guettait l'apparition du colorant qui se frayait un chemin à travers l'utérus, les trompes de Fallope, et finalement les franges des pavillons, avant de se disperser et d'être absorbé sans danger par l'organisme.

Joe secoua la tête.

— Normal, Léa, conclut-il en se redressant. Il n'y a pas de blocage. Ses trompes semblent dégagées et normales.

La déception fit naître en Léa une vague de fureur soudaine. Elle approcha l'œil de l'endoscope et constata que Joe ne se trompait pas.

— Je vais essayer quelque chose, déclara Joe.

Saisissant un bistouri, il pratiqua une seconde incision au-dessus du pubis de Vicky et y introduisit un autre trocart. Il prit ensuite une longue pince à laparoscopie et la fit glisser dans l'incision.

— Allons-y, Doris, dit-il en replaçant son œil sur l'oculaire de l'endoscope, encore du colorant, s'il vous plaît.

Le monde sembla s'arrêter un moment et le silence tomba sur la salle tandis que Joe Selbie regardait le colorant s'écouler entre les délicates franges que la nature a octroyées à chacun des deux pavillons pour qu'il puisse attirer l'ovule récemment pondu et le guider à l'intérieur d'une trompe de Fallope. Puis, avec la pince, il saisit la trompe gauche, la roula légèrement pour en améliorer la vision et réclama un supplément de colorant. Comme cela était le cas pour le côté droit, à gauche, le bleu de méthylène filtra entre les franges et s'écoula sur l'ovaire sous-jacent. Sauf que…

Relevant la tête, Joe cligna les yeux puis reprit son poste d'observation.

Pas de doute : le colorant n'atteignait pas l'ovaire…

— Léa, venez voir ça !

Elle s'exécuta et découvrit à son tour un léger « vide » entre la trompe et l'ovaire. Un espace si ténu qu'il aurait pu passer inaperçu, si la manipulation effectuée avec la pince n'avait eu lieu.

Elle leva les yeux.

— Qu'en pensez-vous ? demanda-t-elle. Une cicatrice ?

— Ou une petite déformation congénitale.

Une excitation soudaine envahit Léa. C'était peut-être la solution !

Vicky avait signé une décharge autorisant les médecins à l'opérer le cas échéant, aussi ne perdirent-ils pas un instant. L'anesthésiste introduisit une sonde dans la trachée de Vicky et, huit minutes plus tard, Joe Selbie avait pratiqué une incision « bikini » sur le ventre de la jeune femme.

Ils trouvèrent une minuscule déformation à l'extrémité de la trompe – une déformation quasiment invisible à l'œil nu, mais assez importante, en comparaison avec la taille microscopique de l'ovule, pour entraîner la stérilité.

À la suite d'une infection mineure ou d'une endométriose dont Vicky ne s'était jamais aperçue, les franges s'étaient emmêlées : au lieu de recevoir l'ovule et de le faire voyager le long de la trompe, elles agissaient comme une barrière et le repoussaient. Juste avant ce barrage, une petite ouverture, formée vraisemblablement au moment de la cicatrisation, permettait au colorant de s'écouler et donnait l'impression que la trompe fonctionnait normalement.

Léa se sentait ivre de soulagement. Et tandis que le Dr Selbie travaillait en silence, libérant délicatement les franges et recousant l'ouverture indésirable, elle avait bien du mal à maîtriser son excitation.

— Selon moi, Vicky, tes ovulations se font principalement du côté gauche. Peut-être même uniquement du côté gauche. Cela arrive.

Elles se promenaient à pas lents dans l'air vif de décembre, et le vent mordait leurs joues.

— L'ovulation s'effectuait bien, poursuivit Léa, mais les ovules n'arrivaient jamais dans la trompe.

Fascinée, Vicky regardait les petits nuages que formait l'haleine de Léa. Elle remarquait beaucoup de détails de ce genre, en ce moment. Un peu comme ces personnes données pour mortes et revenues à la vie, dont les sens étaient soudainement aiguisés. « J'étais morte, et on m'a ramenée à la vie... »

Elle repartait le lendemain pour Hawaii, mais

serait de retour dans un mois : le Dr Selbie enlè-verait le petit « tuteur » en silicone qu'il avait placé dans la trompe pour assurer sa bonne cicatrisation et l'empêcher de se boucher. « Et alors, avait-il déclaré, il n'y a aucune raison pour que vous ne puissiez aussitôt concevoir un enfant. »

Malgré tout, elle restait prudente : il était trop tentant, trop facile de laisser ces vieux rêves et ces vieux espoirs se réveiller, au risque d'une nouvelle déception…

— Tu comprends bien, cependant, disait juste-ment Léa, qu'il n'y a aucune garantie… Mais je peux honnêtement t'assurer que nous avons fait de notre mieux, et qu'il y a de bonnes raisons d'es-pérer…

Elles arrivaient au fond du jardin de Léa, où coulait un ruisseau. Elles s'assirent sur une souche. À travers les branches, le soleil d'hiver piquetait leurs visages de taches de lumière.

Léa fouilla dans sa poche et en sortit un petit paquet.

— Je voudrais te donner ceci, Vicky, déclara-t-elle en lui posant dans la paume une boîte fermée d'une ficelle.

Nichée dans du papier de soie, luisait doucement une pierre bleu-vert, une turquoise de la taille d'un dollar d'argent.

— Elle est très vieille, Vicky. De plusieurs siècles. C'est une patiente qui me l'a donnée l'an-née dernière, une femme qui souffrait de toxémie et qui a failli perdre son enfant. Cette pierre porte bonheur à celui qui la détient, paraît-il, mais on ne peut utiliser son pouvoir qu'une seule fois. Elle devient pâle quand ce pouvoir a été épuisé.

Vicky examina le bijou. D'un bleu lumineux, il était curieusement veiné de brun en son centre : à première vue, cela ressemblait à une femme aux bras tendus, mais un examen plus attentif révélait deux serpents entourant un tronc d'arbre. Au dos, un cadre de métal jaune encerclait une sorte d'inscription étrangère, trop usée pour être déchiffrable.

— Je te jure, Vicky, elle était pâle quand la femme me l'a donnée. Et maintenant, elle est franchement bleue !

— C'est donc que tu n'as pas utilisé son pouvoir, Léa.

— J'ai toute la chance et le bonheur qu'il me faut, répliqua-t-elle.

Elle referma les doigts de Vicky sur la turquoise.

— Je veux que tu la portes la nuit où tu retrouveras Harrison…

Elles se sourirent à travers leurs larmes.

SIXIÈME PARTIE

1985-1986

SEPTIÈME PARTIE

1954-1956

Chapitre 30

Sondra ouvrit le vieux stérilisateur, saisit l'œuf brûlant et le cassa contre le mur. Il était très dur ; c'était donc que les instruments étaient stériles. Enfilant des gants en caoutchouc démodés, elle attira le plateau fumant et le posa à côté de la table d'opération.

Il faisait merveilleusement beau, dehors. Les fenêtres de la salle étaient ouvertes pour laisser pénétrer la brise légère et parfumée, et le ventilateur paresseux s'efforçait d'écarter les mouches du champ stérile.

Sondra travaillait seule, et se préparait à nettoyer une blessure infectée sur le bras d'un adulte taita.

Ses amis d'autrefois ne l'auraient probablement pas reconnue dans son short et sa tunique kaki : elle avait bruni au point de ressembler à une indigène, et ses longs cheveux noirs étaient enroulés autour de sa tête dans un bandeau de tissu bariolé. En outre, son swahili fut presque parfait lorsqu'elle s'adressa à son patient.

— Et maintenant, *mzee*, un peu d'esprit de sommeil pour endormir ton bras.

Une minute plus tard, le bourdonnement du

Cessna lui fit lever la tête avec un sourire. « Docteur Farrar, songea-t-elle, tu feras la sieste cet après-midi, dussé-je t'attacher sur ton lit ! »

Pauvre Derry… Toujours à courir à droite et à gauche, à apporter des médicaments à ceux qui souffraient de la sécheresse, à aider les équipes gouvernementales qui assainissaient les zones touchées par la malaria… Jamais il ne s'accordait un instant de repos.

— J'aurai largement le temps de me reposer aux Seychelles, assurait-il.

Les Seychelles, où ils allaient passer leurs premières vacances ensemble…

Sondra avait lu quelque part qu'au bout d'un certain temps, leur lune de miel terminée, les couples mariés s'installaient dans une sorte de monotonie baignée de tolérance et de complaisance. Ce n'était certes pas son cas ! Derry et elle étaient mariés depuis onze ans maintenant, et la simple vue de son mari éveillait en elle les mêmes émotions qu'autrefois.

Elle courut à sa rencontre sur la piste poussiéreuse, et se jeta dans ses bras. Sans lâcher les paquets qu'il tenait, il la serra contre lui et l'embrassa.

Ils revinrent bras dessus, bras dessous, vers les bâtiments, et Sondra remarqua qu'il boitait plus qu'à l'accoutumée.

— Quoi de neuf, docteur Farrar ? demanda-t-il en l'étreignant doucement.

— Pas grand-chose, docteur Farrar, répondit-elle.

Elle contenait mal son excitation. C'est qu'elle avait un secret, un secret merveilleux, et elle brûlait de le lui révéler. Mais non, pas maintenant, pas avant qu'il n'eût pris un bon bain pour se débarrasser de cette poussière rouge et se détendre.

— Papa ! Papa !

Une étonnante petite réplique de Derry bondit hors de la cour de l'école. À l'exception de ses yeux d'ambre – qu'il tenait de sa mère – le petit Roddy était en effet, à cinq ans, le portrait craché de son père.

Derry se pencha pour le prendre dans ses bras, et Sondra appuya ses mains sur son ventre. Là était son secret : un second bébé avec lequel il faudrait partager l'amour qui les unissait.

— Allons, Roddy, déclara-t-elle enfin. Papa doit se reposer.

Le garçonnet partit devant eux en sautillant.

— Njangu dit que nous pourrons prendre de la confiture au goûter, aujourd'hui ! annonça-t-il. Il dit qu'il l'a volée à cette saleté de vieux Gupta Singh !

Sondra le foudroya du regard, mais il s'était déjà éloigné en courant pour avertir chacun du retour de son père.

— J'aimerais vraiment que Njangu surveille ses paroles devant les enfants, affirma-t-elle.

Derry haussa les épaules. On n'y pouvait rien… Les préjugés des Africains envers les Indiens étaient profondément ancrés dans la vie du Kenya. Gupta Singh était propriétaire du bazar auprès duquel s'approvisionnait la mission. Au lieu de retourner en Inde, comme des milliers de ses compatriotes, au moment de la prise du pouvoir par Kenyatta, il avait choisi de demeurer au Kenya, et c'était l'un des ennemis les plus farouches de Njangu.

L'inquiétude de Sondra s'était accrue dernièrement : Roddy adoptait certaines idées malsaines de

Njangu et imitait les manières sauvages des enfants indigènes. Elle s'en était ouverte à Derry, se demandant si la mission était bien l'endroit rêvé pour élever leur fils, et il lui avait rétorqué : « Après tout, grandir en Afrique ne m'a pas fait de mal, *à moi*. »

Elle espérait donc que le séjour aux Seychelles serait profitable à son fils. Et puis, il arrivait que la venue d'un petit frère ou d'une petite sœur donnât à un enfant un certain sens des responsabilités...

Quand annoncerait-elle la nouvelle à Derry ? « Ce soir, après le dîner », décida-t-elle.

Dans un univers peuplé d'éléphants, de girafes, et de lions rugissants, rien d'étonnant à ce qu'un petit garçon fût fasciné par un simple rongeur.

C'est ainsi que, armés de bâtons et pleins d'imagination, Roddy et Zebediah, le fils de Kamante, en traquaient un à présent.

Les deux enfants avaient un mois d'écart, mais ce mois faisait toute la différence, et Roddy en profitait. Étant l'aîné, c'était à lui qu'il revenait d'organiser la chasse. Et ils rampaient tous deux derrière l'église, écrasant au passage les fraisiers d'Elsie Sanders. Tout comme leurs pères avaient été unis, ils étaient inséparables, partageant mille aventures sous la direction de Roddy.

— Tu vas de ce côté, Zeb, murmura-t-il en agitant son bâton. Il est entré sous ce buisson. Tu le fais sortir et hop ! je lui donne un coup !

Zeb s'exécuta avec fierté : après tout, c'était lui qui commandait après Roddy...

Les adultes se trouvaient dans la salle commune, écoutant les dernières nouvelles rapportées de Nairobi par Derry, lisant leur courrier ou buvant du thé.

Dans la capitale, Derry avait acheté leurs billets d'avion pour le voyage qu'ils devaient effectuer la semaine suivante, et il tendait maintenant un double de leur itinéraire au révérend Sanders.

— Nous serons absents deux semaines. L'infirmerie sera entre de bonnes mains, car le Dr Bartlett est parfaitement qualifié pour...

Un hurlement aigu l'interrompit. Toutes les têtes se tournèrent vers les fenêtres ouvertes, et Derry sauta sur ses pieds. D'autres cris enfantins, pleins de panique et de terreur, se firent entendre, et chacun se précipita vers la porte.

Roddy courait en trébuchant et en agitant les bras.

— Il a attrapé Zeb ! criait-il, en pleurs. Il a attrapé Zeb !

Derry ne s'arrêta pas et continua sa course dans la direction indiquée par l'enfant. Sondra tomba à genoux et saisit son fils par les épaules.

— Qu'y a-t-il, Roddy ? Que s'est-il passé ?

Le visage de l'enfant était blanc comme la craie et ses yeux y formaient deux trous noirs.

— Un monstre ! Il a attrapé Zeb ! Et il l'a tué !

Kamante, alerté par les cris lui aussi, s'était jeté sur les traces de Derry, sous le regard inquiet de sa jeune femme.

Un petit attroupement s'était formé, lorsque Derry surgit de derrière l'église, Zebediah sanglotant dans ses bras.

Sondra courut vers lui.

— Qu'est-il arrivé ?

— Un rat l'a attaqué.

Elle examina les petites plaies rouges et sanguinolentes sur le visage rond et noir.

— Ce n'est rien, Zeb, dit-elle en accompagnant

Derry vers l'infirmerie. Tout ira bien. Tu as seulement eu peur.

Dès que le garçonnet fut étendu sur une table, elle entreprit de nettoyer ses blessures. Ses mains tremblaient. Elle savait à quoi pensait Derry : à la rage.

Tandis que Kamante réconfortait doucement son fils en swahili, Derry s'était livré à un rapide calcul : injection, en priorité autour et sous les morsures, d'un demi-milligramme de sérum par kilo, puis administration de la dose normale pour un traitement antirabique. Dans le cas de plaies multiples à la tête, en particulier chez les enfants, le facteur temps était primordial.

Quand il eut terminé, il prit Sondra par le bras et l'entraîna dehors.

— Nous n'avons pas assez de sérum, constata-t-il. Je vais appeler Voi pour voir de quoi ils disposent.

Immobile, elle le regarda s'éloigner, puis revint auprès de Zebediah. L'enfant s'était calmé ; il ne souffrait pas, mais restait très effrayé. Et si le rat qui lui avait sauté au visage avait la rage, il devrait subir une série de vingt-trois injections…

Lorsqu'elle sortit de l'infirmerie, elle découvrit Roddy appuyé contre le figuier ; à son air de chien battu, elle comprit aussitôt que la chasse au rat avait été son idée.

Elle s'accroupit devant lui et essuya ses larmes.

— Zeb ira bien, Roddy. Il ne faut plus pleurer. Mais que cela te serve de leçon, d'accord ?

— Oui, maman.

— Plus de chasse aux animaux sauvages. Il y a

ici un petit chien qui aimerait bien qu'on s'occupe un peu de lui.

— Oui, maman.

— Bon, conclut-elle en l'embrassant et en se relevant. Maintenant nous allons voir Zeb et lui promettre de garder un peu de confiture pour lui. Ensuite, nous réfléchirons à un joli cadeau que nous pourrions lui rapporter des Seychelles.

Le visage de l'enfant s'éclaira. Saisissant la main de sa mère, il s'engagea à être désormais sage comme une image.

Sondra rejoignit Derry dans la salle commune au moment où il quittait le poste radio.

— Pas de chance, annonça-t-il avec lassitude. Ils n'ont pas de sérum.

— Alors, appelle Nairobi. Dis-leur de nous en envoyer.

— Je vais faire mieux : j'y vais moi-même.

— Mais ils peuvent bien l'envoyer !

— Je n'ai pas confiance, Sondra.

À contrecœur, elle dut reconnaître qu'il avait raison. Ils avaient fréquemment des ennuis avec les livraisons de médicaments : soit on ne leur envoyait pas les produits demandés, soit on les laissait des heures au soleil, ou ils arrivaient avec des jours de retard. Et la jeune femme lisait aisément sur le visage de son mari : il s'agissait du fils de son meilleur ami, donc presque du sien...

— Il faut lui faire les injections dès demain matin, Sondra. Je pars maintenant.

— Demande à un des chauffeurs de t'emmener.

— Quand nous arriverons à Nairobi, il sera bien trop tard. Non, j'y vais en avion.

— Derry, repose-toi un peu, d'abord...

Il sourit et lui tapota le bras.

— Je n'en ai pas pour longtemps. Je serai de retour pour le dîner.

Il inspecta soigneusement son avion, remplit les réservoirs et il était prêt au décollage lorsque Sondra vint vers lui.

— Comment va-t-il ? s'enquit-il en prenant la veste qu'elle lui tendait.

— Il dort. Je lui ai donné un sédatif. J'espère que le vaccin n'est pas nécessaire, Derry.

Il la serra fortement dans ses bras.

— Garde-moi le dîner au chaud.

— Je me fais du souci pour toi, Derry. Tu travailles trop.

— Pense à tout ce repos qui m'attend aux Seychelles !

Elle recula et abrita ses yeux de la main quand l'hélice commença à tourner. Derry dirigea l'avion vers l'extrémité de la piste, l'orienta, salua Sondra de la main et ouvrit les gaz.

La jeune femme agita les deux bras tandis que le Cessna prenait de la vitesse dans un tourbillon de poussière, et que Derry tirait sur le manche. Elle vit l'ombre avant lui : une masse sombre sauta soudain sur ses pattes et traversa la piste à toute allure. La roue gauche de l'appareil heurta le flanc de la hyène, l'envoyant rouler sur le sol. Le Cessna, déséquilibré, oscilla dangereusement, toucha la piste de l'aile gauche et, après un tête-à-queue, s'écrasa à terre dans une gerbe de flammes.

Pétrifiée d'horreur, Sondra resta un instant immobile. Puis elle se mit à courir.

— Derry ! hurla-t-elle. DERRY !

Chapitre 31

Arnie s'aperçut qu'il la cherchait, une fois de plus. C'était plus fort que lui : il voulait revoir la jeune femme qui le dévisageait depuis quelque temps.

Tout avait commencé de façon assez innocente. Quand on prend le même ferry tous les matins, on finit par reconnaître les « habitués », par saluer les uns ou les autres et échanger des remarques anodines avec des gens dont on ne saura jamais le nom. Elle, elle prenait le bateau depuis six mois environ, et s'installait toujours dans la partie « Fumeurs » avec son journal. Au début, Arnie ne lui avait pas prêté grande attention, absorbé qu'il était, comme les autres passagers, par la journée de travail qui l'attendait. Jusqu'au jour où il avait remarqué qu'elle l'observait. En fait, c'était peut-être bien lui qui avait commencé : il regardait en effet d'un air absent dans sa direction. Et très vite, l'un et l'autre s'étaient jeté des regards en coin, détournant les yeux aussitôt qu'ils étaient pris sur le fait.

Il y avait plusieurs semaines, maintenant, qu'ils jouaient à ce petit jeu, matin et soir.

La curiosité d'Arnie croissait. Qui était-elle ? Que faisait-elle à Seattle ? Il imagina qu'elle devait être secrétaire ou qu'elle travaillait dans un bureau, car, si elle était toujours bien habillée, elle ne portait jamais de ces accessoires tape-à-l'œil qui distinguaient si nettement les cadres féminins voyageant sur le ferry. Vivait-elle sur l'île de Bainbridge, ou venait-elle de la réserve Suquamish ou Kitsap, comme la plupart des Indiens qui prenaient le bateau ?

Elle était très belle. Un visage rond et parfait, comme une lune pleine, au teint cuivré, et encadré de longs cheveux noirs. Il lui donnait environ vingt-cinq ans. Petite et menue, elle avait l'air réservé, mais non pas timide : quelque chose dans ses grands yeux bordés de cils noirs dénotait une fierté ombrageuse et pleine d'audace.

Il regarda sa montre. Il commençait à faire trop attention au temps, et le savait. Marquer les années d'une pierre blanche n'a rien que de très normal, mais quand on se met à compter les heures et les minutes, à sentir les secondes couler entre ses doigts, quand on se réveille en pensant : « Je passe un tiers de ma vie à dormir », c'est que quelque chose ne va pas. Quand avait-il donc commencé à être obsédé de cette manière ? Lors de son dernier anniversaire, pour ses quarante-huit ans : après avoir soufflé les bougies, il avait soudain vu le chiffre fatidique…

Dans deux ans, il aurait cinquante ans… Et qu'avait-il réalisé ? Où s'était enfuie sa jeunesse ?

Il finissait par croire qu'il était né adulte. Une enfance paisible et sans caractère, une adolescence sans problèmes et presque ennuyeuse, et puis, la

faculté et ses fastidieuses études de comptabilité...
Une vie tout en nuances ternes et fades, marquée
de rares incidents de parcours, la vie d'un garçon
ordinaire déroulant son existence ordinaire sur sa
machine à calculer. Ensuite, Léa Shapiro avait fait
son apparition.

Pendant quelque temps, elle avait donné du
piment à sa vie – elle était si exubérante, si folle-
ment libérale, et, surtout, elle allait être médecin – et
il avait cru que tout allait vraiment changer pour
lui. Malheureusement, il en avait été autrement, et
troquer le célibat contre les contraintes financières
et les couches de bébé n'avait au fond rien d'excitant...

La Volvo bleue arrivait. Ramené brusquement
à la réalité, Arnie sortit de voiture, verrouilla sa
portière et se dirigea sacoche à la main vers l'embarcadère du ferry.

Mêlé aux autres voyageurs attendant de monter
à bord, il sentait *sa* présence là-bas, derrière, et il
dut faire un effort pour ne pas se retourner.

Ce matin, il décida de rester sur le pont, pour
changer. Il voulait regarder le paysage tandis que
le Walla Walla traçait son sillage d'argent dans
l'eau tranquille. Il désirait admirer les montagnes
qui se découpaient sur l'horizon, couvertes de neige
fraîchement tombée.

La mer était d'huile, et pourtant le bateau tanguait et roulait. Il devait avoir encore des ennuis de
moteurs... Arnie frissonnait de froid, mais il refusait
de se mettre à l'abri. *Elle* s'y trouvait elle-même,
et ses grands yeux pensifs se poseraient sur lui...

Il se prit à songer à Léa. À vrai dire, depuis
l'intrusion de cette inconnue dans l'univers de

ses pensées – se retournant soudain, il vit qu'elle le dévisageait à travers la vitre embuée et se détourna –, il songeait beaucoup à sa femme…

« Léa, Léa, que nous arrive-t-il donc ? Est-ce pour mener cette vie monotone que nous avons décidé de nous marier, il y a treize ans ? » Ce n'était pas uniquement sa faute à elle, d'ailleurs… À une époque, quand il en avait eu assez des chemises sans boutons, des dîners brûlés, et des soirées interrompues, ils se disputaient beaucoup… Et puis, il avait compris que cela ne servait à rien de se mettre en colère, que rien ne changerait, et, un jour, il avait trouvé une certaine paix dans la résignation.

Il en allait de même pour leurs rapports physiques. Depuis la naissance d'Esther, date à laquelle ils avaient décidé de ne plus avoir d'enfants, leur vie sexuelle avait progressivement diminué en importance, et aujourd'hui elle était quasiment inexistante. Il y avait bien de rares exceptions, qui relevaient le plus souvent de l'accident ; mais, dans l'ensemble, ils menaient une vie amoureuse de vieux couple, et Arnie estimait que ce devait être souvent le cas après tant d'années de mariage…

Il tourna lentement la tête et regarda par-dessus son épaule. *Elle* lisait le journal en fumant une cigarette. Lorsqu'elle leva la tête, il détourna vivement les yeux.

« *Est-elle mariée ? A-t-elle un ami ?* C'est le démon de midi, Arnie Roth… rien d'autre ! Quand un homme commence à compter les cheveux qui lui restent sur le crâne, à boucler sa ceinture sous son estomac, et à remarquer les jolies femmes sur le ferry… »

Les filles grandissaient vraiment vite, et bientôt

viendrait le moment où elles quitteraient la maison, y laisseraient Léa et lui vivre seuls pour la première fois...

Seigneur, ai-je *peur* de cela ?

Une bourrasque griffa son visage gelé, et il estima qu'il était temps de rentrer. Il poussa les portes battantes, et l'atmosphère pesante et enfumée le prit à la gorge. Évitant soigneusement de regarder dans *sa* direction, il s'installa sur un siège et tenta de discipliner le cours de ses pensées.

Ce week-end, c'était l'anniversaire de Léa, et il n'avait toujours pas trouvé de cadeau à lui offrir. Il profiterait de la pause de midi pour faire des emplettes. Il voulait un présent spécial, original. Après tout, Léa aurait bientôt quarante ans. Les femmes étaient-elles aussi victimes du démon de midi ? Ou avaient-elles assez de mal à affronter la ménopause pour y songer ? « Ce qui est certain, c'est qu'un homme de quarante-huit ans qui regarde les filles indiennes sur le ferry se couvre de ridicule... »

Les panneaux du plafond vibrèrent tandis que le ferry approchait du quai, signalant son arrivée de deux coups de sirène. Les passagers commencèrent à se lever et à s'étirer. Arnie la regarda en coin : leurs yeux se croisèrent.

Ils détournèrent vivement la tête tous les deux.

— Madame Livingstone, votre mari est le seul responsable. Son sperme n'est pas assez riche...

La femme assise sur le divan en face de Léa se tordit les mains.

— Il n'appréciera pas cela du tout, docteur. Il est très... orgueilleux...

Léa baissa la tête pour dissimuler un ricanement. Les hommes… Ils étaient assez prompts à se moquer de leur femme ou à leur tapoter la tête d'un air condescendant, mais quand il s'agissait de leur faire admettre leur propre stérilité – dans quarante pour cent des cas – il fallait les entendre hurler !

— Madame Livingstone, vous êtes en réalité de ces femmes qui sont enceintes très aisément. Si vous le souhaitez, je peux l'expliquer moi-même à votre mari.

La femme pâlit. Il avait été difficile de consulter le Dr Shapiro, et obtenir un échantillon du sperme de Frank s'était révélé tâche presque insurmontable : « Pourquoi met-elle *mes* capacités en doute ? C'est *toi* qui n'arrives pas à concevoir ! » Et maintenant, lui avouer *cela*…

— Réfléchissez-y, madame Livingstone, ajouta Léa en refermant le dossier. Le cas échéant, je recommanderai un spécialiste masculin à votre mari…

— Frank peut-il être soigné ?

Léa croisa les mains sur son bureau.

— Malheureusement, madame Livingstone, la reconnaissance de la responsabilité éventuelle de l'homme dans les cas de stérilité est un phénomène assez récent, et la recherche dans ce domaine a encore beaucoup de progrès à faire. Toutefois, si votre mari souffre d'une déficience hormonale, il existe des médicaments susceptibles de corriger ce défaut. S'il s'agit de varicocèle, la chirurgie peut faire merveille…

Un quart d'heure plus tard, Léa était de nouveau seule dans son bureau. Une montagne de travail l'attendait. La veille, elle avait trié les lettres adressées au « Dr Léa », éliminant celles qui étaient obscènes ou hors de propos, et retenant les questions d'intérêt général. Dans l'article à paraître le lundi suivant, elle avait décidé de mettre ses lecteurs en garde contre certains produits d'hygiène, tels que shampooing et déodorant. Lorsqu'elle était pressée par le temps, consacrer sa rubrique à un thème unique était un stratagème auquel elle recourait fréquemment. Les recherches et la rédaction s'en trouvaient en effet facilitées.

Et ces temps-ci, justement, le travail semblait s'accumuler bien trop vite...

Le téléphone sonna, et Léa fronça les sourcils. Elle avait pourtant dit à sa réceptionniste de ne la déranger qu'en cas d'urgence...

— Excusez-moi, docteur, mais j'ai votre sœur en ligne...

Léa plissa davantage le front – en huit ans, jamais sa sœur ne lui avait téléphoné à son cabinet – et appuya sur le bouton. Un sanglot léger se fit entendre dans l'écouteur.

— Judy ? Que se passe-t-il ?

— C'est papa. Son cœur... Il y a une heure.

Léa sentit son sang se glacer dans ses veines.

— Où est-il ? Quel hôpital ? Y a-t-il quelqu'un auprès de maman ?

— Il est en Cardiologie. Maman est avec lui, ainsi que Samuel. Léa... il n'a pas repris connaissance.

— Tâchez de calmer maman. Faites-la allonger, si possible. J'arrive tout de suite.

Arnie aimait le marché de Pike Street. Chaque fois qu'il y venait – ce qui n'était pas fréquent –, il prenait le temps de déambuler entre les petites boutiques et de s'asseoir un moment au Café athénien, devant un plat grec. Aujourd'hui, il ne pouvait s'octroyer le luxe de cette pause traditionnelle, mais il flâna le long des allées animées, au milieu des artistes de tout poil vendant leurs bougies, leurs esquisses et leurs colifichets. N'était l'atmosphère résolument « marine » qui régnait, il se serait cru transporté au marché de Los Angeles...

Que diable pourrait-il bien offrir à Léa pour son anniversaire ? Elle avait horreur des objets décoratifs ou des gadgets. Pour elle, tout devait avoir une fonction dans une maison... Il finirait bien par trouver : un batik, ou un porte-plantes en macramé... Au bout d'une demi-heure de promenade, pourtant, tout ce que proposaient les étals lui sembla tristement banal et commun. Lui voulait quelque chose d'unique. De fonctionnel, mais d'unique...

Il allait renoncer et reprendre le chemin de son bureau quand il tomba en arrêt devant la galerie d'art. Ce fut plus exactement une peinture à l'huile en vitrine qui retint son attention – un portrait extraordinaire de vieux chef indien, un chef-d'œuvre de clair-obscur et d'expressivité. Certes, ce n'était pas vraiment un objet pratique, mais il était d'une beauté à couper le souffle. Arnie se pencha pour lire le prix : mille deux cents dollars... Il se redressa et examina les autres objets exposés : un second tableau, un aigle sculpté dans le bois, des roses des sables, des statuettes de grès, des couvertures tissées à l'indienne. Il ne savait pas ce que Léa pensait de l'art indien, mais il ne coûtait rien de jeter un coup d'œil à l'intérieur.

Il comprit sur-le-champ que la galerie n'était pas

440

conçue pour des clients tels que lui. Il y avait peu d'œuvres exposées, et elles étaient mises en valeur avec goût et discrétion. Un aperçu des premières étiquettes le confirma dans ses soupçons : cet endroit était trop cher pour sa bourse.

Il s'apprêtait à regagner la sortie lorsqu'une voix se fit entendre du fond du local.

— Puis-je vous être utile ?

Il se retourna. « Je serai poli. Je regarderai quelques objets, et puis je lui dirai que je dois réfléchir… »

Son cœur fit un bond dans sa poitrine. C'était *la fille*.

Si elle était aussi surprise de le voir là, elle n'en manifesta rien. Bien plus, elle sembla ne pas le reconnaître.

— Cherchez-vous quelque chose en particulier ?

Dieu, que sa voix était belle… Et sa démarche ! Une glissade légère et souple qui l'amena tout près de lui, de sorte qu'il put la contempler comme le joyau qu'elle était… Et quel parfum portait-elle donc ?

— Oui, marmonna-t-il.

Il dut s'éclaircir la gorge.

— Un cadeau. Je cherche un cadeau.

— Je vois, dit-elle en croisant les mains. Est-ce pour un collectionneur.

— Hum ! non. Juste pour quelqu'un dont… c'est bientôt l'anniversaire, et je…

Le mot « femme » refusait de franchir ses lèvres.

Elle se tourna légèrement et tendit un bras mince et doré.

— La plupart des œuvres de notre galerie ont été réalisées par des artistes locaux, expliqua-t-elle.

Certains sont très célèbres et prisés dans le monde entier. Nous avons également de fort beaux objets anciens.

Elle indiqua une peinture, puis une poupée de bois.

— Toutefois, vous pourriez préférer quelque chose provenant d'une tribu particulière plutôt que d'un artiste précis. Ou encore, votre choix pourrait se porter sur une région donnée. Nous avons aussi de beaux exemples de l'art pueblo ou des grandes plaines.

Elle lui fit face, et il se sentit rougir jusqu'à la racine des cheveux. Il n'avait rien écouté de son discours, occupé qu'il était à admirer les mouvements soyeux de sa longue chevelure noire.

— À vrai dire, avoua-t-il, je sais que cela peut paraître bizarre, mais je cherche quelque chose de fonctionnel. Qui ne se contente pas d'être beau, mais serve aussi à son propriétaire…

Elle ne parut pas trouver cela ridicule du tout.

— Nous avons de très jolies couvertures navajos. Et des paniers tressés à la main.

Elle fit quelques pas vers la droite et posa la main sur une superbe poterie placée sur un piédestal blanc.

— Oh, que c'est beau ! s'exclama Arnie en approchant. C'est originaire de la côte ouest ?

— En fait, les tribus de la côte nord-ouest n'ont pas de style traditionnel en matière de poterie. Nous prenons généralement des modèles pueblos que nous décorons ensuite de motifs locaux. Ceci, par exemple, représente l'Oiseau Tonnerre-dérobant-le-soleil.

Arnie se sentait plus détendu.

— Je crains que mon ignorance des légendes indiennes ne soit effrayante !

Elle sourit.

— Selon la légende, raconta-t-elle, le dieu céleste gardait le soleil enfermé dans une boîte et laissait sortir la lumière du jour selon son bon plaisir. L'Oiseau Tonnerre est donc allé voler le soleil et l'a donné à l'humanité. Vous voyez, il a des cornes et un petit bec crochu.

Arnie contemplait le vase. C'était vraiment une splendeur, avec ces motifs noirs et turquoise se détachant sur l'argile rougeâtre. En outre, il était assez grand pour contenir l'un des arbres nains de Léa…

Il se demandait comment aborder le problème délicat du prix, lorsqu'elle lui mit doucement le pot entre les mains.

— Vous remarquerez la signature de l'artiste sur le fond, lui déclara-t-elle.

Il le retourna et lut : « Angeline, 1984 » gravé dans l'argile. Juste à côté, une étiquette indiquant cinq cents dollars.

— Ah ! murmura-t-il en lui rendant l'objet. Oui, c'est ce genre de choses que je cherche…

— Ce vase a été façonné au tour, signala-t-elle en le replaçant sur son piédestal. Peu d'artistes d'aujourd'hui travaillent selon cette méthode et cuisent ensuite leurs œuvres dans des fours à bouse. Maintenant, je peux vous proposer du Joseph Lonewolf…

— Non, non. Cela me convient tout à fait. Il faut simplement que je réfléchisse un peu.

« Seigneur, mais qu'est-ce que je raconte ? Je n'ai absolument pas les moyens de payer ça. Elle doit toucher une commission sur ses ventes, et je lui donne de faux espoirs alors que je n'ai pas l'intention... »

— Celui-là est peut-être un peu trop grand, reprit-elle. J'ai d'autres modèles du même artiste, plus petits et plus simples.

Elle s'écarta et il chercha désespérément le moyen de l'inviter calmement, de façon naturelle, à déjeuner avec lui. « Mais non, idiot, juste à prendre un café... S'asseoir au bord de l'eau, écouter les mouettes, et bavarder... »

Le téléphone sonna au fond de la galerie et les fit tous deux sursauter.

— Excusez-moi, dit-elle.

Il la regarda s'éloigner et sentit une boule se former dans sa gorge. Il savait exactement ce qu'il allait faire...

Profitant de son inattention, il tourna les talons et sortit de la galerie...

Léa regarda froidement l'homme étendu dans le lit d'hôpital comme s'il se fût agi d'un étranger. Effondrée sur une chaise, sa mère pleurait bruyamment.

— Hier soir, il m'a dit qu'il ne se sentait pas bien, et je n'y ai pas prêté attention. J'ai cru qu'il se plaignait encore de ma cuisine. Ce matin, il se préparait à partir pour son cabinet, et il est tombé. Et j'étais toute seule avec lui !

Dans la salle d'attente, une foule de Shapiro patientait. Le service n'autorisait que deux visites à la fois, et comme la mère de Léa refusait d'abandonner son poste au chevet de son mari, les autres membres de la famille devaient se relayer pour voir un par un le malade.

Tubulures et appareils de surveillance médicale n'effrayaient pas Léa. Ce qui l'épouvantait en ce moment, c'étaient ces sentiments et cette émotion terrifiants, aigus, qui se déchaînaient en elle. Elle en avait la tête qui tournait... Elle dut se retenir au montant métallique et froid du lit pour ne pas perdre l'équilibre, et contempla les paupières bleuies, la mâchoire molle et la respiration calme de son père. « Tu ne peux pas mourir, pensa-t-elle silencieusement, avec désespoir. Nous n'en avons pas encore fini, tous les deux... »

Lorsqu'elle se détourna pour partir, Mme Shapiro lui saisit la main.

— Où vas-tu ? Tu ne peux pas t'en aller et laisser ton père comme ça ! Tu es médecin, Léa.

— Maman, si nous restons toutes les deux, comment les autres feront-ils pour le voir ?

— Alors, envoie Judy. Je veux qu'elle vienne tout de suite.

— Les autres ont aussi le droit de venir, maman, juste au cas où...

— Juste au cas où ! Juste au cas où *quoi,* je te le demande !

— Maman, ne crie pas comme ça.

— Quelle fille indigne ! Regarde-moi ça : pas même une larme !

Léa vit l'infirmière lever les yeux d'un air désapprobateur.

— Maman, nous sommes en Cardiologie. Nous ne devons pas faire de bruit. Je pleurerai plus tard.

— Plus tard ! Quand ? Quand il sera mort, ce qu'à Dieu ne plaise ?

— Si tu continues, maman, je te fais administrer un sédatif.

— Bien sûr, bien sûr. C'est ce que je disais : tu n'as pas de cœur.

Elle enfouit son visage dans un mouchoir.

— Tu en as toujours voulu à ton père, Léa, poursuivit-elle. Dieu seul sait pourquoi…

— Maman…

— Tu sais que tu lui as brisé le cœur, le jour où tu as décidé d'aller dans cette école de médecine. Il voulait tellement que tu te maries. Tu as brisé le cœur de ton père, et maintenant qu'il est près de mourir, tu brises celui de ta mère. Tu n'as su faire que cela toute ta vie, Léa : briser le cœur de tes parents.

Léa baissa les yeux sur l'étranger endormi et pensa : « Toute ma vie j'ai brisé *son* cœur ? Eh bien, j'ai finalement réussi… »

— Je t'envoie Judy.

Prise d'une impulsion subite, elle revint vers le lit et se pencha jusqu'à toucher de ses lèvres l'oreille tiède.

— Attends…, murmura-t-elle.

Il avait envisagé de prendre le ferry suivant pour ne plus la revoir, mais à quoi bon ? Il n'allait tout de même pas passer le reste de sa vie à être en retard à son travail pour s'être montré malappris et ridicule devant une fille qu'il ne connaissait même pas ! Mieux valait faire comme s'il ne s'était rien produit. Après tout, c'était bien le cas. « Et puis, songeait-il en approchant de l'embarcadère, peut-être ne s'est-elle pas rendu compte à quel point j'étais stupide ? J'étais assez naturel, il me semble, en avouant mon ignorance, et tout le reste. Les femmes aiment cela, n'est-ce pas, qu'un homme reconnaisse ses faiblesses ?... »

Il était six heures du soir, et il faisait encore jour. Pour la première fois en treize ans, Arnie remarquait la beauté des montagnes drapées de neige, la mer d'ardoise, le ciel bleu.

Il ne regarderait pas, non, il ne regarderait pas... Mais ce fut plus fort que lui, et cette fois elle demeura indifférente. Comme à l'accoutumée, elle était assise avec les autres Indiens, dans un nuage de fumée, et elle dessinait quelque chose dans un cahier posé sur ses genoux. Il l'observa comme pour la forcer à relever la tête mais, à sa grande déception, elle ne lui jeta pas un regard.

Allons, la question était réglée. Par son intrusion dans cette galerie et l'aveu de son ignorance devant ce à quoi elle tenait manifestement, il avait mis un terme prématuré à une belle histoire d'amour...

Trente minutes plus tard, le ferry fit retentir sa sirène : il abordait à Winslow, sur l'île de Bainbridge. Arnie se joignit à la masse des voyageurs fatigués et affamés, et se hâta le long de la passerelle pour rejoindre le parking.

Il avait bouclé sa ceinture de sécurité et s'apprêtait à démarrer, lorsqu'il la vit de nouveau. Et il resta là, malgré lui, à la regarder s'installer dans sa voiture.

Si elle l'avait vu, elle n'en montra rien.

« Bah ! songea-t-il avec sa résignation coutumière, de toute façon, cela n'aurait mené à rien... »

Il s'aperçut alors qu'elle n'arrivait pas à faire démarrer son automobile. Elle descendit, ouvrit le capot et se pencha. Et il décida d'intervenir.

— Vous avez besoin d'aide ? demanda-t-il en approchant.

Il regretta aussitôt sa question : il n'y connaissait absolument rien en mécanique.

Elle se redressa, s'essuya les mains avec une vieille serviette et sourit d'un air contrit.

— J'ai souvent ce genre de problème, affirmat-elle.

Il inspecta le moteur d'un air connaisseur, puis la regarda.

— Vous savez de quoi il s'agit ?

— Oui. Et il faut remorquer la voiture.

— Ah ! dit-il tandis qu'elle refermait le capot. Je suppose qu'il y a un téléphone dans ce bar, là-bas.

Elle secoua ses longs cheveux noirs.

— Je ne pourrai pas joindre mon frère avant deux heures… et il fera nuit noire. Je peux sans doute laisser ma voiture ici et me faire accompagner par lui demain matin.

Elle posa sur Arnie deux yeux brûlants et il faillit ne pas comprendre.

— Oh ! s'exclama-t-il. Puis-je vous déposer quelque part ?

— Si cela ne vous rallonge pas trop.

— Pas le moins du monde. Où habitez-vous ? À Kitsap ?

Elle eut un léger sourire.

— Non, sur Bainbridge même.

Arnie crut mourir de confusion.

— Oh ! marmonna-t-il, je ne voulais pas…

— Ce n'est rien, répondit-elle en riant. La plupart d'entre nous habitent effectivement la réserve.

Elle sortit son sac et sa veste de la Volvo, s'as-

sura que les portières étaient bien verrouillées, et
suivit Arnie jusqu'à sa voiture.

— Vous avez des enfants, remarqua-t-elle en
s'installant.

Il jeta un regard de travers aux jouets qui traînaient sur le siège arrière. « Dis-lui que c'est la
voiture d'un ami, et que tu es toi-même un véritable
play-boy célibataire… »

— Oui, j'ai cinq filles.

— J'adore les grandes familles, déclara-t-elle en
bouclant sa ceinture de sécurité.

Arnie fit un effort pour regarder droit devant lui.
La façon dont la sangle soulignait sa poitrine…

— Je viens moi-même d'une grande famille,
poursuivit-elle. Et presque tous vivent encore dans
la réserve. Mon frère aîné possède un garage, et
les deux autres sont pêcheurs. Mes petites sœurs,
elles, vont à l'école de Kitsap.

Tout en manœuvrant pour sortir du parking, Arnie
cherchait quelque chose à dire, qui fût attentionné
sans être indiscret, spirituel sans être effronté…

— Quelle surprise de vous rencontrer dans cette
galerie ! dit-il humblement. Vous en êtes propriétaire ?

— Oh non ! C'est une coopérative. Tous les
artistes contribuent à son fonctionnement. Certains
d'entre nous y travaillent à plein temps.

— Vous êtes artiste ?

— Plutôt artisan. Le pot que vous avez regardé
aujourd'hui est ma création.

Arnie fit un effort de mémoire. Quel était le nom
inscrit au fond du vase ?

— Vous êtes Angeline ?

— La célèbre Angeline, confirma-t-elle en riant.

— C'est un joli nom.

— On m'a donné le nom de la fille du chef Seattle, la princesse Angeline.

La ville de Seattle portait le nom d'un Indien ? Il habitait ici depuis treize ans et ne savait pas cela ! Honteux, il acquiesça silencieusement de la tête. Si elle se doutait de son ignorance…

Ils roulèrent un instant sans parler. Il n'y avait plus de digitales pourprées en fleur, mais leurs longues tiges vertes bordaient encore la route. Bientôt les feuillages se couvriraient d'ors et de pourpres…

— J'habite dans High School Road, dit enfin Angeline.

Arnie crut déceler une certaine gêne dans sa voix. Se pouvait-il qu'elle se sentît aussi troublée que lui ?

High School Road… Son cœur se serra : ils y seraient bientôt. Et ensuite ? Il fallait absolument dire quelque chose, ne pas rompre le contact, maintenant qu'il était établi…

— Et où fabriquez-vous donc vos poteries ?

« Subtil, Arnie, vraiment subtil ! »

— Chez moi, dans mon appartement. J'ai remplacé ma table de cuisine par un tour. Évidemment, cela fait du désordre, mais j'ai une bonne excuse pour ne pas recevoir !

Il l'imagina, installée dans sa cuisine poussiéreuse, ses longs doigts minces plongés dans l'argile, ses grands yeux attentifs… *Une excuse pour ne pas recevoir* : il imagina ses longues soirées solitaires…

— Et vous, que faites-vous ? demanda-t-elle.

— Je suis comptable. Mais je ne me suis pas présenté : je m'appelle Arnie.

Il lui tendit une main et sentit des doigts frais et doux s'y nicher, comme une tourterelle.

— Heureuse de faire votre connaissance, Arnie le Comptable, déclara-t-elle sans retirer sa main.

Il y eut un silence, puis elle libéra ses doigts.

— Voilà, j'habite ici.

Il ralentit et arrêta l'automobile devant un immeuble de modeste apparence. Angeline ne semblait pas pressée de descendre, et ils restèrent un instant assis, légèrement embarrassés.

— Eh bien, merci pour votre aide, dit-elle enfin.

— Je vous en prie, tout le plaisir était pour moi.

Il se tourna vers elle, mais n'osa pas détacher sa ceinture de sécurité.

— J'espère que votre frère pourra réparer votre voiture.

— Oh ! certainement. Il commence à avoir l'habitude de ces pannes !

— Volvo est pourtant une bonne marque…

— Oui, mais celle-ci a bien vécu. Plus de deux cent mille kilomètres…

— Vraiment ?

Il n'avait jamais remarqué à quel point sa voiture pouvait avoir une atmosphère intime. La présence toute proche d'Angeline, sa beauté sombre et son parfum léger l'emplissaient d'émotions nouvelles…

— Dans ce cas, il est bien pratique d'avoir un frère dans le métier, n'est-ce pas ?

— Oui.

Un silence. L'inquiétude gagnait Arnie : elle allait descendre, elle finirait bien par s'en aller…

— J'ai beaucoup aimé ce vase, dit-il.

— C'est vrai ?

— Oui, et j'aurais aimé l'acheter, mais…

— ... il est trop cher.

Il rougit.

Angeline éclata de rire – elle riait souvent...

— Tout ce qu'il y a dans cette galerie est cher ! reconnut-elle. Je ne pourrais moi-même rien y acheter ! Mais quel prix seriez-vous prêt à mettre pour l'habileté d'un artiste et ses longues heures de travail ?

— Oh ! je n'ai pas pensé une seconde qu'il ne les valait pas...

— Je sais, répondit-elle en débouclant sa ceinture de sécurité. Mais il est vrai que c'est cher.

Bêtement, Arnie aurait voulu que cette conversation anodine devant un immeuble, dans une voiture encombrée de jouets, ne se terminât pas...

— Vous avez dit qu'il y avait des pièces plus petites, à la galerie ?

« Très astucieux, Arnie Roth. Cela te donne une excuse pour y retourner. Et peut-être pour l'inviter à déjeuner... »

— J'ai bien peur qu'elles ne soient trop chères, elles aussi. En revanche, j'ai chez moi de très jolis objets, nettement meilleur marché. Vous êtes le bienvenu si vous souhaitez les voir...

Avait-il bien entendu ? Elle l'invitait à monter dans son appartement ?

— Je vends souvent à domicile, poursuivit Angeline. C'est le seul moyen d'écouler mes créations. À la galerie, j'arrive à peine à vendre quatre pièces par an, quand j'ai de la chance...

Arnie revint brutalement sur terre. « Les hommes mûrs peuvent s'attirer beaucoup d'ennuis s'ils se méprennent sur les intentions des jeunes dames... »

— J'aimerais voir ce que vous avez, mais il faut que je rentre, affirma-t-il en regardant sa montre.

Elle fouilla dans son sac et en tira une carte de visite écornée.

— Tenez. Et si vous avez le temps…

Arnie prit le carton. « Angeline, Art indien. » Et un numéro de téléphone. Le tout avait un caractère très professionnel…

Il soupira. Il n'y avait pas plus idiot qu'un idiot de quarante-huit ans…

— À vrai dire, j'ai besoin de ce cadeau pour demain…

Il réfléchit rapidement. Ce soir, Léa était avec son groupe de discussion… Elle serait absente toute la soirée, et c'était réellement la dernière occasion de lui trouver un cadeau…

— Serez-vous chez vous, dans la soirée ? demanda-t-il en glissant la carte dans son porte-feuille.

— Je ne sors pas ce soir. Si vous voulez venir, ne vous gênez pas. J'habite au 30.

— Je viendrai peut-être.

Elle sourit de nouveau, mais avec une certaine timidité, cette fois.

Comme si elle aussi…

— Merci encore de m'avoir raccompagnée, Arnie, dit-elle doucement en ouvrant sa portière.

— Il fait sombre. Je devrais vous reconduire jusqu'à votre porte.

— Ce n'est pas la peine. Tous ici sont mes amis. Bonne nuit. Et à tout à l'heure, peut-être.

Cela faisait des années qu'Arnie Roth ne s'était senti aussi… désespérément imbécile. Mais à quoi jouait-il donc ? Se donner en spectacle devant une fille qu'il connaissait à peine – *une fille dont il pourrait être le père !* Elle devait bien rire, en ce moment, en pensant à ce petit bonhomme à moitié chauve tout intimidé devant elle ! Sans doute avait-elle l'intention de lui vendre une bonne dizaine de vases, de quoi payer son loyer, et d'en faire ensuite des gorges chaudes avec ses amis artistes !

Il engagea la voiture dans l'allée, arrêta le moteur, et contempla le grand arbre avec sa balançoire. Non, Angeline n'était pas comme ça. Il était injuste avec elle, simplement pour s'empêcher de commettre la plus grosse bêtise de sa vie...

Car pour rien au monde il n'irait là-bas ce soir.

Il ouvrit la porte d'entrée et appela. Pas de réponse. Où étaient-elles donc toutes ?

Il enleva sa veste avec lassitude, desserra sa cravate, et regarda le courrier qu'il avait ramassé par terre.

Oui, il était injuste avec Angeline. C'était une artiste qui avait besoin de gagner sa vie, et elle n'était pas responsable de ses états d'âme à lui... Et puis, il devait absolument trouver un cadeau pour Léa.

Il irait la voir tout à l'heure, après avoir fait dîner les filles.

— Hé ! cria-t-il en se dirigeant vers la cuisine. Il n'y a personne ?

Et pourquoi ne pas emmener Rachel avec lui ? Elle aimait la céramique, et serait sûrement intéressée. « Je l'emmènerai pour être certain de ne pas me couvrir davantage de ridicule. »

Il s'immobilisa au milieu de la cuisine froide et sombre.

Mais… Et si Angeline pensait à la même chose que lui… Quelle serait sa réaction en le voyant accompagné d'une gamine de treize ans ?

Il tenta de discipliner ses pensées. Il était près de sept heures, et jamais encore il n'avait trouvé la maison vide à cette heure-là. Pas de lumières allumées, pas de télévision en marche. Où étaient les filles ?

Angeline. J'irai peut-être tout à l'heure, seul…

Il fit un effort de mémoire. Léa lui avait-elle dit que les enfants allaient quelque part ce soir ? Pourtant, les animaux s'agitaient dans la cour, avec de petits grognements de faim. D'ordinaire, dans ces cas-là, Léa prévoyait toujours de les nourrir…

Jusqu'à quelle heure pouvait-il aller chez Angeline ?

Où était donc passée la famille ?

Lorsque le téléphone sonna, il crut un instant, dans sa folie, que c'était Angeline. Mais non, impossible : elle ne connaissait ni son numéro ni son nom de famille…

C'était Léa.

— Arnie, papa vient de mourir. Je suis à l'hôpital avec maman. Non, ne viens pas, ce serait inutile. Hannah a récupéré les filles chez elle, et elles passeront la nuit là-bas. (Sa voix se brisa.) Il faut que je prenne quelques dispositions, ici. Ensuite, je ramènerai maman à la maison. Elle fait une crise de nerfs. Oh ! mon Dieu…

Quand il eut raccroché, Arnie se dirigea vers la porte vitrée donnant sur la cour. La glace lui renvoya l'image d'un homme stupide, un homme qui perdait ses cheveux, sa ligne, et son bon sens.

Un homme qui avait, l'espace d'un instant, vécu un dédoublement de personnalité, mais dont le rêve exaltant venait soudain de se briser en mille morceaux, comme un vase d'argile s'écrasant sur le sol.

Chapitre 32

Un écarteur dans une main et le fibroscope dans l'autre, Vicky souleva le sein et inspecta la paroi thoracique sous-jacente.

— Je crois que c'est sec, murmura-t-elle à l'instrumentiste. Faisons un rinçage.

Au moyen d'une grosse seringue, elle emplit la nouvelle cavité mammaire de solution antibiotique, puis en retira le liquide avec un tube à aspiration en caoutchouc, et tamponna tout l'intérieur du futur sein avec de la gaze.

— Parfait, dit-elle en reposant ses instruments. Je vais mettre la prothèse en place.

La prothèse était un coussinet mou en gel de silicone, semblable à un gros comprimé transparent de vitamine. Après s'être assurée une dernière fois que la prothèse était de la même taille que l'implant déjà installé à la place de l'autre sein, Vicky l'introduisit doucement dans la cavité béante.

— Vérifiez sa pression sanguine, s'il vous plaît, Mildred. Le soutien-gorge de Jobst est-il prêt ?

— Oui, docteur.

Vicky était satisfaite. L'opération se déroulait bien. Bientôt, elle partirait en week-end avec Harrison. Noël à Palm Springs ! Elle attendait ces vacances depuis si longtemps !

Lorsqu'elle eut terminé le dernier point sous-cutané, elle fit courir un fil de nylon le long de la petite incision située à la base du sein. La cicatrice se verrait à peine... Puis elle nettoya la poitrine de la patiente.

— Carolyn ! appela-t-elle fortement. Carolyn ! Réveillez-vous ! c'est fini !

La jeune femme endormie remua la tête, battit des paupières, et murmura d'une voix pâteuse :

— Quand allez-vous commencer, docteur ?...

— C'est fini, Carolyn. Tout est fini.

— Vous voulez dire... vous voulez dire que j'ai des... *nichons* ?

Vicky éclata de rire.

— Oui, Carolyn, vous en avez.

— Beau travail, docteur Long, affirma l'instrumentiste tandis que l'on emmenait la jeune femme. Elle va faire des ravages !

C'était la dernière opération de la journée. L'après-midi était réservé aux consultations. Vicky effectuait la plupart de ses interventions ici, dans son cabinet, sauf lorsqu'il s'agissait de cas plus importants ou que le patient se sentait plus rassuré en milieu hospitalier. Dans ces cas-là, elle opérait à l'hôpital Saint-John, au bout de la rue.

Elle exerçait dans ce cabinet depuis trois ans, c'est-à-dire depuis qu'Harrison et elle avaient quitté Hawaii pour le sud de la Californie.

Harrison avait vendu la plantation d'ananas pour se consacrer à ses investissements dans le cinéma. Vicky, elle, avait commencé une nouvelle carrière : à Santa Monica, elle ne ferait plus concurrence à ceux qui l'avaient formée. Et tous deux avaient définitivement renoncé à un vieux rêve : au bout de deux ans d'efforts infructueux pour avoir un enfant, ils avaient eu envie de fuir les grandes pièces majestueuses de Pukula Hau, qui semblaient les narguer. C'est ainsi qu'ils étaient partis, et en trois ans ni l'un ni l'autre n'avait eu la tentation de revenir en arrière...

Dans le petit cabinet de toilette de son bureau, Vicky enfila un pantalon et un pull. Elle consulta sa montre : dans trois heures et demie, ce serait le départ...

Elle se pencha pour examiner sa joue droite à la lumière froide du néon. Oui, ils étaient bien là, les contours à peine perceptibles, la légère décoloration, le fantôme du démon exorcisé par Chris Novack, il y avait seize ans de cela ! « J'avais vingt et un ans... »

Elle avait rencontré le médecin par hasard, trois ans plus tôt, lors d'un séminaire de chirurgie plastique à Beverly Hills. Ses cheveux s'étaient clairsemés, et il avait beaucoup grossi, mais c'était surtout le changement dans son regard qui avait frappé la jeune femme. Elle n'y avait pas retrouvé la flamme qui y brûlait autrefois. « Qu'est-ce qui avait bien pu le transformer en cette ombre de lui-même ? » avait-elle songé avec tristesse. La médiocrité et la complaisance avaient envahi ses veines, comme un poison irrémédiable, et il menait désormais une petite vie tranquille, réparant les nez des coquettes du pays...

Un léger coup à la porte lui annonça l'arrivée des premiers patients.

— J'ai mis M. Randolph en cabine Un, Vicky,

dit la voix de Dorothy de l'autre côté du battant, et Mme Witherspoon en Deux.

— Merci, Dorothy. J'arrive tout de suite.

En s'approchant de son bureau pour y prendre un stylo et un bloc d'ordonnances, elle remarqua une pile de lettres que Dorothy venait d'y déposer. Bien, elle verrait cela quand elle en aurait terminé avec ses consultations.

C'était exactement ce qu'il lui fallait : une course folle sur l'autoroute avec les phares de la Mercedes perçant la nuit loin devant eux. Une fois de plus, elle regretta de ne pas être dans une décapotable : elle aurait laissé ses cheveux flotter dans le vent, aurait renversé la tête en arrière pour défier les étoiles, et aurait senti, vraiment senti, la vitesse… Au lieu de quoi, elle appuya sur un bouton pour abaisser sa vitre et humer l'air de la nuit, appuya sur l'autre pour mettre la cassette en marche, sur un autre encore pour incliner son siège. Et lorsque les premières mesures mélancoliques de Beethoven se firent entendre, elle ferma les yeux et s'abandonna…

Quel avait été l'effet exact de cette lettre ? Elle n'en savait trop rien. En ce moment précis, elle aurait dû être heureuse. N'avait-elle pas prévu de l'être ? Harrison et elle attendaient ce week-end depuis des mois – deux jours dans le désert, dans le meilleur hôtel, une excursion romantique vers les sommets de San Jacinto, en avion, et un fabuleux réveillon au Racquet Club… Et pourtant, elle n'était pas heureuse…

À la dernière minute, avant de quitter son cabinet,

elle avait trouvé dans son courrier une enveloppe bleue timbrée du Kenya.

« Sondra ! avait-elle tout d'abord pensé. Je n'ai pas eu de nouvelles d'elle depuis… eh bien, Noël dernier. »

Mais non, ce n'était pas Sondra. L'adresse n'était pas de sa main, et l'expéditeur était un certain révérend Sanders…

Elle avait longtemps contemplé l'enveloppe, inexplicablement effrayée par le message qu'elle contenait. L'espace d'un instant, elle avait envisagé de ne l'ouvrir qu'à son retour, lundi matin, mais il en était du courrier aérien comme des sonneries de téléphone : on ne pouvait y rester indifférent. Aussi avait-elle pris son coupe-papier, et trouva non pas une, mais deux lettres.

La première, signée du révérend Sanders, ne comportait que quelques lignes :

« Cher docteur Long : Mme Farrar étant incapable d'écrire, j'ai pris la lettre jointe sous sa dictée. Nous n'avons pas le téléphone ; aussi, si vous souhaitez nous joindre, vous devrez appeler l'hôpital de Voi – le 7 à Voi – qui nous transmettra votre message par radio. »

La seconde lettre, beaucoup plus longue, était accompagnée d'une photo, collée en bas de la page avec un morceau de scotch…

— Chérie ? dit la voix de Harrison. À quoi penses-tu ?

Il posa sa main rassurante sur les siennes.

Vicky releva la tête et lui sourit. La vie en Californie avait été bénéfique pour Harrison : à soixante-huit ans, il était plus séduisant, plus dynamique et plus viril que jamais.

— Je pensais à Sondra, répondit-elle. Je suis désolée, Harrison. Je sais que j'avais promis de laisser derrière moi mes soucis professionnels, mais ça, c'est autre chose…

Il hocha la tête avec compréhension : elle lui avait montré la photographie…

— Et qu'as-tu décidé de faire ? demanda-t-il.

— Je crois que Sam Penrod sera au réveillon de dimanche soir. C'est l'un des meilleurs spécialistes de la main. J'ai l'intention de lui demander de s'occuper d'elle.

— Tu ne vas donc pas le faire toi-même ?

— Je ne crois pas en avoir le droit. Elle a été gravement blessée, et je risque de ne pas être à la hauteur…

« Je m'adresse à toi, Vicky, parce que je crois en toi, écrivait Sondra. Si, pour une raison ou une autre, tu ne peux pas m'aider, j'irai en Arizona. Mes parents ne sont pas encore au courant. J'attends que tout soit fini. Pourquoi ajouter leurs cauchemars à ceux de mon fils ? »

Cette photographie… Deux serres tordues et couvertes de cicatrices, reposant sur un fond blanc. Des mains hideuses, comme on en voyait effectivement dans les cauchemars… « Il y a une épaisse cicatrice rétractile sur le dos de la main gauche, avec destruction des tendons extenseurs de l'index et du majeur. À la main droite, rétraction cicatricielle de tous les doigts. L'immobilisation prolongée en hyperextension après les premières greffes a provoqué un raccourcissement des ligaments collatéraux. Les deux mains sont totalement hors d'état de fonctionner. »

C'était un incendie, il y avait six mois de cela, qui avait provoqué ces brûlures sur les mains de

Sondra. Après les premiers soins d'urgence à l'hôpital de Voi, elle avait été dirigée sur un grand hôpital de Nairobi où l'infection avait été enrayée et des greffes cutanées tentées. À en juger par la photo, les opérations n'avaient pas eu le résultat escompté.

« J'ai assez d'argent pour payer mon billet aller et retour pour la Californie, continuait Sondra. Le révérend veillera à ce que l'on s'occupe de moi à Nairobi et donnera des instructions aux hôtesses de l'air, mais j'aurai besoin d'aide à l'autre bout de la chaîne – si ce n'est pas trop te demander. Roddy restera ici pour veiller sur la mission. »

C'était une lettre froide, dénuée d'émotion : une suite de faits et de descriptions, tels que Sondra les avait probablements dictés…

« Ils ont fait de leur mieux, à Nairobi. Je ne leur en veux pas. Je laisserais tout tomber, si je n'étais une charge pour tout le monde. Je ne peux pas me coiffer seule, ni tenir une tasse de thé, ni toucher le visage de mon fils. À Nairobi, ils m'ont assuré que c'était sans espoir, et qu'on ne pouvait pas sauver mes mains. Aussi, Vicky, tout ce qui pourra être fait pour moi méritera ma reconnaissance éternelle. »

Sondra. Depuis quand ne l'avait-elle vue ? La dernière rencontre remontait à son mariage, lorsque toutes les trois s'étaient retrouvées comme autrefois, à Castillo… Qu'était-il advenu de cette complicité qui les unissait ? Comment le temps et les événements avaient-ils réussi à insérer un coin entre les trois amies, les éloignant peu à peu, raréfiant de plus en plus lettres et coups de téléphone, pour ne plus leur laisser qu'un souvenir précieux et cher à leur cœur ?

« J'ai été trop occupée, songea Vicky, trop absorbée par ma propre vie depuis trois ans. J'avais oublié... »

— Je vais lui écrire tout de suite, déclara-t-elle à Harrison tandis que la Mercedes approchait d'Indian Wells. Je lui dirai qu'elle peut venir chez nous et y rester autant que nécessaire. Tu n'y vois pas d'inconvénient, n'est-ce pas, Harrison ?

— Tu sais bien que non.

— Je crois que je vais écrire à Léa aussi. Cela fait un temps fou que je n'ai pas eu de nouvelles d'elle. Elle pourrait peut-être nous rendre une petite visite. Cela ferait du bien à Sondra, j'en suis certaine.

Elle sourit et se sentit mieux. Et puis, soudain, elle fronça les sourcils : Sondra ne parlait pas de Derry... Viendrait-il avec elle, ou resterait-il à la mission ?

C'était l'une de ces soirées où les étoiles présentes dans l'assistance faisaient pâlir celles du ciel. Un gala dont tous les journaux parleraient le lendemain ; un événement qui rassemblait tous ceux qui désiraient être vus, tous ceux qui avaient besoin d'un peu de publicité favorable. Car ce n'était pas un simple réveillon de Noël, mais une vaste opération destinée à récolter des fonds pour lutter contre la maladie d'Alzheimer, dont l'une des victimes avait été Rita Hayworth...

Le célèbre traiteur Cloud s'était occupé du buffet, Jack Lemmon et Gregory Peck se chargeaient de l'animation, et le gigantesque sapin de Noël croulait sous le poids de centaines d'enveloppes contenant les dons des invités. Après un dîner traditionnel d'oie rôtie et de plum-pudding, quatre orchestres se relayèrent pour mener le bal sous la Voie lactée, jusqu'au petit matin.

Lorsque Vicky aperçut Sam Penrod de l'autre côté de la piste, elle abandonna Harrison en compagnie du juge suprême qui avait partagé leur table au dîner et se fraya un chemin à travers la foule.

Des bribes de conversation parvenaient à ses oreilles.

— J'envisage de me faire relever les fesses…

— Oh, ma chère, c'est une véritable torture ! Pendant deux semaines, on ne peut ni s'asseoir, ni se pencher. On doit *tout* faire debout !

— … a ce maudit manuscrit depuis trois mois et refuse de répondre à mes appels téléphoniques. Si ce salaud pense me jouer un sale tour, je jure de…

— … Toutes les trois avec la même robe ! Tu aurais dû voir ça !…

— … Est-il exact qu'il y ait plus de chirurgiens plasticiens par tête de pipe à Palm Springs que nulle part ailleurs dans le monde ?

Quand Vicky atteignit enfin Sam Penrod, il tournait les talons, un verre vide à la main.

— Bonsoir, Sam, dit-elle en posant une main sur son bras.

— Vicky !

Le Dr Samuel Penrod était un chirurgien orthopédiste spécialisé dans les mains et les pieds de gens célèbres – sportifs, politiciens, acteurs et actrices, bref tous ceux qui ne pouvaient sacrifier leur carrière à l'arthrite, à la tendinite, aux tremblements ou à la paralysie. Sa clinique était l'une des meilleures du pays, et l'une des plus chic. Et il avait par deux fois, au cours des dernières années, fait de très sérieuses propositions d'association à Vicky.

— Plus belle que jamais ! s'exclama-t-il en lui étreignant la main de façon éloquente.

— Comment allez-vous, Sam ? Les affaires vont bien ?

— On ne peut mieux. Tant qu'il y aura des sportifs avides de victoires et des actrices soucieuses de leur démarche, j'aurai du travail. Et vous ? Toujours assaillie par les obsédés de l'éternelle jeunesse ?

— Plus que jamais ! répliqua Vicky en riant.

— Avez-vous pu recevoir la dame que je vous ai adressée la semaine dernière ? Mme Palmer ?

Vicky libéra doucement ses doigts toujours prisonniers.

— Oui, mais elle a renoncé à l'intervention chirurgicale, quand je n'ai pas pu lui garantir qu'il ne resterait pas de cicatrice.

— Elle était très grosse, vous savez. Je la connais depuis des années, et je joue au golf avec son mari. Il se trouve qu'elle a rencontré un serveur de vingt ans au club, et qu'elle a décidé de redevenir adolescente. Je l'ai mise en garde contre une perte de poids trop rapide, mais elle n'en a eu cure. Et maintenant, elle a ces bras...

Vicky hocha la tête. Elle voyait souvent des femmes aux bras affligés de chairs molles et pendantes, soit en raison de leur âge, soit par suite de régime inconsidéré. Et, malheureusement, l'opération consistant à enlever ou à resserrer les tissus laissait des cicatrices disgracieuses.

— Enfin, dit Sam en reprenant sa main. Ne parlons pas affaires. J'imagine que vous n'êtes pas venue sans votre chien de garde ?

— Effectivement, Harrison est ici, répondit-elle avec un sourire. Je vois que vous n'avez pas changé ! Toutefois, je voudrais précisément vous parler affaires.

Feignant un profond désappointement, Sam Penrod lui rendit sa main d'un air théâtral et prit une attitude professionnelle.

— De quoi s'agit-il, Vicky ? demanda-t-il sur un ton dramatique.

Elle ouvrit sa pochette de satin argenté et en tira la lettre de Sondra.

— Voici qui expliquera tout.

— Seigneur ! Mais c'est qu'elle ne plaisantait pas !

Avec un soupir exagéré, il la guida vers une table libre. Lorsqu'ils se furent installés, il lut la lettre à la lueur de la torche qui éclairait la zone.

Il étudia la photographie quelques instants, puis, avec un froncement de sourcils, la rendit à Vicky.

— Quelle malchance ! déclara-t-il. On aurait probablement évité pas mal de ces déformations par un éclissage en position fonctionnelle et par une extension des poignets. Mais elle ne donne pas assez de renseignements. Y a-t-il eu atteinte du nerf médian et du nerf cubital ? Y a-t-il eu destruction de l'aponévrose palmaire ? Cette contracture est-elle due à une ischémie, à une fibrose, ou s'agit-il simplement d'un phénomène réactionnel ?

— Je suppose qu'elle a estimé que cela pouvait attendre son arrivée ici. Alors, qu'en dites-vous, Sam ?

— Pourquoi ne le faites-vous pas, Vicky ?

— Moi ?

— Mais oui, vous travaillez bien sur des mains.

Elle remit la lettre dans son sac.

— Pourquoi ne pas essayer ? insista-t-il. Vous faites du très beau travail.

Elle se mit à rire.

— C'est très gentil à vous, Sam, mais je connais mes limites.

L'orchestre attaquait le thème du *Parrain*.

— Me ferez-vous l'honneur d'une danse ?

— Puis-je dire à mon amie que vous vous occuperez d'elle ?

— Seulement si vous m'accordez cette danse.

Elle se leva et secoua la tête.

— Toujours le même Sam... Puis-je lui dire que vous le ferez ?

— D'accord, Vicky. Je ferais n'importe quoi pour vous. Quand arrive-t-elle ?

— Je ne sais pas. Je suppose qu'elle attend mon signal. Je la prendrai à l'aéroport et vous l'amènerai. Mais peut-être passera-t-elle d'abord quelques jours chez moi.

Sam se leva à son tour et observa la foule des danseurs d'un air soudain intéressé : il y avait là-bas quelques starlettes ne demandant qu'à être entreprises...

— Tenez-moi au courant et je lui réserverai une chambre.

— Merci, Sam, murmura-t-elle doucement en lui touchant le bras. Je savais que je pouvais compter sur vous.

— Oui, répliqua-t-il mi-figue, mi-raisin. C'est moi, le bon vieux Sam...

Et il se dirigea vers une scintillante robe dos nu.

Vicky se sentait plus détendue, à présent. Elle écrirait sans tarder à Sondra pour lui donner la bonne nouvelle. Tournant les talons, elle fit quelques pas en direction d'Harrison, et s'arrêta net.

À quelques mètres d'elle, en pleine discussion, se tenait Jonathan Archer.

Immobile comme une pierre, elle l'observa. Cette journée était décidément riche en rappels du passé : d'abord Sondra, et maintenant Jonathan...

Elle le voyait de profil, souple et mince dans son smoking noir. Il parlait avec l'aisance et l'assurance d'un homme certain de sa valeur. Un Jonathan plus mûr, plus calme, sûr de lui. Il devait avoir quarante-trois ans, maintenant, et toute une guirlande de prix internationaux derrière lui. Sans oublier, songea Vicky en se dirigeant lentement vers lui, trois divorces à son actif...

Ce fut un des membres du groupe, un avocat de Beverly Hills avec lequel traitait Harrison, qui remarqua sa présence et interrompit Jonathan dans son monologue.

— Madame Butler ! s'exclama-t-il. Quelle agréable surprise !

Lorsque Jonathan se retourna pour lui sourire, Vicky se sentit prise d'un tremblement inattendu.

— Bonsoir, Vicky.

Sa voix semblait sortie d'un vieux, vieux rêve, et Vicky en fut troublée. « Est-ce ainsi qu'il me salue, après tant d'années, après le tour que je lui ai joué ?... »

— Bonsoir, Jonathan.

— Je t'ai vue assise là-bas avec Sam Penrod, et j'ai préféré ne pas vous interrompre.

Qu'essayaient de lui dire ces yeux d'un bleu de mer ? Que cachait donc ce sourire toujours plein de jeunesse ?

Elle se détendit. Rien. Il n'y avait ni malice, ni reproche, ni regrets sur ce visage légèrement marqué par la vie. Elle y lisait la même décontraction qu'autrefois, et aussi une sorte de soif de nouveaux mondes à conquérir...

Comme obéissant à un signal, les autres membres du groupe murmurèrent quelques excuses et les laissèrent seuls, face à face.

— Comment vas-tu, Jonathan ?

Elle s'émerveillait : tout semblait si simple, si facile...

— Je ne peux pas me plaindre, répondit-il. J'ai réussi, tu vois...

— Oui, je sais. Je lis le *Time*.

Il soupira.

— Tu es donc au courant de ce scandale sordide.

Elle rit.

— Trois divorces ne font pas vraiment de toi un Barbe-Bleue !

— Et toi ? Qui est ce M. Butler ?

— J'ai épousé l'homme que tu vois là-bas.

De la tête, elle indiqua Harrison, qui discutait non loin de là avec Gerald Ford et approuvait vigoureusement ce que ce dernier venait de déclarer.

— Je croyais que sa femme s'appelait Betty.

— La première.

— Ah ! demande-lui s'il ne voudrait pas un rôle dans mon prochain film. J'aime son physique.

— Moi aussi.

— Et toi, Vicky, as-tu réussi ?

— Oui.

Ils ne se quittaient pas des yeux, indifférents à tout ce qui les entourait.

— Est-ce que tu débarrasses le monde de ses disgrâces, comme saint Patrick ?

— J'aime à croire que j'aide les autres, Jonathan. Une partie de mon travail est certainement pure vanité, mais la chirurgie plastique permet de résoudre de graves problèmes psychologiques.

— Et tu es heureuse ?

— Oui, Jonathan, je suis heureuse.

Il eut un large sourire.

— Je reste quelque temps à Los Angeles. Veux-tu déjeuner avec moi un de ces jours ?

Elle se raidit. Mais de quoi pouvait-elle avoir peur ?

— Avec plaisir. J'aimerais savoir ce que tu as fait pendant toutes ces années. Depuis…

Elle ravala sa phrase de justesse.

— Depuis le soir de l'horloge ? dit-il en riant doucement. Oui, j'ai beaucoup de choses à te raconter, et toi aussi. Mais surtout, Vicky, j'ai un cadeau pour toi. Quelque chose de très spécial, et je veux te le donner en privé.

Chapitre 33

Elle était de la tribu des Suquamish, elle aimait les fruits de mer, l'automne était sa saison préférée, et elle n'était jamais allée au-delà de la frontière Washington-Oregon.

Pièce par pièce, comme un collectionneur ramasse des feuilles tombées et les met dans son herbier, Arnie assemblait soigneusement ce puzzle qu'était la vie d'Angeline, ces petits détails qui faisaient qu'elle était Angeline. Comme la marque des cigarettes qu'elle fumait, les livres qu'elle lisait, ou ce qui concernait ses frères et sœurs…

Depuis cette journée de septembre où il avait failli aller à son appartement pour acheter un vase, Arnie avait battu en retraite, comme une tortue rentre le cou devant le danger. Depuis cinq mois, ses contacts avec la jeune fille étaient purement anodins : ils se saluaient de loin, sur le ferry, ou échangeaient parfois deux ou trois mots. Il n'avait jamais eu le courage de l'inviter à prendre un café, ni de retourner à la galerie, et encore moins de s'asseoir auprès d'elle, parmi les autres Indiens. Et tous les soirs, la Volvo bleue démarrait sans problème…

Il espérait que ses sentiments ne se voyaient pas

sur son visage, qu'il avait l'air aussi détendu et indifférent qu'il s'efforçait de le paraître. Car elle, de son côté se contentait manifestement de leurs rencontres fortuites et des quelques paroles échangées à ces occasions. Le pire – ou le mieux ? – était que leur petit jeu des regards avait pris fin. Le charme était rompu : Angeline savait à quoi s'en tenir à son sujet, et toute curiosité s'était éteinte en elle…

Il ne pouvait que s'en féliciter. Comment se payer le luxe d'une idylle avec cette fille, quand il se passait tant de choses à la maison ?

Il resta un peu en arrière, feignant d'être trop absorbé par son journal pour voir que les passagers montaient maintenant à bord du ferry. C'était un stratagème auquel il ne se livrait pas tous les soirs, car il eût été trop évident… De temps en temps, il se forçait même à embarquer dans les premiers – et cela lui était une vraie torture, sachant qu'invariablement Angeline empruntait la passerelle bonne dernière…

Le nez dans son journal il la guettait du coin de l'œil. Ce n'était pas facile, mais en cinq mois il avait eu le temps de perfectionner cette technique, au risque parfois de rater le départ par inadvertance, ou de se cogner à un inconnu… Il avait froid, mais il ne pouvait se résoudre à embarquer. Angeline n'avait pas pris le bateau pendant deux jours, et cette absence l'avait tellement préoccupé qu'il avait été presque incapable de travailler. Mais ce matin, grâce au ciel, elle était revenue ! Dans sa joie, il s'était laissé aller à lui faire de grands signes, et *elle l'avait regardé sans paraître le voir*. Aussi ressentait-il maintenant le besoin impérieux de se rassurer, de constater que ce frêle lien qui les unissait n'était pas brisé à tout jamais.

— Bonjour, Arnie. Vous ne montez pas à bord ?

Il releva brusquement la tête.

— Hein ! s'exclama-t-il avec surprise.

Et il sentit une chaleur estivale envahir ses os gelés : devant lui se trouvaient ses yeux sombres et son sourire à fossettes.

— Seigneur ! s'exclama-t-il en refermant vivement son journal. Je ne faisais pas attention !

La sirène du ferry retentit, et il s'aperçut qu'ils avaient vraiment failli rater le bateau tous les deux. Qu'auraient-ils fait, alors, si ce n'était s'installer dans le bar, là-bas, et prendre un café en attendant le prochain voyage ? Il y avait là une idée à creuser...

Angeline rejoignit sa place habituelle parmi les fumeurs, et Arnie échoua dans une rangée de sièges vides où il pourrait se morigéner à loisir.

« Tu as quarante-huit ans, une femme et cinq enfants, alors ressaisis-toi, bon sang ! »

Décidé à lire son journal et à ne plus penser à elle, il revint à la page qui lui avait servi auparavant d'alibi, et constata, non sans en sentir l'ironie, que la rubrique de Léa s'y trouvait. Les conseils du « Dr Léa » étaient tellement appréciés qu'ils paraissaient maintenant chaque jour et occupaient une demi-page.

Arnie ne lisait pas toujours ces lignes – elles concernaient essentiellement les problèmes féminins –, mais quand il le faisait il avait l'impression bizarre que c'était désormais la seule manière dont Léa et lui communiquaient...

« Cher docteur Léa : comment fonctionnent les

tests de grossesse, et jusqu'à quel point sont-ils fiables ?... »

Angeline devait avoir vingt-cinq ou vingt-six ans. Pourquoi n'était-elle pas mariée ? Pourquoi n'avait-elle pas d'enfants ? N'était-ce pas une tradition tribale que de se marier et d'élever une famille nombreuse ?

« Cher docteur Léa : je fais de la course à pied depuis six mois et j'ai quelques pertes de sang. Est-ce lié à cette activité ? »

Les pensées d'Arnie dérivèrent de nouveau. Que faisait Angeline le week-end ? Elle ne semblait guère sportive. Restait-elle penchée sur son tour de potier, ou avait-elle un petit ami pour occuper ses samedis et ses dimanches ?

Il laissa retomber le journal sur ses genoux. Rien à faire : il ne pouvait la chasser de son esprit...

Son regard tomba sur la photographie de Léa en tête de la rubrique, et il la contempla fixement. « Cher docteur Léa : savez-vous que votre mari est obsédé par une fille indienne ? »

Qu'étaient-ils actuellement l'un pour l'autre, Léa et lui ? Étaient-ils toujours mari et femme ? Difficile à dire. Certes, ils dormaient dans le même lit ; leurs brosses à dents étaient rangées côte à côte dans la salle de bains ; ils avaient des enfants qui leur ressemblaient ; et ils remplissaient la même déclaration de revenus. Mais à part cela...

Il releva la tête et regarda la baie glaciale bordée de lumières. Il neigerait peut-être cette nuit...

Ils vivaient dans deux mondes séparés. Chacun absorbé par son travail de la semaine. Et le week-end, elle écrivait ses articles ou se précipitait à la maternité, tandis qu'il sciait son bois, emmenait les filles se promener, et pensait à Angeline.

C'était une existence terne et tranquille. Il s'y était fait, et n'envisageait pas d'en changer. Divorcer ? Mais comment quitter ses filles ? Où aller ? Et puis, à sa manière, il aimait toujours Léa. Alors il se réfugiait dans ses rêves, et en tirait la force de continuer.

Mais quelque chose menaçait à présent cet équilibre et l'inquiétait : Léa changeait.

Il tordit légèrement le cou pour voir le reflet de la cabine dans la vitre, mais sans succès : Angeline était invisible.

Qu'arrivait-il donc à Léa ? Sa transformation avait été progressive : d'abord ces gestes brusques, ces cernes sous les yeux, ces cendriers pleins de cigarettes à moitié fumées ; et puis, tout récemment, le bouquet. Léa avait annoncé qu'elle allait voir un psychiatre...

C'est là qu'elle serait, ce soir, pour sa séance hebdomadaire de trois heures avec le Dr Margaret Cummings, à marcher de long en large, à fumer comme un pompier, et à tout déballer – quoi que *cela* fût. Apparemment, tout avait commencé avec la mort de son père...

La lettre de Vicky avait également joué un rôle. Cette longue missive inattendue avait mis Léa... *en colère*. Il l'avait lue, cette lettre, et n'avait pas compris : tout ce que demandait Vicky, c'était que Léa vînt, si possible, passer quelques jours à Los Angeles pour l'aider à réconforter Sondra ! « Mais que croit-elle que je fais de mon temps ? s'était-elle exclamée. Elle n'a qu'à la réconforter toute seule, elle peut se le permettre ! Où étaient-elles donc,

toutes les deux, quand *moi* j'avais besoin d'aide ? »
Devant une telle explosion de reproches, auxquels il
ne comprenait goutte, il avait choisi, comme d'habitude, de se taire. « Cher docteur Léa : pourquoi
ne parlez-vous pas à votre mari ? »

— Arnie ?

Il fit volte-face. Angeline. Devant lui, et tout
sourire…

— J'ai horreur de ça, mais vous êtes la seule
personne que je connaisse sur ce bateau. Puis-je
vous demander une faveur ?

Quoi donc ? Aller pêcher la lune et vous en faire
une tiare ? Pas de problème, ce sera fait en un clin
d'œil…

— Mais bien sûr…

— C'est à cause de ma voiture. C'est vraiment
idiot, mais mon frère l'a emmenée en réparation,
et elle n'est pas prête. Je me demandais si vous
pourriez, une fois de plus, me déposer chez moi…

Absolument incroyable. Ce matin même, il avait
imaginé Angeline assise auprès de lui, dans sa voiture, et voilà qu'elle y était vraiment, en train de
bavarder comme il l'avait rêvé. À ceci près qu'il
était trop crispé pour ouvrir lui-même la bouche,
et qu'il laissait la jeune fille enrichir son puzzle…

— Il me dit sans cesse d'acheter une nouvelle
voiture, expliquait-elle, mais je n'en ai pas les
moyens. Les ventes à la galerie ne rapportent pas
suffisamment, alors je compense les week-ends.
J'emporte mes vases au marché de Pike Street et
je les vends aux touristes.

Il se serait donné des gifles ! Combien de fois ses
filles ne l'avaient-elles pas supplié de les emmener
là-bas le dimanche ?

— Il faudra que j'aille là-bas, déclara-t-il. J'ai toujours l'intention d'acheter une de vos œuvres.

Elle portait une veste de lainage bleu lavande qui faisait joliment ressortir ses cheveux noirs, de grosses mitaines, des jeans et des bottes. Ainsi vêtue, elle avait l'air d'une adolescente, presque aussi jeune que Rachel.

Ils roulèrent un moment en silence, puis Angeline se tourna vers lui.

— Vous savez, vous ressemblez à Ben Kingsley, l'acteur…

Arnie rougit et rit.

— Je suis certaine que tout le monde vous le dit.

— Non, personne.

Il quitta la route des yeux et lui jeta un regard plein d'éloquence.

— Vous êtes la première, Angeline, ajouta-t-il doucement.

L'immeuble fut trop vite là, et Arnie maudit silencieusement l'heure et la brièveté du trajet. Comme la dernière fois, elle ne semblait pas pressée de descendre et s'attarda un peu sur le siège. Volontairement, ou non ? Quoi qu'il en fût, Arnie décida de se lancer.

— Ce n'est pas la peine de discuter, affirma-t-il tranquillement. Il fait nuit, et je me sens responsable de vous. Aussi, je vous accompagne jusqu'à votre porte.

— Très bien, répondit-elle simplement.

Ils enjambèrent des tricycles et des jouets, traversèrent une cour de terre gelée et grimpèrent un escalier décoré de graffitis. Une scène de ménage se déroulait derrière une porte, une télévision hurlait derrière une autre, et bientôt – trop vite – ce fut la porte d'Angeline. Une fois de plus, Arnie maudit la rapidité avec laquelle les moments précieux passaient...

Il s'apprêtait à dire : « Eh bien, bonne nuit », lorsque Angeline, introduisant la clé dans la serrure lui proposa :

— Voulez-vous entrer un moment et voir mes poteries ? Je vous promets de ne pas essayer de vous en vendre à tout prix...

Et il entra dans la pièce où il avait passé en imagination la moitié de son temps de veille, ces cinq derniers mois. Par certains côtés, le décor était tel qu'il se l'était représenté.

Un portrait du chef Joseph, l'Indien aux yeux tristes, était accroché à un mur ; sur l'autre était encadré un batik représentant l'Oiseau Tonnerre-dérobant-le-soleil. Quelques poteries indiennes étaient disposées çà et là ; un très vieux calumet de la paix, orné de plumes, décorait le dessus d'une porte. Mais pour le reste, l'appartement d'Angeline n'avait rien d'indien... Abstraction faite de la Vierge posée sur la télévision et du Sacré-Cœur-de-Jésus dans la cuisine, il eût pu appartenir à n'importe quelle jeune femme de goût, disposant de peu de moyens mais habile de ses mains.

Angeline alluma toutes les lumières et conduisit Arnie vers le coin salle à manger jouxtant la cuisine. Chemin faisant, elle se débarrassa de sa veste et apparut dans un pull ample, une petite croix d'or accrochée autour du cou par une délicate chaînette.

— C'est là que je travaille, indiqua-t-elle.

C'était bien le désordre dont elle l'avait averti : des journaux étalés sur le sol, des sacs d'argile fraîche, des pots en train de sécher, des caisses de paille, un tour, et des outils épars sur la table.

Saisissant un petit récipient rond décoré de motifs géométriques, elle le mit doucement dans les mains froides d'Arnie.

— C'est ce genre de chose que je vends au marché de Pike Street.

Il le tourna et le retourna entre ses doigts, caressant les endroits qu'elle avait touchés, comme pour en tirer tout l'amour qu'elle avait investi dans cette création. « Je vais l'acheter, Angeline, songea-t-il. J'en achèterai un pour chacune de mes filles, un par année de mariage avec Léa, un par Shapiro existant dans l'État de Washington. Je vais tout acheter, Angeline… »

— Voulez-vous un café ?

Il leva les yeux. Elle avait l'air gênée, et un certain embarras perçait dans sa voix…

— Oui, s'entendit-il répondre. Avec plaisir.

Et soudain, les remords prirent le dessus. « Quelle heure est-il ? Où sont les filles en ce moment ? Où est Léa ? Ah ! pas de problème. Elle va voir le Dr Cummings, ce soir, et Mme Colodny doit être à la maison, comme chaque fois que Léa ne revient pas directement de son cabinet. Elle leur donnera à dîner, au cas où… »

La cuisine était terriblement exiguë. Tandis qu'Angeline prenait un filtre et sortait un paquet de café du réfrigérateur, Arnie, débarrassé de son manteau et de son écharpe, souffrait de la sentir si proche.

Il ne pouvait détacher son regard de ses mains fines, des mains d'artiste, et de ses longs cheveux soyeux qu'elle renvoyait de temps à autre en arrière, d'un gracieux mouvement de tête. Passer la main dans cette merveilleuse chevelure noire...

— Oh, zut ! s'exclama-t-elle en fronçant joliment les sourcils. Je n'ai pas assez de café...

Elle secouait le paquet pour en tirer les derniers grains. Arnie sentit son estomac se nouer. Pas de café, pas d'excuse pour rester. Remettre son manteau, se traîner vers la porte... Mais Angeline saisissait un tabouret pliant appuyé contre le réfrigérateur.

— Je sais que j'ai un autre paquet quelque part là-haut, dit-elle en le dépliant et en le calant contre le placard.

— Laissez-moi l'attraper...

Elle était déjà montée sur le tabouret. Arnie dévorait du regard son corps mince et souple, tandis qu'elle se retenait d'une main au placard, et de l'autre tâtonnait sur l'étagère la plus haute.

— Attention, reprit-il en avançant d'un pas.

— J'ai l'habitude, répondit-elle avec un petit rire.

C'est alors qu'elle glissa et tomba. Il tendit instinctivement les bras et la rattrapa. Et elle était là, contre lui, à rire et à reprendre son équilibre. Et puis... elle demeura immobile. Ils restèrent sans bouger, dans cette cuisine minuscule, lui la tenant toujours dans ses bras, et elle, la tête posée sur sa poitrine. Quelque part, une horloge sonna. Le réfrigérateur se mit à ronronner, et dans l'escalier quelqu'un claqua la porte de son appartement.

Arnie posa la joue sur les cheveux d'Angeline et en respira le doux parfum. Il sentit qu'elle lui mettait les bras autour du cou, et ils s'embrassèrent. Tout se passa si soudainement qu'il n'eut pas le temps de se demander s'il rêvait, une fois de plus...

Ce fut tout de suite un baiser affamé, comme si

un bouchon avait brusquement sauté, libérant une immense réserve d'amour et de désir refoulés. Arnie prit soudain conscience du temps – il en avait si peu devant lui – et de tout ce qu'il voulait lui dire, et faire avec elle. Jamais il n'aurait le temps...

— J'ai tant rêvé de cet instant, Arnie !

— Oh ! Angeline, jamais je n'aurais cru...

— J'ai toujours eu tellement peur de me rendre ridicule, Arnie...

— Il me semble rêver...

Elle était si menue, si légère. Il crut soulever une poupée. Elle s'accrocha à son cou et l'embrassa tandis qu'il la portait jusqu'au divan.

Et Arnie Roth ne s'inquiéta plus du temps, ni de l'heure...

Chapitre 34

Les médecins ne pleurent pas. Tel est l'objet de leur rude formation : les endurcir, les caparaçonner contre le malheur et la souffrance. Pourtant en cette soirée pluvieuse d'avril, tandis que l'ancienne pendule égrenait doucement les minutes sur la cheminée, Vicky se sentait proche des larmes.

Consciente de l'effet qu'elle produisait sur son amie, Sondra bougeait le moins possible pour ne pas attirer l'attention sur ces deux pinces de homard au bout de ses bras. Ses mains étaient parfaitement cicatrisées, mais elle les dissimulait toujours sous des bandages, car, ainsi qu'elle l'avait précisé à Vicky à l'aéroport : « Les gens supportent la vue de pansements, même importants, mais pas celle d'une chair difforme. »

Dans l'avion, chacun s'était montré très attentionné envers elle et, aux douanes de Los Angeles, on s'était tout de suite occupé d'elle. Dès la sortie, Vicky et Harrison l'avaient prise en charge, et Harrison l'avait traitée en visiteuse de marque. En ce moment même, avec son tact coutumier, il travaillait dans son bureau pour laisser les deux amies en tête à tête au salon.

La scène se déroulait dans la belle demeure des Butler, une grande bâtisse de style Tudor à Beverly Hills, décorée d'antiquités et d'ouvrages polynésiens rapportés de Pukula Hau. Vicky et Sondra prenaient le thé, et les délicates tasses habituelles avaient été remplacées par des bols, car la jeune femme devait utiliser ses grossiers moignons comme des pinces.

— Je peux manger toute seule, expliqua Sondra, mais je ne veux pas que l'on me voie, car j'en mets partout. En revanche, j'ai les plus grandes difficultés du monde à me laver, à m'habiller et à aller aux toilettes. On dirait un bébé. C'est pour cette raison que j'ai décidé de recourir à la chirurgie, dans l'espoir de devenir plus indépendante. À Nairobi, ils voulaient m'amputer des deux mains, mais j'ai refusé.

Vicky avait du mal à avaler sa salive, tant elle se sentait la gorge serrée. L'histoire de Sondra était presque insupportable – perdre ainsi son mari, son bébé, et ses mains…

— C'est pour Roddy que je le fais. La première fois qu'il a vu mes mains, il s'est mis à hurler. Je lui fais peur, et il ne veut pas que je le touche. Je crois qu'il se sent responsable. Juste avant l'accident, il avait provoqué quelques ennuis à la mission, en toute innocence, bien sûr. Par sa faute, un petit garçon avait été mordu par un rat, et Derry avait dû partir sur-le-champ pour aller chercher le vaccin antirabique à Nairobi. Roddy pense donc qu'il est en quelque sorte responsable de ce qui s'est passé.

Vicky tourna la tête vers les lourds rideaux masquant les fenêtres et crut entendre, par-delà les crépitements du feu, le martèlement de la pluie dans le jardin.

— Au début, je voulais mourir, continuait Sondra. Je n'ai pas dit un mot pendant des semaines. Je ne me rappelle pas grand-chose de l'accident. L'avion a éclaté en flammes et j'ai couru pour en sortir Derry. Une explosion m'a rejetée en arrière. Ce fut un miracle, paraît-il, que mon visage n'ait pas été également touché. Mes mains ressemblaient à deux steaks oubliés sur le gril. Elles étaient toutes noires avec des lambeaux de chair à vif.

Tout en parlant, avec ce léger accent britannique qu'elle avait pris à la mission, elle contemplait le luxueux tapis jaune à ses pieds.

— Le pire, c'était l'infection. Ils ont fait un travail remarquable, à Nairobi. Ils ne voulaient pas me laisser mourir, alors que je les en suppliais. Et quand je suis enfin revenue à moi, quand je me suis souvenue de mon petit garçon et de ce que je lui devais, quand j'ai enfin voulu vivre, les greffes ont refusé de prendre, et on a décidé de m'amputer.

Elle se pencha pour saisir son bol, puis, se ravisant, elle se redressa. Vicky maîtrisa l'envie de soulever elle-même le récipient et de le porter à ses lèvres. Elle ne savait que répondre. Par certains côtés, Sondra était sa plus vieille amie, celle qui lui avait offert de lui prêter ses vêtements, le premier jour, dans le Hall Tesoro. Mais par d'autres, bizarrement, c'était maintenant une étrangère, intimidante, effrayante...

— Sam Penrod est l'un des meilleurs spécialistes du pays, déclara-t-elle enfin.

Sondra la regarda.

— Mais tu seras là, toi aussi ?

— Bien sûr. Je te rendrai visite chaque jour.

— Non, je veux dire : pendant l'opération ?

— On verra ce qu'en pense Sam.

Sondra acquiesça silencieusement.

— Il est vraiment très bien, se hâta de préciser Vicky. J'ai vu quelques-uns des résultats qu'il a obtenus…

Sondra hocha de nouveau la tête.

Vicky plongea son regard dans ses grands yeux d'ambre et ressentit un léger frisson d'inquiétude. Dans quel état psychologique se trouvait-elle réellement ? En apparence, elle semblait calme, pleine d'acceptation ; et neuf mois s'étaient écoulés depuis la tragédie, neuf mois pour reprendre son équilibre… Mais si ce n'était qu'une façade ? Qu'attendait-elle exactement de Sam Penrod ? Supporterait-elle un nouvel échec ?

Pour la première fois, elle se décida à regarder franchement les mains de Sondra, ou plus exactement ces deux longs paquets qui reposaient sur ses genoux. Quelle vision de cauchemar cachaient ces carcans de gaze blanche ?

— Et que feras-tu, après ? demanda-t-elle brusquement. Tu retourneras à la mission ?

— Oui, répondit Sondra d'une voix ferme. Ma place est là-bas, avec Roddy. Et Derry est toujours là-bas… C'est pourquoi je n'ai encore rien raconté à mes parents. Ils insisteraient pour que nous venions vivre à Phoenix, et je ne pourrais pas supporter d'être traitée comme une invalide. Je veux poursuivre ma tâche, Vicky, ajouta-t-elle sérieusement. Je veux pratiquer de nouveau la médecine.

La pluie martelait les vitres avec insistance, et une gerbe d'étincelles jaillit dans la cheminée.

Sondra s'avança sur le bord de son fauteuil, et sa voix se fit passionnée.

— Vicky, Derry était toute ma vie. Il représentait tout ce que je désirais, et je vivais pour lui. Quand je l'ai rencontré, j'ai eu le sentiment d'être enfin arrivée chez moi. Rien ne peut atténuer mon chagrin, et chaque fibre de mon être le pleure. J'avoue avoir connu des journées sombres et terribles, quand je souhaitais mourir pour le rejoindre. Mais aujourd'hui, je sais ce qu'il me reste à faire. Je dois poursuivre son œuvre à la mission. Sa mort ne doit pas être inutile, Vicky. Je dois vivre pour Derry, et pour notre fils.

Elle s'interrompit et, se penchant en avant, posa une main bandée sur le genou de Vicky.

— Vicky, reprit-elle. Je veux que tu te charges de l'opération. Je veux que ce soit *toi* qui me rendes mes mains.

— Je ne peux pas, murmura Vicky.

— Pourquoi ? Je me souviens que tu travaillais beaucoup sur les mains à Hawaii...

— Mais très peu, depuis.

Elle repoussa doucement la main de Sondra et se leva. À pas lents, elle se dirigea vers la cheminée, sur laquelle souriait Jason Butler dans un cadre d'étain, et remua les bûches incandescentes. Reposant ensuite son tisonnier, elle se retourna vers Sondra.

— Voilà bien longtemps que je n'ai pas fait ce genre de travail, expliqua-t-elle. Aujourd'hui, j'opère sur des visages et des poitrines. Je ne l'ai pas cherché, Sondra, mais il se trouve que je fais de la chirurgie esthétique...

Sondra la considéra longuement.

— Oui, je comprends, dit-elle enfin. Tout le monde change, n'est-ce pas ?

Elle soupira.

— Très bien, je laisserai Sam Penrod s'en occuper. Et maintenant, veux-tu les voir ?

Elle leva ses deux mains bandées.

Vicky traversa la pièce jusqu'à une petite table de couture en bois de cerisier, y prit une paire de ciseaux à bouts ronds, et, s'installant sur un tabouret aux pieds de Sondra, saisit calmement l'un de ses moignons. Les ciseaux tremblèrent en fendant la gaze. En tant que médecin confronté depuis treize ans aux pires aberrations de la nature, en tant que chirurgien plasticien accoutumé aux plus laides comme aux plus belles des apparences physiques, Vicky Long-Butler savait que rien, rien de ce qu'elle avait vu jusqu'alors ne serait comparable à ceci... les mains de Sondra.

— Tu connais le Barnacle ? avait demandé Jonathan au téléphone.

Oui, Vicky le connaissait. Depuis que Venice avait fait peau neuve, troquant ses entrepôts et ses bars minables contre de luxueux ensembles résidentiels et d'élégants cafés, la bonne société avait « découvert » cette plage et cette promenade entre Santa Monica et Marina del Rey. Et le Barnacle se trouvait juste devant la jetée.

Cela faisait quatre mois qu'ils essayaient de se voir, mais leurs emplois du temps respectifs ne leur laissaient pas beaucoup de possibilités. Un peu comme autrefois, en somme... Ce qui les avait fait rire, au téléphone.

Vicky espérait qu'ils riraient aussi, aujourd'hui, et que ce déjeuner ne serait rien de plus que d'agréables retrouvailles entre amis...

Il était déjà installé à l'une des petites tables rondes sur la terrasse du Barnacle. Le week-end, le restaurant était généralement surpeuplé, le plus souvent de beau monde roulant en Porsche et Ferrari ; mais aujourd'hui il était aussi désert que la plage et sa promenade.

— Bonjour, suis-je en retard ? demanda-t-elle en contournant la barrière de fer forgé.

Jonathan se leva.

— Non, c'est moi qui suis en avance, Vicky.

Il lui prit la main. Il faisait plus jeune, ce matin, avec ses jeans et sa chemise bleue, et Vicky se crut transportée quatorze ans en arrière, à l'époque où il hantait les couloirs de Sainte-Catherine, sa caméra sur l'épaule.

Elle s'assit et remarqua sur la nappe à carreaux un petit paquet soigneusement emballé dans un papier doré et fermé d'un ruban d'argent. Il avait bien parlé d'un cadeau, mais elle n'avait pas pensé, curieusement, qu'il pût s'agir d'un objet. À vrai dire, à quoi donc s'attendait-elle exactement ?

— J'ai commandé une carafe de chablis, indiqua-t-il en s'asseyant en face d'elle. J'espère que j'ai bien fait ?

— Pas de patients aujourd'hui, si c'est ce qui t'inquiète. Le mardi, j'opère. Je ne donne pas de consultations.

— Tu as donc tout ton temps, conclut-il en l'examinant de ses yeux bleus.

Vicky fut soulagée de voir arriver le vin : elle avait maintenant de quoi occuper ses mains.

— Tu es revenu à Los Angeles pour de bon ?

— Non. Je retourne à Paris le mois prochain, pour la sortie de mon nouveau film.

Elle se détendit légèrement. Il fallait bien reconnaître qu'elle appréhendait ce déjeuner avec Jonathan. La veille, elle avait mal dormi, et l'inquiétude l'avait souvent réveillée. En apparence, il n'y avait rien d'anormal à le revoir : n'étaient-ils pas deux amis se retrouvant après bien des années ? Seulement, voilà : Jonathan et elle avaient été plus que de simples amis, et ils ne s'étaient pas séparés dans les meilleurs termes… « Que veut-il ? s'était-elle donc demandé. Pourquoi, après tant d'années ? Et qu'est-ce que ce cadeau dont il parlait ? Ai-je peur de le revoir ? Ai-je peur de lui, ou de moi ? »

— J'ai souvent eu envie de te retrouver, dit-il en faisant lentement tourner son verre entre ses doigts. J'ai même été à Hawaii, une fois, afin d'y chercher le décor d'un de mes films, et j'ai été à deux doigts d'entrer dans Great Victoria pour te dire bonjour.

Il eut un sourire crispé et de petites rides apparurent au coin de ses yeux bleus.

— Et puis, je me suis dit que cela ne servait à rien.

Vicky regarda la mer. Quelles conséquences auraient eues cette visite ? Car, à l'époque – juste avant qu'Harrison Butler n'entrât dans sa vie –, il lui manquait beaucoup…

— Es-tu heureuse aujourd'hui, Vicky ?

— Oui. Et toi ?

Il haussa les épaules et ébaucha un sourire sans joie.

— Qu'est-ce que le bonheur ? répliqua-t-il. J'ai obtenu ce que je voulais. J'ai bâti l'empire cinématographique dont je rêvais…

Soudain, elle fut triste pour lui.

— On appelle une serveuse ? demanda-t-elle sur un ton léger.

Comme si elle n'attendait que cela, une jeune femme apparut, plaça deux menus sur la table et s'éclipsa.

— Je me pose tant de questions à ton sujet, Vicky, dit Jonathan après avoir jeté un rapide coup d'œil à la carte. Cela valait-il la peine, toutes ces années à Great Victoria, tous ces sacrifices ?

Elle l'examina, cherchant quelque trace d'amertume sur son visage. Pensait-il à la vie qu'ils auraient pu mener ensemble si elle ne l'avait pas sacrifiée à son ambition ? Mais non. Il semblait étrangement détendu, presque résigné…

— Pourquoi avez-vous quitté Hawaii, ton mari et toi ?

— Pour un tas de raisons. D'une part, je faisais concurrence à ceux qui m'avaient formée, et cela ne me semblait pas juste. Harrison a pensé qu'un déménagement et de nouveaux horizons ne pourraient qu'être bénéfiques à ma carrière. D'autre part, la plantation ne marchait plus très bien, et il voulait s'en débarrasser. Comme il faisait la plupart de ses investissements en Californie du Sud, il nous a paru logique de venir nous y installer.

— Et maintenant, tu as un métier qui te rapporte une fortune, conclut-il en faisant signe à la serveuse.

— Oui.

Elle se décida pour une crêpe aux fruits de mer, et la serveuse repartit avec leur commande.

— Tu as l'air préoccupée, remarqua Jonathan. Cela t'ennuie-t-il de déjeuner avec moi ?

Elle secoua la tête et sourit.

— Pas du tout. Je pensais à l'une de mes amies.

En fait, tu la connais : elle faisait ses études de médecine en même temps que moi...

Et elle lui raconta l'histoire tragique de Sondra.

— Je l'emmène à Palm Springs demain matin, expliqua-t-elle. Sam Penrod va essayer de lui rendre ses mains.

— Il travaille très bien. Mon acteur principal s'est blessé en tournage, et les spécialistes locaux avaient décrété qu'il ne marcherait plus jamais. Sam a réparé son pied, et il a repris son rôle comme si de rien n'était.

Il contempla un instant la jeune femme.

— Je parie que tu n'as vu aucun de mes films, dit-il tranquillement.

— J'ai dormi une fois avec un Lobbly, objecta-t-elle en riant. Est-ce que cela compte ?

— Il fut un temps où tu dormais avec son créateur...

Ah ! il abordait le terrain dangereux. Mais elle ne l'y suivrait pas. Pas encore.

Il baissa les yeux vers le petit paquet posé au milieu de la table, tripota un instant le nœud argenté en fronçant les sourcils, puis regarda Vicky.

— As-tu jamais regretté notre séparation, Vicky ? Elle réfléchit.

— Par moments, quand j'étais à Great Victoria. Certains soirs, je me sentais très seule, et je pensais beaucoup à toi. Oui, je me suis parfois demandé si nous n'avions pas commis une bêtise...

— Et maintenant ?

— Non, plus depuis que j'ai rencontré Harrison. Et toi, Jonathan ? As-tu eu des regrets ?

— Oui. Énormément. Vicky...

Il s'interrompit et l'interrogea du regard.

— Voilà pourquoi je voulais te voir seule, reprit-il. Je voulais mettre les choses au point, pour ainsi dire. J'imagine que tu m'en as beaucoup voulu pendant toutes ces années, et je te comprends. Mais aujourd'hui, je veux tirer un trait sur tout cela.

Elle pencha la tête sur le côté, sans comprendre où il voulait en venir.

— Je sais que c'est un peu tard, dit-il, mais c'est la sincérité qui compte. Vicky, je suis désolé de t'avoir laissée attendre en vain au pied de l'horloge.

Elle le fixa, les yeux ronds.

— Qu'est-ce que tu dis ?

— Je dis que je regrette de t'avoir laissée attendre au pied de l'horloge. J'ai vraiment essayé de venir. Mais les journalistes sont arrivés chez moi et je n'ai pas pu m'échapper. Quand j'ai enfin pu te téléphoner, il était neuf heures, et ton appartement ne répondait pas. Pendant des heures j'ai tenté de te joindre. Tu devais être folle de rage…

Vicky le regardait bouche bée, tandis que son esprit revenait à cette fameuse nuit. Elle se revit assise toute seule dans son appartement, comptant les coups de l'horloge, pleurant sur le sofa, et imaginant Jonathan seul dans la nuit froide… Après, elle avait couru chez Gilhooley, où Léa et Sondra célébraient avec d'autres camarades les internats qu'ils avaient obtenus. Il y avait eu une soirée au Hall Tesoro. À leur retour, au petit matin, elles avaient décroché le téléphone pour faire la grasse matinée. Et quand Jonathan avait enfin réussi à joindre Vicky, elle n'avait pas voulu lui parler, lui expliquer pourquoi elle n'était pas venue à leur rendez-vous. Elle avait préféré en rester là. Et pendant quatorze ans, elle avait porté en elle cette image de Jonathan seul, en train d'attendre...

Elle s'était préparée à tout, avant de venir à ce déjeuner : à ce que Jonathan lui demande d'être sa maîtresse ; à ce qu'il lui crache au visage sa colère d'avoir été abandonné ; à ce qu'il se vante de la vie merveilleuse qu'il menait depuis leur séparation... Vraiment, elle s'était attendue à tout de sa part. Sauf à cela...

— Tu m'en veux, Vicky ? demanda-t-il doucement. Je comprendrais, tu sais. Après tout, c'est moi qui insistais pour que tu viennes à ce rendez-vous, et c'est moi qui ai changé les règles du jeu à la dernière minute. Tout est arrivé si vite. Cette nomination pour un oscar, toute cette publicité... Brusquement, les propositions affluaient, et *Centre médical* allait être diffusé à la télévision... Et je me suis dit qu'après tout, eh bien, tout était fini entre nous.

Elle le dévisagea, incrédule. « Tu as renoncé à moi aussi facilement !... »

— Je regrette, Vicky. Je regrette vraiment.

Il posa une main sur les siennes, et elle le laissa faire. Puis son regard tomba sur le paquet doré. « Qu'est-ce que cela, alors ? Une façon de se donner bonne conscience ? »

Elle regarda la main bronzée devant elle, et soudain sa colère se dissipa aussi rapidement qu'elle était venue. Jonathan, après tant d'années... « Devrais-je lui avouer la vérité ? Que je ne suis pas venue au rendez-vous, moi non plus ? Que nous avions tous deux décidé de poursuivre un autre rêve ? Non, tout est bien ainsi. »

— Ce n'est pas grave, Jonathan, murmura-t-elle sincèrement.

Désormais, ils pouvaient devenir les amis qu'ils auraient dû être depuis longtemps. Et elle sentit une sorte de paix l'envahir.

— Ce paquet est pour toi, dit-il enfin en poussant la boîte dorée vers elle.

Elle commençait à défaire le nœud quand il l'arrêta.

— Non. Ouvre-la quand tu seras seule. Quand je ne serai pas là.

— Qu'est-ce que c'est ?

— Quelque chose que je te dois, Vicky. Quelque chose qui t'appartient.

Devant son regard étonné, il ajouta :

— Tu comprendras lorsque tu le verras.

On leur servit alors leurs crêpes, et ils déjeunèrent en bavardant comme deux vieux amis séparés depuis longtemps.

Sondra était à l'étage et se reposait en prévision du voyage du lendemain vers la clinique de Sam Penrod. Harrison se trouvait à San Francisco pour signer un contrat immobilier. Et Vicky était assise sur le divan du salon les jambes repliées sous elle et un verre de vin blanc à la main. Devant elle, sur la table basse, la boîte dorée…

Cela faisait des heures qu'elle avait quitté Jonathan. Ils s'étaient embrassés sur les deux joues et s'étaient dit au revoir, tout en sachant très bien qu'ils se voyaient probablement pour la dernière fois. S'ils s'étaient découverts réellement amis au bout du compte, ils avaient en effet constaté que plus rien ne les unissait désormais. Le passé était bien mort…

Et maintenant, Vicky se retrouvait en tête à tête avec cette boîte mystérieuse qui devait tout expliquer.

Comme une enfant à Noël, elle l'avait secouée. Elle était légère, rectangulaire et faisait un léger bruit. C'était sûrement un collier : cela ressemblait vraiment à un écrin de joaillier… Mais que pourrait expliquer un collier ? Et pourquoi Jonathan lui en devait-il un ?

Finalement, elle se décida à ôter le papier d'emballage.

C'était une bande vidéo.

Elle la retourna entre ses doigts. Il n'y avait pas d'étiquette, pas de mot d'accompagnement. Juste une cassette vidéo.

Ne sachant que penser, Vicky emporta la cassette et son verre de vin dans le petit salon où étaient installés la télévision et le magnétoscope. « Je parie que tu n'as vu aucun de mes films », avait déclaré Jonathan au Barnacle. Était-ce donc cela ? Le dernier-né de la série des *Envahisseurs* ? L'épisode qui devait sortir sur les écrans cet été ? Dans ce cas, c'était vraiment un cadeau de valeur, car aucun des films de Jonathan n'existait encore en cassette vidéo…

Vicky se sentait soudain pleine de curiosité. Elle se versa un second verre de vin, s'installa sur le confortable divan du petit salon, baissa les lumières, et saisit le boîtier de commande à distance.

Elle poussa un bouton et le magnétoscope se mit à ronronner. Il y eut une minute de néant grisâtre, puis l'écran explosa de vie et de lumière.

Un nouveau-né surgissait du ventre de sa mère dans un flot de sang noir, sur un fond de draps blancs.

Vicky écarquilla les yeux.

La caméra recula, révélant l'équipe des Urgences en plein travail autour d'une mère sans connaissance, dont les vêtements avaient été coupés aux ciseaux. Dans un ballet d'uniformes blancs, on administrait des claques au bébé, et un jeune policier s'évanouissait. Pas un bruit n'accompagnait cette dramatique et effrayante mise au monde. Et soudain, ce fut un véritable vacarme – une cacophonie de voix, de sirènes hurlantes, de bruits de pas précipités ; des sons entremêlés tout d'abord, indissociables, puis peu à peu identifiables... Et enfin, une voix lasse qui disait : « Ils vivront tous les deux. »

Un titre sur l'écran : *Centre médical.*

Vicky retenait sa respiration. Il surgissait devant elle, dans toute sa familiarité – l'hôpital Sainte-Catherine. Des visages oubliés depuis longtemps reprenaient soudain vie : le Dr Mandell à la tête d'un groupe de SAP éberlués, dans un couloir ; une équipe psychiatrique calmant un malade forcené ; un petit garçon en pleurs ; une vendeuse de friandises éternuant dans un bouquet de fleurs ; le Dr Reems, chef du service Cardiologie, allumant sa cigarette au mégot de la précédente ; un bistouri incisant des téguments sains, un groupe d'internes jouant au ballon sur la pelouse... C'était Sainte-Catherine racontant sa propre histoire, de la naissance à la mort, sans paroles, sans scénario, à travers la caméra d'un homme et de son assistant...

Les yeux de Vicky s'embuèrent. Léa venait d'apparaître fusillant la caméra du regard ; une Léa plus mince, aux mouvements plus énergiques, une femme pressée. Et Sondra, belle, exotique, regardant fréquemment par-dessus son épaule comme si un fantôme la poursuivait. Et Vicky, une Vicky plus jeune, à la démarche nerveuse, l'air décidée à affronter le monde…

Elle se vit courir le long d'un couloir, derrière un chariot de défibrillation, le visage tendu. L'instant d'après, une prise de vues bizarre montra une infirmière à califourchon sur un moribond, sa robe blanche relevée sur ses cuisses dodues et révélant le haut de ses bas. Et puis, un gros plan sur Vicky, une seringue à la main…

« Pas de scénario, pas d'intrigue, pas d'acteurs », avait dit Jonathan quatorze ans plus tôt. Et cette jeune fille n'était pas une actrice : c'était la vraie Vicky Long, champion indomptable des affligés. Elle semblait tellement sûre d'elle-même : c'en était presque gênant…

D'un coup d'œil, elle embrassa sa vie entière – cette détermination, cet esprit combatif… « Quand donc ai-je cessé de prendre des risques ? » songea-t-elle.

De la main, elle écrasa une larme sur sa joue. Jonathan lui avait réellement fait un présent inestimable : il l'avait rendue à elle-même, et lui redonnait l'occasion de redevenir ce qu'elle était autrefois…

Quand la bande arriva en bout de course, elle ralluma les lumières et se leva. C'est alors qu'elle vit Sondra, debout sur le seuil, ses grands yeux d'ambre fixés sur elle.

— Il me semblait avoir entendu un bruit, déclara-t-elle.

— Tu es là depuis longtemps ?

— Un petit moment.

Vicky sourit.

— Assieds-toi. Je vais la repasser. Et puis je téléphonerai à Sam Penrod. Je crois qu'il vient de perdre une cliente…

Sondra lui rendit son sourire.

Chapitre 35

« Cher docteur Léa : je souffre de violentes migraines, et mon médecin m'a fait faire un scanner. Il paraît que j'ai un "déplacement de la glande pinéale". Qu'est-ce que ça signifie, et puis-je éviter de me faire opérer ? »

Léa reposa la lettre et en prit une autre.

« Cher docteur Léa : nous sommes mariés depuis six ans et nous voulons désespérément un enfant, mais mon mari est stérile. Nous avons demandé à adopter un enfant, mais il faut attendre au minimum quatre ans. Notre docteur nous a parlé de l'insémination artificielle et des banques du sperme, mais le prêtre de notre paroisse nous a dit qu'aux yeux de l'Église l'insémination artificielle équivalait à un adultère. Que pouvons-nous faire ? »

Léa laissa également retomber cette lettre et regarda avec désespoir l'énorme pile d'enveloppes sur son bureau. C'était l'arrivage du matin ; il avait doublé la pile d'hier, et serait encore là demain… Lorna Smith ne serait pas contente.

Elle avait essayé de toutes ses forces de rédiger une rubrique toujours intéressante et vivante. Mais cela lui semblait tellement fastidieux, maintenant…

Elle se leva et alla à la fenêtre. Septembre. Le début de l'automne, de la morte saison… Ce n'était pas juste : pourquoi ne pouvait-on pas dépouiller ses vieilles peaux et renaître chaque printemps ? Les arbres et les serpents étaient-ils plus importants que les hommes ?

Ce matin, elle se détestait. En fait, elle se détestait depuis des centaines de matins, parce qu'elle n'arrivait pas à maîtriser ses pensées, à trouver l'antidote à l'amertume qui empoisonnait son sang.

Cinq ans auparavant, elle trouvait du plaisir à s'occuper de cette rubrique. « Il y a même un an, cela m'amusait de dispenser ma sagesse médicale, de savoir que des gens se reposaient sur moi. Mais le Dr Léa, à qui peut-elle écrire ? Qui peut lui proposer une solution miracle ? »

Elle regarda sa montre. Il était temps de se préparer pour son rendez-vous chez Margaret Cummings. Exceptionnellement, cette dernière lui avait demandé de venir l'après-midi ; elle avait donc annulé ses consultations : dans certains cas, il fallait savoir prendre des dispositions…

Ces séances lui faisaient-elles du bien ? Elle n'en était pas convaincue. Ce qui était sûr, c'est qu'elle ne pouvait s'en passer. Certes, au bout de sept mois, elle en était toujours à arpenter le sol en fumant, mais, au moins, elle pouvait parler.

Un déclic finirait peut-être par se produire, et elle serait guérie…

Elle se détourna de la fenêtre et regarda encore son bureau. Et ce pot. Ce maudit pot !

Elle serait peut-être arrivée à quelque chose avec Margaret Cummings si Arnie ne lui avait soudain donné tous ces soucis. Il y avait d'abord eu ce vase pour l'anniversaire de la mère de Léa. Puis celui qu'il avait envoyé à ses parents, à Tarzana, pour leur anniversaire de mariage. Et celui offert à Rachel pour ses quatorze ans. Et enfin, celui-ci, pour décorer son bureau. Comme si elle n'avait pas eu assez à faire avec son cauchemar, ses insomnies, cette nervosité qui la grignotait ! Il y avait maintenant Arnie, Arnie et ses vases. « Je n'irai pas dans cette galerie. Je ne m'abaisserai pas à ça... »

Cela avait pourtant été sa première réaction. Elle avait été intriguée par cet engouement soudain d'Arnie pour la poterie indienne, et par ces cours du soir qu'il prenait maintenant chaque vendredi au collège local. Mais après tout, si cela le rendait heureux... Un soir, pourtant, elle avait dû annuler son groupe de discussion à la dernière minute et était rentrée plus tôt que prévu. Elle avait pris un raccourci et remarqué une voiture semblable à la leur garée devant un immeuble. Et puis, elle s'était aperçue qu'il s'agissait bien de *leur* voiture. « Mais... Arnie n'est-il pas à ses cours ? » avait-elle songé. Quelques semaines plus tard, elle avait revu le véhicule au même endroit, et c'est alors qu'elle avait commencé à se douter de quelque chose.

Elle n'aurait jamais fait le rapprochement entre cet immeuble et les pots si elle n'avait trouvé cette carte de visite dans l'une des poches d'Arnie. « Angeline. Art indien. » Et, en examinant de plus près les fameux vases, elle avait découvert ce qu'elle craignait : ils étaient tous faits par Angeline.

Toutefois, y avait-il réellement un rapport ? L'un des vases avait été emballé dans une boîte portant le nom d'une galerie d'art. Elle avait failli s'y rendre, mais l'orgueil et l'amour-propre l'avaient arrêtée.

Le Dr Léa Shapiro ne se laisserait pas troubler par de vagues soupçons. Une maîtresse, Arnie ? Improbable. Elle lui demanderait qui habitait dans cet immeuble, et apprendrait sans aucun doute qu'il s'agissait d'un simple camarade de cours chez lequel il prenait un verre… Sur quoi portaient ces cours, d'ailleurs ? Elle ne s'en souvenait pas.

Ce n'était pas chic de sa part de lui compliquer ainsi la vie. En ce moment, elle avait des problèmes à résoudre, une existence à réorganiser. Avec l'aide de Margaret Cummings, elle y parviendrait sans doute, mais pas si Arnie l'abandonnait…

Son regard tomba sur une lettre qui n'était pas adressée au « Dr Léa ». Vicky la tenait au courant de son travail sur Sondra. Malgré son amertume et son acrimonie – qui se reportait sur ses enfants, son mari, ses amis et même les oiseaux dans le ciel –, elle ne pouvait qu'admirer l'entreprise de Vicky. Sans parler de ce que Sondra devait elle-même endurer : les nombreuses interventions chirurgicales, la façon dont ses mains avaient été cousues à son abdomen pour permettre aux greffes de prendre, cette immobilisation de plusieurs semaines dans un corset de plâtre, ces coutures innombrables, ces injections. Cette attente et ces prières…

D'une certaine manière, elle les enviait. Elles avaient un but clair et défini, et elles travaillaient ensemble, dans une intimité et une communion d'esprit que Léa n'avait pas connues depuis… combien de temps ?

« Depuis que nous faisions la vaisselle à tour de rôle dans cet appartement de l'avenue Oriente. »

On sait que l'on approche de la quarantaine quand on commence à regretter les années de collège. Et

Léa aurait préféré ne pas recevoir de lettre de Vicky, ne pas avoir à les envoyer, ni à comparer sa vie à la leur... Car elle n'était pas à la hauteur.

Cette lettre datait de deux semaines. Dans quelques jours, Vicky enlèverait les éclisses de Sondra, et toutes deux connaîtraient la réponse à leurs espoirs. Leur vie et leur avenir seraient tracés...

Quant à elle, Léa, il était temps qu'elle se rende à Seattle pour son rendez-vous avec Margaret Cummings.

— Mais c'est justement cela, dit Léa en se levant et en arpentant de nouveau la pièce. Je ne sais pas ce qui me met en colère. Ou contre *qui* je suis en colère. C'est précisément ce qui est exaspérant. Cette colère m'habite en permanence, comme une sangsue accrochée en moi. Elle est là à mon réveil. Elle est là quand je m'endors. Et je ne sais pas contre quoi la tourner.

Le Dr Margaret Cummings observait sa cliente, la façon dont elle faisait sans cesse le tour de son bureau, dont elle tirait sur sa cigarette pour l'écraser ensuite, à moitié fumée, dans le grand cendrier posé sur la table. Elle revenait à son fauteuil, ramassait son sac, y prenait une autre cigarette, et recommençait son manège. Tout cela sans cesser de parler, par phrases hachées, avec de grands gestes nerveux. La première fois que Léa était venue, Margaret Cummings avait vu une femme sur le point d'éclater de fureur contenue. Aujourd'hui, la situation n'avait pas changé, et la solution du problème ne semblait pas plus proche que sept mois auparavant.

— Et j'en perds la maîtrise de moi-même, poursuivit Léa. Vous savez, Margaret, il y a deux types de furie. Celle qui vous donne de l'énergie, et la volonté de réussir des études, par exemple. Et celle qui vous coupe bras et jambes. Imaginez un peu cela, une Léa Shapiro réduite à l'impuissance !

Revenant vers la table, elle grilla une autre cigarette et se laissa choir dans son fauteuil.

Le bureau de Margaret était agréable, et propice aux confidences. Il ressemblait à un salon confortablement meublé et décoré de plantes. Pas l'ombre d'un bureau. On se serait cru chez une vieille tante, pour le thé. Une vieille tante sachant écouter, et en qui l'on pouvait avoir confiance…

Léa contempla son amie sur le divan. Une tante, vraiment : avec ses cheveux grisonnants, sa jupe plissée, son chandail tout simple et ses souliers plats, Margaret Cummings n'avait pas l'air de ce qu'elle était, à savoir le meilleur et le plus recherché des psychologues de la ville.

— Je ne sais pas quoi faire, Margaret.

— Parlons de votre mari. Quels sont vos sentiments à son égard, en ce moment ?

— Arnie ? Cette ombre avec laquelle je vis ?

— Êtes-vous en colère contre *lui* ?

— Je le devrais. Je crois qu'il a une liaison.

— Alors, vous êtes bien en colère contre lui ?

Léa détourna les yeux.

— Je ne sais pas. Voilà mon problème : rien n'est clair pour moi, en ce moment. Ma vie ressemble à une phrase sans verbe. Je sais que je devrais lui en vouloir, mais en réalité je crois que je lui en veux plus de l'avoir percé à jour que de ce qu'il fait vraiment.

Du bout des doigts, elle suivait le passepoil qui bordait l'accoudoir de son fauteuil.

— Je suis complètement débordée, reprit-elle. Je n'arrive pas à être à jour pour ma rubrique dans le *Clarion* ; j'ai plus de patients que je ne peux en recevoir ; et même mes enfants semblent m'échapper. Quand je les regarde, j'ai l'impression de me trouver devant cinq petites étrangères. Rachel a eu quatorze ans ce mois-ci. L'autre jour, elle est revenue de l'école avec une épingle de sûreté dans l'oreille. J'étais stupéfaite : n'était-elle pas un bébé, hier encore ? N'est-ce pas la semaine dernière que j'ai pris un calendrier pour calculer quand elle devait être conçue ?

Elle se frotta le front.

— Toute ma vie s'embrouille, Margaret. Je perds la maîtrise du temps. Je me suis mise à songer au passé, à mon école de médecine. Quelle époque merveilleuse ! On vivait librement, même du point de vue amoureux, ajouta-t-elle en souriant.

— Où en est votre vie sexuelle avec votre mari ?

— Inexistante. Il manque vraiment d'imagination. La femme qu'il voit ne doit pas être bien exigeante !

— Pensez-vous qu'il accepterait des suggestions, des expériences dans ce domaine ?

Léa haussa les épaules.

— Pour quoi faire ? Dans quelle intention ?

— Lui en avez-vous parlé ?

— Pas encore. Je ne sais pas ce que je vais faire à ce propos. J'ai tant de choses en tête… Certains jours, il me semble que les murs vont se refermer sur moi…

— Comme maintenant ?

Elle jeta un coup d'œil circulaire à la pièce.

— Oui, murmura-t-elle.

Elle baissa la tête et examina le velours de son fauteuil d'un air absorbé. Elle savait très bien ce qu'elle faisait : elle tournait autour du pot. Mais Margaret ne tarderait pas à voir clair dans son petit jeu.

— Il est revenu, dit-elle doucement. Le rêve est revenu…

— Celui que vous aviez quand vous étiez adolescente ?

— J'avais dix ans quand cela a commencé. J'avais participé à une course et mon père s'était moqué de moi. Pendant mon adolescence, j'étais bien en chair, et mon père me poussait toujours à faire des régimes. Chaque fois qu'il me critiquait, le rêve revenait.

Elle tiraillait le velours du bout des doigts.

— Je ne l'ai pas fait une seule fois pendant mes études de médecine, et puis il a resurgi au moment de mon amniocentèse, il y a neuf ans de cela. Enfin, il a recommencé la semaine dernière, le soir de mon anniversaire. Le soir de mes quarante ans, en fait.

— N'était-ce pas également l'anniversaire de la mort de votre père ?

Léa releva les yeux.

— Si. Juste un an après sa mort, le rêve est revenu, identique en tous points.

Elle renversa la tête contre le dossier de son fauteuil et contempla le plafond.

— C'est un rêve très court, et il ne se passe rien, en fait. Mais il me remplit de terreur, et je me réveille en nage. Un grand espace noir m'engloutit. Je ne sais pas si c'est une pièce, une grotte ou un océan. Je ne vois rien. Et chaque fois je m'y laisse prendre. Je ressens physiquement la terreur du Néant. Je n'ai pas de corps, je flotte dans un vide terrible, hostile. La panique m'envahit. Je me demande qui je suis. Je ne peux pas réfléchir. Je ne peux pas raisonner. Je ne suis pas développée : je suis soit le début, soit la fin de quelque chose, mais je ne sais pas quoi, et cela accroît ma terreur. La peur de ce qui va advenir, de ce que *je* vais devenir, ou la peur de tout ce qui est derrière moi. Et cela pour toute l'éternité...

Ses mains se crispèrent sur les accoudoirs.

— Vous ne pouvez pas imaginer l'horreur de cet espace qui m'entoure, l'horreur de savoir que je *suis* tout en *n'étant pas*. La terreur à l'état pur.

Elle regarda le Dr Cummings.

— C'est tout. Le rêve se termine là.

Margaret l'examina de ses calmes yeux noisette.

— Que pensez-vous qu'il signifie ? demanda-t-elle.

— Aucune idée. Pourtant... si, je crois savoir. Je pense probablement être encore à l'état informe. Pas encore née, ou déjà morte. Tout ce que je sais, c'est que j'ai peur de m'endormir le soir, de crainte de me retrouver dans cet univers terrible.

Elles se turent quelques minutes. Finalement, comme Léa n'ajoutait rien, et que la séance touchait à sa fin, le Dr Cummings s'avança sur son siège.

— Léa, je veux que vous teniez un journal de ces rêves. Chaque fois que vous en ferez un, consignez-en tous les détails avant de l'oublier. Même si vous estimez qu'il s'agit toujours de la même chose. Décrivez chaque sensation, aussi ténue soit-elle, et notez l'impression qu'elle vous laisse à votre réveil.

— Tout cela ne risque-t-il pas d'être affreusement répétitif ?

Margaret sourit.

— La plus petite variation, le plus petit détail peuvent nous fournir un indice.

Léa consulta sa montre. Il était encore tôt. Personne ne l'attendait, ni à son cabinet ni à l'hôpital. Il y avait bien cette odieuse pile de lettres sur son bureau, mais elle s'en occuperait plus tard. Dehors, le soleil brillait : c'était un temps idéal pour se promener...

— Je ne viendrai pas la semaine prochaine, Margaret, dit-elle en se dirigeant vers la porte. J'ai été invitée à passer quelques jours à Los Angeles, chez des amis. Si je change de cadre, cela me fera peut-être du bien.

— C'est une bonne idée.

Léa eut un sourire sans joie.

— Je vous tiendrai au courant, si jamais la lumière se fait soudain en moi...

Il y avait bien longtemps qu'elle n'était venue au marché de Pike Street. Et encore n'était-elle jamais seule. Les filles l'avaient toujours accompagnée, réclamant des cornets de glace tandis qu'Arnie jetait quelques pièces sur les housses de guitare des musiciens ambulants. Aujourd'hui, cette promenade solitaire l'emplissait d'une curieuse exaltation libératrice...

Ses pas la conduisirent soudain devant la galerie.

Elle resta un long moment à regarder la vitrine. Les passants devaient croire qu'elle examinait les objets exposés – les totems, les lances à plumes d'aigle, le grand tableau représentant des teepees au bord d'une rivière tranquille – mais, en réalité, elle essayait de voir à l'intérieur. Était-*elle* là, en ce moment ? Cette Angeline qui façonnait des vases avec une telle habileté ? Comment Arnie avait-il abouti là ?

Le soleil donnait selon un mauvais angle, et tout ce qu'elle voyait, c'était son triste reflet, celui d'une petite femme aux cheveux sombres, aux quarante ans bien sonnés, et au visage déformé par l'indécision.

« Pourquoi entrerais-je là-dedans ? Au nom de quoi ? Au nom de cette loi qui veut qu'une épouse cherche à voir l'"autre" : pour savoir ce qu'elle a de plus qu'elle... »

Tout en franchissant le seuil, elle blâmait Arnie. C'était sa faute à lui si elle était descendue si bas. Entrer dans cette galerie comme une simple cliente relevait du mensonge pur et simple : elle s'en voudrait, ensuite, et se sentirait puérile, et ce serait encore sa faute.

Les articles exposés étaient très beaux. Il y en avait même plusieurs qu'elle aurait bien aimé posséder. Ce batik aux tons de rouille et de terre, par exemple : une sorte de démon indien avec de gros yeux, des dents acérées, et des plumes d'aigle partant du sommet du crâne. Il était réellement impressionnant, et aurait été du plus bel effet au-dessus de la cheminée. Pourquoi Arnie ne lui avait-il pas offert ça, au lieu de ces pots ?

« Parce que ces pots sont fabriqués par Angeline... Tu n'en sais rien, Léa. C'est peut-être ton imagination qui travaille... »

Elle s'arrêta devant la gravure d'une squaw portant sur son dos un papoose au visage rond.

« Cet appartement, c'est peut-être celui d'un camarade de classe. Ils s'y retrouvent pour travailler, ou pour boire de la bière en discutant de sport... Et ces pots, c'est peut-être par pure coïncidence qu'ils sont faits de la même main. Il aime peut-être ce style... »

« Sors d'ici tout de suite, Léa, avant de te rendre davantage ridicule. »

— Puis-je vous être utile ?

Elle se retourna et se trouva face à face avec une jeune femme, très jolie et toute souriante.

— Oui, répondit-elle vivement. Je cherche un cadeau pour mon mari. Il m'a parlé de cette galerie, et je pensais...

— Mais certainement. Avez-vous une idée précise en tête ?

— Des vases. Avec des motifs mythologiques.

— Nous avons plusieurs modèles très jolis.

La jeune femme traversa la galerie et s'immobilisa près d'un grand pot sur un piédestal.

— Celui-ci est très beau. Il est de style pueblo, mais la décoration est d'inspiration locale.

Éberluée, Léa s'approcha lentement : elle avait exactement le même, en miniature, dans son salon.

— Il apprécie particulièrement une artiste : Angeline.

La femme posa délicatement sa main brune et fine sur le vase.

— C'est justement une création d'Angeline, indiqua-t-elle.

Léa promena lentement son regard sur le vase, et dut reconnaître, à contrecœur, que cette Angeline avait vraiment du talent.

— Vous allez me trouver bien curieuse, dit-elle

le plus naturellement possible, mais la connaîtriez-vous, par hasard ? Habite-t-elle dans la région ?

Le sourire de la jeune femme s'élargit et son teint cuivré s'empourpra légèrement.

— Je suis Angeline, déclara-t-elle doucement.

Comme frappée par la foudre, Léa la regarda d'un air stupide. Angeline ? Une Indienne ?

La maîtrise dont elle fit preuve la stupéfia.

— Eh bien, s'entendit-elle déclarer, dans ce cas, vous devez connaître mon mari. Je suis...

Une pause imperceptible. Et pour la première fois depuis son mariage :

— ... Mme Roth. Arnie Roth est mon mari.

Le sourire de la jeune femme disparut et elle pâlit.

— Vous connaissez mon mari, n'est-ce pas ?

— Oui, je connais Arnie, répliqua-t-elle avec dignité. Il lui arrive de venir ici.

Arnie ! Elle l'appelait Arnie ! Elle n'avait même pas la pudeur de dire « M. Roth » !

— Depuis quelques mois, reprit Léa en haïssant le son de sa propre voix, mon mari est devenu un véritable expert en art indien. Il prend même des cours là-dessus, tous les vendredis soir.

Quelle impression cela faisait-il d'arracher les yeux de quelqu'un ?

Angeline resta silencieuse et la regarda de ses grands yeux indéchiffrables.

C'est alors que Léa vit. Quelque chose qu'Angeline ne pouvait elle-même voir, car cela venait de *derrière,* du plus profond de son être : une obscurité qui gagnait la galerie, comme si les lumières baissaient, comme si un brouillard noir déversait ses nappes épaisses à travers les grilles de ventilation. Des ténèbres étouffantes, les ténèbres de la mort, peut-être, de la solitude, de l'abandon dans un Néant terrifiant. Et Léa comprit.

C'était le résumé de sa vie. Le spectre de l'échec.

Elle regarda dans la direction du vase, sans le voir, et s'entendit articuler :

— Non, finalement, ce n'est pas ce que je recherche…

Elle se sentit flotter, dériver vers la porte, dériver vers un soleil noir.

Chapitre 36

— Et après, que s'est-il passé ? demanda Vicky.

— J'ai réussi à me traîner jusqu'à un banc et à m'y écrouler. J'ai failli m'évanouir.

Assises sur la plage, elles contemplaient les vagues, Vicky abritée sous un grand chapeau, et Léa tête nue dans le vent. À quelque distance, Sondra se promenait au bord de l'eau, levant parfois la tête comme pour saisir quelque réponse dans la brise marine.

— J'ai marché pendant des heures, reprit Léa. Je devais avoir l'air d'un zombie. Je me souviens vaguement que les gens se retournaient sur moi et que je pensais : « C'est donc ça, une dépression nerveuse… »

Elle plissa les yeux et regarda fixement les vagues ourlées d'écume.

— J'ai pu retrouver mon chemin jusqu'au ferry, et je suis arrivée à la maison vers onze heures du soir. Les filles étaient déjà couchées, mais Arnie regardait les informations à la télévision. Il ne m'a rien dit quand je suis entrée, il n'a même pas levé les yeux, et je me suis aperçue, pour la première fois, que cela se passait ainsi depuis bien longtemps.

Il faisait un temps exceptionnel. L'air était clair comme du cristal et toutes les couleurs semblaient avivées : le bleu mouvant du Pacifique, la plage dorée, les arbres coiffant la falaise... Léa plongea ses doigts dans le sable chaud et en fit voler une poignée dans le vent. Elle se sentait vide et creuse... Elle releva la tête et contempla la fine silhouette de Sondra.

À quarante ans, elle paraissait plus belle et plus jeune que jamais – c'était du moins l'opinion de Léa. Les rudesses de la vie missionnaire semblaient ne pas avoir eu prise sur elle. Elle était toujours mince, et restait gracieuse – même avec ces éclisses. Ses bras étaient emprisonnés dans des manchons de métal et de mousse en caoutchouc, et ses doigts maintenus dans la bonne position au moyen de fils métalliques et d'élastiques. Vicky appelait cela un « éclissage actif ». Alors que les doigts de Sondra semblaient privés de vie, ils jouaient en permanence contre les élastiques : cela ne se voyait pas, mais ses muscles et ses nouveaux tendons travaillaient sans cesse.

Lors de son arrivée chez Vicky, la veille, Léa avait été douloureusement impressionnée par la gravité des blessures de Sondra. Les lettres ne l'avaient pas préparée à ce tableau affreux, ces greffes de peau pâle, ces innombrables cicatrices, ces bras épouvantablement maigres, et ces doigts recroquevillés comme des serres.

En avril, Vicky avait commencé par photographier les mains de Sondra. Comme un joaillier étudie le diamant brut qu'il doit tailler, elle avait longuement examiné les épreuves, réfléchi, calculé, et passé des heures dans les livres pour se familiariser de nouveau avec l'anatomie complexe de la main. Les opérations auraient pour objet de libérer les muscles et les tendons morts, et de remplacer la peau mal cicatrisée par des greffes prélevées sur le corps même de Sondra.

Vicky devait opérer à l'hôpital Saint-John ; après quoi Sondra s'installerait chez elle. Une infirmière privée s'occuperait alors d'elle, car pendant cinq mois elle ne pourrait utiliser ni ses mains ni ses bras.

La première opération, fin avril, consista à préparer le greffon abdominal. La main gauche de Sondra avait été trop abîmée, et de simples greffes de peau ne pouvaient suffire. Il fallait remplacer également le tissu sous-cutané. Étant donné l'importance du greffon requis et la nécessité de ne pas le séparer du site d'origine pendant qu'il se régénérerait sur la main, l'abdomen était un donneur de choix.

Vicky commença, sous anesthésie locale, par effectuer deux incisions parallèles sur le ventre de Sondra, puis elle souleva délicatement la couche de peau et de tissus cellulaires sous-cutanés ainsi délimitée, avant de la recoudre en place. La manœuvre avait pour objet d'assurer une bonne irrigation sanguine du greffon, pour qu'il reste sain et florissant.

Au bout de trois semaines, Vicky estima que le greffon était viable et bien irrigué, et elle entreprit de le détacher de l'abdomen. Il fallait pour cela libérer l'une de ses extrémités, en laissant l'autre attachée à l'abdomen. Elle pratiqua donc deux petites incisions sur l'un des pédicules, puis fixa un clamp sur cette petite portion de peau qui restait reliée à l'abdomen. Ensuite, chaque jour, elle resserra davantage le clamp, coupant peu à peu l'apport sanguin au pédicule sans traumatiser les tissus. La douleur provoquée par cet étranglement progressif des chairs fut combattue au moyen d'injections répétées de procaïne. Enfin, lorsque ce processus fut terminé, Vicky décida de transférer le greffon sur la main de Sondra.

En juin, Vicky procéda, sous anesthésie générale, à l'ablation des tissus cicatriciels du dos de la main gauche de Sondra. Elle plaça ensuite la main sur l'abdomen et cousit le greffon sur la blessure à vif. Toujours reliés à l'abdomen par l'autre pédicule, la peau et les tissus restaient bien irrigués, tout en se fixant miraculeusement sur leur nouvel emplacement. Sondra fut immobilisée dans un corset de plâtre qui prenait la poitrine, l'épaule droite, l'ensemble du membre supérieur gauche.

Au bout d'une semaine, Vicky entreprit d'étrangler le second pédicule. Ce faisant, elle surveilla étroitement le comportement du greffon – c'est à ce stade que se décidait la réussite ou l'échec de l'opération…

La greffe prit. La main de Sondra fut détachée de l'abdomen. La zone cutanée qui avait été utilisée pour le greffon fut recousue. Il ne restait plus qu'à laisser la cicatrisation se faire.

Pour la main droite, le procédé ne fut pas le même.

Tandis que la main gauche de Sondra avait été impitoyablement étirée vers l'arrière, sa main droite s'était recroquevillée sur elle-même, comme un escargot. Progressivement, Vicky découpa les tissus racornis et libéra les tendons et les nerfs traumatisés. Des lambeaux de peaux furent prélevés sur les cuisses de Sondra et greffés sur les chairs rouges. Un éclissage permanent empêcha la main de se contracter à nouveau en la maintenant dans une position naturelle.

Lorsque les greffes sur la main gauche furent parfaitement cicatrisées, Vicky attaqua la phase finale et décisive : elle remplaça les tendons abîmés par des tendons pris sur les orteils de Sondra. Cette opération fut effectuée à la fin du mois d'août, puis les mains furent de nouveau immobilisées pour trois semaines.

Et c'était cet après-midi que Vicky devait enlever les éclissages…

— Arnie est-il au courant ? demandait justement Vicky.

— De ma visite à la galerie ? Je ne sais pas. J'imagine qu'*elle* le lui a dit, mais il n'en a rien manifesté en me conduisant à l'aéroport…

— Comment a-t-il réagi en apprenant que tu venais ici ?

Léa haussa les épaules.

— Il n'a pas eu de réaction. Il m'a juste déclaré qu'il s'occuperait des filles et que je n'avais pas à m'inquiéter.

— Il n'a pas trouvé ça bizarre, cette décision brutale de partir le lendemain pour Los Angeles ?

— En tout cas, il n'a rien dit.

— Tu lui as annoncé que tu serais absente combien de temps ?

— J'ai seulement parlé d'une visite. Et il n'a pas posé de questions.

Vicky contempla l'immensité de l'océan. Elle se sentait pleine de tristesse. Hier, les retrouvailles des trois amies avaient été merveilleuses, des instants de pur bonheur, après tant d'années de séparation… Et puis, elle s'était aperçue que Léa n'allait pas bien. Ses mouvements nerveux, sa bouche pincée, sa voix légèrement tendue ne trompaient pas : elle dissimulait quelque chose, jouait un double jeu...

La nuit dernière, Vicky l'avait entendue crier dans son sommeil, et le matin son visage était tiré, ses yeux gonflés, comme si elle n'avait pas dormi.

Tout à l'heure, elle lui avait demandé ce qui n'allait pas, et Léa avait tout raconté – la mort de son père, le cauchemar, la liaison d'Arnie avec Angeline.

— Tu te souviens que je voulais un dernier enfant, Vicky ? murmura Léa, les yeux fixés sur l'horizon. Au fond, heureusement qu'Arnie s'y est opposé. Il aurait cinq ans, maintenant, et je ne m'en sortirais pas. Mes filles m'échappent complètement. Rachel sort avec un punk, et rentre à des heures impossibles. Les jumelles ont des problèmes à l'école, et leurs notes deviennent catastrophiques. Quant à Esther, on ne sait absolument pas comment la prendre. Je ne suis plus maîtresse des événements, Vicky. Tout s'écroule autour de moi. J'ai perdu cette fameuse capacité de trouver le temps de faire ce que je voulais. Quand je pense au travail que j'arrivais à abattre... Aujourd'hui, le simple fait de m'habiller et d'aller à mon cabinet me semble presque insurmontable. Et quand je vois ce qui m'attend chaque jour, je me dis : je ne peux pas...

Il semblait à Léa qu'un ressort était tapi dans son estomac, et qu'il se tendait à chaque fracas des vagues. Que faisait-elle donc ici ? Cette plage, l'école sur la falaise, les mouettes elles-mêmes semblaient la narguer, se moquer de l'échec qu'était sa vie. Ce matin, lorsque Sondra avait suggéré de revenir voir leur vieille école, elle avait trouvé que c'était une bonne idée, mais à présent elle regrettait d'être venue. Même ici, au bord de l'océan, elle se sentait prise au piège.

— Mon Dieu, Vicky, s'écria-t-elle en entourant ses genoux de ses bras, qu'est-ce que je vais faire ?

Sondra revenait vers elles.

— Tu te souviens, poursuivit Léa, combien j'étais douée pour ausculter les gens, autrefois ? Pendant le stage SAP, j'avais même détecté un souffle cardiaque chez Stan Katz, et Mandell en avait été époustouflé... J'ai pourtant été incapable de déceler les symptômes de la maladie qui envahissait ma vie – un mariage raté, un mari malheureux, des filles qui tournent mal... Et *je ne sais pas quoi faire*...

Sondra tourna son visage vers la mer. Elle ferma les yeux, et vit un rivage de l'autre côté de cette immense étendue d'eau, un rivage aux maisons brûlées par le soleil et aux habitants bruns comme l'acajou. *Son* rivage, celui qui l'avait toujours appelée, depuis qu'elle était enfant...

Elle avait toujours su ce qu'elle devait faire. Et aujourd'hui encore, elle le savait. Il y avait six mois, maintenant, qu'elle avait quitté son fils, six mois qu'elle avait dit au revoir au petit monticule de terre fleurie dans le cimetière de la mission. Il était temps de rentrer à la maison.

Mais il fallait encore attendre la guérison totale de ses mains, et surtout il restait quelque chose à accomplir ici même. Et Sondra savait que le moment était arrivé, car les trois amies ne reviendraient jamais ici ensemble.

Elle regarda Léa, qui crispait les poings comme pour saisir quelque fantôme.

— Allons nous promener dans l'école, proposa-t-elle.

Léa et Vicky l'aidèrent à grimper le sentier escarpé et rocailleux.

— Oh ! dit Léa essoufflée, quand elles furent sur la falaise. Je n'ai vraiment plus la forme !

Vicky rit et s'épousseta les mains.

— Tu n'as jamais été une athlète, Léa ! s'exclama-t-elle.

— Non. Non, c'est vrai.

Elles suivirent les sentiers dallés familiers, longèrent des plates-bandes bien connues, et s'émerveillèrent de tout retrouver inchangé. Certes, là-bas, leur appartement avait disparu, et l'avenue Oriente était maintenant un quartier d'immeubles de grand luxe. L'hôpital Sainte-Catherine s'était agrandi ; Gilhooley n'existait plus, non plus que la Lanterne magique, où Léa avait donné rendez-vous à un étudiant dont elle avait oublié le nom... Mais le Hall Encinitas, où Vicky avait rencontré Chris Novack, était toujours là, ainsi que le Hall Tesoro, le Hall Mariposa où se trouvait le laboratoire d'anatomie (elles se demandèrent si Moreno y enseignait toujours), et, enfin, le Hall Manzanitas...

Elles le contemplèrent un instant en silence. C'est là que tout avait commencé, dix-huit ans plus tôt...

Le bâtiment était ouvert, et la fraîcheur et le silence régnaient à l'intérieur. Les bruits de leurs pas éveillèrent des échos dans les couloirs cirés, et elles s'émerveillèrent encore de tout retrouver intact, comme dans leur souvenir. Mais Léa sentit le ressort se tendre en elle : cet endroit lui faisait soudain horreur. Il s'en dégageait une menace sourde...

Elles arrivèrent devant la porte de l'amphithéâtre.

— Voyons si c'est ouvert, dit Sondra, et entrons.

L'éclairage indirect baignait la salle d'une douce clarté. Huit rangées de sièges, sur des gradins en demi-cercle, faisaient face à l'estrade sur laquelle se dressait un pupitre solitaire.

— Le Programme d'orientation et d'accueil est prévu pour la semaine prochaine, annonça Vicky. J'ai vu le panneau affiché dehors. Bientôt, une nouvelle promotion d'étudiants terrifiés et pleins d'espoir occupera ces fauteuils, comme nous l'avons fait autrefois...

Elle longea lentement le gradin supérieur et s'immobilisa derrière le siège qui avait été le sien.

— Si j'avais su alors ce que je sais maintenant...

Léa la rejoignit.

— Tu ferais les choses autrement ? demanda-t-elle.

— Je ne changerais pas une seconde de ces dix-huit années, répondit tranquillement Vicky.

Et Léa eut un pincement d'envie.

Sondra se dirigea vers l'une des ailes.

— Regardez ! s'écria-t-elle en levant une main bandée, il y a du nouveau !

Des photographies des diplômés de Castillo étaient accrochées le long du mur.

— Je suis sûre que nous y sommes aussi, ajouta-t-elle en descendant lentement les marches et en étudiant chaque portrait.

Léa et Vicky gardèrent un moment le silence, puis Léa dit :

— Tu te souviens du discours d'ouverture du doyen Hoskins ? De ce désir de voler au secours de l'humanité qu'il avait éveillé en nous ?

Elle laissa échapper un petit rire amer.

— La semaine dernière, à l'hôpital, la télévision de l'une de mes clientes était allumée, et il y avait un jeu. L'une des questions posées était la suivante : « Pouvez-vous nommer les quatre divinités mentionnées dans le serment d'Hippocrate ? » Le candidat n'a pas pu répondre, et ma cliente s'est tournée vers moi en disant : « Vous connaissez la réponse, n'est-ce pas, docteur ? » Et tu sais quoi, Vicky ? Je ne m'en souvenais pas !

Vicky fronça légèrement les sourcils.

— N'y avait-il pas Apollon ?...

Léa contempla le pupitre sur l'estrade et imagina le doyen Hoskins. Ce souvenir la détendit un peu.

— C'était le bon temps, hein ? reprit-elle. Te rappelles-tu le canular de Mandell à la fin du stage SAP ?

— Quel canular ? demanda Vicky en surveillant Sondra.

— Ne me dis pas que tu as oublié ! s'exclama Léa.

Sa voix était trop forte, elle résonna sous le dôme de l'amphithéâtre.

— L'examen de fond d'œil ! Tu t'en souviens forcément, tu étais tellement nerveuse que, pour un peu, tu aurais fait sauter l'œil du malade !

Vicky secoua la tête. Elle se rappelait parfaitement, mais préférait ne pas revenir sur cette époque. Elle avait encore sa tache de vin, et la perspective d'approcher un patient de près la terrifiait. Mandell s'était d'ailleurs moqué d'elle, en lui suggérant de se coiffer de façon moins « obstaculaire ».

— Il nous avait rassemblés autour d'un vieil homme, poursuivit Léa sur un ton forcé, comme pour couvrir d'autres bruits. Et il nous a affirmé que le patient avait un œdème papillaire et que nous devions tous examiner son œil droit. J'étais la dernière et, quand j'ai regardé, je n'ai rien vu du tout ! Pourtant, tous les autres avaient déclaré voir cet œdème papillaire très clairement ! Je me souviens de ma terreur. Je ne pouvais pas rater le stage ! Alors j'ai dit comme les autres. Et Mandell nous a tous ridiculisés : c'était un œil de verre !

Vicky se retourna et la dévisagea avec inquiétude. Son agitation croissait manifestement de minute en minute, et sa nervosité devenait presque tangible.

— Une époque merveilleuse, reprit Léa. Sans complications. La seule chose qui nous préoccupait, c'étaient nos notes. Et puis le temps passait si vite ! Le premier jour, j'ai pensé avec effroi : « Mon Dieu, quatre ans ! », et ces quatre années se sont écoulées en un éclair… Où sont-elles passées, Vicky ? Où sont-elles passées ? insista-t-elle.

— Hé ! appela Sondra depuis le troisième gradin. Nous voilà !

Elle fit volte-face vers ses amies, agita instinctivement un bras vers les photographies, et perdit l'équilibre en arrière.

Vicky se précipita, Léa sur ses talons. Quand elles atteignirent leur amie, celle-ci se redressait péniblement en maudissant sa stupidité. Elles l'aidèrent à s'asseoir sur le fauteuil en bout de rangée.

— Parfois, j'oublie, dit Sondra en grimaçant de douleur. J'oublie ces bras, et je veux les utiliser comme s'ils étaient normaux ! Je ne suis pas tombée dans un escalier depuis que j'étais enfant !

Vicky s'agenouilla pour examiner les bras, tandis que Léa s'écartait légèrement, une expression indéchiffrable sur le visage.

— Où as-tu mal ? interrogea Vicky.

— Aïe ! Ici. L'éclisse me rentre dans la peau.

Vicky fit doucement jouer le bras, et Sondra poussa un cri.

— Tu as dû te cogner contre un siège en tombant. L'éclisse est tordue et elle s'est déplacée.

Sondra poussa un autre cri, puis, à la surprise de Léa, se mit à rire.

— C'est bien de moi ! s'écria-t-elle. Enlève-moi ça, Vicky, ça me fait vraiment mal.

— D'accord. De toute façon, on devait te l'enlever cet après-midi.

Délicatement, elle entreprit de débarrasser le bras de sa prison de métal et examina l'endroit blessé, où un bleu commençait à se former. Immobile, le corps raidi et les lèvres serrées, Léa les contemplait sans parler.

L'air frais fut comme une caresse sur la peau de Sondra, et elle se sentit étrangement légère.

— Comment te sens-tu ? s'enquit Vicky.

— Comme si je sortais de quarantaine. Ces trucs-là me rendaient claustrophobe !

Vicky regarda la main fine, immobile sur les genoux de Sondra. Une belle main, songea-t-elle, en dépit des fines cicatrices et des greffes de peau pâle. Une main qu'elle connaissait intimement, pour l'avoir recréée ; une main qui venait couronner non seulement cinq mois d'efforts, mais encore dix-huit ans de travail. Vicky fut soudain emplie d'une immense fierté. Si seulement…

— Tu veux essayer de la faire bouger ? demanda-t-elle.

Sondra baissa les yeux sur sa main. Une peur étrange l'envahissait. Elle attendait cet instant depuis sept mois, et maintenant, inexplicablement, elle avait peur.

— Peux-tu remuer les doigts ? reprit doucement Vicky.

— Je ne sais pas. Cela fait si longtemps que je ne suis pas sûre de me rappeler encore comment il faut faire.

Elle eut un petit rire tremblant.

— Mais qu'est-ce qui vous prend ! cria Léa.

Sondra et Vicky sursautèrent et levèrent la tête. Le visage de Léa était incroyablement pâle, et ses yeux y creusaient deux grands trous noirs. Les bras collés au corps, elle serrait convulsivement les poings.

— Comment pouvez-vous rire ! hurla-t-elle. Comment pouvez-vous plaisanter ? Seigneur, on dirait que vous trouvez tout ça normal ! Je ne te comprends pas, Sondra. Comment peux-tu accepter les malheurs qui t'ont frappée ?

— Léa…, murmura Vicky avec stupeur.

Les larmes montèrent aux yeux de Léa et sa voix se mit à trembler.

— Tu as perdu ton mari, Sondra ! Tu l'as perdu pour toujours et tu ne le retrouveras jamais ! Comment peux-tu plaisanter sur ce que ta vie est devenue ?

Elle se cacha le visage dans les mains et éclata en sanglots.

Vicky, qui n'avait jamais vu Léa pleurer, la regarda d'un air stupéfait, puis elle se leva et posa une main sur son épaule. Mais Léa recula d'un pas, les traits convulsés de fureur sous ses larmes.

— Et toi, tu es aussi folle qu'elle ! Tu n'as jamais eu ce que tu voulais, ce bébé que tu désirais tant. Comment peux-tu être aussi résignée ? La vie est cruelle !

Elle tourna les talons, mais Vicky la saisit fermement par le bras. L'espace d'un instant, leurs regards se défièrent, puis tout sembla céder en Léa : elle s'affaissa sur elle-même, et éclata en sanglots dans les bras de Vicky, déversant enfin la colère, l'amertume et le désespoir qui s'étaient depuis si longtemps amassés en elle.

— Je ne veux pas le perdre, déclara-t-elle en pleurant. J'aime Arnie et je ne sais pas comment le garder.

Vicky la fit asseoir sur une marche et s'installa à côté d'elle, un bras autour de ses épaules.

— Parle-lui, Léa. Tu ne l'as pas encore perdu. Arnie est bon, il t'écoutera.

Léa fouilla dans son sac, en tira un mouchoir et se moucha.

— J'ai tellement peur, avoua-t-elle en secouant la tête. Je n'ai jamais eu aussi peur de ma vie. Comme si le sol se dérobait sous mes pieds... (Sa voix était plus calme.) Je regrette cet éclat, reprit-elle doucement. Je ne pensais pas vraiment ce que j'ai dit. Je me sens tellement perdue...

— Ce n'est rien.

— Je ne sais pas comment tu fais, Sondra. Où trouves-tu ce courage ? Et si tes mains ne fonctionnaient jamais ? Si tu avais enduré tout cela pour rien ?

Sondra la dévisagea un instant, puis contempla de nouveau ses doigts avec un froncement de sourcils.

— Oh ! elles fonctionneront sans problème.

— Mais comment le sais-tu ?

— Parce que… parce que celle-ci est vivante. Je le sens.

— Vivante ? Comment cette main peut-elle être vivante ? Comment pourrais-tu pratiquer la médecine avec des doigts aussi maladroits ?

Sondra posa sur elle ses grands yeux d'ambre.

— J'y arriverai, même si je dois tout réapprendre depuis le début.

— Depuis le début ? Après tant d'années, tu es prête à tout recommencer depuis le début ?

Léa se releva péniblement. Elle regarda autour d'elle d'un air indécis, puis s'appuya au mur, sans savoir que c'était sous son propre portrait – celui d'une Léa toute jeune, souriante et pleine d'espoir.

— Mais où diable trouves-tu ce courage, Sondra ? ajouta-t-elle. Comment peux-tu encore vivre, après ce qui t'est arrivé ? Voir ton mari mourir de manière aussi affreuse, perdre l'enfant que tu portais, et maintenant avoir ces… ces…

— J'ai fait la paix avec moi-même, Léa, répondit doucement Sondra. Oui, j'ai pleuré Derry, et je le pleure encore. Et j'ai voulu mourir. Mais maintenant, je veux vivre, vivre pour notre fils, et pour ce que Derry et moi avions entrepris. Si j'abandonne maintenant, sa vie et sa mort auront été vaines.

Les yeux de Léa se remplirent de nouveau de larmes et se posèrent sur le pupitre du doyen Hoskins.

— J'aimerais faire la paix avec *mon* mort, dit-elle d'une voix tendue, le menton tremblant. Toute ma vie reposait sur lui. Sans mon père, je n'étais rien : je vivais pour lui, pour lui plaire. Et quand il est mort, ma principale raison de vivre est morte avec lui. C'est le sens de mon cauchemar : sans mon père, je ne suis rien.

Elle regarda Sondra et Vicky.

— J'ai toujours su que je ne pourrais jamais le satisfaire, mais aussi que je ne pourrais jamais m'empêcher d'essayer. C'était ce qui me poussait en avant. C'est moi qui suis mauvaise. Ma vie avec Arnie n'était qu'une façade ; elle ne m'a jamais vraiment intéressée. Mais aujourd'hui...

Elle porta la main à sa bouche.

— Je ne veux pas le perdre !

Vicky vint vers elle et la fit asseoir sur un siège.

— J'aimerais m'arrêter de pleurer ! dit Léa en redoublant de larmes.

— Mais non. Laisse-toi aller, cela te fera du bien.

Léa pleura encore un moment puis s'essuya les yeux.

— Je n'ai pas la moindre idée de la manière dont je vais procéder, poursuivit-elle. Je ne sais même pas si j'aurai la force d'essayer... (Elle sécha une dernière fois ses joues, redressa les épaules et prit une profonde inspiration.) J'ai tant de chemin à parcourir, tant à reconstruire...

Elle s'interrompit pour regarder Sondra. Cette dernière observait sa main d'un air concentré.

Devant le silence qui régnait soudain dans l'amphithéâtre, Vicky se retourna également. Les yeux d'ambre semblaient s'efforcer d'envoyer un message aux muscles et aux nerfs inertes, comme pour leur intimer de revenir à la vie.

Vicky ouvrit la bouche, puis se ravisa. Il ne fallait pas troubler cet instant décisif...

Il y eut d'abord un mouvement presque imperceptible, comme une ondulation légère à la surface d'un lac. Puis, l'auriculaire tressauta et vint toucher la paume de la main. L'annulaire l'imita, suivi du majeur et de l'index ; et le pouce, enfin, se referma sur eux. Comme les pétales d'une fleur, ils s'ouvrirent ensuite un à un, puis se refermèrent.

Sondra regarda ses amies en souriant.

Vicky resta un instant sans voix, saisit ensuite la main.

— Elle marche ! s'écria-t-elle. Sondra, ta main fonctionne !

Sondra rit, imitée par Vicky, tandis que Léa les regardait avec stupeur. Péniblement, les doigts renouvelèrent leur exploit, s'ouvrant et se refermant encore et encore…

Mêlé à celui de Vicky, le rire de Sondra résonnait sous le dôme de l'amphithéâtre. Des larmes lui montèrent aux yeux, et roulèrent sur ses joues pour tomber sur la main ressuscitée. Tout à coup, elle revit la mission Uhuru, la petite case qu'elle avait partagée avec Derry, le visage rond et souriant de son fils, et celui d'un petit garçon nommé Ouko et devenu un homme aujourd'hui. L'Afrique l'attendait : elle devait rentrer, elle rentrerait bientôt.

Dans les doigts malhabiles de Sondra, Vicky, elle, voyait ceux, innombrables, de patients à venir – des victimes d'accidents et de maladies, des victimes de malformations, qui viendraient à elle et repartiraient transformés. Puisqu'elle ne pouvait elle-même donner la vie, c'est à cela qu'elle consacrerait désormais son existence et son talent.

Léa s'était levée et avait fait quelques pas. Elle enviait ses deux amies, cette victoire qui les unissait après tant d'efforts mis en commun… Et puis, bizarrement, une sorte d'exaltation l'envahit, comme si un poids énorme quittait soudain ses épaules.

Elle les avait crus morts avec son père, cet esprit combatif, ce courage et cette pugnacité qui lui étaient propres. Elle les avait toujours crus inspirés par un autre, sans se douter qu'ils étaient là, en elle, prêts à s'éveiller. Et voilà qu'ils se manifestaient, avec chaque flexion des doigts de Sondra. « Je vais me battre, songea-t-elle. Je vais garder Arnie, même s'il me faut pour cela recommencer tout au début, et refaire toute la route. J'ai quatorze ans à rattraper. Pour lui, pour mes filles, pour moi-même. »

Et elle ne vit plus en Sondra et Vicky deux étrangères partageant une victoire qui n'était pas la sienne : il n'y avait plus que trois amies, unies dans le même bonheur.

Lorsqu'elles atteignirent les portes vitrées du Hall Manzanitas, Vicky s'immobilisa et ouvrit son sac.

— Avant de partir, déclara-t-elle à Sondra, je voudrais te donner quelque chose.

Elle sortit une petite boîte blanche, dans laquelle luisait, toute bleue, la turquoise que Léa lui avait remise six ans plus tôt.

— Qu'elle te porte bonheur, ajouta-t-elle en refermant les doigts fragiles sur la pierre. C'est de notre part à toutes les deux. Nous n'avons pas utilisé son pouvoir, il t'en reste donc une double dose.

Dehors, le soleil brillait. Léa poussa l'un des battants, et une brise chargée d'iode, de parfums de fleurs et de senteurs d'herbe fraîche leur caressa le visage.

— Vous savez, dit Sondra, hésitant à faire le pas décisif, les Kikuyus ont un dicton : *« Gutiri muthenya ukeaga ta ungi. »* Cela signifie : « Il n'y a pas deux aubes semblables. » J'ai le sentiment que cette journée restera exceptionnelle pour nous trois.

Et Léa songea : « Lorsque nous nous sommes rencontrées, nous commencions juste notre route. Bientôt, nous nous séparerons, peut-être pour toujours ; et pourtant, c'est comme si nous repartions depuis le début. »

— Après vous ! lança-t-elle.

Et toutes trois sortirent dans un océan de soleil.

TABLE DES MATIÈRES